中国专业作家作品典藏文库

中国专业作家作品典藏文库
石钟山卷

关东镖局

石钟山 著

中国文史出版社

目　录

关东镖局

一

名声在外的奉天镖师冯森的镖被人劫了。

劫镖的不是别人，正是镖师冯森磕头拜把子的好兄弟李广泰。这是所有人没有料到的，也是镖师冯森连想也没想过的。

冯森骑在马上，他的身后是镖局里的一帮兄弟。冯森脸色铁青，一双目光痴痴怔怔，一句话也不说，他也无话可说。身后是同样蔫头耷脑的兄弟们，兄弟们和冯森出生入死这么多年，还从来没有这么不明不白地丢过镖。当马队稀稀拉拉、七七八八地来到镖局门前时，冯森仰起头，冲着雾蒙蒙的天空喊了一声：王八犊子广泰，天理难容啊！便一头从马上栽了下来。

镖师冯森押的镖非同一般，他押的是张作霖的能装备一个营的军火。变卖他所有的家产也抵不上这批军火，冯森是和张作霖的队伍签了字、画了押的，他在用自己的性命抵押着这批军火。军火被劫了，也就意味着冯森将要被东北军的军法处执行枪决。

张作霖的军火按道理是不应该让镖局押运的，他手下那么多队伍，随便派出一支就是了。事情却远非这么简单，当时军阀混战，炮火连天，张作霖是关外最大一支队伍，盘踞在奉天城内。同时，还有若干股队伍，并不属张作霖，一直在深山老林里和他周旋。虽说张作霖成了气候，但局面仍然混乱，其他的队伍被打散后，有的占山为王成了胡子，有的仍在招兵买马准备东山再起。张作霖不惜血本地在收编着这些零星队伍，收编的这些小股队伍，大都是胡子出身，胡子只认钱认粮，亲娘老子都不认。张作霖懂得胡子们的心理，为了能让这些胡子死心塌地归顺自己，他舍得花钱。于是，隔三岔五地，他会差人把粮饷军火送过去。刚开始一切还算顺利，后来事情就有些麻烦。那些没有归顺张作霖的胡子们，见了这些钱粮和军火就分外眼红，不管这些钱粮运往何处，冒死都要把这些钱粮劫了。

胡子们凭借山高林密，熟门熟路，再加上舍生忘死，以一当十，十有八九都会成功。几次之后，东北军赔了夫人又折兵。张作霖被逼无奈，才想起城内的镖局。

镖局的历史悠久，自从有了商人，镖局这份职业就应运而生了。开镖局的人第一讲的是信誉，第二讲的才是实力。没有信誉，就等于没有客户，生意自然寡淡。因此，凡是开镖局的人，万一丢了镖，就是卖儿卖女、倾家荡产也要还镖，这是行规，自古如此。所以说，开镖局的人，都是把身家性命系在裤带上了，容不得半点闪失。

最有名气的镖局，当数城内的“关东第一镖局”，在奉天城内，这“关东第一镖局”的声名差不多和故宫一样著名。相传，“关东第一镖局”的牌匾就是努尔哈赤所题。想当年，“关东第一镖局”的冯老镖头，为努尔哈赤的队伍押运粮草立下过汗马功劳，努尔哈赤为了表彰冯老镖头，才亲笔题写了“关东第一镖局”的牌匾，悬挂于冯老镖头的家门之上。这么多年风风雨雨打打杀杀，冯家镖局凭着他们仗义疏财的侠气和坚厚的实力，轰轰烈烈地开创了下来。到了冯森这一代，已是第八位掌门人了。

张作霖在无计可施的情况下，自然想到了“关东第一镖局”。“关东第一镖局”这杆大旗象征的是顺风顺水、万镖平安。不管大小胡子，只要看到“关东第一镖局”的镖旗，都会恭敬地放行，前途坦荡，车马浩荡。

东北军运送粮饷自从有了“关东第一镖局”的介入，再也没有出现过什么差错。在这一帆风顺的大好局面下，谁也不曾料到冯森的镖会被人给劫了，劫得冯森心不甘情不愿，劫得他稀里糊涂、不明不白。

有谁能想到，劫冯森镖的人会是他的好兄弟李广泰呢？

二

急火攻心的冯森，在夫人杨四小姐的怀里醒过神来。清醒过来的冯森一眼就看到了挂在墙上的祖先遗像，先祖们个个威风凛凛、不容侵犯的样子。冯森在先祖们的注视下，跪在了他们面前，悲悲切切地喊了一声：先人哪，冯森给你们丢脸了！泪流满面的冯森，觉得自己用命还镖并没有什么，让他心不甘情不愿的是“关东第一镖局”败落在他的手里。这一回“关东第一镖局”不但要在奉天城内消失了，还会给人留下一个笑柄。想着这儿，他的心猛绞了一下，他望了眼身旁的杨四小姐。他在做这一切时，杨四小姐一直陪在他的身旁，他看到杨四小姐一双眼睛是清明冷静的，似乎她早就料到了这一天。此时杨四小姐一字一顿地冲冯森说：我知道广泰为啥劫你的镖！

胡天胡地的关外，使镖局这个行业异常兴旺发达，于是就有许多人吃起了押镖这碗饭。杨四小姐的父亲杨镖头就开起了镖局。

杨镖头开镖局之前，曾在“关东第一镖局”当镖师，那时掌柜的是冯森的父亲冯大刀。冯大刀为人仗义，宁折不弯，很受人尊敬，后来许多开镖局的人，都曾在他手下当过镖师。冯大刀从不小肚鸡肠，也不怕有人争吃押镖这碗饭，在冯大刀手下干上几年的镖师，手里多多少少有了些积蓄，冯大刀就鼓励这些镖师：自己开个镖局吧，当一回掌柜的，别委屈了自己。

有的人就被冯大刀说动了心思，一来有了些积蓄，二来在冯大刀那里学会了一些镖局的规矩，渐渐便有三三两两的镖师离开“关东第一镖局”另立了门户。每有一家新镖局开张，冯大刀总要亲自上门祝贺，让手下人提上两挂鞭炮，热热闹闹放上一阵，然后说上一些很客气的话。新镖局开张，生意总是不太好做，冯大刀还要给这些镖局介绍一些活路，渐渐，这些镖局都有了威信，也有了一批固定的顾客，冯大刀就感到很欣慰。

谁都知道押镖这碗饭并不好吃，深山老林里掩藏着数不清的大小胡子，他们都在张着一张张饥饿的嘴，等着吃镖局这块肥肉，雁过拔毛早已成了惯例。

杨镖头刚开始时，一切都还算顺利，后来就遇到了许多麻烦。杨镖头第一次丢镖，就犯了一回糊涂。杨镖头是个耿直得一点弯都不打的汉子，丢了镖，发誓拼上老命也要把丢掉的镖夺回来。那时他的手下有十几个镖师，其中就有广泰的父亲李大鞭子。镖师们义无反顾地随杨镖头杀进山里，寻找劫镖的胡子，镖师们把镖局当成了自己的家，镖局的事就是自己的事，自从当上镖师那天起，他们早就把生死置之度外了。那时，杨镖头的大女儿十八岁，也随镖师们上山了。

就是那一次，十八岁的大女儿与胡子打斗时，丢了性命，同时丢掉性命的还有镖师李大鞭子等人。那一次，镖是夺回来了，却给杨镖头的生活蒙上了一层浓重的阴影。女儿是自己的，死了也就死了，可那些赔上性命的镖师，都是他的好兄弟，扔下一家老小，哭天喊地。他看着眼前的情景，比死了自己一家老小还要难过。他曾跪倒在这些哭天抹泪的女人孩娃面前，掏心挖肺地说：都是我连累了你们，我一辈子都要对得住你们，以后有我吃干的，就不会让你们喝稀的。

杨镖头是这么说的，也是这么做的。广泰就是那一次走进杨镖头家的。那一年广泰十三岁，十三岁的广泰从小就死了娘，和当镖师的父亲李大鞭子相依为命，父亲在和胡子的打斗中赔上了性命，他别无选择地来到了杨家。从那以后，杨镖头对广泰就如亲生儿子一样，广泰也把杨家当成自己的家了。

开镖局就是一个风险职业，没有不丢镖的镖局。天有不测风云，杨镖头又一次丢镖了。这回胡子们劫持的目的简单而又明了，他们不再为镖，而是为了杨镖头的女儿。胡子们捎来话，不要金不要银，就要杨镖头的二女儿。那一年，杨镖头的二女儿也满十八岁了，有如一株正在开放的野芍药，光彩照人。

杨镖头这回理智了许多，他知道无论如何也不能和胡子们拼了，要是死了他一条性命也罢了，他无论如何也不能再让自己的镖师们牺牲性命了，那样的话，他也太不仁不义了。他别无选择，只能硬下心肠把如花似玉的闺女送到胡子窝去了。他哽着声音冲闺女说：嫁谁不是嫁呀，爹养你这么大，就算你救爹一回吧。闺女哭着哭着就明白了，这是用自己的身子去救爹的命呀，不仅救爹，还救了整个杨家镖局。命是爹娘给的，为爹娘去献身，啥说的就都没了。二小姐想起了大姐，大姐就是为爹为杨家镖局拼了性命，一股烈性之火就燃着了，然后就都没啥了，只让爹把自己送上山。杨镖头的夫人说什么也舍不得自己的女儿，老大死了之后，她本以为会换回一家人的平安，可没想到，只两三年的工夫，家里又发生了丢镖的祸端，于是就哭就闹，抱着女儿，死不松手，鼻涕眼泪地说：好端端的闺女咋能嫁给胡子呀，天杀的呀，让我死了吧。

闺女就给母亲跪下了，闺女只能硬下心肠说：娘呀，没啥，你就当家里少了只猪，少了只鸡吧。

事情到这儿已不可逆转了，闺女被送走了，送到山上那个胡子头手里，是生是死只能这样了。胡子们也是讲信誉的，见杨镖头把闺女送来，立马还了镖。胡子头此时已和杨镖头是一家人了，自然要说一些自家人才说的话。胡子头也跪下了，手里托着一个大海碗，碗里盛满了烈酒，胡子头说：你以后就是爹了，二小姐留在山上你放心，我不会亏待她，有我一口吃的就有她吃的。喝了这碗酒吧，下次你押镖路过这里，我再请你喝酒吃肉。

杨镖头啥也不说了，端起酒碗一饮而尽，就是毒药他也要喝，他不能让胡子小瞧了他。杨镖头就要下山了，女儿又一次给他跪下了，女儿含泪道：爹呀，闺女只能为你做这一次了，下次你千万千万别再丢镖了。

杨镖头扭过头，一步一步，踉跄地往山下走去，身后是女儿一声又一声的呼唤：爹呀，爹呀……

回到奉天城里的杨镖头，仿佛死了一回。夫人见只有杨镖头一人回来，便彻底绝望了，在这之前，她还在期待奇迹的发生。此时，她心如死灰，两个闺女就这么无端地去了，她无论如何也承受不住了，说服杨镖头就此收山，那是不可能的，她太了解杨镖头了，可要是这么干下去，三闺女、四闺女的命运也不会好到哪里去，这是在一刀又一刀割她的心头肉，她疼得无法忍受。在一个月明风清的晚上，她用三尺白布把自己吊死在自家房梁上。她只留下一句话给杨镖头：好好待两个闺女。

杨镖头就醉了，他只能用醉酒的方法麻醉自己破碎的心。醉酒后的杨镖头才有了眼泪和话语，他一边流泪一边说：好闺女呀，爹对不住你们呀，爹下次就是舍出老命也要保住你们的清白……

杨镖头老大老二的壮举，惊动了整个奉天城。人们都知道，杨镖头的四个姑娘，一个比一个烈性，他们前呼后拥着来到杨家镖局，一睹杨家女儿的芳容，那时杨家只剩下三小姐和四小姐了。

奉天城外的胡子从此都知道，杨镖头的四个闺女是四朵花儿，一个比一个漂亮。自从杨二小姐自愿上山，成了胡子的压寨夫人后，所有的胡子都把目光集中在了杨镖头的身上，他们想尽办法要劫杨镖头的镖。

杨镖头自从有了两次丢镖的教训，自然更是加倍小心，细心选择押镖路线，日行夜宿，就是到了晚上，也很少能睡个安稳觉。百密终有一疏，胡子串通好了客栈，在吃饭时，汤里下了蒙汗药，胡子又留下了话，让杨镖头送三女儿上山。

杨镖头肝肠寸断地又把三闺女送上了山。有了前面两个姐姐做榜样，她心里早有了准备，为了爹，为了这个镖局，杨三小姐悲悲壮壮地走上了山，她一滴眼泪也没有流。杨四小姐一直目送着三姐走出家门，她也没有眼泪，她浑身发冷地倚在门框上，她看着三姐的今天，仿佛也看到了自己的明天。

四个闺女走了三个，杨镖头的心气一落千丈，只几年的工夫，他就老了许多。他看着日渐长大成人的广泰和杨四小姐，心想，再押几次镖，有了点积蓄，就热热闹闹地给广泰和杨四小姐成亲，到那时，镖局就是广泰和四小姐的了，他也用不着提心吊胆过日子了，也就一了百了了。

终于有一天，杨镖头把广泰和四小姐叫到了身边，他冲两个孩子说：等过一阵你们就成亲吧，我老了，这个镖局就是你们的了。

广泰就跪下了，他发誓般地说：爹，你就放心吧，这个家就是我的家。

杨四小姐也跪下了，她想到了三个姐姐，她哭着叫了声“爹——”，便再也说不下去了。

广泰果然把杨家当成自己的家了，他看着杨四小姐一日日长大，他护卫着杨家呵护着杨四小姐的理想正枝繁叶茂。

就在即将收山之际，杨镖头又丢了一次镖。

三

杨镖头这回把镖丢在了小孤山。是一场暴风雪让杨镖头的镖队迷了路，三天三夜也没有走出小孤山。就在杨镖头穷途末路时，盘踞在小孤山的胡子头马大帮子带着一群小胡子冲将下来，没费啥事便把镖劫到了山上。

那时，杨镖头已抡不动砍山斧了，他骑在那匹毫无气力的马背上又饥又饿，眼冒金星，别说让他们舍死拼杀，就是喊上一声也没有气力了。广泰和众镖师几乎被冻僵在马背上，他们只能眼睁睁地看着马大帮子把一车镖劫走。

马大帮子铁嘴钢牙地留下话，让杨镖头送三十两黄金，没有黄金把四闺女送上山也行，否则休想要回镖。

广泰并没有灰心，在这过程中他一直在琢磨事。三十两黄金他们拿不出，让杨四小姐上山也是不可能的，只有一条，那就是用自己的命去换镖，他深知，在走投无路的情况下，只能和胡子硬碰硬。想到这儿，他抬起头，一字一顿地说：我去赎镖！

广泰的话让杨镖头打了个冷战，谁都知道空手赎镖，九死一生。惹恼了胡子，他们可啥事都干得出来。

杨镖头不想说什么，当他看到广泰那坚定的目光，知道说什么也没用了。凡是吃押镖这碗饭的，没有一个是软骨头的，挥戈马上，性命就别在腰带上。死对他们来说眼皮都不会眨一下。

在一旁哭泣的杨四小姐此时也停止了哭泣，她一把抱住了广泰，生生死死地说：哥呀，你不能去，留得青山在，不怕没柴烧，还是让我去吧，三个姐都去了，我这一去，以后胡子也不惦记了。

杨四小姐的话让广泰的心碎了。他早就想过了，只要自己还有一口气，他就不能眼睁睁地看着杨四小姐被送给胡子，没有了杨四小姐，那他的生还不如死。

广泰站起身把杨四小姐的眼泪擦去，轻轻淡淡地说：哭啥，哥一准儿能把镖要回来。

广泰跪下了，跪在了杨镖头和杨四小姐面前，硬着声音说：广泰只要还有一口气，谁也别打四妹的主意。爹呀，妹呀，我走了。

说完广泰就走了，广泰赤手空拳，只骑了匹老马。

清醒过来的杨镖头，追出门外，广泰已消失在夜色中了，只剩下几声清冷的马蹄声残留在耳际，杨镖头冲着暗夜苍凉地喊一声：广泰呀——

杨镖头几次丢镖，冯森都知道，论辈分杨镖头是他的师叔，他是杨镖头看着长大的。杨镖头和父亲的情义比山高比水长，杨镖头遇难他不能袖手旁观，哪怕倾家荡产也要帮助杨镖头渡过难关。

冯森找到杨镖头说：叔哇，我还有些积蓄，咱们两家凑一凑，咋的也能还上镖。

杨镖头听了冯森的话，心里极不是个味，他知道冯森这是为他着想，但他自己不能打自己的脸。开镖局的人信誉第一，靠别人资助过活，还有什么信誉可言呢？他死也不能接受冯森的援助，就是把女儿送上山，他也不能借别人一文钱。杨镖头就说：侄呀，你的好心我领了，叔还要把镖局开下去，就是卖儿卖女叔也要自己还这笔账。

冯森了解杨镖头，这是个硬汉子，宁折不弯，牙掉了往肚子里吞，也不会吐出来让别人看到，他崇敬杨镖头就像敬仰父亲一样。杨镖头的三个女儿前赴后继地走上了山，冯森对杨家的女儿刮目相看，他同样敬重她们，他感叹杨镖头生了这些有血性的女儿。当冯森得知广泰独自一人去赎镖时，他也同样在为广泰揪着心。

小孤山的胡子马大帮子做梦也没想到广泰会单枪匹马地来赎镖，把话说白了，广泰要来浑的了，要用自己的命来赎镖。以前也曾有过这样的例子，用男人的豪气和置生命于不顾的勇气来征服胡子。这样成功的例子却很少，胡子就是胡子。

广泰的举动让马大帮子感到吃惊。

马大帮子还是把广泰让进了自己那间木刻楞屋里，炕下的木棒子，噼啪有声地燃着。马大帮子把身上的光皮羊皮袄脱了，袒胸露背地坐在炕上，他的前胸和后背，深深浅浅的刀疤和枪伤历历在目。广泰坐在马大帮子对面，这时他一句话也没说。有两个小胡子从炕上掏出一堆红红的炭火，装在盆里，那盆炭火最后就放在了广泰和马大帮子中间。

马大帮子把一双手放在炭火上，翻来覆去地烤，一边烤一边说：小子，算你是条汉子，要不，我早就一枪把你崩了。

广泰吸了口气说：还我镖！

马大帮子就又说：金条带来了吗？

广泰说：我没有金条。

马大帮子说：没有金条，四丫头能上山也行。

广泰就笑一笑说：四小姐是我的女人，我的女人咋能给你呢？

马大帮子的脸就黑了，再也不说话，从裤腰里拔出烟袋，又从烟荷包里挖出一烟锅烟。广泰这时不失时机地用手指从炭火盆里夹起一块燃着的炭火送到马大帮子面前。马大帮子看了眼广泰，最后还是把烟袋凑过去，点着了烟。广泰并没有把炭火丢到炭火盆里，而是撸起裤腿，把炭火放到大腿上，炭火正红，在皮肉上滋滋地响。做完这一切，他才把眼皮抬起来，看着马大帮子深一口重一口地吸。

马大帮子慢条斯理地磕掉烟锅里的烟灰，又挖一烟锅新烟。广泰这才把那块炭火扔到炭火盆里，又用手抓出一块新炭火，再一次递过去。这次马大帮子没有犹豫，很快就把烟点着了，同上次一样，广泰又把炭火放到腿上。

马大帮子一连抽了十三次烟，广泰就为马大帮子点了十三次火，满屋已是烧焦的人肉味了，汗珠子早就从广泰脑门子上落下来，可他连眼皮也没眨一下。

终于，马大帮子磕了烟袋说话了：没有四丫头，说啥也不行，我不能白白地让你把镖带回去，这话传出去，好说不好听，以后我还咋在小孤山混呀！

广泰仍不说什么，就那么认真地看着马大帮子。

马大帮子咳了一声，他是被那焦煳的人肉味呛的。

这时，天已经黑了，一个小胡子给马大帮子送来一只刚逮住的山鸡。马大帮子动作麻利地几下就把毛拔了，然后把山鸡扔到气势汹汹的炭火上。不一会儿，山鸡就被烤熟了。马大帮子又从地上端出一坛子酒，一边喝一边吃肉，他把一只鸡腿递过来，冲广泰说：吃吧，吃完你就下山，要是走不动，我就让人把你送回去。看你是条汉子，要不，你这么耍我，我早就把你剁成肉酱了。

广泰没接马大帮子递过来的鸡腿，而是把自己的衣袖撸了，说道：我不吃你的肉，我的肉早就带来了。

广泰说完就一口把自己的手臂咬了，吃鸡腿似的吃自己，一边吃一边说：真好吃，要不，你也尝一口？

说完把自己血淋淋的手臂递给了马大帮子。马大帮子的身体向后躲了躲，甩了鸡腿道：妈的，你别逼我。

广泰就笑一笑道：我没逼你，不吃拉倒，我自己吃。妈的，没想到人肉这么好吃，要是早知道这么好吃，老子早就吃了。

马大帮子闭上眼睛，从广泰上山那一刻起，他就有些喜欢上了广泰，生死不怕，他就欣赏这样的爷们儿。

广泰疯了似的吃自己，呱呱呱呱的，他一口又一口地吃着，仿佛在吃仇人，连眼皮都不抬一下，满屋子里都是一股血腥气。

马大帮子在心里说：他祖奶奶的，咋让我遇到这么个亡命徒呢。

马大帮子终于睁开了眼睛，他一睁眼睛就哇的一声吐了，他一边吐一边说：小子，你有种，你比胡子还胡子，算我倒运，镖你带回去吧。

下山前，马大帮子叫来人把广泰血肉模糊的手臂包了。临走，广泰冲马大帮子深施一礼道：兄弟这次算欠你的，日后有机会一定还你。

马大帮子也动了真情，冲广泰说：兄弟日后在城里混不下去了，就来找我。

广泰横下一条心终于从胡子手里要回了镖。广泰把一车镖押回来时，惊动了许多人。他们尾随着镖车一直来到杨家门前。杨镖头傻了似的，他做梦也没想到广泰会把镖要回来。广泰看到了杨四小姐，苍白地笑了笑，便一头栽倒在杨四小姐的怀里。

广泰就是在那一刻一举成名的，也是从那一刻起他走进了杨四小姐的心里。城外的大小绺胡子都知道有个广泰。

也是从那天起，冯森对广泰刮目相看，英雄惜英雄，也属常理。

广泰伤好之后，冯森亲自上门，提出了两人结成磕头弟兄。广泰也早就钦慕冯森，于是两人一拍即合，跪拜在一起，说了许多海誓山盟的话。

如果不发生后来的变故，什么都不会有，正是后来的变故，广泰、杨四小姐、冯森三个人的命运，就纠纠缠缠地扯在了一起。

四

广泰走进了杨四小姐的心里。生在镖局的杨四小姐，她从小就看透了生死，她是在行侠仗义的男人堆里长大的，同时她继承了父亲杨镖头的刚烈性情，三个姐姐为了镖局，舍生取义，深深地震撼了她的心。从三个姐姐相继离开家门的那一刻，她就随时做好了为父亲为镖局牺牲的准备。她觉得只有那样轰轰烈烈地活才有价值。

杨四小姐崇尚三个姐姐的英武之气，她时刻梦想着自己也那么轰轰烈烈地活一次。广泰就在这时走进了她的心里，也只有广泰这样满身豪气的男人才能走进她的心里。她似乎看到了自己和广泰的将来，她需要的就是广泰这样能为自己遮风挡雨的男人。

广泰在养伤期间，日日看着杨四小姐在自己的身边忙前跑后。甜蜜和幸福围绕在广泰的身边，广泰恨不能永远就这么病下去。

但命运似乎老跟他们过不去。

那时奉天城里城外已经很乱了，东北军尚没有稳定住局面，大小股队伍经常内讧，狼烟四起。老百姓永远也弄不清楚，到底谁是谁的敌人，谁是谁的朋友，总之，一切全部乱套了。百姓的日子难过，镖局的生意也难做，也就在这时，赵家大药房急需进一批药，掌柜的出了比平时高两倍的价钱请杨镖头押镖。经过几次的波折，杨镖头已元气大伤，早就没了心气，坐吃山空的日子已有些时候了。杨镖头想，这是最后一次了，有了这些钱，就可以很风光地为广泰和杨四小姐举行婚礼，到那时也就是他圆满收山之时，留一世清白，也对得起这一生了。

结果就在这次押镖中出了大事。这次劫镖的不是胡子，而是一支几百人的队伍。打仗就需要药，医伤治病，他们就是冲着这批药来的。只一阵子排子枪，十几匹马便倒下了，杨镖头和广泰等人还没有回过神来，一车药便被这伙人簇拥着劫跑了。这支队伍还算仁义，没有要了杨镖头等人的命，扔下了些散碎银两，给杨镖头他们做路费，便一路烟尘地消失了。

杨镖头望着远去的烟尘，眼前的天就塌了，绝望的老泪顺着面颊无遮无拦地流下来，他冲天高喊：老天爷呀，你咋就和我过不去呀，你这是逼我往死路上走哇……

广泰在现实面前傻了，他知道这次无论如何也无法要回镖了。他欲哭无泪，在兵荒马乱的现实面前他明白了一条真理，天下最难当的就是好人。在他的蓝图中，他曾想做一个安分守己的好人，开镖局，和杨四小姐过平安的日子。

杨镖头和广泰怀着同样一种心情失魂落魄地回到了奉天城里，回到了自己的家。在家里天天等夜夜盼的杨四小姐，一见到爹和广泰便什么都明白了，当的一声，她扔下了手里的剪刀。那时她正坐在炕上剪喜字，她已经剪了许多喜字了，那时她只有一个梦想，要让自己的新房里贴满了喜字，她是在还一个愿，那就是三个姐姐共同的愿望——平安、热闹、吉祥。三个姐姐没有实现她们的愿望，她要替三个姐姐一同把这个愿望实现了。

眼前的现实粉碎了杨四小姐的梦，她望一眼苍老绝望的父亲，在心里干干硬硬地喊了一声“天哪——”，便一屁股坐在了地上，她知道，自己这回将别无选择了。她了解父亲，父亲一生一世不欠别人一文钱，一世清白，不能让爹就这么把一世清白名声丢了，那样的话，爹会死不瞑目的。想到这儿，杨四小姐站了起来，她下定了最后的决心，她知道自己该怎么做了。她看着只几日的工夫就老了十几岁的父亲，心疼地叫了一声“爹”。

父亲抬起头，惘然地望着女儿，摇了摇头，他清楚，这次就是再有十个女儿也换不回这车镖了。他哑着声音说：爹一世清白，就这么毁了，爹死也不甘心哪——

爹真的哭了，满头的白发一飘一荡的，他在哭自己，也在哭这个家，绝望的杨镖头，只能用哭来发泄了。

广泰坐在一旁，木雕泥塑似的，他不知道该干些什么，只知道梦想粉碎了。

杨四小姐来到广泰身旁，她把广泰的头抱在怀里，广泰依了她。杨四小姐凄然道：人算不如天算，咱们注定成不了夫妻呀。

广泰的嘴角动了动，突然眼里流下了两行泪水，他说：要是能用我这条命换回一车镖，我立马就去。

杨四小姐叹了口气，摇了摇头。她拉起广泰的手臂，看到了广泰手臂上的疤，她的眼泪成串地滴在广泰的手臂上。最后，她长时间地望着广泰，广泰也望着她，四目相视，他们此时觉得有许多话要说，又一时不知该说什么。

杨四小姐跪在了父亲面前，一字一顿地说：爹，你把我卖了吧。

杨镖头怔怔地望着女儿，望着广泰。

杨四小姐说：父债子还，天经地义。

杨镖头突然说：爹对不住你们，是爹无能啊。

说完两行老泪缓缓而下。

杨四小姐说：爹，我知道你想的是啥，我不会让你欠人家一文钱。

杨四小姐说完重又坐到炕上，她开始用力地撕扯那些剪好的喜字，一双双一对对的喜字在她的手下粉碎了。她在埋葬自己的梦。她做这些时，显得很平静，做完这一切之后，她又走回到自己的房间，把门关了，把窗帘落下了，她换上了一身新衣服，又坐在梳妆台前仔仔细细地把自己描画了，然后才走出屋门。

她又一次跪在了父亲面前，说：爹，我走了，谁能出一车药钱，我就是他的人了。

说完给父亲磕了一个头，说：爹，孩儿的命是你给的，报答你是应该的。

又磕一个头，说：爹，我用自己的身子换你一世清白，爹你放心吧。

再磕一个头接着说：爹，爹……

杨四小姐说不下去了，泪流满面。

久久，她站起来，坐在广泰的身旁，把头偎在广泰的脸前。她说：广泰，你看我。

广泰低下头望着她。

她又说：你好好地看我一眼。

她拉住了广泰的手又说：你对我们家恩重如山，下辈子做牛做马我都会报答你。

广泰僵僵硬硬地坐在那儿，怔怔地望着杨四小姐。

杨四小姐凄然地冲广泰笑了一笑，离开广泰，头也不回，一步步、光鲜照人地走出家门。

五

杨四小姐异常平静地跪在大街上。

谁都知道杨镖头丢了镖，杨四小姐一出现在大街上，立马惊动了许多看热闹的人。他们围住杨四小姐议论纷纷，有一两位好事者凑到近前打问身价，杨四小姐就仰起脸，唇红齿白地说：一车药钱。

众人就摇头，就退却。在他们印象中，一车药钱换一个女人，简直是天价。

杨四小姐就冲人群说：我可是黄花闺女，一车药钱是贵了些，日后我能生能养，还能洗衣做饭，求你们了。

人群散了一拨，又拥上来一群，他们麻木又无奈地望着杨四小姐。

杨四小姐异常鲜亮地跪在那里，她的目光求助地望着每个走近的人。

渐渐，杨四小姐绝望了，她望着已经麻木的人群，慢慢站起来，一步步向前走去。人们给她让出一条路，有些人觉得事情远没有结束，最后杨四小姐就来到了“一品红”。这是奉天城最大的妓院，门前挂着两串大红灯笼，很喜庆的样子。杨四小姐走到“一品红”门前，双腿一软就跪下了，人群就哄然一声，有人就说了：卖了，卖了，杨四小姐真卖了！

“一品红”的门开了，宋掌柜搓着手出来，他把自己的一双眼睛笑成了月牙。他绕着杨四小姐转了一圈，又转了一圈。杨镖头家的四个闺女，是奉天城内的四朵花，四小姐又是四朵花中最漂亮的。宋掌柜做梦也没敢梦过杨四小姐会把自己卖到“一品红”来。

宋掌柜不笑了，问：你真卖？

杨四小姐铁嘴钢牙地答：真卖，不卖在这儿干啥?!

宋掌柜又仔仔细细认认真真把杨四小姐看了看，他恨不能从里到外把杨四小姐看个透。

杨四小姐又说：我可是黄花闺女，一堆一块都在这儿了。

宋掌柜变音变调地说：你说个价吧。

杨四小姐说：一车药钱。

宋掌柜就不笑了，他盯着杨四小姐说：你不是在说梦话吧？就是把“一品红”的丫头都卖了也不值这个价。

杨四小姐的眼泪差不多都流了下来，她央求地说：宋掌柜的，我今年才十七呀，咋说也能卖个十年八年的好价钱，我咋就不值一车药钱，你就买了吧，日后我一准儿老老实实地帮你挣钱。

宋掌柜又说：四小姐，现在兵荒马乱的，啥生意也不好做，我只能出二百两银子，这是最高价了，我不蒙你。

杨四小姐仍说：就一车药钱。

宋掌柜不说什么了，他背着手站了会儿，才冲杨四小姐说：四小姐你走吧。说完走进“一品红”再也不出来了。

杨四小姐的眼泪终于流了出来，她没想到想卖自己竟也这么难，那一刻她就发誓，要是谁能出一车药钱，就是她的大恩人，她当牛做马干啥都行。她冲着“一品红”的大门喊：我还是黄花闺女，咋就不值一车药钱，我不能贱卖呀……

杨四小姐终于放声大哭起来，她哭得哀哀婉婉、伤痛欲绝。

这时冯森出现在杨四小姐的面前。杨镖头丢镖的事他已经听说了，鉴于以前的几次教训，他没有去找杨镖头，他知道去了也是白去，杨镖头是不会接受任何施舍的。他怕再次伤了杨镖头的自尊心，他只能静等着事态的发展。当他听说杨四小姐要把自己卖掉的消息时，他的心里被什么东西咬了一口似的痛了一下。他非常钦佩杨家四个姑娘的刚烈性情，不惜生命，也要保全镖局和父亲的声名。

冯森无论如何不忍看着杨四小姐就这么把自己给卖了。冯森心情复杂地望着杨四小姐说：四小姐，别作践自己了，不就是一车药钱嘛，我出。

杨四小姐听了这话是又惊又喜，她抬起头不信任地问：冯掌柜的，你买我？

冯森说：四小姐，别说买不买的话，一车药钱我出了，你起来吧。

杨四小姐仍跪在那里，她冷静地望着冯森说：冯掌柜的，你今天可要把话说清楚，要买就买，你知道，我爹是不会白拿别人钱的，我也不白拿人家的钱，别的事咋的都好说。

冯森就叹了口气才说：四小姐，你先回家吧，赵家药房的钱过会儿我就去还。

杨四小姐跪在那儿说：不，你要是不真心买就走吧。

这时看热闹的人越聚越多，他们知道，此时为一个女人能出这个天价的，只有“关东第一镖局”掌柜的冯森，他们要亲眼看看，冯森到底是买还是不买。冯森看着看热闹的人越聚越多，叹了口气，心想，就暂时答应下来吧，日后有话慢慢再说嘛，想到这儿便说：你起来吧，我答应你了。

杨四小姐就认真地看了眼冯森，马上又冲众人说：大家听清了，我杨家四丫头从今往后就是冯家的人了。

说完这才站起身，随在冯森的身后，向“关东第一镖局”走去。

冯森回到家后，差人把一张银票送到了赵家大药房，那是一车药钱。

杨四小姐早就写好了自己的卖身契，她咬破食指在上面清晰地按了手印，又找到了冯森把那份卖身契递给了他。冯森一看什么都明白了，他一时不知如何是好，他的本意是不想看到这样的结局，他一个劲地说：四小姐你这是干啥？

杨四小姐就说：那就是你骗我，你要是不按这个手印，我就一头撞死在你的面前。

冯森知道，杨四小姐是说得出做得出的，此时他是骑虎难下，只有往前走了。最后他还是在那份契约上按上了自己的手印。

杨镖头拿到了女儿那份卖身契约，他见人就说：我一世清白，谁也不欠了，赤条条地来，又赤条条地去了。

说完他便当众一头撞死在大街上。谁也没有料到事情会是这样的结局。杨镖头就这么一世清白地去了，他认为既然不能两全，干干净净地去也算是最好的出路了，有谁能真正了解杨镖头的心呢？

杨四小姐最后又卖了自家的房屋，很隆重地为父亲办完了丧事。杨镖头的死，惊动了奉天城内所有认识他的人，他们望着一世清白的杨镖头的遗体，感叹杨镖头的为人。

唯一感到不安的就是赵家大药房的赵掌柜。赵掌柜一遍遍地说：这事整的，这是啥事呀，早知今日，当初我就不找你押镖了。

杨四小姐跪在父亲身旁，此时她的心里很平静，她知道父亲这一生看重的是做人，清清白白地做人，父亲的目的达到了，此时父亲一定会心满意足的。

此时的广泰觉得自己已经死了，自从杨四小姐走出家门那一刻，他就清醒地意识到，自己已彻底失去了杨四小姐。他恨自己是个没用的男人，连自己心爱的女人都无法保护，还算个男人吗？他想到了自己的父亲李镖师，还有杨镖头，他们都是好人，却没有得到好报。以前，他发誓自己也要做一个清清白白的人，开一个镖局，和杨四小姐过一种平常人的生活，可眼前的现实，把他的梦想撕得粉碎。思来想去，他想到了小孤山上的马大帮子，他决定投奔马大帮子，走进深山老林，把该忘的都忘了，他要当一个胡子。既然当不成好人，就当一个恶人。想到这儿，一颗纷乱的心才渐渐平静了。

他在临上山前找到了冯森，冯森也在找他。他跪在冯森面前说：大哥，我走了。

冯森说：兄弟，我正想找你，以后就在我这儿干吧，咱们是兄弟，有福同享，有难同当。

广泰说：大哥，你就忘了以前的广泰吧，以前的广泰已经死了。

冯森意识到了什么，他走上前搀起广泰道：你和四小姐的情意我知道，只要你答应留下来，大哥为你和四小姐主婚。

广泰摇了摇头，他知道就是自己答应了，四小姐也不会答应的，四小姐就是为了父亲的清白才把自己卖掉的。想到这儿，广泰苦笑了一下说：大哥，我知道你是好人，四小姐在你身边我就放心了。

冯森仍说：好兄弟，听大哥的话，留下吧。

广泰又一次跪下了，他哑着声音说：大哥，日后你只要对四小姐好一点，我就心满意足了。

说完广泰爬起身，冲后院喊了一声：四小姐，你多保重，哥走了。要是还有来世，哥再娶你。

广泰说完头也不回地走了。

冯森无可奈何地就这么看着广泰消失在自己的视线里，他是真心实意地想留住广泰。半晌，他转过身，一眼就看到了杨四小姐。此时的杨四小姐已是泪流满面了，她冲冯森说：从今以后我就是你冯家的人了。

冯森站在那里，望着眼前的四小姐，觉得眼前发生的一切是那么的不真实。

六

在杨四小姐走进冯家之前，冯森早就有了女人。老掌柜的冯大刀在世时，就给冯森定下了这门亲事。冯森的女人茹是奉天城内金店掌柜王老板的女儿。冯大刀去世后，少东家冯森当上了掌柜的，他第一件事便娶了茹，那时茹十八岁，冯森二十二岁。茹当年是奉天城里的一枝花，凭“关东第一镖局”的声名，冯森有千万条理由娶奉天城里最漂亮的女人。

茹嫁给冯森不久，便有了身孕，这是件喜事。老掌柜的就冯森这根独苗，他做梦都巴望着冯家人丁兴旺，冯森也希望自己日后能儿孙满堂，“关东第一镖局”代代相传，所以冯森当了掌柜之后做的第一件事便是成婚。

茹十月怀胎便生产了，产后不久就得了产后风，瘫在床上再也没有起来，结果孩子也没保住。奉天城里有名的医生都看了，多贵的药材都吃了，茹依旧是瘫着。从那以后，茹一直躺在炕上，所不同的是，茹依旧漂亮光鲜，这是一个奇迹。直到现在，茹依旧在吃各种药，她在期盼着自己有朝一日重新站立起来，为冯森生儿育女。奇迹终究没有发生。

自从茹瘫痪在床上后，便和冯森分居了，但冯森每天都要来到茹的身旁陪茹说上一会儿话。

每天清早时，茹都要梳妆打扮一番。她是在为冯森打扮，因此在梳妆上的时间总是很长，先是仔细地梳了头，又把脸洗了，再认真地化妆，然后半躺半坐在等冯森。

冯森进门后，一往情深地看上半晌茹，然后才坐在茹的身边。他很爱闻茹身体的气味，有一股淡淡的甜香之气。

茹说：我好看吗？

每天茹差不多都要这么问。

冯森先笑，然后才答：你啥时候都是奉天城里最漂亮的女人。

茹很爱听冯森这么说话，美好地微笑，把头偎在冯森的肩上，她觉得这一靠实实在在。然后两人说天气，说城里最近发生的事，以及镖局最近的活路。

今天却不太一样，冯森的话不知从何开口，沉默了半晌，他还是说：杨四小姐来咱家了。

茹说：我知道。

冯森又说：杨镖头为了一车药钱……

茹也说：杨镖头做得对，要我是男人，我也会这么做。

冯森说：杨镖头的四个闺女个个都活得轰轰烈烈。

茹又说：只有杨镖头的女儿才配来"关东第一镖局"。

冯森还说：杨四小姐来咱家，这么大闺女，我怕人家说闲话。

茹说：怕啥，你花了一车药钱，谁都知道是你成全了杨镖头一世清白，杨四小姐来咱家于情于理都说得过去。

冯森说：要不就让她来你这儿住，还能侍奉你，没事还能陪你说说话。

茹想了想，点头答应了。

从那以后，杨四小姐就开始陪伴茹了。

两人第一次见面时，四目对视了许久，茹从上到下把杨四小姐打量了半晌，然后才说：你真是个美人。

杨四小姐说：我以前见过你，你出嫁时，奉天城里的人差不多都出来看你。

茹说：那时你多大？

杨四小姐说：我十三，看你出嫁时，我曾发过誓，日后出嫁也要像你一样风光漂亮。

茹淡笑了一下，似自言自语地说：那年我十八，十八岁真好。

茹说到这儿就沉默了，过了好一会儿才说：你日后就是冯家的人了。

杨四小姐低下头道：这我知道，掌柜的出了一车药钱，我说过，谁出一车药钱我就是谁的人。

两人就不再说什么了。从那以后，杨四小姐陪茹说话，陪茹睡觉，精心地照顾着茹。也是从那天起，杨四小姐从里到外地忙碌着，做饭洗衣扫院子。不该她干的，她也要干。茹总是默默地看着杨四小姐忙里忙外，从不多说一句话。冯森碰到过几次都说：这活不该你干，你去陪茹吧。她不说什么，直到干完，才走回茹的房间。

一天，茹提到了杨四小姐的两个姐姐。

茹说：她们咋没个消息？

杨四小姐的脸白了一下，马上说：嫁出去的女儿泼出去的水，她们是为爹才嫁的，有没有音信也没啥。

茹就不说话了，茹开始照镜子，自从茹瘫在床上以后就经常照镜子。

半晌，茹放下镜子，望着杨四小姐问：是你漂亮还是我漂亮？

杨四小姐抬眼问：让我说实话吗？

茹不说话，就那么望着她。

过了会儿，杨四小姐还是答：你出嫁时，我没你漂亮。

茹听了这话，先是一愣，然后勉强笑一笑又说：我病在床上，你以后多照顾掌柜的，他是男人，一个家都靠他支撑的。

杨四小姐平平淡淡地答：知道了。

从那以后，杨四小姐便经常出现在冯森身旁了。那年冬天特别冷，杨四小姐做了一条狗皮褥子铺在冯森的炕上。每天晚上，冯森都会喝一碗杨四小姐亲手熬的参汤，喝完参汤的冯森热乎乎地睡去。在冯森睡前，杨四小姐总要伺候着冯森洗过脚，再为冯森铺好被子，想了想又拿出一条毯子压在被子上，杨四小姐说：天冷，压严实点，人冷先冷脚。杨四小姐做这些时，冯森什么也不说，默默地看着杨四小姐。自从茹瘫在床上，他许久没有感受到女人的关怀了。

渐渐，冯森发现杨四小姐是个心细的女人，她对他总是无微不至，他以前还从没发现杨四小姐这些优点。他只认为杨四小姐是个刚烈的女人，没想到日常生活中的杨四小姐，和别的女人并没有什么两样。有几次，他看着杨四小姐忙碌的身影，似乎又看到了茹昔日的影子。忙完后杨四小姐才小声地说：掌柜的还有事吗？没事我就出去了。

冯森点点头，杨四小姐就出去了。冯森望着杨四小姐离去的背影，竟有一种怅然若失的感觉。

自从杨四小姐走进冯家大门，冯森觉得从里到外都在变，一切都变得明亮起来，摆放的东西也有条理了。这就是女人带来的变化，冯森觉得，过日子不能没有女人，他更加勤快地出入茹的房间，为什么自己也说不清。

有时，茹和杨四小姐正说着话，冯森会突然出现在两人面前，两人就不说话了，静默一会儿，杨四小姐就退出去了。冯森望着茹，茹说：你一车药钱没白花。

冯森不解茹指的是什么。

茹又问：最近有活儿吗？

冯森才说：兵荒马乱的，这种时候没人做生意。

茹便不说了，想了一会儿才说：你娶杨四小姐吧。

冯森有些吃惊地望着茹。

茹说：冯家不能没有后人，这么多年是我拖累了你。

冯森依旧望着茹。

茹又说：我知道你对我有情有义，这就够了。杨四小姐不比我差，要娶就要娶好女人。

冯森半晌才说：当初我花钱不是为了这。

茹说：我知道，但咱家不能没有后人，你是个男人，迟早都要再娶女人的，再说你在她身上已经花了天价了。

冯森知道茹是个精明的女人。他握住了茹的手，茹把头靠过来，茹小声地说：日后，只要你还把我当成你的女人就行。

冯森握着茹的手就有了些气力。

冯森从茹的房间走出来，来到大门前，他一时间心绪很乱。他回过身望见了悬在门上的那块匾，每次他看见这块匾时，便神清气爽，心便踏实了，有一股气慢慢从脚底下升起。他们家世世代代都在为“关东第一镖局”活着。茹说得对，他们冯家不能没有后代，他要一代又一代地把“关东第一镖局”传下去。想到这儿，冯森下了决心。这时，他看见了杨四小姐，杨四小姐正站在院里倚在一棵树上望他。陡然，他的心热了一下，少年时的情景又涌入了他的脑际，每次父亲外出押镖，母亲就是这么倚树而立，等待父亲。

那时冯森还没有意识到，一点点走进他心里的杨四小姐，正在悄悄地改变着他的命运。

七

杨四小姐在与冯森举行婚礼前，提出了一个要求。

杨四小姐对冯森说：我要像茹当初嫁你一样热闹。

冯森起初没有明白杨四小姐的意思，怔怔地望着她。

杨四小姐说：我虽不是你第一房，但我也是你明媒正娶的。

和杨四小姐的婚礼，他原本不想张扬。别人都知道，杨四小姐是他用一车药钱换来的，他不想让别人说他落井下石，如果那样的话，自己和胡子也没什么区别。况且他知道，杨四小姐本来是广泰的人，广泰上了小孤山当了胡子，一切才得以改变。

冯森觉得自己娶杨四小姐一点也不理直气壮，茹让他娶杨四小姐，他也就只能娶杨四小姐。自从茹进了冯家的门，家里的大事小情他都听茹的，茹是个很精明的女人。

冯森和杨四小姐的婚礼还是惊动了奉天城里有头有脸的人。婚礼的场面果然很热闹，十辆镖车拉着杨四小姐轰轰烈烈地在奉天城内走了一趟，后面是一大群鼓乐班子，吹吹打打，热闹非凡。

杨四小姐把自己的红头盖揭了下来，她要让奉天城内所有的人都清楚地看见她。她在心里一次次地说：你们看吧，那就是杨家的小姐，今天光明正大地嫁了，嫁给了冯掌柜的。杨四小姐一边在心里这么说，一边泪流满面，她想到了三个姐姐。二姐、三姐嫁给了胡子，父亲也是这么吹吹打打，越热闹她心里越难过。现在不同了，她终于可以理直气壮地告诉人们，冯森正正经经地娶了回杨四小姐，杨四小姐也正正经经地嫁了一回。看着迎亲的车队，她就发誓般地在心里说：从今以后，我活是冯家的人，死是冯家的鬼。

冯森站在自家门前，身上自然也是披红挂绿，不管他娶的是第几房女人，都是他的女人，都是他的婚礼。他站在那里说不上高兴也说不上不高兴。

他从小就随父亲押镖，挎枪背刀，风餐露宿，打打杀杀，生生死死，一切都习惯了。他只对押镖感兴趣，押一次镖就是历一次险。当一名好镖师，这是男人最好的选择，祖先的血液在他身体里流淌，他继承了职业镖师所有的优点，沉着、冷静，还有冷酷。因此，他对男女之间那些婆婆妈妈的事，没有太多的兴趣。

茹让他娶杨四小姐，他娶就是了，他要为“关东第一镖局”留下后人。他知道，冯家不能没有后人，他要和女人生儿子，生一个优秀的男人，继承“关东第一镖局”的事业。

冯森对新婚之夜，显然已经不那么陌生了。因此，和杨四小姐的新婚之夜他驾轻就熟。冯森送走了最后一批客人，他喝多了酒，头重脚轻地往新房里走，他轻轻飘飘地走进了新房。

杨四小姐早已等他多时了。一身新衣穿在她的身上，她觉得这是自己一生中最幸福的时刻，从今天开始，她就是冯森的女人了。在冯森眼里，杨四小姐今晚显得有些陌生。

几支蜡烛把新房照得很亮，冯森坐在炕上，如梦如幻地望着杨四小姐。杨四小姐端来盆热水放在冯森脚前，她要亲手为男人脱鞋洗脚，母亲就是这样对父亲，她也要这样对待自己的男人。

冯森就说：我不是胡子，我出一车药钱是不想为难杨镖头。

冯森还说：到现在我也不太想娶你，我不想让别人说我落井下石。

杨四小姐蹲在那儿，一边给冯森洗脚一边说：嫁你我愿意，你不是胡子，我也不是二姐三姐，你娶我嫁天经地义。

冯森还说：我一想起广泰心里就不舒服。

杨四小姐：他是胡子了，我不能嫁给胡子，以前的事是以前，现在是现在。

冯森又说：我要让你为我生儿子。

杨四小姐：别说生孩子，就是当牛做马也行，我以后就是冯家的人了。

杨四小姐为冯森洗完脚，起身开始铺被子，被子是新的，大吉大利的样子。

杨四小姐铺完被子，又倒掉了洗脚水，然后站在地上解自己的扣子，她先吹熄了一支蜡烛。

冯森钻进了温暖的被窝，看到了杨四小姐的红肚兜，他干干地咽了口唾液说：从今以后，你就是我的女人了。

杨四小姐又吹熄了一支蜡烛，她一边解腰带一边说：自从我走进你们家门，我就是你的女人了。

冯森睁着眼睛说：我要让你为我生儿子。

杨四小姐又吹熄了一支蜡烛才说：我为你生儿子也生闺女，我要让咱家人丁兴旺。

杨四小姐把自己差不多都脱光了，胸前只剩下了那个红肚兜，屋里也只剩下最后一支蜡烛了。

冯森这回才闭上了眼睛，他梦呓般地说：我喜欢脱光的女人。

杨四小姐回身又吹熄了最后一支蜡烛，才把最后的红肚兜脱下去，然后很快地钻进被子里躺在了冯森的身旁。

夜很静，也很黑。

在这静夜里，冯森气喘着说：你真的愿意做我的女人？

杨四小姐答：我愿意。

接下来，一切便都如歌如水了。

八

奉天城里的人都知道，好汉广泰投奔了小孤山的胡子马大帮子。聪明的人隐约地觉得，事情远没有结束。广泰当时投奔胡子，是他绝望中唯一的选择，他不能再寄人篱下了，他更不能看着自己心爱的女人和冯森成亲过日子。

父亲李大鞭子当年给杨镖头当镖师时，就梦想有朝一日自立门户，没想到却死在了和胡子的打斗中。这么多年，广泰一直没有忘记父亲的遗愿，他天天梦想着有朝一日翅膀硬了，自己独自撑起一片天。自从来到杨镖头家，杨镖头虽说对他恩重如山，他的心里仍不踏实。他能一心一意为杨镖头卖命，主要是看中了杨镖头这块招牌，杨镖头有女无儿，总有一天会老的。到那时，他娶了杨四小姐，整个镖局就是他的了。也就是说，到那时广泰将什么都有了，改个招牌，也就是动动嘴的事。

当年，广泰九死一生孤身走进小孤山，那是他绝望中的一次挣扎。他不能眼睁睁看着杨镖头倾家荡产之后，再把杨四小姐送给胡子，那时他广泰真的啥都没有了。

没料到的是，正是他的垂死一搏，挽救了杨镖头一家，也拯救了自己。眼见着杨镖头一天老似一天，广泰看到了自己的未来，就在广泰即将成功的时候，杨镖头又一路丢镖，彻底粉碎了广泰的梦想。

杨四小姐为了保住父亲一世的清白，又一次出卖了自己。留给广泰的是一场梦，梦醒了倒什么都没有了。心灰意冷的广泰，看不到前面有任何出路，他只能投奔胡子，过另外一种生活。广泰真不想再把自己当人了，父亲想当个好人，结果死在与胡子的打斗中；杨镖头也想当个好人，结果一头撞死在马路上；自己想当个好人，又是一场虚幻的梦。广泰自从下定决心当胡子那天开始，他已经不再把自己当人看了。

有今儿没明儿的胡子们，打乱仗和火并是家常便饭。就在广泰上了小孤山不久，马大帮子和黑风口的另一绺胡子为了抢占地盘又一次火并，结果马大帮子在乱战中被冷枪打死，马大帮子一死，广泰就成了小孤山上的胡子头。

广泰当了胡子却恨胡子，胡子是镖局的天敌，没有胡子父亲李大鞭子就不会死，许多事情都不会发生，他要借胡子灭另外一道胡子。广泰成了胡子头之后，他心狠手辣地端了附近几绺胡子的老窝，想归顺他的就全部收留，其余的统统杀掉，然后还要烧了胡子的老窝。广泰不仅对胡子这样，对附近的大户也同样如此，抄家杀人，一时间，广泰的心狠手辣传遍了城里城外。有钱的人家不敢招惹广泰，就是那些同样心狠手辣的大小绺胡子也闻风丧胆。

从那以后，不少大户人家怕招惹麻烦都主动地给广泰进贡，他们怕广泰抄家，更怕广泰要了他们的命。小孤山的胡子们少了许多辛劳，坐在山上等吃等喝，只要山上空了，广泰一声令下，就会有人送来吃的喝的，因此，广泰深得众胡子的尊敬。不到半年时间，小孤山上的胡子，由原来的几十人，壮大到二百多人。

威风八面的广泰在小孤山上活得并不开心，他知道这种落草为寇的日子不会长远，不知何时何地，总有那么一天自己也会像马大帮子被乱枪打死。在这种有今儿没明儿的生活中，他异常思念远在奉天城里的杨四小姐。

他本以为眼不见心不烦，远离杨四小姐就会淡忘心中那份思念和折磨，自从他上山之后，他才知道自己的想法是大错特错了。他无时无刻不在思念着杨四小姐。杨四小姐已深深地融在了他的骨肉里。在和杨四小姐生活在一个屋檐下的日子里，他早就把杨四小姐看成是自己的人了，他吃惯了杨四小姐家的饭，穿惯了杨四小姐做的衣。

那时，杨四小姐和杨镖头住在后院，他和其他镖师住在前院。有许多个夜晚，他被后院的杨四小姐诱惑得睡不着觉，他站在院子里，看着杨四小姐屋里的油灯在明明灭灭地燃着，他知道那是杨四小姐在为他或为父亲缝补衣服。望着看着，内心里就升起许多温暖的情致，他悄悄走过去，用指甲划破窗纸，望着杨四小姐在屋内的一举一动。杨四小姐果然在飞针走线，她的脸孔被油灯映得很红，几绺头发落下来，一飘一摇的。夜渐渐地深了，杨四小姐把补过的衣服一件件叠好，然后开始脱衣睡觉，当杨四小姐把自己脱得只剩下一个肚兜时，才一口吹熄了灯盏。他每次都看得入神入迷，光光鲜鲜的杨四小姐就在眼前，他恨不能冲进去，把杨四小姐抱在怀里，但最后他还是忍住了，他明白，杨四小姐早晚都是自己的人。这么想过之后，他才幸福地离开杨四小姐的窗下，躺在炕上，望着漆黑的夜想着幸福的未来。那时，他和杨四小姐只隔着一层窗纸，此时却遥不可及。

身在小孤山的广泰，每次想到这些都痛不欲生，他会整夜地睡不着，眼前翻来覆去的都是杨四小姐穿着肚兜的身影。

小胡子们有时在山下会抢来一两个良家妇女，带回山里取乐。广泰一看见女人，他首先想到的是杨四小姐，眼前的女人哭哭喊喊要死要活的样子，便让他失去了兴致，他从来不碰这样的女人。

不久，他就得知了杨四小姐和冯森成婚的消息。那天，他在山头的雪地上蹲了许久，他知道，这是杨四小姐最好的归宿了。他早就知道会有这么一天，当杨四小姐走进冯家的大门他就预料到了，所以他才下决心离开奉天城里。可当他得到这个消息时，他还是无法承受，他想不出杨四小姐和冯森在一起时会是什么样子。

那一天，广泰喝醉了酒。醉酒之后的广泰抱着头痛不欲生地大哭了一回，哭得小胡子们迷迷瞪瞪的，不知广泰为何要这般伤心。他恨天恨地恨自己，恨天地不开眼，让杨四小姐活生生地离开了自己，恨自己作为一个男人没有能力保护好本属于自己的女人。

广泰酒醉之后就深刻地想：以前的广泰死了，现在自己已不是以前的广泰了。

九

冯森和广泰成为磕头弟兄，绝不是冯森的心血来潮，在他的为人准则里，多个朋友多条路，多个仇人多把刀。开镖局的人家不怕朋友多，就怕有仇人。一家几代人经营的镖局，终于有了规模，成为响彻关外的第一镖局。冯森生长在镖局世家，受到父辈的感染与熏陶，也沿袭了他们行侠仗义、为朋友两肋插刀的秉性，他喜欢结交真正的汉子。广泰当年独身一人，硬是从胡子手里要回了镖，仅这一件事就令冯森刮目相看。

杨四小姐在卖自己时，冯森能体会到广泰当时的心境，他自己也是个男人，他真心地希望自己的举动能成全广泰和杨四小姐，没想到事与愿违。如果杨四小姐不是杨四小姐的话，事情将会是另外一个样子，可杨四小姐就是杨四小姐。

冯森并没有做错什么，但冯森仍感到愧对广泰。后来冯森押镖途经小孤山时，他很想同兄弟广泰聚一聚。广泰沦落到这步田地，他的心里也不好受，在他的内心深处，从没有把广泰真当成胡子，他觉得广泰仍然是他的兄弟，他一直觉得广泰早晚会有一天走下山，光明正大地干正经事。

冯森冲着茫茫林海喊：广泰，大哥来了！

其实广泰早就下山了，他就躲在一棵树后，望着走来的冯森的人马。冯森的队伍里，那杆“关东第一镖局”旗在风中卷动。自从广泰立志要有自己的镖局时，他就开始羡慕这杆镖旗了。镖旗是镖局的象征，凡是开镖局的人，有谁不羡慕“关东第一镖局”呢！

此时，那杆惹眼的镖旗，似一团火烧着广泰的眼睛和心，不知为什么，他的心里异常难受。有一阵，广泰曾幻想走在镖旗下的不是冯森而是他自己，那将会是怎样的一番景象啊。以前他做梦梦见过自己的镖局。

在冯森呼喊他的名字时，他才清醒过来，把枪插在腰里。他一步步向冯森走过去，身后是一群小胡子。小胡子们端枪拿刀地拥着广泰走来，直到这时冯森才清醒地意识到广泰已经是胡子了。但他对广泰并无戒备，自从广泰离开奉天城，来到小孤山后，他一直都在记挂着广泰。

冯森见到走过来的广泰，也向前紧走几步，打量着越走越近的广泰。

冯森说：兄弟，你瘦了，也黑了。

广泰口是心非地说：我是胡子了，活过今天还不知明天呢。

冯森听了广泰的话就有些难过，他握住广泰的手，广泰却那么不冷不热地让他握着。冯森说：兄弟，下山吧，你要是不愿意在我这儿干，我帮你另立门户也行。

广泰就笑一笑，抽回手，冲冯森抱了抱拳说：大哥的好意我领了，开镖局那是个梦，我有那个心没那个命，我只配当胡子。

冯森就不好再说什么了，他从镖车里抱出了一罐酒，说：四小姐知道我路过这里，这是她特意让我捎来的。

停了一会儿，冯森又补充道：这是我和四小姐的喜酒。

广泰的手有些抖，那一刻他差点流出泪来，他又一次体会到了杨四小姐的一片情谊。

半晌，广泰颤着声音问：四小姐还好吧？

冯森的心里很不是个味。两个男人为了一个女人，不管怎么说，总是有些别别扭扭的。他一时不知如何回答，突然想到临走前，杨四小姐让他带给广泰的几棵山参。杨四小姐这么有情有义地惦记着广泰，冯森感到很高兴。广泰毕竟和杨四小姐有过那么一段，如果杨四小姐一夜之间就把广泰忘得一干二净，那么他冯森也就不会娶杨四小姐了。有哪个男人愿意娶这种无情无义的女人呢？

冯森又把山参递给广泰道：这也是四小姐带给你的，她说山上寒大，让你补补身子。

广泰接过山参，久久没有说话，他是在强迫自己不把眼泪流出来。当年在马大帮子面前烧自己吃自己时，他都没有掉过一滴泪，可有关杨四小姐的丝丝缕缕，都让他心潮难平。

半晌之后，广泰终于说：要是大哥不嫌弃，上山歇歇脚吧。

冯森抬头望了眼天空，时光尚早，就说：还是赶路吧，东家还等着这批货呢。

广泰就不说什么了，冯森上了马，广泰才想起什么似的说：用不用我送你一程？

冯森说：不用了，这条路我常走。

大哥，那就多保重。广泰又冲马上的冯森拱了拱手。

冯森的一队人马就越走越远。最后被雪雾笼罩了。

冯森知道，自己无论如何也走不进广泰的内心了，但这次和广泰见面还是让他感到高兴，只要广泰平安地活着，他心里的愧疚感就会少一些。

广泰曾试图忘掉过去的一切，可不知为什么，他越是想忘记，就越是无法摆脱往事的缠缠绕绕。

他双手托着那几棵山参，心里一遍遍地说：这是四小姐给的。他的眼前又闪现出杨四小姐的形象，他就湿润了一双眼睛，他就泪眼蒙眬着深一脚浅一脚地向山里走去。他越往山里走，他的心就越冷。

广泰经常在山上那间木刻楞的小屋里发呆，这种与世隔绝的生活让他生出深深的绝望。只有酒才能让他忘记眼前的一切，于是他就经常大醉。刚开始，小胡子们一直捉摸不透广泰，不知道广泰成天到晚把自己关在小屋里琢磨什么。这种距离使小胡子们有了不信任感，自从广泰常常醉酒，说些胡子们才说的脏话和疯话，小胡子们才觉得，广泰就是胡子，于是就都没有什么了。

冯森的出现，给广泰的渴盼终于带来了一丝希望。虽然他见不到杨四小姐，但他还是能从冯森身上感受杨四小姐的存在。从那以后，他盼望着冯森再一次出现。

终于，冯森住在了小孤山。那一次镖车赶到小孤山时，太阳已经落山了，再往前走就是黑风峡了，黑风峡盘踞的是另一绺胡子。虽说以前途经黑风峡时，并没有什么事，但冯森也不敢大意，更主要的是，小孤山有广泰，于是冯森就住下了。这回杨四小姐为广泰捎来了一床狗皮褥子，是杨四小姐连夜缝制的。

广泰那晚坐在狗皮褥子上和冯森对饮，其他兄弟和车马，由一帮小胡子在招呼着。小屋的地上，红红火火地燃着木棒子，两人一边饮酒一边说话，说着说着就说到了杨四小姐。

广泰说：四小姐的手巧哇，以前我穿的衣服都是她做的。

冯森也说：四小姐是个有情有义之人。

广泰说：你要善待四小姐，谁娶到四小姐，就是谁的福分。

冯森也说：那是，一日夫妻百日恩嘛。

两人都不说什么了，都大口地喝酒。喝着喝着广泰就醉了，醉了酒的广泰就大呼小叫地要女人。女人是胡子从山下的妓院里抢来的，在山上住上三五日，就送下山去。

当下就有一个小胡子撕撕巴巴地把一个妓女推到广泰的屋里。

广泰就冲冯森说：大哥，你要女人不？

冯森就说：广泰你醉了。

广泰说：你有女人，我也有女人，我有婊子。

说完就让妓女为自己脱鞋，并且让妓女舔自己的脚趾，他一边大笑一边说：大哥，兄弟不缺女人，也不缺钱。只要你有钱，让她干啥她就干啥。

广泰笑着笑着就不笑了，他愣愣地冲冯森说：四小姐好哇，四小姐有情有义。说到这儿，广泰就呜呜咽咽地大哭起来。

冯森说：兄弟，你真的醉了。

第二天，两人分手时，谁也没有再提昨晚的事。分手时，广泰白着脸冲冯森说：大哥，你把我忘了吧，咱们不是一路人，我是胡子了。

冯森借机说：兄弟，下山吧，下山干啥都行。

广泰摇摇头，又说：你回去告诉四小姐，就说广泰已经死了。

广泰真希望自己死了，死了就一了百了了，没有了痛苦，也没有了思念。

十

广泰在白雪苍茫的小孤山上，空前绝后地思念着杨四小姐。他本认为远离杨四小姐，就会眼不见心不烦，然后渐渐把过去的一切都忘了，做一个浑身轻松的胡子。当上了胡子，随着时间的推移，他才发现自己是大错而特错了。

广泰此时此刻真正体悟到了什么是思念，以及思念的痛楚。那份感受，似一把生了锈的刀在一点又一点地割着广泰的心。

孤独的广泰无法和众胡子融在一起，他瞧不起聚在眼前的这些乌合之众。换句话说，这些人都是不法之徒，在山下时啥事都干过，混不下去了，跑到山上当了胡子。广泰知道自己无论如何也不能和这些人等同起来。

孤独使广泰绝望，绝望又使他无论如何也忘不掉杨四小姐。每次冯森离开，广泰都要捧着杨四小姐给他捎来的东西哀哀地痛哭好一阵子。见物思人，他知道杨四小姐还没有忘记他，一直在挂记着他，这份情感越发地使他不能自拔。

在许多次梦里，杨四小姐出现在广泰的眼前，人还是那个人，一声笑语，一个眼神，都令广泰心神熨帖。梦醒了，广泰仍许久睡不着，他望着漆黑的夜，听着寒风在山野里呼喊，他的心也有如寒夜这么冷。直到这时，广泰才清醒地意识到，他这一生不能没有杨四小姐，哪怕只拥有一天，然后让他死去，那日子也圆满了，这一辈子也值了。

广泰荒唐的想法就是那一刻产生的，这种想法一经产生，便不可遏制，转瞬就长成了参天大树，让广泰欲罢不能。他已下定决心，做回胡子。他自然想到了冯森，他这么做对不住冯森，但转念一想，谁让冯森娶了杨四小姐呢。他和冯森相比，冯森什么都有了，不仅拥有“关东第一镖局”，还拥有杨四小姐。冯森的日子在广泰的心里简直就是进了天堂。这么一想，他又觉得没有什么了。他在心里恨恨地说：冯森，就让广泰对不住你一次吧。

这次冯森押着东北军的军火途经小孤山时，广泰觉得时机成熟了。正巧那天冯森赶到小孤山时，天已经黑了，如果小孤山没有广泰，冯森就不会直奔小孤山，他会在山下的镇子里住上一夜。冯森又一次随广泰到了山上。广泰觉得这是一次千载难逢的好机会，他知道，劫冯森的镖，冯森不会伤筋动骨，家大业大的冯森，别说丢一次镖，就是丢上十次八次，也赔得起。这次却不同，冯森押的是东北军的军火，是他的性命。

那一天，广泰招待冯森一行人马时和其他什么时候并没有什么两样，广泰不停地劝冯森饮酒，在这之前，他吩咐小胡子往酒里放了麻醉药。他知道，要是硬劫冯森的镖，别说一个广泰，就是十个广泰也不会占到什么便宜。

冯森每喝一杯，广泰都在心里说：冯森对不住了，谁让你过得那么好呢？谁让我活得人不人鬼不鬼呢？谁让你娶了四小姐呢？

冯森和一行人马酒醒之后，发现已经到了山下，镖车和押镖的家伙却留在了山上。直到这时，冯森才明白：兄弟广泰劫了他的镖。

冯森的愤怒与惊讶无以言表。

杨四小姐知道广泰为什么劫冯森的镖，他劫的不是冯森的镖，劫的是她。在那一瞬，杨四小姐对广泰心存的所有念想灰飞烟灭了。此时，她心里只有自己的男人冯森，她知道，只有自己才能救冯森。

杨四小姐很冷静，没有哀叹也没有流泪，只有换回冯森的镖，才能挽救冯森的性命。谁都知道，东北军说得出也做得出，别说杀死一个镖师，就是杀了一城老小，也不费吹灰之力。下定决心的杨四小姐，十头牛也拉不回了。

杨四小姐穿戴整齐，来到冯森面前，冯森依旧没有从惊愕中醒悟过来。她跪在了冯森面前，一字一顿地说：我这条命是你给的，眼前的生活也是你给的，我是你的女人，活着是冯家的人，死了是冯家的鬼。我要是死在小孤山，希望你能为我收尸，也不枉我们夫妻一场。

冯森清醒了一些，他望着杨四小姐，生硬地说：这是我们男人的事，不用你管！

杨四小姐声音不大，却异常坚决地说：不，广泰是为我才劫的镖，祸是我闯下的，我去换镖！

这是冯森无法接受的，他说：你不能去，除非我死了！

杨四小姐站了起来，她冲冯森笑了一下，冯森不明白杨四小姐为什么要笑。笑过的杨四小姐就走出门去，她站在院子里，仔仔细细地把整个院子看了许久，才转过身，套了一匹马，走出院门。

马蹄声渐渐远去。

杨四小姐一走，冯森彻底清醒过来，他红了眼睛，红得要流出血来，他终于大喊一声：广泰我要杀了你！

冯森终于想好了，他倾家荡产也要杀了不仁不义的广泰，夺回他的镖，重树“关东第一镖局”的声名。

冯森让人装了一车银两。下人往车上装钱时，冯森连眼皮都没眨一次，他要用这车银子，到东北军营中换来一百兵丁，然后直奔小孤山，杀了狼心狗肺的广泰。

冯森在做这些时，茹在屋内一声声地喊：冯森，你疯了，你这是疯了……

冯森似乎没有听到茹的话，他该干啥还干啥，这是他第一次没有听茹的话。他心里只有一个念头，那就是杀了广泰。

茹躺在床上绝望地想：这个家完了。她有些后悔当初让冯森娶杨四小姐了。

十一

杨四小姐来到小孤山脚下的时候，广泰似梦似幻地在那里已经等了一天一夜了。他知道杨四小姐一准儿会来，他太了解杨四小姐了。

当杨四小姐出现在广泰的视线里时，他怀疑自己是在做梦，他揉了一次眼睛，又掐了一下大腿，待他确信这不是梦时，眼泪流了下来，眼前就是他朝思暮想的杨四小姐呀。广泰觉得已有一个世纪没有见到杨四小姐了，他一时不知该冲杨四小姐说什么。杨四小姐的脸上没有任何表情，从知道广泰劫了冯森的镖那一刻起，她对广泰所有的情谊就绝了。

广泰还是说：四小姐，你让我想得好苦哇。

杨四小姐说：你不是人。

广泰说：我想你想得没办法，我才这样。

杨四小姐又说：我是来换镖的，你不还镖，我就死在你面前。

广泰仰起脸，露出一副孩子般的神情道：我不是真劫冯森的镖，我咋能劫他的镖呢，我就是想见你一面，只这一面，我死也值了。

在随广泰上山的路上，杨四小姐看到，一群胡子已经往山下运镖了。除了镖之外，胡子们身上大包小包的，还背了许多东西。

广泰望着往下走的胡子说：我把他们都打发走了，他们愿意投奔哪支哪绺和我没关系了，今天山上只有咱们两个人，只这一天，明天我就送你下山。

杨四小姐仍一句话也不说。

广泰那间小屋里生着了火，杨四小姐盘腿坐在炕上，她似乎已经很累了，她闭上了眼睛，随之眼泪也流了下来。广泰扑通就跪在杨四小姐面前。

广泰说：我知道在你眼里我不是人，我也不想这么做，可我管不住我自己。

杨四小姐说：我们全家就毁在了你们这群胡子的手里。

广泰低下头说：明天我就不是胡子了。

杨四小姐睁开眼睛说：我是来换镖的，你想咋就咋吧。

广泰一时不知说什么好，他想过千万种和杨四小姐重聚的场面，但万万也没有想到杨四小姐会这样。

广泰抽泣着说：四小姐呀，你高兴一点吧，只要你高兴，就是让我立马去死也行啊。

杨四小姐透过窗子，看到苍茫的雪山和老林子，整个山上很静。

广泰跪在那里，他知道这一生一世做错了两件事，第一他当初不该离开杨四小姐，另外就是不该劫冯森的镖。头脑发热的广泰已经管不住自己了。

山上的胡子们都走光了，他们已经各奔东西了，这是广泰事先就安排好的。他知道，只要杨四小姐上山，他的路就走到了尽头。一时间周围很静，只有窗外刮过的风声，天渐渐地就黑了。

杨四小姐仍那么坐着，广泰跪着，世界仿佛已停滞了。

杨四小姐终于望着广泰，一字一顿地说：广泰你听好，以前我一直把你当成有情有义的男人，现在不是了，你猪狗不如。

广泰似吟似唤地说：四小姐只要你高兴，你就骂吧，骂啥都行。

杨四小姐却不骂了，她开始脱衣服，她解着扣子，仿佛在为自己举行一种仪式，神圣而又悲壮。她又一次想到了三个姐姐，姐姐们为了父亲，她这次是为了自己的男人冯森。

杨四小姐终于把自己脱光了，她仰身躺在炕上，身下是她亲手为广泰一针一线缝制的狗皮褥子。然后她异常平静地说：我是来换镖的，你想咋就咋吧。

杨四小姐说这话时，她的心如空空的枯井，说完她就闭上了眼睛。

广泰看到四小姐僵尸似的躺在炕上，他的心哆嗦了一下，他的心里悲怆地喊了一声："四小姐呀——"

眼前的杨四小姐离自己是这么近，只要他伸出手就能碰到他朝思暮想的杨四小姐。杨四小姐的身体是那么美丽，那么诱人，可近在眼前的杨四小姐离他又是那么远，远得不可触及、高不可攀。

杨四小姐的身体在广泰的眼里是那般的熟悉，却又那么陌生。他跪在地上，就那么痴痴地望着眼前的杨四小姐，他觉得眼前的一切是那么的不真实，如梦似幻，此时，他竟没了欲望，有的只是深深的悲凉和绝望。

他的手试探着握住了杨四小姐的手，杨四小姐的手像尸体一样冷，他的心又抖了一下。

杨四小姐睁开眼睛说：我是冯森的女人，生是他的人，死是他的鬼。

广泰最后一点热情也土崩瓦解了，他抱住自己的头，呜呜咽咽地哭起来。

终于，天渐渐地亮了。

杨四小姐突然睁开眼睛说：天亮了，你要是不来，过了这个村可就没这个店了。天一亮我就走，你可别后悔。

广泰迷迷瞪瞪的，仿佛没有听见她的话。

杨四小姐开始穿衣服。

广泰的心就碎了。

十二

广泰醉酒似的从地上站起来，知道他和杨四小姐的缘分尽了。他守着杨四小姐想了一夜，似乎把什么都想透了，又似乎越想越糊涂。

他有气无力地冲杨四小姐说：我送你下山吧。

杨四小姐没说什么，她洗了脸，又梳了头。此时她觉得一身轻松，其实她早就想好了，要是广泰把她怎么样，她绝不活着下山，或吊死在树上，或撞死在树上，总之，她不能对不起冯森。广泰并没有把她怎么样，她要下山，回到奉天城里，回到冯森的身边为冯家生儿育女过生活，她看也没看广泰一眼，便走出了小屋。

天已经大亮了，太阳照在白茫茫的雪地上，杨四小姐眯起了眼睛，她深深地吸了一口气，这时她看见四面八方都是穿灰色军装的士兵，士兵手里端着枪，正一步步向山头逼近。杨四小姐还看见，冯森提着双枪走在最前面。

不知什么时候，广泰套了一匹马站在杨四小姐的身后，他也看见了漫山遍野的士兵和手提双枪的冯森。

广泰小声地说：我知道冯森是不会饶过我的。

广泰似乎笑了一下才又说：四小姐，你上马吧，到山下还有好长一截路呢。

杨四小姐似乎没有听见广泰的话，她独自迎着冯森走去，她要告诉冯森，广泰没把她怎么样，她还是他的女人。

广泰牵着马也迎着冯森走去，他说过要送杨四小姐下山，他不能食言。

冯森越来越近了，冯森这时举起了枪。

广泰似自言自语地说：好人难做呀。

枪就响了。

杨四小姐回了一下头，她看见广泰睁着眼睛，白着脸，在慢慢向后倒下去。

杨四小姐受了惊吓似的向冯森跑去，她张开臂膀，样子似要飞起来，她一边跑一边喊：冯森，冯森……

枪又响了一次。

杨四小姐突然停止了跑动，她似一只被剪断翅膀的鸟，软软地落在地上。

冯森走近杨四小姐，杨四小姐依旧睁着那双美丽的眼睛，她继续地说：冯森……我活是……冯家的人……死……是冯家的……鬼……

冯森越过杨四小姐，来到广泰身旁，广泰死不瞑目的眼睛迷迷瞪瞪地望着天空。冯森把枪插在腰间，他踢了一脚广泰，哼了声说：敢劫我的镖，敢碰我的女人，我是谁！

冯森又走近杨四小姐，此时的杨四小姐已合上了眼睛，她的样子很安详。冯森哑着声音说：我不能要胡子睡过的女人。

冯森站在山顶，他抬起头，看见了一团灰蒙蒙的冬日，正在一点点地越过头顶，有两滴眼泪凝在冯森的眼角，却久久没有落下来。

闯关东的女人

公元1935年，中原水灾，滚滚的黄河水决堤而出，淹没了几十个县的田地和村庄。那一年，水灾之后，几十个县颗粒无收，瘟疫像野草一样地蔓长，男女老幼的尸体横陈乡野。第二年，草青草绿，到了秋收季节，又来了一群满天满地的蝗虫。蝗虫所过之处，片草不留。多灾多难的中原，又一次背井离乡的大迁徙开始了。

男人挑着全部家当，身后随着女人，老人牵着儿孙的衣襟，他们哭爹喊娘，一路跌跌跄跄地向北方走来。

过了山海关，他们已流尽了思乡的泪水，北方寒冷的空气使这些中原父老打着长长短短的喷嚏，地冻天寒的天气，告诉他们已经进入关东的土地了。

一

流油的关东黑土地接纳了一拨又一拨中原人，他们依山傍水建起了自己的家园。这些大多来自河南和山东的迁徙者，不同的口音使他们分屯而居。河南人住在山南，山东人住在山北。刚开始，山南只有十几户河南人，山北也只有几户山东人，随着大批闯关东的中原人的到来，山南和山北的屯户渐渐地就壮大起来。他们分屯而居，泾渭分明。他们依据乡音聚集在一起，开荒种地，进山捕猎，从此，他们开始了一种崭新的生活。

是乡音把他们聚集在一起，同乡一起流落在关东的土地上，他们没啥可说的了，老乡见老乡，两眼泪汪汪。先来的人们腾出自己的房屋接纳后来者。春暖花开的季节一到，全屯子人一起动手，挖土伐树，帮助后来者建房盖屋。有了炊烟，有了鸡啼狗叫，就有了日子。有了日子就有了故事。

山北的山东屯，在那年秋天成就了一个喜事。大奎和乔麦花成亲了，那一年，大奎十八岁，乔麦花十六岁。大奎已经在山东屯里生活了两年了，乔麦花今年刚来到这里。大奎是一个人来到山东屯的，离开山东老家的时候，他们是一大家子人，有父母，还有一个十岁的妹妹。先是十岁的妹妹饿死了，母亲一路上一直在哭，为了背井离乡，为了饿死的女儿，母亲伤心欲绝，死去活来地就是哭。母亲本来就是拖着虚弱的身体上路的，一路上他们靠着吃野菜喝河水支撑着。他们想讨点吃的，可路过的人家早已是十户九空了，剩下的一家也是饥肠辘辘，靠野菜树皮度日。悲痛万分的母亲倒在了一个山坳里，父亲和大奎流着眼泪把母亲埋了，他们头也不回地上路了。他们已经没有回头路了，只能咬紧牙关，沿着同乡的足迹去闯关东。山海关已经遥遥可望，父亲却患了疟疾，父亲发冷发烧，上牙磕下牙，浑身上下筛糠似的抖个不停。父亲无力行走了，大奎背着父亲，奔着遥遥可望的山海关去了。还没到山海关，父亲的身体就凉了，后来就硬了，大奎放下僵硬的父亲。此时，大奎已经欲哭无泪了。

大奎只能把父亲埋在了关内，最后他只身一人来到了山东屯。同乡的男人女人接纳了他，帮他盖起了三间土屋，又分出了一块荒地。大奎幸运地活了下来。

乔麦花的经历和大奎大同小异，一家子人就她一人来到了山东屯。也是好心的同乡收留了她。也是同乡做主，成就了大奎和乔麦花这门婚事。

背井离乡的人们，难得有一次喜庆的事。大奎和乔麦花的婚事，变成了山东屯共同的喜事。他们倾其所有，拿出家里风干的腊肉，这是他们进入冬天后猎到的果实，只有年节时他们才从房檐下把风干的腊肉割下一块。家乡的风俗，婚丧嫁娶的少不了吹吹打打的鼓乐班子，刚刚组建起来的山东屯自然没有这样的班子。于是，一些壮年男人拿出家里的锅碗前来助兴。幸好闯到关东的大小孩娃跑前喊后，到关东才生下来的婴儿，在母亲的怀里吮着母亲的乳头，咿呀助兴。一时间，小小的山东屯便被热闹和喜色笼罩了。

这份热闹自然惊动了山南的河南屯，一干人等袖着手站在山坡上看热闹，先是山东屯的人喊：河南侉子，河南侉子。

河南屯的娃也喊：山东棒子，山东棒子。

河南人和山东人来到关东后，一直用这种称谓蔑视着对方，双方又没人能说出这种称谓的确切含义，在他们双方的心里一直认为这是骂人最解气的话。

刚开始是孩娃们加入到了这种对骂之中，后来男人女人也加入到了对骂的阵中，一伙山下，一伙山上，声音一浪高过一浪。这份热闹给大奎和乔麦花的婚礼增添了一道喜剧色彩。最后还是于三叔出面制止了山东屯男女老幼的谩骂，这种对骂才暂告一段落。

于三叔是山东屯的创始人。他带着一家老小先在此地落脚生根，从此便有了一家一户山东人在此落脚。于三叔在全屯人中年龄也最长，于是，一屯人的大事小情都是于三叔拿主张。大奎和乔麦花的婚事自然也是于三叔做的主。大奎和乔麦花的婚礼就是在于三叔的主持下进行的。

两位新人在于三叔的指引下，拜了天，拜了地，双方父母都不在了，于是就拜乡亲，拜过了就入洞房了。

在入洞房前，于三叔大着嗓门说：大奎、麦花，你们俩听着，结婚生子天经地义，为了山东屯红红火火，你们要多生多养。

这是一句平常的话，乔麦花却羞得两颊绯红。此时的乔麦花和半年前的乔麦花相比就像脱换了个人似的。半年前的乔麦花又黑又瘦，但经过关东黑土地半年的养育，乔麦花便惊人地美丽起来，脸白得让人想起牛奶，眼睛自然是又黑又亮，身材是该凸的凸了，该凹的凹了。很多年以后，山东屯河南屯的人都在说乔麦花是百年不遇的美人。

一对新人入了洞房，围观的人们仍久久不愿离去，他们仍在议论着。

男人说：麦花真俊，当了新娘就更俊了。

女人说：大奎真是有福气，娶了一个仙女。

另一个男人说：俺要是娶了麦花，整夜地不睡觉。

男人的女人就虎了脸说：你干啥，你想干啥？

男人就嬉笑道：整夜地看呗。

男人女人就都哄笑了。

大奎和麦花的新婚之夜，果然是个不眠之夜。麦花幸福的欢叫声和大奎如牛的喘息声在山东屯静谧的晚上一直时断时续地响到了黎明。山东屯的男人和女人，那一夜都显得特别兴奋，他们齐心协力地配合着大奎的喘和麦花的叫，也一直折腾到很晚，这是他们来到山东屯之后最愉快的一天。

二

山东屯和河南屯的人们，刚开始并没有明显的纷争，都是从关内背井离乡逃出来的。起初两个屯子的人偶有走动，张家借李家一些针头线脑，李家和王家交流一些农事上的经验，关外毕竟不同于关内，一样的种子因气候的变化结出的果实便有了差异。

随着一批一拨的河南人和山东人的涌入，两个屯子便都增人添口，荒地开得都差不多了。经常出现山东人开出的地，被河南人种了；河南人捕到的猎物又被山东人拿走了。于是，山东人和河南人之间便有了仇隙。刚开始他们用“山东棒子”和“河南侉子”这样的语言相互谩骂，最后竟为一块荒地而大打出手。

春天的时候，张姓的山东人去种去年开出的荒地，没料到却被王姓的河南人给种了。张姓的山东人便和王姓的河南人理论，王姓河南人拒不承认这地是张姓山东人的，两人就争就吵，张姓山东人眼看着地被外人霸占去了，气不过，讲理又不通，就和河南人动了手。周围劳作的河南人都过来帮忙，把张姓山东人暴打了一顿。

人们抬回张姓山东人时，山东屯的气氛就很压抑，他们都聚在屯中那棵老柞树下，一起望着主事的于三叔。于三叔吸烟袋锅子，烟火在于三叔眼前一明一灭。于三叔抽了一锅子，又抽了一锅子，最后把烟袋锅子在脚底下磕了，说：河南侉子这是欺负咱们山东人哩。

众人就答：是哩。

于三叔又说：让了今天还会有明天，让来让去，以后就没有咱们山东人的地界了。这地是老天爷给的，谁先占了就是谁的，咱们山东人开出的地就是咱们山东人的，大伙说是不是这个理儿?

众人就齐声答：是哩，不能让河南侉子蹲在咱们头顶拉屎撒尿。

于三叔就大手一挥道：把河南侉子的地平了，种上咱们山东人的种子。

众山东人一起响应，说干就干，连夜集体出动，平了许多河南人和山东人接壤的地，种上了山东人的种子。

第二天，河南人又挖出了山东人的种子，种了自己的种子。河南侉子和山东棒子就都有了更大的火气，他们针锋相对，抄起农具作武器，便大打出手。

这一次，山东人伤十余人，重伤者有五六个，躺在炕上，没有三两个月是下不来地的。河南人伤者有七八个，有两个人腿折筋断，怕是这辈子也恢复不了元气了。山东人和河南人这仇便记下了。

那一次械斗，新婚不久的大奎也参加了，他受了点轻伤，手臂被河南人手里的刀划了一个大口子。麦花一边为大奎敷药一边说：打啥打，好不容易来到关东，平平安安过日子比啥都强。

大奎一边吸着气一边说：你懂啥，这帮河南侉子真是可恶，咱们山东人咽不下这口气。

麦花心疼大奎，怕大奎有啥闪失。夜晚的时候，麦花便主动地往大奎怀里钻。两人温存之后，麦花才开口道：大奎，你喜欢俺不？

大奎说：当然喜欢。

说完大奎还用臂膀用劲搂了麦花娇娇柔柔的身子。大奎就是喜欢麦花，不仅是麦花的身子，还有麦花身体里散发的气味，这让大奎想到了老家麦子的味道，成熟的麦田气味芬芳，每次搂着麦花，都让大奎想起老家的麦田。

麦花又说：那你以后就不要去和河南人打架了，怪吓人的，打坏谁都不好。

大奎知道麦花这是在心疼自己，在女人面前便不多说什么了，只是默默地点点头，其实心里想的又是另外一种样子了。他想，自己是个男人，能在山东屯站稳脚跟，还不是父老乡亲照顾着，他才有了今天。现在山东人的事就是自己的事，他怎么能袖手旁观。心里是这么想，嘴上却没有说什么，麦花便心满意足地偎着大奎安静了下来。大奎便搂着一地的麦香走进了梦乡。

自那以后，山东屯的人和河南屯的人经常发生口角，撕撕扯扯的小架不断，今天我把你家地里的苗拔了两垄，明天我又让猪吃他家地里的禾苗。于是吵吵闹闹的事情不断。

秋天的时候，麦花有了身孕，小两口一下子便沉浸到幸福之中。于是两人便经常躺在炕上展望未来的日子。

大奎把手搭在麦花隆起的肚子上，感叹着说：俺想要个男孩，男孩好哇，能种地打猎过日子。

麦花把头偎过来，幽幽地说：俺给你生完男孩再生女孩，生满一屋子，咱们家人丁兴旺了。

大奎又说：俺要儿孙满堂，祖祖辈辈在这里扎下根，关东好哇，这里的黑土养人哪。

就在小两口缠绵憧憬的时候，山东屯和河南屯发生了一件大事情。

先是河南人连夜偷偷收了山东人地里的果实，山东人在第二天夜里也收了河南人的果实。第三天晚上，两伙人碰到了一起，于是棍棍棒棒地大打出手了。有不少孩娃和妇女都参加了战斗。

大奎在梦中惊醒的时候，这种械斗已接近了尾声。大奎知道出事了，要从炕上爬起来，麦花一把抓住大奎的胳膊道：你别去，不关咱们的事。

大奎挣扎，麦花又说：你不想俺，也要想想俺肚子里的儿子吧。

大奎便不挣扎了，一直熬到天亮，才穿衣起来。

这是一场空前的械斗，山东屯参加械斗的人几乎都挂了彩，在械斗中有一个山东孩娃被踩死了，另有一个四十多岁的男人脑袋被打出了一个嘴那么大的洞，白乎乎地往外冒着东西，天亮不久便死去了。

河南人死伤自然也很惨重。一个妇女当场被打死，还有一个壮汉的肠子流出了肚皮，回到家里，活了三天，最后爹一声娘一声地死去了。

这场械斗之后，两个屯子的人似乎一下平静了下来。争争斗斗、打打杀杀的结果，双方都付出了惨重的代价，两败俱伤，谁也没得到便宜。

秋收过后，山东屯的人在于三叔的带领下，在两个屯的交界处挖了一条沟，后来河南人也出来了，在另一端也挖了一条沟，两条沟终于连在了一起。

山东人冲河南人呸了一口。

河南人也冲山东人呸了一口。

然后他们默默无言地转身向各自屯子里走去。

第二年春天，山东人在沟这边种地，河南人在沟那边种地。河南人看见山东人苦大仇深地呸着，山东人也水火不容地呸着，然后转过头，又在他们各自的田地间劳作去了。

河南人和山东人暂时和平共处起来。

那一年的夏天，麦花生了一个男孩，大奎叫他黑土。黑土是个很壮实的孩子，一出生就哇哇地大哭不止。大奎咧着嘴，无比满足地望着黑土和麦花。最后大奎就把黑土和麦花都搂在自己的怀里，很豪气地说：咱们还要生，人丁兴旺。

麦花含着激动的泪花，点着头。

就在黑土满一岁那一年，一件料想不到的事情发生了。

三

黑土满一岁那一年的冬天，大奎和关东人俗称熊瞎子的黑熊遭遇了。

关东不同中原，一入冬便被大雪覆盖了。人们只能袖着手躲在屋内避着天寒地冻的冬季。山东屯和河南屯的人们闲不住，他们学着关东人进山狩猎。猎物可以吃肉，皮毛可以拿到几十里外的城里换回油盐。创业阶段的闯关东者表现出了超常的勤奋，他们恨不能一夜之间便过上富人的日子，除了拼命地开荒种地之外，冬天自然不肯白白地荒掉，于是两人一伍、三人一伙地进山去狩猎。

他们狩猎的工具比较原始落后，随便提个木棍子，或用粮食从城里换回的铁丝系几个活动的套子，放在猎物经常出没的地方，也偶有收获。他们这种做法是和老关东人学的。老关东人很少种地，他们大都是专职猎人，多数散居在深山老林里，他们住的是木刻楞而不是土坯房。自从山东人和河南人来到之后，猎人便经常走出山林用猎物和他们换取粮食，也去城里换回油盐以及枪药。这些猎人也下套子，但更多的是使用火枪，因此，猎人不怕猎物的袭击。

山东人和河南人则不行，他们狩猎的工具原始落后，总是三三两两地走进山里，以防不测好有个照应。他们也经常用木棍打死山鸡野兔什么的，大一些的猎物，他们就无能为力了，只能眼睁睁地看着野猪、狼等猎物漫不经心地在他们眼前跑过。

自从来到关东后，山东人和河南人对这些野物已经不感到陌生了，这些野物经常出没于屯子里和他们的田地里，半夜的时候，几乎都能听见狼的叫声，有时声音就近在咫尺。白天他们经常能看到狼的爪印和野猪的蹄印留在他们家的门前。时间长了，这些来自关内的中原人也见怪不怪了。

大奎不想和别人合伙进山，以前他曾和别人一起去狩过猎，虽说都没有空手而归，但收获总是少多了，猎到的野物两三个人分，自然没有一个人独享来得实惠。

有了黑土以后，大奎恨家不富的心情越来越蓬勃了。他要让麦花给他生完儿子再生丫头，子女一群，人丁兴旺地在这黑土地上扎下根。如今已能吃饱肚子的大奎，觉得浑身上下有使不完的力气，他要生养，同时也让自家的日子过得殷实起来。这年冬天，大奎提着丈余长的木棍野心勃勃地进山狩猎了。

那天早晨，大奎怀揣着麦花为他贴的热乎乎的玉米面饼子，踩着深深浅浅的积雪，嘎吱嘎吱地向深山老林里走去。老林子里已经留下了许多人的脚印，有的旧了一些，被风吹浅了，有的则是新的。他努力避开这些人的足迹，凡是被人惊动过的地方，猎物自然也受到了惊吓，能逃的早就逃了，不逃的便成了人们手中的猎物。

大奎走进了林子里，他在一片柞木丛中发现了一群山鸡头扎在一起在互相取暖。天寒地冻的老林子里，这些野物的头脑经常处于麻木状态，况且有朝风吹过，夹着雪粒子在林子里呜咽着，因此，这些在寒冷中的山鸡就放松了对人的警惕，他们捕获到的猎物大都是在这种情况下得到的。大奎已经显得很有经验了，他弯着腰，蹑手蹑脚地走过去，待离这片柞木丛很近了，他猛然把手中的木棍扔出去，受了惊吓的山鸡，第一个反应就是飞起来，正好和空中飞来的木棍撞在一起，当时便有两三只山鸡被打晕了，大奎便奋不顾身地扑上去，把这些晕了头的山鸡牢牢地压在身下。得逞后的大奎把脸埋在雪地上，乐得呵呵的。

就在大奎心满意足，用木棍挑着几只山鸡往回走时，他与一只熊瞎子遭遇了。在这之前，他没有见过熊，对熊几乎一无所知，他看见这一庞然大物在自己眼前走过时，心几乎都要从嗓子眼里蹦出来了。他看着熊的块头，心想：这家伙自己送上门来了，俺要把它放倒拖回去，够俺一家三口吃上一冬的了。他几乎没有多想，便把棍子一端的山鸡扔到了地上，挥舞着棍子一蹦便蹦到了熊瞎子面前。黑熊看见他怔了一下，它并没有理大奎，埋下头又摇晃着笨重的身躯向前走去。如果大奎知趣，拾起地上的山鸡走掉的话，便会避免这场悲剧的发生。结果是大奎不知天高地厚地挥舞着棍子，向黑熊的头上砸去，他以为黑熊也不会比山鸡经砸，这一棍子下去，黑熊不死也得伤。没想到的是，因大奎用力过猛，棍子砸在熊的头上断裂了，大奎两只手的虎口震得发麻。大奎看见那只黑熊不仅没有像他想象的那样倒下，而且受了袭击后黑熊扬起头，看了他一眼，便挥起前掌一巴掌把他击得躺到了雪地上。黑熊似乎不知如何处理倒地的大奎，分岔开四只腿把大奎骑在了身下。直到这时，大奎才感受到了恐惧，他在熊的身下挣扎着，结果他发现这是只公熊，于是他狠命地抓住了公熊肚子下垂在外面的东西。大奎拼了命了，抓住那堆杂物后，又踢又咬，本能地喊着救命。也就在这时，他看见了躲在树后的两个人的脸。一瞬间他想起来，这两个人都是河南屯的，以前参加械斗时，曾看见过这两张脸，但他仍本能地喊着救命。这时，他多么希望那两个躲在树后的河南人能跑过来把骑在他身上的黑熊赶走哇，结果河南人并没有过来。

疼痛难忍的黑熊用屁股一下下蹾着大奎的下身，这是熊的本能，它发怒或是遇到危险时，便用屁股一下下蹾。庞大的黑熊别说用力这么一蹾，就是轻轻压在人身上也是会受不了的。大奎在熊的重压下觉得自己的身体已经四分五裂了。他大叫一声便晕了过去。

他不知道熊是什么时候走的，昏迷中他感觉有人向他走来，接着他听见两个河南人的对话。

一个说：是山东棒子。

另一个说：山东人，活该。

一个说：这个山东人怕是活不成了。

另一个说：管他呢，咱们走。

这时大奎在潜意识里仍一遍遍地喊着：救救俺，救救俺……他不知自己呼喊的声音太小了还是怎的，连他自己都听不见，后来他举起了手。

他又听到其中的一个河南人说：这山东棒子还没死，他还在动呢。

另一个说：别管他，咱们快走。

接着他就听见嘎吱嘎吱的脚步声远去了。

大奎躺在雪地上，他心想这次是死定了。他又想到了麦花，他似乎又嗅到了麦地的气味，甜丝丝的，夹杂着太阳的香味；还有黑土，一岁多的黑土已经会叫爹了，他早晨离开家门时，黑土就这么喊他来着。

大奎想起这些，他真的不想死，活着是一件多么美妙的事情呀。有那么多的地等着他去种，有那么好的女人等着他去搂抱，他还要生儿子，再生闺女，然后子子孙孙在关东的黑土地上生活下去。到那时，大奎家真的就是人丁兴旺了。

大奎昏了，又清醒了些。迷蒙中，他发现自己被人扛在了肩上，一摇一晃地向前走去。

大奎得救了，救他的是住在林子里的猎人。猎人已经跟踪这只熊好久了。冬天的时候熊大部分时间都躲在树洞里猫冬，除非它去寻找吃食。在入冬之前，熊已经在树洞里备足了野果子，不遇到意外，熊不会轻易走出树洞。猎人把熊赶了出来，他要在运动中把熊拖得筋疲力尽然后再射猎它，否则，猎人没有十足的把握捕猎到熊。猎人跟踪黑熊已经两天了，结果遇上了不知深浅的大奎。

好心的猎人把大奎送回到山东屯，经验老到的猎人归来时给麦花留下一句话：你男人算是命大，今天捡回一条命，下身的骨头都碎了，他再也站不起来了。

麦花受到如此的打击心情可想而知，她伏在大奎的身上号啕大哭。乡邻们来了一拨又走了一批，他们把安慰话都说尽了，但又有谁能安慰悲恸欲绝的麦花呢？

于三叔一袋接一袋地吸着烟，最后说：麦花，别哭了，这都是命呀。

于三叔冲着天空叹了一口气又道：闺女，想想咱们那些死在逃难路上的亲人吧，大奎算是幸运的了。

这一句话说得麦花止住了哭声，她望着躺在炕上不省人事的大奎，抱过黑土，她在心里冲自己说：再难的日子也要往下过，不为别人，还得为黑土，为活而活着。

想到这儿的麦花，止住了悲哭。她呆呆怔怔地望着昏迷着的大奎。

四

大奎在熊瞎子身下捡了一条命，人却残了。盆骨以下的部位从此失去了知觉，于是大奎便整日躺在炕上唉声叹气。从此，大奎和麦花的日子发生了转折。

麦花站在大奎拼死拼活千辛万苦开出的土地面前，止不住流下了眼泪。厚重的黑土地只有男人的力气才能征服，麦花站在土地面前有心无力，她只能一次又一次地叹气。

每年春天，布谷鸟一叫，便是下种的时候了。山东屯的人们，那时还没有马呀、牛呀帮助种地，他们只能靠人手推地犁地。几家男人联起手来，一家家地种地，大奎不能下炕了，便没人主动和麦花联合了。麦花只能眼睁睁地看着别人家欢天喜地，把一年的希望埋在地里。

那天于三叔走到站在地边发呆的麦花身旁说：麦花呀，你先别急，等大伙都种完了地，俺让人帮你家一把。

麦花感激地望着于三叔，于三叔叼着烟袋，清清淡淡地笑一笑道：没个男人的日子就是不行。

说完耸着身子从麦花眼前走过去。

麦花回到家里把这话冲大奎说了，大奎已从炕上爬了起来，手扒着窗台心焦如焚地向外面张望着。

大奎说：布谷鸟一叫，正是下种的日子。

大奎又说：咱家的地，怕是下种晚了。

麦花那些日子每天都要带着黑土到自家田地旁守望。黑油油的土地泛着亮光，黑土在地里蹒跚着，他走了一程，回过头冲麦花叫：娘，娘，咱家咋还不种地。

黑土的叫声让麦花的心里火烧火燎的。

麦花每天都会把别人家种地的进程报告给炕上的大奎。

麦花说：朱家大哥的地种完了。

麦花又说：李四叔的地种了一大半了，山上的柳树都冒芽了。

大奎就用拳头砸着炕，咚咚地响。以前他把麦花压在身下时也经常把炕弄出这样咚咚的响声，那时他的心情是幸福和欢愉的，就像往自己的黑土地里播种一样，播下去的是希望，收获的是喜悦，于是，他们有了希望，那就是儿子黑土。此时大奎的心情却糟乱成一团。

他说：晚了，咱家的地下种晚了。

他又说：柳树都吐芽了，地再不种就没收成了。

大奎一次次用力地砸着炕，吓得黑土哇哇地大哭起来。

麦花移过身，跑到堆放着种子和杂物的西屋里，肩膀一抖一抖地哭泣着。

于三叔并没有食言，他种完了自家地之后，又帮着别人种了几家。他家地里的禾苗都破土而出了，整个山东屯的地大都种完了。于三叔带着两个儿子还有朱家大哥、李家四叔等人来到了大奎家开始种地了，地断断续续地种了三天，终于种完了。

麦花自然是千恩万谢了，于三叔就慢条斯理地叼着烟袋走到麦花身旁说：麦花呀，你啥话都别说了，咱们好赖都是从山东逃出来的，不看僧面看佛面，大奎都那样了，山东屯的老少爷们总不能看你们家笑话不是。

说完于三叔用眼睛在麦花的脸上挖了一下，又挖了一下。于三叔心想：这小媳妇今年该十八了吧，长得还是那么白那么俊，生完孩子比没生孩子更成熟了，就像秋天的高粱穗，都红透了。

于三叔想到这儿，干干硬硬地咽了口唾液。

接下来，麦花不断地向大奎汇报着地里的消息。

小苗出土了。

垄里长草了。

大奎说：该锄地了。

别人家的地已经锄过了，播种错过了季节，麦花锄地的时候，已比别人家晚了半个月。太阳已经有些热力了，麦花锄地，黑土在地里疯跑，他不时地向麦花喊着：娘，这里有草，这里还有草。

麦花已经顾不上黑土的喊叫，她发狠地锄着地，汗水湿透了衣服，汗珠顺着脸颊流下来，掉在地上摔成了八瓣十瓣。

于三叔叼着烟袋走过来，自家的地已经锄过一遍了，于三叔的样子就显得有些散淡和悠闲。

于三叔望着在地里忙碌的麦花，身体透过汗湿的衣服凸凸凹凹地显现出来。于三叔的身体就开始从下到上地热了起来。他先是把手搭在麦花的肩上，很有分量地按了一下，又按了一下，接着去接麦花手里的锄，顺势地捏住了麦花那双白白净净、圆圆润润的小手。于三叔有些惊叹，天这么热，活这么累，麦花一身皮骨还是那么白、那么嫩，真是天生的娘娘坯子。于三叔就说：你看你的小手，都磨破皮了，嘿呦呦，真是的。

于三叔捏摸了一下麦花的手，接过麦花手里的锄，帮着麦花锄了起来。麦花抽空把跌倒在地垄里的黑土扶了起来，拍去黑土身上的泥土，她望着黑土，眼泪便在眼里含着了。

于三叔一边锄地一边说：麦花呀，没个男人帮一把，靠你这么个女人咋行，这活可不是女人能干的。别指望别人，别人帮得了你初一，帮不了你十五。

麦花点着头。

晚上麦花回到家里，把于三叔的话又冲大奎说了一遍，大奎便用拳头去砸炕，声音仍咚咚的。

麦花的心里也不好受，也想痛哭一回，却没有眼泪，眼泪早就化成了汗流到自家田地里了。她躺在炕上，浑身似散了架子。她心里急，也苦，可又不能对大奎说，地里的禾苗长得又瘦又黄，比别人家的差远了。她似乎看到了秋天不济的收成。她只能把气往心里叹了。

那天，麦花正在锄地，突然听到大奎疯了似的喊：俺的地呀，这还是地吗？

她回过头来的时候，看见大奎不知何时从家里爬到了地头，衣服撕破了，爬得满手都是血，他望着自己地里枯黄的禾苗绝望得大哭起来。他一边哭叫，一边疯扯身边够得到的禾苗。

黑土被父亲疯狂的样子吓傻了，他呆呆地望着父亲，哭也不是，不哭也不是。

麦花大叫一声扑了过去，她抱住了疯狂的大奎，黑土也随之大哭起来，一家人便搂抱在一起，大哭起来。

大奎哭叫：老天爷呀，你睁睁眼，就可怜可怜俺一家人吧。

黑土叫：爹呀，娘呀，你们这是咋了？

五

田地里枯瘦的禾苗让大奎绝望，别人家田地里的禾苗都生得茁茁壮壮，唯有自家的田地，因错过了播种季节，还有侍弄得不及时，黄黄瘦瘦的，一棵棵秧苗像害了痨病。

老实本分，世世代代把土地、庄稼视为生命的大奎，真的绝望了。那一晚，他躺在炕上，哀哀咽咽地哭了好长时间。

麦花听着大奎像女人似的哭号，心里的滋味说不清道不明的。她把黑土哄睡，便独自一人来到自己的田地旁，她只是想出来走一走，却鬼使神差地来到了田地旁。星光下，她痴痴怔怔地望着自家的田地，此时，仿佛一家人已走到了绝路。山林里，以及草丛中阵阵不知名的虫叫，在她耳畔响着。她却充耳不闻。大奎对田地的悲哀，深深地感染了她。在这之前她已经千百次地自责了，她恨自己无能，没有把自己家的田地照看好。其实她已经尽力了，每天锄起地来，她的身体都散了架似的疼，她只是个女人，种地本是男人的事情。

不知什么时候，于三叔叼着烟袋一明一灭地出现在了她的身边。直到于三叔说话，她才发现于三叔。

于三叔在黑暗中声音滋润地说：麦花呀，这田地弄成这样不怪你，种地、收获本是男人干的活路，你一个女人家累死累活的，俺看了心里也不忍哪。

于三叔的话说到了麦花的软处，她难过地哭泣起来。于三叔的一只大手不失时机地伸了过来，搭在麦花柔柔软软的肩上。于三叔又说：麦花，你受苦受累，俺看着心里都不好受，大奎都那样了，让你一个女娃子受委屈了。

于三叔的话说得麦花心里软极了，她似乎终于找到了哭的理由，她真的放出声来，哭了一气，又哭了一气。这样一来，她心里好受多了。

于三叔一直蹲在她的身旁，那只厚重的大手在她柔软的肩上摸捏着，似乎在安慰她，又似乎在鼓励她。待麦花止住了哭声，于三叔扔掉了另一只手里的烟袋，空出来的手就把麦花整个人抱在了自己的怀里。麦花一惊，挣扎了一下说：于三叔，你这是干啥？

于三叔满嘴烟臭地说：麦花，三叔想你哩，只要你答应俺，你家田地里的事，俺就包了。你得靠个男人哪。

这时的麦花脑子里一片空白，她想到了绝望伤心的大奎，还有不懂事的黑土，他们一家老小都指望眼前的土地生出的庄稼度过年景哪。

说到这儿，于三叔就把麦花压在了身下，他动手解麦花的衣服。麦花没有挣扎也没有反抗，但也谈不上顺从。就在于三叔的大手伸向麦花的腰带时，麦花突然用手制止了于三叔的动作。

她冷静地说：于三叔，以后你真的照顾俺家的地？

于三叔已经语无伦次了，他说：照顾，咋能不照顾呢，只要你答应俺，你家的地就是俺的地。

麦花放开阻止的手。

于三叔便长驱直入了。麦花躺在那里麻木而又僵硬，她偏过头，躲开于三叔呼呼喘着烟臭气的嘴，她望见了自家的田地。在那一瞬，她似乎看见自家田地里的禾苗正在嘎巴嘎巴地拔节生长，她似乎又看到了希望，她快乐地叫了一声。

于三叔癫狂着说：麦花，麦花，你……你的地，真好……好……

于三叔果然没有食言。从那以后，于三叔便经常光顾麦花家的地了。他帮着麦花锄完了第一遍地，又锄了第二遍，地里的土很松软，草也少了许多。禾苗长得有了些起色，先是高到了膝，最后就长到腰那么高了。麦花家的地和别人家的地比起来仍有些差距，但毕竟让她又看到了希望。

于三叔隔三岔五地来，麦花正站在齐腰深的田地里拔草，黑土躲在地边的草丛里逮蚂蚱。于三叔一来，便把麦花扑倒在齐腰深的庄稼地里，庄稼地早就藏得住人了。

两人站起来的时候，于三叔就弯下腰帮麦花拔草，拔了一气，又拔了一气。然后于三叔干咳一声说：麦花，俺走了，自家的地草也该拔了。

说完一闪身便走了，走回到自家的田地里去了。麦花不说什么，用手抹一把眼角汗湿在一起的头发，抬眼看见仍在地边玩耍的黑土，又把腰弯到了田地里。

当于三叔在帮麦花锄第三遍地的时候，于三叔那两个长得膀大腰圆的儿子出现在了他们面前，其中一个夺下了于三叔手里的锄头，另一个推一把于三叔道：自家的地还没锄完，你倒有心思帮别人锄地。

于三叔被两个儿子推搡着走了。

在这之前，麦花和于三叔的事已经是满屯风雨了，只是麦花一直被蒙在鼓里。其实她已经不在乎名声了，她看重的是自家的田地到秋天的时候能打下多少粮食。两个儿子出现以后，于三叔似乎已经没有机会到麦花的田地来了。他只要一出现，他的儿子就马上赶到，不由分说，推推搡搡地把他推走了。于三叔扭着脖子说：麦花，等俺干完自家活，就来帮你。

于三叔只是说说，他在两个膀大腰圆的儿子面前一点脾气也没有了。从此，于三叔失去了为麦花效劳的机会。

麦花蹲在田地里呜呜咽咽地哭过，她不知为什么要哭，她伤心、难过、绝望。

这之后，偶有一两个屯子里老老少少的男人，出其不意地出现在她的面前说：麦花，你跟俺一次，俺帮你干一晌活。

麦花骂道：滚，你这个王八犊子。

男人一走，麦花就又哭了。她知道没有一个男人肯真心帮她。没有男人的日子，真是寸步难行。

大奎又爬到自家地旁两次，看到差强人意的庄稼，情绪比以前好了许多。

晚上，大奎和麦花躺在炕上，大奎就叹着气说：麦花，都是俺牵累了你，让你一个女人家受苦受累。

麦花就说：大奎，别说这样话，你不是为这个家才弄成这样的吗。

大奎又说：俺这么活着还真不如死了的好，让一个女人养活着，想起来脸都红。

麦花忙伸出手，用手捂住了大奎的嘴，她想起大奎没受伤前，他们曾经有过的恩爱日子，忍不住又哭了起来。

大奎安慰似的把麦花搂在怀里，作为残废男人，他只能做这么多了。

半晌，大奎说：麦花，你再找个男人吧，俺不拦你。

麦花在大奎怀里拼命摇着头，她又想起和于三叔的日子，觉得自己真的对不住大奎。嫁给大奎那天起，她就想好了，生是大奎家的人，死是大奎家的鬼。

大奎又说：麦花，俺说的都是真心话，你今年才十八，日子还长着呢，这样下去咋行。

麦花把头埋在大奎的怀里，又一次呜咽着哭了起来。

麦花认识了河南人四喜，于是麦花一家的生活又发生了变化。

六

几场痛痛快快的雨一落，地里的庄稼便疯了似的长。山上的林木和草丛也是密密团团了。

这些日子，麦花经常站在自家田地旁愣神，今年困苦的日子算是过来了，接下来只剩下秋收了，麦花咬咬牙，秋收她能挺过来。总之，秋收不像春播时那么急迫，麦花不管是否有人帮她，她都会从容许多。

麦花一站在田地面前，她就愁苦，以后的日子还长着呢，她一个女人家，这么大一片土地压在她的身上，想起来就让她透不过气来。以前没有土地时，她是那么盼着土地，爱着土地，此时，她望着一望无际的庄稼地，有些恨这些土地了。

就在麦花愣神的时候，她无意间望见了不远处一个男人在望她。她抬头望了眼那个男人，这是河南屯的男人，他也站在自家田地面前。两块土地相隔得并不遥远，中间只隔着于三叔带人挖出的那条沟。

山东屯和河南屯的人们为了土地经过几次械斗之后，暂时平静了下来，但他们双方仍没放松警惕，秋收在望了，他们各自加倍警惕地在自家田地里巡视着。

春天的时候，麦花似乎就看见过这个男人，这个男人的年龄看着比大奎也大不了多少。那时，麦花没有心思去观察对面的男人，她总觉得对面那个男人，经常向她这边张望。这一切并没有在麦花心里留下多少痕迹。

几场雨一落，山上的草木葱茏起来，正是生长蘑菇的季节。每年这个时候，男人和女人便走进山里去采摘蘑菇，然后晾在自家的房檐下，留到冬天时吃。

麦花上山了，黑土还小，她没法把黑土带在身边，便在黑土腰里系上根绳子，把绳子一端交到大奎的手上。黑土到了疯跑的年纪，她不放心黑土在外面乱跑。

麦花篮子里的蘑菇已经很丰盛了，就在这时，她又在一片草丛里发现一个很大的蘑菇圈。蘑菇都是结伴生长的，发现一只，就会看见一群。麦花心想，采完这片蘑菇就可以下山了，她有些兴奋地向那片蘑菇扑去。就在她伸出手去摘蘑菇时，她猛然看见一条毒蛇，吐着蛇芯子正冲着她。麦花从小就怕蛇，她可以不怕老虎不怕狼，但她就是怕蛇，她也说不清为什么要怕，尤其是这么近距离地和蛇对视，她这还是第一次。以前上山的时候，她也看见过蛇，那时却是远远的，她还没有来得及害怕，蛇已经爬走了。这条蛇看上去粗大又凶狠，麦花叫了一声，便晕过去了。

不知多长时间，她醒了过来，却发现被人抱在怀里。那人正试图伸出手掐她的人中，她推开那人坐了起来。她看见了那个见过的河南人，但她仍下意识地说：你是谁？

那个人摇摇手道：不用怕，俺是河南人四喜。

麦花气喘着说：你要干啥？

四喜笑一笑说：你不用怕了，那条蛇已经被俺打死了。

麦花果然看见那条死蛇垂着身子被挂在了一棵树上。

麦花还看见，地上的那片蘑菇已经被四喜采摘了下来，放在她的篮子里，篮子里的蘑菇已经小山一样了。

她半是感激半是戒备地望着河南人四喜。

四喜就说：俺认识你，你叫麦花，咱们两家的地挨着。

麦花不想说什么了，她站起来，提起篮子要走。

四喜又说：你要是怕蛇，明天上山俺在那个树下等你。

四喜说完指了指山坡那棵柞树。

麦花心跳着走了。

四喜在麦花身后仍说：别忘了。

第二天上山时，麦花几乎已经把四喜的话忘了，她认为和四喜只是巧遇，况且他又是河南人。当她走进山里，看见了那棵老柞树，才想起四喜说过的话。她看见了那棵柞树，就看见了树下的四喜，四喜正冲她笑着。

四喜说：俺知道你恨河南人，你家大奎冬天被熊瞎子伤了，就是俺们河南人看见的。他们没去救你男人，俺瞧不起他们。

麦花听了这话，认真地看了一眼四喜。

麦花回过身，准备向另一个方向走去。

四喜说：那边不会有蘑菇了，刚才有几个人在那边采过，这面有蘑菇。麦花改变了方向，果然发现了蘑菇。四喜也弯腰采蘑菇，他却把采到的蘑菇放到了麦花的篮子里，麦花诧异地望了他一眼。

四喜说：俺一个人，吃不了多少。

麦花心里又跳了跳，但她不再去看四喜了。

四喜仍说：家里外面的都靠你一个女人家，够不容易的。

麦花听了四喜的话，心里暖了一下，接着就有些酸，但她仍没去望四喜。

四喜又说：那么大一片地也够你受的了，就是男人也累弯腰了。

麦花这时真想哭出声来。

很快，在四喜的帮助下，麦花篮子里的蘑菇已经盛满了。麦花往回走，走了一程，回头去望时，看见四喜正站在那里望着她，她回过头，很快地向前走去。

以后的日子里，她为了避开四喜，采蘑菇的时候她了一个方向，有几次她已经远远地看见了四喜，四喜正朝她这一边赶来，她便逃也似的走掉了。她也说不清楚为什么这么不愿意见到四喜。

转眼，秋天就到了。

收获的季节，一下子就忙乱了起来。一时间，田边地头，男人喊，女人叫，孩子哭，乱成了一团，收获的季节让人兴奋，让人疲惫。

麦花的田地里，只有麦花一人形只影单地忙碌着，她先把庄稼割倒，然后再回过头来堆在一起。她喘口气抬头的时候，第六感觉告诉她河南人四喜正在望着她。他们中间的庄稼已被割倒了一大片，使他们的目光一览无余。

麦花没有心思去琢磨四喜望过来的目光，焦急和忙乱已经把她的心塞得满满的了。她望着这一片成熟后的庄稼地，不知道靠自己的力量什么时候才能把它们收割完。

一天的劳累，让麦花腰酸腿疼，她走回家里，还要忙活一家人的晚饭。吃完饭，她头都抬不起来，便睡去了。当第二天，她拖着疲乏的身子走向自家田地时，她几乎不敢相信自己的眼睛了，刚开始她以为自己走错地方了，但她左右四望时，确信眼前的地就是自家的无疑时，她被眼前的景象惊呆了。

一夜之间，她家的地被割倒了好大一片，割倒的庄稼又被整齐地堆放在一起。这时她发现了不远处四喜的目光，她望过去，看见四喜正疲惫地冲她微笑着。

是四喜在夜里帮她割的地，她心里热了一下，这次她长时间地望着四喜，四喜反倒扭过头，忙自家的田地了。

那一天，麦花的心里装满了感激。她喘息的时候，下意识地望着四喜，四喜也正抬头向她这边望。她在心里冲四喜说：谢谢你了，四喜。

那天晚上，麦花吃完了饭躺在炕上并没有睡着，想了想，她向自家田地走去。结果她看到了四喜，四喜正埋着头，飞快地在她家田地上割着。

她叫了一声：四喜。

四喜回过头来，在星光下冲她笑一笑说：你回家歇着吧，俺再割上一夜就差不多了。

麦花站在四喜的身后一时不知说什么好了。一个河南人帮她，她能说些什么呢？

四喜见她没动，一边忙着一边说：麦花你回去吧。

麦花想，四喜一定是白天忙活完了自己家的地，又来忙她家的地了。她想，四喜饭一定还没吃呢。想到这儿，她很快地向家走去。她在外间，把两个热饼子揣在怀里，拿起了镰刀，大奎听见动静在屋里问：麦花，你还不歇吗？

麦花道：俺再割一会儿地去。

大奎就叹息了，拳头又砸得炕面咚咚地响了。

麦花把饼子递到四喜手里时，四喜一点也没客气便狼吞虎咽地吃了起来。四喜一边吃一边说：麦花，你贴的饼子真好吃。

四喜吃完饼子又挥汗如雨了，麦花怔怔地望着四喜的后背，想叫一声四喜，可她却没有叫出来，便也挥刀割了起来。

四喜说：麦花你回去歇着吧，明天还要忙呢。

麦花不答，挨着四喜向前割着。

四喜抬头擦了把汗，这工夫，麦花也抬头喘了口气。月光下，两人对望着，四喜笑着说：麦花，你真俊。

麦花听了这话，心里动了一下。她甚至在那一瞬闭上了自己的眼睛，她想，这时无论四喜要干什么，她都会答应。四喜在帮她，她只是个女人，除此之外，她没有别的办法报答四喜了。

当她睁开眼睛的时候，四喜已经割出去好远了。

天亮的时候，又有一大片庄稼倒下了。

七

麦花无论如何也无法拒绝四喜的帮助，四喜帮麦花是真心实意的。

麦花曾问过四喜：你帮俺，图的是啥？

四喜就愣愣地说：麦花，啥也别说了，你是好人，俺帮好人，心里舒坦。

四喜是一点一滴走进麦花心里的，如果四喜只图她是个女人，就像于三叔似的把她按在田边地头要她，她啥也不会想，就像心甘情愿地让于三叔帮她，帮过也就帮过了，不会在她心里留下任何痕迹。四喜却不同，四喜已经像一颗种子一样，落在她的心里生根发芽了。

转眼，冬天就到了。

整个秋收过程，麦花一直是在四喜的暗中帮助下才完成的。在这段时间的交往中，麦花知道四喜家里只有他一个人，父母都在闯关东的路途中饿死了。四喜今年二十五岁，来关东已经五年了，没有合适的女人，一直没有成亲。

那年冬天，四喜去了一趟城里，拉了一架子车粮食，用粮食换回了一支猎枪。于是，整个冬天，四喜便隔三岔五地扛着猎枪进山打猎。因为四喜有猎枪，人的胆子就大了，他能一直走到冰天雪地的老林子深处，四喜的收获就很大。

每次四喜从山里回来，都会背着提着许多猎物，有山鸡、野兔，有一次四喜还打到了一只狐狸。后来他把那张狐狸皮送给了麦花。四喜说：这玩意儿抗寒，拿回去吧。

麦花和四喜的交往，其实大奎早就有所察觉了。大奎的心情很平静，他知道自己是个废人了，这么拖累麦花，他的心里早就过意不去了。要是没有麦花和儿子黑土，他早就不想活了，他放不下他们。

那天夜里，麦花把四喜送来的狐狸皮铺在了大奎身下。黑土躺在两人中间已经睡熟了，大奎咳了一声说：麦花，你和他结婚吧，俺不拦你，你这样已经很不容易了。

麦花没说什么，她在思念四喜，她不知道四喜在这样的夜晚里在干什么。听了大奎的话，她不知道说什么好，在这之前，她也想过和四喜的那种结果，可她却觉得对不住大奎，大奎毕竟是她的男人，他们还有了黑土。

大奎又说：麦花，你就听俺一次吧，这么下去也不是个法子，你一个女人家，今年还不到二十，太委屈你了。

麦花声音就哽咽了，然后说：大奎，你别说了，说了俺心里不好受。

大奎又沉默了一会儿说：就算你帮俺和黑土一次吧，俺们总得有个人养。

这句话说到了麦花的心里，她可以不考虑自己，但她不能不考虑黑土和大奎。

大奎见麦花不吭气了，又说：只要人好，不嫌弃咱，不给你委屈受，你就答应下来吧。

麦花就说：他是个好人。

大奎说：他是谁？

麦花答：你不认识。

大奎说：是河南……侉子。

麦花就不言语了。

大奎就用拳头砸炕，咚咚的。大奎喘着粗气说：俺恨河南人，要是他们当初帮俺一把，也不会有今天。

麦花知道大奎恨河南人，她怕大奎没法接受，才没有主动告诉大奎四喜是河南人。就是大奎能接受，全屯子的老少爷们也不会接受。几年了，自从有了山东屯、河南屯，两个屯的人就没有来往过。麦花对这一切，心里一清二楚，因此，她对自己和四喜的关系一直拿不定主意。

不知为什么，两天不见四喜，她心里就空落得无依无靠的。于是，她便一次又一次走出屯外，向远方张望。她知道，每次四喜从山里下来，总会在那个方向出现。

四喜远远地就看见麦花，吹一声口哨，大步流星地走过来，从肩上摘下猎物就往麦花的怀里塞。麦花每次都推拒，四喜就说：拿回去给孩子吃吧，又不是啥稀罕物。

麦花那次就说：四喜，你把猎物攒起来拿到城里卖了，攒下钱也好讨个女人。

四喜深深地望了她一眼，样子有些失望，丢下猎物头也不回地走了。

麦花不知哪里让四喜不高兴了，便望着四喜高高大大的背影远去，她才叹着气，提着猎物往回走。

又一次，四喜打猎回来，她看见四喜的棉袄被割破了一个大口子，白白的棉絮都露出来了。

麦花就说：俺帮你补补吧。

四喜说：那行，你到俺家去。

麦花摇了摇头，山东屯的人还没有一个走进过河南屯，大天白日的，她去河南屯，还不得被唾沫淹死。

四喜似乎也意识到了这一点，便又说：要不晚上，没人看得见。

麦花又摇了摇头。她看到了野地里堆着的秫秸垛，秋收过后，秫秸就垛在那里，冬天用来烧炕，当引柴用。

麦花想好后就说：晚上俺在那儿等你。

四喜点了点头。

麦花早早地就来到了秫秸垛。她用手在秫秸垛里掏了个洞，便钻了进去，里面足够装下她和四喜两个人了，又不会被人注意，麦花为自己的发明高兴起来。

四喜来到的时候，两人钻了进去。麦花借着月光，月光先是照在雪地上，雪地又把月光反射到他们的小窝里。麦花拿出早就准备好的针线，为四喜补衣服。

四喜说：这里真暖和。

麦花笑一笑。

衣服很快就补好了，四喜转过身来，两人差不多是半躺在秫秸窝里说话。

四喜又说：这里真好，俺都不想回去了。

麦花笑一笑，脸红了一下。

四喜就借着月光望麦花的脸，急促地说：麦花你真好看。

麦花用手捂住了自己的脸，她觉得自己的脸烧得厉害。

四喜就捉住了麦花的手，放在自己的胸前就那么握着。

四喜的呼吸就更加急促了，四喜变音变调地说：麦花，你嫁给俺吧，俺真的喜欢你。

麦花脸热心跳地望着四喜。

四喜鼓足勇气把麦花抱在了自己的怀里，麦花没有挣扎，是她喜欢的四喜在抱她，她怎么会挣扎呢。

四喜又说：麦花你嫁给俺吧。

麦花半晌在四喜的怀里摇了摇头。

四喜就瞪大眼睛说：为啥，你不喜欢俺？

麦花又摇了摇头。

四喜说：那是为啥？

麦花这才叹口气说：因为你是河南人。

四喜这回懂了，大着声音说：河南人咋了，打架俺没参加，河南人、山东人都是人。

麦花伸出手去捂四喜的嘴，四喜趁机把麦花冰冷的手指含在了嘴里，呜噜着说：俺就要娶你，俺喜欢你，俺的麦花哟。

两人搂抱在一起，秫秸垛在轻轻摇荡着，颤抖着。

麦花从来没有这么心甘情愿过。当初她嫁给大奎时，因为大奎是她男人，男人和女人在一个房檐下过日子生孩子，才有了这个世界。于三叔要她时那是她需要帮助，她用身体交换，她除此之外，没有别的办法。

现在，四喜把她搂在怀里，她也伸出手把四喜搂了，她全身颤抖，心甘情愿，满心愉悦。她喘息着轻叹着接纳了四喜。

两人平静下来之后，她把头埋在四喜的怀里，深深地嗅着四喜的男人味。四喜满足地说：麦花，你真好。

麦花咬了四喜一口，四喜轻叫了一声，用力地把麦花搂在了怀里。

四喜说：俺真的不想走了，真想和你在这里睡一夜。

麦花叹口气说：傻话。

四喜又说：真的麦花，嫁给俺吧，俺以后会好好待你的。咱们两家的地合在一起种，俺不会亏待大奎和黑土，俺对他们会像对待家人一样。

麦花听了四喜的话，被感动得轻轻啜泣起来。四喜要不是河南人，她会毫不犹豫地答应四喜，四喜是个好人，他会说到做到的。但她此刻却不能答应四喜。

从那以后，麦花管不住自己，一次次到秫秸垛里和四喜幽会。四喜拿来了一张狼皮铺在秫秸上，这样一来又温暖，又舒服。有时她躺在四喜宽大的怀里，真想就这么一直睡下去，但当她清醒过来时，她又深深地被自己的罪恶感折磨着。

她每次回去的时候，黑土已经睡着了，她不知大奎睡没睡着。她轻轻地爬进被窝，大奎那边一点声音也没有，她在这时，真希望大奎说点什么，哪怕骂她一顿也行。可大奎就是一点声音也没有。

白天的时候，她不敢去望大奎的眼睛。

大奎就说：麦花，你在咱山东屯找一个男人吧，找谁都行，俺不拦你。

麦花低着头，她真想哭出来。

大奎又说：和河南人来往，咱们怕在山东屯待不下去了。

麦花的头更低了，对自己和四喜的前途越发感到迷茫。

八

麦花已经把控不住自己了，温暖的秫秸垛成了她和四喜流连忘返的乐园。

天气渐渐转暖了，积雪正在悄悄融化，飞向南方的雁群，嘎嘎鸣叫着又飞回北方，北方的春天，就这样悄悄地来了。

一件意想不到的事情发生了。经过一冬的孕育，麦花和四喜有了孩子，麦花怀孕了。先是停了经事，接下来就有了反应。麦花和大奎都是过来人，这一点瞒不住大奎。大奎一下子就想到了那个河南人。大奎自从被黑熊伤了下肢，他早就失去做男人的资本了。

大奎瞧着呕吐的麦花，麦花脸色苍白目光无助地望着大奎。他们中间站着一脸迷惘的黑土，黑土已经三岁多了。

大奎却说：春天就要来了，地又该种了。

麦花望着大奎的目光，可怜巴巴的，她毕竟是个女人，这时她一点主张也没有。

大奎说：啥时候你把他领家来，让俺看看。

突然麦花的眼泪就流了出来。

大奎还说：都这样了，纸是包不住火的。

大奎的目光落在黑土的身上，黑土仰着脸，看看这个，望望那个，想哭，却没哭出来。

大奎再说：这家没个男人，真是不行，不为别的，就算为黑土吧。

大奎说完闭上眼睛，两行泪水，顺着脸颊流了下来。

黑土哇的一声大哭了起来。他被爹娘的样子吓坏了。

四喜来到大奎面前，是一天后的晚上。四喜的样子显得有些胆怯，神情却亢奋。

他立在炕前，大奎坐在炕角，他把身板挺得笔直。

麦花牵着黑土的手，坐在外间，仿佛在等待着宣判。

大奎说：你叫四喜。

四喜答：哎……

大奎不说话，上上下下把四喜看了一遍，又看了一遍。

大奎这才说：你和麦花都有孩子了。

四喜不知说什么好，怔怔地望着大奎。

大奎再说：麦花是个好女人，你的眼光没有错。

大奎似乎在喘着气，他的两只手撑在炕上，保持着身体挺在那里。

大奎还说：别的俺啥也不说了，日子都到这个份上了，还有啥说的。

大奎的声音哽咽了，但他忍着没让泪水流下来。

半晌，大奎又说：俺只有一个请求，日后你要对得起麦花和黑土。

四喜也受了感动，他吸着鼻子答：哎，这个一定。

大奎说完便把身体靠在了墙上。

四喜是在又一天的晚上把铺盖夹在腋下来到了麦花家里。

原来大奎、麦花和黑土一家人住在东面的房子里，中间一间是厨房，西面那一间，放着一年的粮食和杂物。在四喜来之前，西面那间房子被麦花收拾出来了。

四喜就住进了西间房。在四喜没来之前，麦花冲大奎说：俺一间屋里睡一天。

大奎躺在炕上，闭着眼睛，没有说话，他的样子显得很平静。

四喜就来了。

本来是一件喜事，却没人祝贺，没人道喜。

晚上的时候，麦花住进了四喜的房间。在这之前，她为黑土铺了炕，脱了衣服，又为大奎掖了掖被角，然后犹犹豫豫地迈步向西屋走去。

黑土睁开眼睛刚要喊娘，大奎突然用手捂住了黑土的嘴。

大奎就势把黑土搂在了怀里，鼻涕眼泪的也随之流了出来。

四喜住进麦花家的消息很快就传遍了山东屯。于三叔带着几个人，背着手来到了麦花家里。麦花正和四喜坐在院子里选种子，把那些生得饱满的种子挑出来。

于三叔背着手，吧嗒着烟袋说：麦花，家里多了个外乡人，咋不跟俺说一声。

麦花似乎心里已有准备，她对于三叔的态度显得不软不硬。

麦花说：俺家的情况，乡亲都知道，俺要活命，黑土要活命，大奎也要活命，家里没个男人，这日子过不下去。

于三叔哼了几声又说：咱们山东屯人死绝了是咋的，咋轮到外乡人跟着掺和了。

大奎这时在屋里大声地咳了起来，咳了两声便叫道：于三叔，你进来，俺有话对你说。

于三叔一干人等白了一眼麦花，又白了一眼四喜，最后走进屋里。

大奎冲于三叔等人说：三叔，俺家的事你就别管了，就这样吧，咋的也比麦花一个人吃苦受累强。

于三叔狠着声音说：大奎，你把山东人的脸丢尽了，肥水不流外人田，他一个河南侉子……

于三叔等人就满腔义愤的样子。于三叔带着人甩着手走了。

麦花家的门，夜晚先是被人抹上了牛屎，后来就有一些石块被扔进院子里，砸着地咚咚地响。渐渐地，在屯子里没人和麦花说话，借东借西的，也没人肯借给她了，男人女人们和麦花走个对面，麦花和人打招呼，别人忙把头扭向一边，没人理睬她。

黑土在外面和孩子玩时，被一群孩子打了，哭着跑回来，他一边哭一边冲麦花说：娘，他们骂你找个野男人。

麦花愤怒了，她一边拍打着孩子身上的泥土一边大着声音说：以后他们打你，你也往死里打他们。

大奎又在屋里咳了起来。

一天，麦花和四喜正在地里做着春耕前的准备，黑土突然哭叫着跑来，一边跑一边哭道：娘，俺爹要死了。

四喜和麦花一听，顿时怔住了。他们离开家门时，大奎还好好的。醒悟过来之后，他们就急三火四地往家赶。

大奎正倒在院子里，他用裤腰带把自己的脖子系了，另一头拴在一个树桩子上，因用不上力气，大奎正手脚并用地在地上挣扎着。

麦花一见，大叫了一声扑过去，她先是解下大奎脖子上的裤腰带，然后和四喜一起，把大奎抬进屋里。大奎已经缓过了一口气，他睁开眼睛说：麦花，你让俺死吧，俺活着难受哇。

麦花哇的一声就哭了，她一边哭一边说：大奎呀，俺对你不好吗，你这样做还咋让俺和黑土活呢，你要是死了，俺活着还有啥意思，俺也不活了。

于是，麦花和大奎抱在一起大哭起来，黑土抱着娘的大腿也在一旁助阵。

四喜站在一旁也是不好受的样子。

麦花一边哭一边说：大奎，不想别的，你也要为黑土活下去呀，你就这么忍心扔下黑土和俺吗？

大奎看见了黑土，他把黑土抱过来，哭了一气。然后用手去抽自己的耳光，一边抽一边咒：大奎该死，黑土呀，爹对不住你。

从那以后，大奎安静了下来。

春耕的时候，他又爬到了地边，看着麦花和四喜把一粒粒种子埋进了土地里。

四喜看到了大奎就说：大奎你这是干啥，还不在家歇着。

大奎笑着说：俺看见种地，高兴哩。

从那以后，每天下地时，四喜都要把大奎背到地边，让他看着种地的情形。

晚上睡觉时，麦花果然东屋住一夜，西屋住一夜。那天大奎看见麦花又把被子搬到了东屋的炕上，便说：麦花，你以后就别过来了。

麦花不答，把自己脱了，钻进了被窝，安安稳稳地躺下了。

大奎又说：俺不挑理，俺是个没用的男人。

麦花坚定地说：俺不，你也是俺的男人呀。

大奎的心里一热，伸出手把麦花的手捉住了，两只手就那么握着。

九

河南人四喜住进了山东屯大奎的家，山东屯的人们议论了一阵子，说什么的都有。同情麦花的就说：麦花一个女人家也不容易，找个男人帮一把没啥，可也不能找河南侉子呀。

有男人说：麦花那女人骚哩，忍不住了，找个野男人，呸。

不管是同情麦花，还是不同情麦花，麦花并没有因为这样的境遇感到难过。相反，她自从有了四喜之后，心里踏实而又愉快，脸色也变得更加滋润了，干起活来，比以前更加生龙活虎了。她心里洋溢着前所未有的欢乐，她想唱也想跳。

当布谷鸟又一次鸣叫的时候，播种的季节又到了。麦花和四喜及时地出现在自家的田地里，四喜年轻，浑身上下有使不完的力气，像牛呀、马呀在前面犁地，麦花在后面点种。麦花看见黑黑的泥土把一颗又一颗金黄色的种子埋住，心里止不住扑通扑通地跳着，她真想扑在黑油油的土地上大笑一阵。

黑土有时也能帮上一点忙，他蹒跚地走在麦花的身后，用他那双小脚把种子踩实。不知内情的人，看了眼前的情景都会羡慕这样的幸福农家景象。

四喜有时也把大奎背到田边，让他看看耕种的景象。大奎不时地在一旁提醒着：把种子深埋一些，夜里霜大，别把种子冻坏了。

大奎看到四喜一脸汗水的样子，便说：歇歇吧，不在乎那一会儿。

四喜就笑一笑道：没事，活是人干的。

四喜说完就又埋下头走进了田地的深处。麦花看见大奎也笑一笑说：今年咱家的地，一定错不了。

大奎也笑一笑。

日头偏西的时候，一家四口人便离开了田地回家了。四喜背着大奎走在前面，麦花牵着黑土的手走在后面。收工往家赶的山东屯人，便用手指点着这一家人。麦花的表情依旧愉悦美好，她把腰又向上挺了挺，把初孕的肚子显现出来。

回到家后，麦花忙着做饭，四喜也不闲着，他蹲在地上帮助麦花烧火。火光映得麦花的脸红红的，四喜就盯着麦花那张俏脸用劲地看。麦花看到了四喜痴痴的目光，脸就越发地红了，她走过去用手指点着四喜的脑袋说：作死呀。四喜低下头，一边烧火一边说：俺就是看不够你，白天看，夜里也想看。

麦花娇嗔地用眼睛白了眼四喜。

躺在炕上的大奎，感受到火炕一点一点地热了起来。

黑土屋里屋外地跑着。

四喜就说：当心，黑土，别摔着。

黑土应了一声，仍忙忙碌碌地跑着。

吃饭的时候，一家四口人围坐在东屋的炕上。刚开始的时候，麦花总是把饭留出来一部分，让四喜端到西屋去吃，自己和大奎黑土三个人围在桌前吃。气氛就很沉闷，麦花怕看见大奎的目光，大奎似乎也在躲着麦花。大奎吃完一碗，麦花低着头接过大奎的空碗，走到外间为大奎再盛一碗。一顿饭下来，吃得沉沉闷闷的。后来，是大奎打破了这种僵局，大奎说：让四喜过来吧。

麦花望了大奎一眼。

大奎说：都一家人了，就该有一家人的样子。

大奎现在已经想开了，刚开始的时候，从感情上来说，他无论如何接受不了四喜。可他又不忍心看着麦花和黑土跟着自己吃苦受累。四喜刚进家门时，他真想一死了之。但他看到麦花那份绝望，他又一次感受到这个家不能少了他。

那天晚上，麦花趴在他的身边，哽咽着说：大奎，你真傻，要是没有你和黑土，俺也不会再找一个男人。你想想，这个家没有你，俺娘儿俩活着还有啥意思。你就舍得撇下俺们娘儿俩就不管了吗？

大奎在麦花真心实意的劝说下，想开了。只要麦花生活得好，黑土不受委屈，就比啥都强。他无法给予麦花和黑土的，四喜能够给予，他也就心满意足了。这么想过之后，他心里便渐渐接受了四喜。

一家四口人围坐在一起吃饭时，两个男人就说起了农事。

大奎说：地种下了，再下场透雨，地里就该出苗了。

四喜也说：今年的年景，一定错不了，又会是一个丰收年。

麦花接过话头说：到秋天卖了粮食，咱家一人做一件新衣裳。

大奎就说：你们做吧，俺不出门就算了，这身衣服，够俺穿一辈子了。

四喜说：这咋行，就听麦花的。到秋天，咱家也都新鲜新鲜。

大奎就不说什么了。

几场雨一落，地里的庄稼便疯长起来，夏天又到了。

麦花的身子越来越显形了，她走路的样子也吃力起来。

晚上，她躺在四喜的身边，四喜便伸出手去摸麦花的肚子。

麦花就幸福地说：四喜，想要儿子还是闺女？

四喜说：俺想要儿子。

麦花便把头偎进四喜的怀里，她的脸很热，她捉住了四喜放在她肚子上的手揉搓着。半晌，麦花就说：俺给你生，生得一屋子都是。

麦花说到这儿，突然想起和大奎也说过这样的话，现在大奎却成了一个废人。想到这儿，她嘤嘤地哭了起来。四喜不解其意，忙抱过麦花的肩头问：麦花，怎么了？

麦花摇摇头，转过身去。半晌，她幽幽地道：四喜，你以后要对大奎和黑土好。

四喜听麦花这么说，就在后面把麦花的身体拥住了说：俺不说过了吗，咱们都是一家人了，还说啥两家话。以后有俺吃干的，就不会让大奎和黑土喝稀的。

麦花满意地点点头。

麦花躺在东屋大奎身边时，大奎看着麦花的肚子说：你身子笨了，以后就少干些活吧，莫动了胎气。

麦花眼泪汪汪地说：俺可没那么娇贵。

大奎还说：想吃啥，让四喜去城里给你买，可别亏了身子。

麦花把头又埋在大奎的臂弯里，此时的麦花觉得自己是世界上最幸福的人，有两个男人这么爱着她。

麦花说：俺和四喜生孩子，你不怪俺吧？

大奎怔了怔，然后说：怎么会，黑土是他（她）的哥哩。俺喜欢黑土有一大群弟弟、妹妹，日后也好有人帮衬着，打仗亲兄弟，上阵父子兵。

麦花说：大奎，你真是个好人。

大奎说：四喜这个人也不错。

夏天的夜晚很热，汗流在身上黏黏的。四喜便每天晚上背上大奎去河里洗澡。每次都是四喜先帮着大奎搓背、洗头，然后自己才洗。那天，四喜正在给大奎搓背，大奎睁着眼睛，听着从四喜指缝里流到河里的水声说：四喜，秋天咱家就添人加口了，以后够你累的。

四喜说：俺不怕。

大奎又说：麦花也不容易，你日后一定要对得起她。

四喜就很激动地说：男人对不住女人，还算啥男人，大奎你放心，俺不会亏待咱们这一家。

两个男人把话说到这份上，心里都热辣辣的。

十

又一个秋收的季节到了，麦花和四喜的儿子出生了。

那天麦花正领着黑土在山坡上晾晒采到的蘑菇，肚子一阵紧似一阵地就疼了起来。麦花是生过孩子的人，她知道自己这是要生了，便冲黑土说：黑土，快去地里叫你四喜叔，娘要生了。

黑土便颠起一双小脚往山下跑，他一边跑一边喊：俺娘要生了，俺娘要生了。

四喜回来的时候，麦花已经生了。她正精疲力竭地给孩子擦着身子。因为孩子出生在秋天的山上，四喜便给孩子取名为秋山。

秋山随着秋收的季节来到了人间，四喜的兴奋自不用说。黑土也兴奋着，他一边跑一边喊：俺有弟弟了，俺有弟弟了，叫秋山。

大奎也是高兴的。那时，他和麦花成亲时，他的愿望就是人丁兴旺，让整个屋子都盛满儿孙。后来他的希望夭折了，虽说这孩子不是他的，但他仍高兴，这毕竟是黑土同母异父的兄弟呀。

四喜一个人在田地里忙活着秋收，麦花在家里坐月子。大奎有时忍不住从东屋的炕上爬下来，趴在西屋的门口冲麦花和孩子说：麦花，秋山哭了，快喂孩子。

麦花便把乳头塞到孩子嘴里，屋里屋外顿时安静下来。

大奎也是一副很满足的样子。

麦花一边奶孩子，一边幸福地说：等黑土和秋山长大了，咱家又会添两个壮劳力。

大奎也畅想着说：那时，咱家再开一片荒，种好多的地。

大奎差不多为自己的畅想陶醉了。

太阳照在头顶的时候，麦花下地做饭了，黑土跟着四喜在田地忙碌着，麦花不想让一家人饿着，她总是准时下地做饭。大奎坐在门槛上，麦花把秋山放在大奎的怀里，大奎咿咿呀呀地逗着秋山玩。麦花忙上忙下，热气腾腾地做饭。

四喜和黑土回来的时候，麦花的饭已经差不多做好了。四喜喜滋滋地从大奎手里接过秋山，一下下亲着秋山，他一边亲着秋山一边和大奎说着农事。

四喜说：今年的收成就是好，打下的粮食够咱家吃两年的了。

大奎眯着眼睛望着四喜。

四喜又说：大奎，明年春天，俺想把山东坡那片荒地也开了。

大奎就说：你一个人怕是忙不过来。

四喜说：没事，趁着俺还年轻，多出把力气没啥。

大奎就低下头道：俺也帮不上你啥忙，让你受累了。

四喜就说：大奎你说的这是啥话，咱一家人咋还说这。

大奎就沉默了一会儿说：过几年黑土大了，他就能帮你一把了。

麦花在两个男人的议论中，把饭菜端到了桌上，然后一家人围坐在一起，热气腾腾地吃饭。

一家人带着美好的憧憬和希望，又迎来了秋山出生后的第一个冬天。

冬天一到，四喜又找出了那把火枪，他一边擦枪一边冲麦花说：明天俺就进山，争取在过年前弄几张好皮子，到城里卖了，咱一家人一人扯一套新衣服。

麦花对打猎仍心有余悸，要不是打猎，大奎也不会有今天。麦花想到这儿便说：四喜，你可得小心，那些野兽可不是人。

四喜一边往枪筒里填火药一边说：麦花你放心，俺这把火枪可不是吃素的。

从此以后，四喜便整日扛着猎枪到山里打猎。四喜的猎枪果然不同凡响，他每次回来，都不会空着手。

那一天，终于就出事了。

不是猎物伤着了四喜。那天，四喜发现了一头狼。他刚一火枪打下了两只山鸡，还在往空枪筒里装火药，就看见了那头狼。他发现了狼，就又往火枪里填了一倍的火药，心想：这一枪一定结束狼的性命。这样一来，就会得到一张狼皮了，一张狼皮卖了，够让麦花买衣服了。他就迫不及待地向狼瞄准，向狼射击，轰然一声，枪就炸膛了。

狼跑了，四喜惨叫一声，倒在了血泊中。

四喜晕头转向走回家的时候，麦花看到四喜的惨状，大叫一声晕了过去。就是大奎看见也不由自主地倒吸了一口冷气。四喜脸上和胸前已满是血了，他的双手已不知去向。四喜倒下了。

那些日子，麦花风风火火地一次又一次往城里跑，她去为四喜寻医治伤。她去的是钱家药店，钱家老掌柜的药专门治“红伤”。每次麦花去寻药，都是钱掌柜的把药配好，再由麦花风风火火地把药拿回来，一半敷在四喜的伤口上，一半熬了喝下去。

只半个月的时候，麦花就变卖完了家里的粮食，四喜这些药，是一年的粮食换来的。

四喜看到黄澄澄的粮食一点点地从家里消失，他痛心地嗷嗷大叫。他的双手被炸飞了也没有这么叫过。

眼见着四喜的伤口一天天好起来，可一家的粮食已经卖完了。麦花已经不忍心再卖余下的这一点口粮了，这是他们家一冬的吃食，还有的就是明年春天的种子。

可四喜的伤病还得治，她一点办法也没有了，她出现在钱家药店的时候，可怜巴巴地给钱掌柜跪下了。

钱掌柜是个骨瘦如柴的老头，脖子上围了一条狐狸皮，坐在柜台后，哗啦哗啦地打着算盘，算计着这一个月的进项。

麦花就说：钱掌柜的，赊点药给俺家四喜吧。

钱掌柜就抬起头，他望了麦花一眼，又望了一眼。在这之前，麦花已和他打过无数次交道。那时，钱掌柜的连眼皮都不抬一下，他只知道配药、收钱。这次他认认真真地把麦花看了一眼，又看了一眼。接着他从柜台后走了出来，袖着手，前前后后地看着麦花。他又伸出手把麦花扶起来，他像一个在行的牲口贩子似的，把麦花看了又看。

然后就说：你是刚生过孩子吧？

麦花点了点头。秋山还没有断奶，她的胸憋得胀胀的。

钱掌柜又问：你有几个孩子？

麦花又答：两个。

又问：是男还是女。

麦花再答：都是男孩。

钱掌柜这回就抬起头来，认认真真地看了眼麦花的脸。麦花刚满二十岁，天生的白皮嫩肉，仍旧鲜亮。

钱掌柜似乎很满意，他舒服地哼唧着。他又坐进了柜台里，这才说：

你男人受的是红伤。

麦花说：是哩，前几次都是你老给配的药，好使哩。俺家现在没钱了，想赊一点掌柜的药，等俺男人病好了，当牛做马的也报答你。

钱掌柜的就翻翻眼皮说：你男人都残废了，拿啥还俺？

这句话一下子就把麦花问住了。这些天，她忙晕了头，她一门心思想办法治四喜的伤。直到这时才意识到，他们这个家完了，伤好的四喜还能种地吗？不能种地，意味着他们一家五口人就得去要饭，否则就只能喝西北风了。直到这时，麦花才感到彻底的绝望，她当着钱掌柜的面，嘤嘤地哭了起来。

钱掌柜的这么说是有目的的。钱掌柜的快六十了，他从祖上手里接过这家药店也有几十年了，这辈子他啥都有了，可就缺个儿子，缺一个药店的继承人。钱掌柜的年轻时一口气娶了五房女人，可这五房女人把孩子生了一堆，就是没有一个人给他生过儿子。眼见着这家药店没人继承，钱掌柜的是又急又恨。以前，他也想过再娶一房黄花闺女，给自己生儿子，可谁又能料到，这回生的不是闺女呢？一年老似一年的钱掌柜的心急如焚。

今天他遇上了麦花，上上下下把麦花看了，一见这个女人的圆丰乳，他就知道麦花是个能生能养的女人，不像他那五个女人，要么瘦得跟火柴棍似的，要么胖得跟母鸭似的，没有一个中用的。他把大半辈子的精力都用在了这五个女人身上，可还是没人给他生养一个儿子。

钱掌柜的一见到麦花，他便想借麦花的腹，为自己生儿子。

麦花当着他的面，哀哀地哭着，钱掌柜见时机到了，他让麦花坐下，又亲手为麦花倒了一碗红糖水，才慢条斯理地说：赊给你药也容易，不过你要答应俺一件事。

麦花就抬头望着钱掌柜的那张瘦脸。

钱掌柜的说：以后你一家的开销俺都包了，只要你给俺生个儿子，啥话都好说。

那一刻，麦花就晕了，她怔怔地望着钱掌柜的，觉得自己在做梦。

钱掌柜的就笑一笑，回身把几味药用纸包了，塞在了麦花手里又说：你回家想一想，俺等你的信，想好了你就来找俺；想不好，你就别来了，这包药算俺送你的。

十一

麦花已经无路可走了，她只是一个女人，眼前还有什么更好的出路呢？

自己的两个男人都残废了，一个无论冬夏都得躺在炕上的大奎，还有失掉了一双手臂的四喜，四岁的黑土，又多了一个吃奶的秋山，家里大大小小四个男人的生活担子都压在了她瘦弱的肩膀上。

那天晚上，她跑在了山坡的雪地上，冲着莽莽山林呼喊着：老天爷呀，俺这一家子该咋过呀，你睁开眼给俺一家指出一条生路吧……

风刮着，雪飘着，山林呜咽着……

麦花对这片土地又恨又爱，是这里的黑土地接纳了他们这一批又一批闯关东的中原人。同时，也是这片土地在吞噬着他们这些流浪到此的人。

麦花思前想后，她真想跪在那里再也不起来，让风雪把她埋葬，可她又无论如何舍弃不下她的亲人们。在关东这片土地上，大奎、黑土、四喜和秋山就是她的亲人，她舍弃他们，也许她再也不会为他们感到痛苦了，可是他们的路又将怎么走呢？

清醒后的麦花，不得不重新面对眼前的现实了，她站起身，拍打掉身上的落雪，走进家门。

她先把秋山抱进怀里，饿得哇哇大哭的秋山，叼着母亲的奶头便止住了哭闹。

大奎愁眉苦脸地坐在炕角，黑土低着头坐在大奎身边，四喜躺在炕上，因疼痛不停地呻吟着。愁苦早就把一家人笼罩了，麦花面对着眼前的亲人，真想对着他们大哭一场，可是她不能，她现在是他们的支柱，她只能把眼泪流进肚子里。

麦花一边奶着秋山，一边把自己的打算说了，这一刻，她下了决心。

大奎把头埋得更深了，他一下下擂着自己的头，头跟炕一样，都发出咚咚的声音。

四喜哭了，他侧过身，肩膀一抽一抽的，哽着声音说：都怪俺哪，俺们当男人的无能。

麦花此时已经没有了悲哀，她有的只是一种视死如归的悲壮，她大着声音冲炕上的男人说：哭丧啥，日子咋的都得过，俺又不是不回来了，不就是个三两年吗，咬咬牙不就过来了。

炕上的男人们便噤了声。

大奎突然抱着头呜哇一声哭着道：麦花，你让俺们去死吧。

麦花冷着脸道：别说死呀活的，日子就得这么过，等再过几年，黑土大了，秋山大了，咱们不就又有了好日子。

两个男人面对着麦花，就不知说什么好了，他们睁大眼睛看着她。

第二天，麦花又进了一趟城，她熟门熟路地来到了钱家药店。钱掌柜的仍在药店里坐着，麦花一进门，钱掌柜的就笑了，然后说：俺知道你还会来的。

麦花倚在柜台上说：掌柜的拿药吧，俺男人一好，就回来。

钱掌柜的让麦花在一张他写好的文书上按了手印，这才把一包包药放在麦花的怀里。放最后一包时，钱掌柜的手在麦花的怀里揣了一下说：俺一看你这娘们就能生儿子，半个月后你男人一准儿好，到时你来。

半个月后，四喜的伤果然好了，他不疼不痒了，但永远地失去了双手。

麦花别无选择地来到了钱家药店，住进了钱家。

老掌柜的恨不能马上就有自己的儿子，他夜夜都在麦花的身上忙碌着。当麦花又一次来经事时，钱掌柜的便无比悲凉，他伏在麦花的身上说：俺让你生儿子，你咋还不快生？

麦花面对着钱掌柜的，身体是麻木的，她想，这老东西已经没用了。

每半个月，四喜都要到钱家药店来一次，每次他都不在药店里抛头露面，而是在院墙外，先是用脚往院里踢上两块石头，然后又咳上几声，麦花便知道四喜来了，把准备好的大半袋粮食从小门提出去，放在四喜的脚下，四喜低着头，不敢看麦花。

麦花说：黑土和秋山还好吗？

四喜说：好，他俩都好着哩，你可好？

麦花不说自己却说：俺就是想孩子。

四喜又说：哪一次俺把黑土、秋山带来。

麦花就不说话了，望着眼前半袋子粮食愣神，她知道，这是他们一家的救命粮。

四喜说：别人家的地都种了，咱家的地荒着呢，四喜说到这儿，眼泪又流了出来。

麦花又说：别想地了，想活命吧。

这时，钱掌柜的在院里就喊上了：麦花，咋还不回来，跟那个男人磨叽啥，俺可不想要个野种。

麦花弯了腰，把那半袋粮食放在四喜的肩上，四喜用那双残臂把口袋扶正，仍低着头说：那俺就走了。

麦花望着四喜的背影一点点消失。

钱掌柜的心情急迫而又痛苦，他急迫地想生儿子，痛苦的是，麦花在这儿多停留一天，他就要为养活麦花一家多笔开销。

掌柜的便为自己配了药，烟熏火燎地熬，吱溜吱溜地喝下去。夜里便在麦花身上劳作着，直到气喘着躺在炕上。

四喜下次来的时候，果然带来了黑土和秋山。她先把秋山抱在怀里，秋山早就断奶了，已经长出几颗牙了，虽然黑了瘦了，但精神却好。麦花放下心来，又看了眼黑土，腾出一只手，蹲下身把黑土拉过来，黑土就说：娘，是俺自己走来的。

麦花说：黑土，好孩子，在家里要听话。

黑土又说：娘，俺听话，你啥时回家？

一句话，让麦花流出了眼泪。

她亲了黑土又亲了秋山，这都是她的心头肉哇。

直到四喜把两个孩子带走了，她才蹲在地上放声大哭了一回。

钱掌柜的功夫没有白费，终于让麦花的肚子有了动静，一连两个月，麦花没有来经事，他亲自给麦花号了脉，确信麦花真的怀上时，老掌柜的笑了。从此，他搬了出去。麦花的心情也放松了下来。

四喜又来的时候，也看出了麦花的变化，这种苦等终于有了希望。他笑着冲麦花说：麦花，等你明年回去了，俺又能种地了。

黑土在一旁说：娘，俺四喜叔可能了，他啥都能干，不比有手的人差。

麦花看见了四喜那双磨得发亮的断臂。

四喜笑着说：俺以为这辈子废了呢，其实没啥。

四喜终于走出了阴影，她从心里为四喜、为这个家高兴。

黑土又说：俺爹让你担心身子，他说他想你。

麦花伸出手把黑土的头摸了，黑土一天天长大了，她看着高兴。她想，总有一天，黑土一定能长成大奎那样的男人。

秋山都会喊娘了。每次分手的时候，秋山趴在四喜的肩头上，望着她娘、娘地叫。那一刻她的心都要碎了。

渐渐地，麦花能感受到肚子里孩子的胎动了，明年夏天，就该出生了。满月后，她就该离开钱家，回到山东屯了。她盼望着那一天的到来，可一想到肚里的孩子，她好起来的心情又坏了下去。仿佛，她已经听见肚子里的孩子在一声又一声喊她娘了。

她泪眼蒙眬，望着四喜、黑土还有秋山一点点地远去，最后变成了一个黑点凝在她的视线里。

麦花又感到了胎动，她双手捂着肚子，一步一步向钱家走去。

砒　霜

那一年夏天，抗联在斗争罪大恶极的富户金大牙时，把金大牙杀了。抗联刘大队长命人把金大牙的头挂在村头有一对乌鸦窝的杨树上，金大牙的头在树上悬挂了三天，最后让回巢的乌鸦给吃了，只剩下一个光秃秃的头骨。那时，穷人和富人的仇恨是不共戴天的。

刘大队长当众宣布了金大牙的罪行，其中之一——金大牙霸占了十几个良家妇女，养在金家大院里，且有几个女人都留下了金家儿女。

金大牙一死，金小牙支撑了家业。金小牙是金大牙原配老婆生的大儿子。金小牙在弄清了父亲被镇压的罪行后，仇恨地找到了那些住在后院的女人们，说：你们害死了我父亲，你们走——女人们一下子炸了窝，唾沫星四溅地冲金小牙嚷叫着：没良心的，我们是你妈。

金小牙被女人的话噎住了，他直愣着眼睛，望着这些仇视他的女人，最后又看见了聚在这些女人膝下的弟弟妹妹们，他的喉头哽了一下。他转过身，目光越过金家大院的墙就看见了挂在杨树上父亲那颗光秃的头骨，泪水就涌出了眼眶。他扑通一声跪在了地上，压抑着声音恨恨地咒了句：我×你们妈！

女人们听到了，就一起咒他：畜生。

还没有到秋天，日本人就把抗联赶出屯子，抗联拉到山里去打游击了。

那时，金小牙这些关外人还是第一次见到日本人，他们不知道什么是日本人。他认为，既然抗联怕日本人，那么日本人就是站在金家立场上的。

那一次，金小牙命令家人打开院门，大大方方地把日本人迎进了家里。金家人口多，分前院后院，金小牙把前院让给日本人住，前屋的房里有一条宽大的火炕，能住下百十号人，平时那大炕是长工们住的。

日本人住进了金家大院，刚开始，金小牙一家很是趾高气扬了一些时候。金小牙命人伐倒了村头那棵有乌鸦窝的杨树，把父亲的头和尸首殓在一起，很气派地办了一次丧事。金家老小排了一溜为金大牙歌哭，日本人抱着枪，看戏似的从头到尾看完了这一幕。

金家的女人多，关在后院里经常听到她们叽叽喳喳的吵叫声，金大牙死了，她们吵翻了天，金小牙也管不了她们。

深秋的一天晚上，几个日本人终于从前院溜到了后院，然后就听到女人们夸张的呼喊声。金小牙被这呼喊声惊醒，他披衣爬起来，闯出门去。他听到一溜住着女人的房子里都有呼喊声，他想冲过去，却被一个怀抱着长枪的日本人着着实实地抡了一个嘴巴。他被这个嘴巴打清醒了，悲哀地站在那里，听着母亲们被日本人强暴的声音。我×你们妈！他跳起脚高声骂了一句，女人的声音没有了，接下来的就是日本人嬉笑的声音。

那一夜，金小牙一夜也没睡着，耳旁不时地回响着女人的叫声和日本人的笑声。

从那一夜以后，金家大院整夜都有女人的尖叫，金小牙躲在自己的屋里，他觉得自己快要死了。白天，金小牙走出自己的屋子，就看见了两个女人，抱着他的同父异母的弟弟或妹妹，女人们见到他，脸先是白了一下，泪就流了下来，女人们隔着泪眼望他。他站在女人们面前，瞅着她们的眼泪，心里哆嗦了一下。这时，又有几个女人走出来，瞅着金小牙一言不发，只是流泪，其中也有他的生母。不知是哪个女人先跪下了，所有的女人都跪下了。这时，他觉得自己该是个男人了。他冲着女人们也跪下了，颤着声冲女人们喊了一声：妈——

从那以后，他从堆满破烂的仓房里找出一把生锈的扇刀，这是爷爷闯关东时对付狼群用的。每天晚上，他一边听着日本人的嬉笑和女人的尖叫，一边在霍霍地磨刀，直到后院安静下来，他才停止磨刀。

深秋这一天，抗联游击队在刘大队长带领下袭击了一次日本人，那次日本人死伤惨重。抗联袭击完连夜又躲进了山里，这就惹恼了日本人，散居在各个屯子里的日本人会聚在一起，发动了一次秋季清剿。

日本人离开了金家大院，开进了山里。

金小牙冲着远去的日本人的背影，感情充沛地骂了一句：抗联和日本人都他妈不是东西。

金小牙卖了一些田地，买了几条枪。买来枪后，金小牙命令长工们加固了金家院落，在金家院落周围筑起了几座坚固的炮楼子。然后，他就亲自操练这些长工们打枪。他咬牙发誓说：以后他妈的日本人、抗联通通地给我打——金小牙说这话时，浑身上下充满了匪气。

日本人和抗联在山里兜开了圈子，日本人发誓不剿灭这股“共匪”绝不出山。

立冬一过，几场大雪下过之后，突然来了一股寒流。日本人首先受不住了，从山里跑出来，他们又想到了金家大炕和后院里的女人，他们赶到屯子里时，首先看到的是那扇关紧的门和筑起的炮楼子。日本人迟疑一下，还是径直向前走来。这时，金小牙登上炮楼子冲日本人喊：站住，不站住就开枪了。日本人听不懂金小牙的话，他们以为那是欢迎他们的祝词，想着金家温热的大炕、丰腴的女人们，不由得加快了脚步。这时，金小牙号叫一声：开枪——几个炮楼子里的枪就响了，走在前面的日本人纷纷被打倒。日本人吃惊不小，他们没料到，金家大院被金小牙构筑得坚固异常，而练了一段时间枪法，在炮楼里据守的长工，怀着对日本人的恨，虽谈不上百发百中，也能十中八九，日本人除虚张声势外，并奈何不了金家大院。

大雪不停地又下了几场，寒流有增无减。缩守在山里的抗联大队忍受不住寒冷和饥饿的袭击，等在山里边是死，下山和鬼子拼也是死，抗联大队抱着必死的决心，杀下山来。

抗联在杀下山来的时候，金家大院也到了穷途末路，子弹没了。这几天，日本人又调来了两门炮，日夜不停地朝金家大院轰击。金家大院岌岌可危。

就在这时候，抗联杀下山了，在屯子外和日本人血战一场之后，他们想到了坚固的金家大院，便边打边向金家大院撤来。

日本人穷追不舍，抗联大队退到金家大院墙外便没了退路，只能和日本人背水一战。金小牙看到抗联的人都打疯了，日本人也疯了，双方战在一处，他还看到一个又一个抗联战士在枪声中倒下，血水浸红了雪地。

红了眼的抗联队伍，扯着嗓子冲院墙上的金家人喊：金小牙，×你个妈，咱们可都是中国人哪！

金小牙听到了，也看到了，他看到指挥杀死他父亲的刘大队长的狗皮帽子被打穿了一个洞，冒着黑烟，也在冲墙上的他喊。金小牙挥刀的手不停地颤抖，他吐了一口痰，摔掉手里的刀，冲把守大门的长工喊：开门，开门——

金家大门吱呀一声打开了，抗联队伍很顺利地进了金家大院。抗联队伍很快占领了炮楼子，居高临下地冲日本人射击。日本人遭受到打击，撤退了。

被日本人追赶了一冬的抗联终于出山了，日本人先是把金家大院围住，防止抗联队伍跑出来，然后就去调集队伍。

抗联队伍进了金家大院之后，金小牙命人把通往后院的门死死地关上，自己和所有金家人一起闭门不出。

抗联队伍不停地和院外的日本人激战着。

几日之后，日本人调足了兵力，大队人马团团把金家大院围住，终于发动一次比一次猛烈的攻击。

金小牙站在后院里，听着外面的枪声、喊声，他又抬头向屯外曾经筑着乌鸦窝的那棵杨树望去，此时，那里已空旷一片。金小牙的眼里流下最后两行泪水后，命人炖了一锅猪肉炖粉条子，炖好后，他把所有的人赶出伙房，往锅里撒了一包白色的东西。最后，他又让金家所有的人吃了锅里的肉和粉条，他也吃了两碗，然后赶羊似的把金家人从后院里赶出来。

院墙上，炮楼子里激战吃紧，抗联大队抱着鱼死网破的想法，苦守金家大院。日本人人多势众，又有炮火相助，金家大院已危在旦夕。

半夜时分，日本人终于攻进金家大院。日本人杀光所有的抗联战士后，走进了前院那溜平房里。日本人看到，大炕上躺了一溜金家的男女老少。

炕是凉的，人也是凉的。

金家所有的人吃了拌有砒霜的猪肉炖粉条子，在日本人攻下金家大院之前，已经死了。

日本人惊奇地看见，金小牙没有躺在炕上，而是立在门旁，一双眼睛尚未合上，张着嘴，他似乎冲炕上的人说着什么。

日本人大骇，连夜烧光了金家大院所有的房子后，逃出了屯子。

一唱三叹

家

谁也没料到日本人会来到沿河村。日本人来了，便捉了青壮男人，日日夜夜在村西的河上建了一座桥，从远方伸过来一条铁路穿过村子，伸向远方。

有了铁路，日本人又让男人在桥头高高地修了一座能住人的塔，日本人管这塔叫炮楼。大队日本人便撤了，留下十余个日本兵，领头的是个曹长。曹长生得很黑，村人们便叫他黑曹长。

十几个日本人，住在炮楼里，看那桥，看那铁路，十天半月的，会有一辆喘着粗气的火车通过，碾着那两个铁轨，轧轧地响。起初村人觉得新鲜，都聚到了桥头去看，日子久了，也就习惯了，便没人再去看了。

黑曹长带着十几个兵，没事可干，便从炮楼里走出来，排着队，扛着枪，顺着铁路跑步，枪筒上挑着刀，太阳下一晃一晃地闪。日本人管这跑步叫军操。

出完军操的日本人，累了，便复又钻进炮楼里歇了。傍晚，日本人便咿咿呀呀地唱歌，唱的什么，村人听不懂，听了那调，陡然心里多了份寂寞。村人听了那歌就交头接耳地说：日本人发慌哩。

日本人果然就耐不住寂寞了。

村人洗衣、做饭都要到河边去提水，来往都要经过炮楼。那一日，王二媳妇端了木盆，坐河边洗衣服，正是春天，阳光暖洋洋的，照得她很舒服，她甚至哼了几声小调。炮楼里走出两个日本兵，背着枪，枪筒上挑了刺刀，阳光下一闪闪的。日本人在王二媳妇眼前站定，目光里流露着渴望和兴奋。王二媳妇见了，就白了脸。日本人就嬉笑着说：花姑娘——一边说，一边往前凑。王二媳妇就叫：你们这是干啥，这是干啥？

日本人不听她叫，猛地抱住她，往炮楼里拖。王二媳妇终于明白日本人要干什么了，便杀猪似的叫喊，舞弄双手抓日本人的脸。日本人就急了，把王二媳妇绑在一棵树上。王二媳妇仍喊仍骂：王八犊子，挨千刀的。日本人不恼，十几个人把王二媳妇围了，笑着摸着就把王二媳妇的衣服扯了，露出白花花的身子。王二媳妇闭了眼，仍不屈不挠地骂。

先发现媳妇受辱的自然是王二，王二号叫一声，便疯跑着去找族长。一村人都姓王，是一个族上的，平时村里大事小情都是族长说了算。族长五十多岁，生得短小精悍，听了王二媳妇受辱的消息，一声令下，带着全村百十余男人，手执木棒斧头冲出来。族人个个义愤填膺，族人受辱，就是自己受辱。

黑曹长见汹汹涌来的村人，一点也不慌张，他甚至笑骂了一声：八嘎——一挥手，十几个日本兵的枪口，一律对准了村人，枪筒上的刺刀一晃一晃。村人顿觉一股寒气涌来，但仍没止住脚，叫骂着拥过来。黑曹长又骂了声：八嘎。又一挥手，日本兵就齐齐地射了一排子弹。子弹擦着村人的头嗖嗖飞过，打落了走在最前面的族长和王二的帽子。村人便软了腿脚，呆痴痴地立住了。

黑曹长大笑一阵，端着枪，转回身，冲树上赤条条的王二媳妇刺去，王二媳妇一声惨叫，鲜血在胸前像开了朵花儿。王二媳妇便伸了伸腿不动了。

黑曹长笑眯眯地举着枪，走向村人，村人仍呆痴痴地傻望着。黑曹长先是把枪刺上的血在族长的衣服上擦了擦，族长闻到了一股腥气。族长闭上了眼睛，等黑曹长的刀扎进自己的身体。黑曹长却收了枪，冲族长说：皇君要听话的花姑娘，给皇军做饭、洗衣，没有花姑娘，你们男人统统地杀死——说完，他又挥起枪，在族长的脑袋上挥了一下。

王二媳妇被葬在了族人的墓地里。村东的坡上，葬着先逝的族人，依照老幼长尊，井然有序。全村男女老少，哀声雷动，为贞洁的王二媳妇送葬。族墓里又新添了一冢坟。

日本人站在炮楼上，冷冷地望着这一幕。

第二日，黑曹长身后跟了两个兵，扛着枪，枪上的刺刀一晃一晃，走进了族长家。族长木然地望着走进来的日本兵。黑曹长说：花姑娘在哪里，皇军要花姑娘。

族长看见闪晃在眼前的刺刀，便粗粗急急地喘息。

黑曹长就笑一笑，带着日本兵走出去，到了村东头，抓了个男人，依旧绑在树上，只见刺刀一闪，男人就惨叫一声……

全村哀声雷动，为男人送行，族墓里又新添了一座坟。

第三日，黑曹长身后跟了两个兵，扛着枪，枪上的刺刀一晃一晃，走进了族长家……

族墓里又添了座新坟。

那一晚，族长家门前齐齐地跪了全村男女老少，他们瑟缩着身子，在黑暗中哭泣着。族长仰天长叹：天灭我族人——说完老泪纵横。

族长悲怆道：谁能救我族人？

村人低垂着头，泣声一片。

我——这时一个女人的声音，在人群后响起，众人惊愕地抬起头。却见是窑姐儿一品红。一品红走到族长面前，族长望着众人，众人抬起的头，又低垂了下去。

一品红也是王家的族人，三岁那年发大水，一品红的父亲就是那年饿死的。母亲带着一品红进了城里，当起了窑姐儿，用卖身的钱拉扯着一品红。一品红为了治母亲的病，也把自己卖了，进了窑子。母亲一急一气，死了。母亲死时留下一句话，死后要进族人的墓地，和父亲团圆。

族人早已不认她们了，族人中开天辟地没人做过这种下贱的营生，饿死不卖身。族人不许把这样的脏女人入族人的墓地，怕脏了先人。一品红跪拜着求族人，族人不依。母亲的尸骨只能遗弃在荒山野岭。

一品红含泪带恨离开族人，回到城里，过着她卖身的生活。每逢年节，一品红仍回到村中，祭奠父母。族人不让她走进墓地，她只能在村头的十字路口，烧一沓纸钱，冲着墓地，冲着荒山野岭磕几个响头，喊一声爹娘，又含泪带恨地走了。

日本人是先到的城里，后到的沿河村。日本人到了城里，一把火烧了妓院，一品红从火海里逃出来，她无路可去，只能回到沿河村，这里葬着爹娘。

族长又惊又喜，他盯着一品红问：你说的可是真的？

一品红点点头。

族人有救了。族长长叹一声，他扑通一声跪在一品红面前，族人也随在族长身后齐齐跪下了。

族人说：族人凑钱给你。

一品红摇头。

族长又说：族人割地给你。

一品红又摇头。

族长便疑惑，颤了声道：那你要啥？

一品红此时也含了泪，腿一软给族人跪下了，她哽着声说：我求族人答应我一件事。

族人便齐齐地望了一品红，看见她脸颊上的泪，点点滴滴地落。

一品红就说：给我娘修一座坟。

族长吃惊地望着她，众人也吃惊地望她，最后族长望众人，众人也一同望族长。

一品红又说：大叔大伯求你们了。

族长的目光越过众人的头顶，望见了月光下那片族人的墓地，那几座新坟像颗颗钉子刺进族长的眼里，族人也把头望向那片墓地。半晌，又是半晌，族长终于说：依你。

那夜，族人走进墓地，在一品红父亲的墓旁挖了个新坟，一品红找来件母亲昔日的衣服，葬在里面。父亲的坟旁，多了一座空坟。一品红跪在爹娘面前，叫了声：爹、娘——眼泪便流了下来。

第二天一早，还没等黑曹长领兵出来，一品红便向炮楼走去。晨光照在一品红的背上，一晃一晃的。

从此，沿河村平静了，墓地里没有再添新坟。

一品红白天给日本人洗衣做饭，村人看见一品红走出炮楼，给日本人提水、洗衣，见了村人却不言不语。

夜晚，村人听见炮楼里传来日本人的嬉笑声、一品红的叫声，那笑声和叫声一直持续到很晚。村人直到那声音在夜空中消失，才踏实地睡去。

每天，村人都看见一品红从炮楼里走出来，到河边给日本人洗衣、洗菜。日子平淡，无声无息，似乎什么也没有发生过。

忽一日，人们再看见一品红时，陡然发现她憔悴了，人变得没有以前那么水灵了，一双目光也痴痴呆呆。那一日，洗完衣，淘完米，一品红在河边坐了许久，目光一直望着那片墓地，人们还看见她脸上的一片泪光。

那一夜，炮楼里依旧有笑声和叫声在夜空里流传。后半夜，又一如既往的安静，安静得无声无息。人们在这安静中沉沉地睡去。

不知过了多久，人们猛然听到一声巨响，人们在巨响中睁开眼睛时，就看见了一片火光。那是炮楼里燃出的火光。人们惊骇地聚到村头，看着炮楼在火光中坍塌。那大火一直燃到天亮，炮楼已成了一片废墟。

人们久久凝视着这片废墟，族长先跪了下去，接着族人也跪了下去。族长踉跄地走向那片废墟，他在废墟里寻找着，终于找到一缕头发。那是一品红的长发，族长双手托着这缕长发，一步步向墓地走去。从此，墓地里又多了座新坟，是个空坟。

族人在夜晚的睡梦中会突然醒来，醒来之后，便望见了东山坡那片墓地，那座空坟。望见了那空坟，便想想族人中曾有个窑姐儿一品红。

中国爱情

扣子在日本人来小镇前做豆腐，日本人来了之后，他依然做豆腐。扣子在小镇里很有名气，因为小镇上每户人家都吃过扣子做的豆腐。

扣子有个媳妇叫菊。扣子和菊刚结婚还不到一年，菊还没有孩子，没有生养过的菊，仍然和当姑娘时一样，细皮嫩肉的。做姑娘时的菊是镇里有名的美人，后来嫁给了扣子，天天有白嫩的豆腐吃，人就更加水灵白嫩了。人们都说，是扣子的豆腐让菊更水灵了。菊听到了不说什么，只是笑一笑。

日本人没来时，扣子和菊半夜便起床了。两人在影影绰绰的暗夜里忙碌着。天亮的时候，豆腐便做好了。扣子就推上一辆独轮车，车上放着做好的豆腐，豆腐袅袅地冒着热气。菊随在扣子身后，两条辫子在身后一甩一甩的，很好看。

扣子推着车在街巷里一路走下去，边走边喊，声音清清亮亮地在小镇上飘荡。想买豆腐的，只要在家里喊一声：扣子。扣子听到了，便把车停下，菊走过去称豆腐。买豆腐的人一边等菊称豆腐，一边和扣子开着玩笑地说：你们白天晚上忙得不累？扣子不说话，只是憨憨地笑。一旁称豆腐的菊听出了玩笑的另一层含意，脸就红了。买豆腐的人就响亮地笑一笑，付了豆腐钱后说一声：明天再来呀。便高兴地走了。

扣子看见红了脸的菊心里美滋滋的，他再推车上路时浑身就多了些力气，吆喝声也越发地洪亮了。扣子一路把幸福甜美的吆喝声洒满小镇的大街小巷。听到扣子吆喝的人们，便想到了随在扣子身后的菊，心里就感叹一声：这小两口，真美气哩。

日上三竿的时候，小镇就安静了下来。扣子和菊已经卖完了所有的豆腐，两人并排走在一起，说说笑笑地往家走。路过屠户摊前，扣子便立住脚，冲菊说：割半斤肉吃。屠户一边割肉一边说：扣子，你有这么漂亮的媳妇，不好好补补咋行？菊又听出了那话里有话，仍旧红了脸，朝地上呸一口道：疯屠户，不得好死。说着话，接过屠户的肉，付了钱，走出挺远了，脸依旧热着。她抬头看见扣子正美滋滋地望自己，浑身上下便都热了。

日本人一来，人们便再也听不到扣子那甜美的吆喝声了。扣子依旧做豆腐，那豆腐却让日本人包了。日本人也爱吃扣子做的豆腐。扣子不想把自己做的豆腐给日本人吃，可他惧怕日本少佐手里那把黑亮亮的枪。那天就是少佐挥着手里的枪，操着半生不熟的中国话冲扣子说：豆腐，统统地给皇军送去。扣子梗着脖子不想动，少佐就把那枪抵在了扣子的脑门上，扣子就没有了脾气。

从那以后，扣子总把做好的豆腐一大早就推进日本兵营。刚开始，菊随着扣子去过两次日本兵营，把门的日本兵，在扣子和菊进出时，总是很深刻地盯着菊看，然后冲菊笑一笑说：花姑娘，大大的好。菊的脸就白了，急急地从哨兵眼皮下走过去。走了很远，她觉得那两个日本哨兵的目光仍追随着她，一副流连忘返的样子。扣子也看见了日本人的目光，下次再送豆腐时，扣子就冲菊说：我自己去。菊就把扣子送出家门，在家门口立住脚。扣子走了两步，菊又叫住扣子。扣子不知咋了，停下脚，回身望菊，菊走过来，抻了抻扣子不太整齐的衣襟，扣子就笑一笑，心里也热热的。在菊的注视下，扣子一步步向日本兵营走去。

日本兵爱吃扣子的豆腐，日本女人更爱吃扣子的豆腐。那个日本女人叫山口代子，是少佐的妻子，住在兵营后边的一排房子里。每次送豆腐时，扣子总是捎带一碗水豆腐，这碗水豆腐就是留给山口代子的，这是少佐命令他这么做的。

每次扣子给山口代子送豆腐时，山口代子似乎已经等了许久了。她倚门而立，看见走来的扣子，便笑眯眯的，腮上有两个浅浅的酒窝。扣子不说什么，把车子立住，端下那碗水豆腐，递到日本女人手中，水豆腐上淋了麻油，黄灿灿的。山口代子接过碗，很香很美地去喝那碗水豆腐。扣子立在一旁等着，不一会儿，山口代子的鼻翼上就沁出了细密的汗。这女人便噘起嘴，更细致地吃。扣子看她一眼，又看她一眼，心想：这日本女人长得不赖呢。女人吃完了，把碗和勺一起递给他，娇滴滴地冲扣子说一句日本话。扣子听不懂日本话，但扣子明白，那是女人谢他呢。扣子接过碗，碗上就多了份温热，是女人的体温，扣子的心里很乱地跳几下，便推车走了。这时，他就看见迎面走过来的少佐，少佐刚出完军操回来。少佐冲扣子笑一笑，扣子不笑，低着头走过去。

事情的变故是发生在扣子又一次送豆腐回来。他远远地看见两个日本哨兵，慌慌地从自家出来，他觉得事情不妙，便加紧步子往家赶。那两个日本兵和他擦肩而过时，怪怪地看了他一眼。他离家挺远就喊菊的名字，屋里没有菊的声音，扣子便预感到了什么，扔下车，几步走进屋去。只看了一眼，他就骇住了，屋子里一片狼藉，菊赤身躺在狼藉中，血水正顺着菊的前胸汩汩地流着。菊手里握着一把剪刀，剪刀上沾着血。

扣子大喊了声菊，就扑了过去。菊只剩下一丝微弱的呼吸。菊艰难地睁开眼睛，用细若游丝的声音冲他说：扣子，俺对不住你。说完闭上了眼。扣子傻在那里。扣子傻了好久，后来清醒了，清醒的扣子什么都明白了，他守着菊，不知自己该干些什么。他就那么呆想着，后来突然抱住头，放声大哭，一边哭，一边号似的叫：日你日本祖宗啊——

后来扣子不哭了，他烧了锅温水，很仔细地给菊洗净了身子，从里到外扣子洗得很认真，然后又找出菊出嫁时穿的衣服，帮菊穿上。他很小心地把菊放在炕上，喃喃地冲菊说：你现在干净了哩。

接下来，扣子又开始一如既往地磨豆腐。天亮的时候，豆腐做好了。扣子从家门走出来，像什么也没发生似的向日本兵营走去。

他看见了山口代子，山口代子立在门口，似乎早就等着他的到来，她笑眯眯地看着他。扣子看见了那笑，似乎也冲山口代子笑了一次。他来到山口代子近前时，没有给山口代子端水豆腐，而是一头就把山口代子扑倒了。山口代子不知发生了什么，惊叫一声。扣子恶狠狠地说：你这日本女人。便把山口代子拖进了里间……

扣子再次从屋里出来时，脸上带着笑，他似自言自语地仍在说：你这日本女人。扣子看见了迎面走来的少佐，他梗着脖子从少佐身旁走过去。少佐很怪异地看了他一眼。

扣子大步向前走去，这时他听见少佐在屋里号叫了一声什么，接着他就听见了一声枪响，扣子向前扑了一下，扑在那辆独轮车上。独轮车翻了，他摔在地上。扣子脸上仍挂着笑，他看见清晨的天空湛蓝无比。

扣子在心里说：日本人，咱们两清了。

殉　情

几场大雪一落，大兴安岭这方世界就都白了。

日本人围住了大兴安岭，大雪封了大兴安岭。大兴安岭成了驶在汪洋中的一条船，沉重地泊在那里。

大雪封山后，抗联游击队就化整为零，以二三十人的小队为一级，分布在莽莽苍苍的雪岭间。日本人和大雪成了抗联最大的敌人。

第十八小队的三十几个人，住在野葱岭山坳间的几间窝棚里，已经三天没有吃东西了。抬眼望去，周围是白茫茫的一片山岭，没有一丝活物。入冬以来，第一场雪落下后，树皮、草根、蘑菇……能吃的都已经吃光了。偶尔会遇到一只同样饿晕了头的山鸡，撞到他们的窝棚里，那三十几个人就会比过一次大年还幸福。可惜，这种山鸡并不多。十八小队的抗联战士，因饥饿和大雪，不敢大范围地活动，一是没有游击的力气，也没有游击的热情；二是怕留下踪迹让日本人发现。日本人正虎视眈眈地驻扎在山外的屯子里。

三天没有吃到东西的十八小队的战士们，无力地坐在窝棚里，肚子发出无聊的响声。

王老疙蹲在窝棚里，用身下的树叶卷了支烟，刚吸了两口，鼻涕眼泪就流了出来。他用袖子擦了一下嘴脸，摘下头上的狗皮帽子，冲十八小队长龇牙咧嘴地说：饿死了，饿死了吧——

号丧个屁，你不怕日本人杀了你，你就下屯子，吃个饱。十八小队长把手袖在一起，头一点一点地正在打瞌睡。

王嫂一闪身进了窝棚，王嫂在腰间系了一条日本人的皮带，皮带上吊着一支盒子枪。王嫂一走动，枪就一下下地敲着她的屁股。

王老疙看见王嫂眼睛就一亮，他的目光落在王嫂的屁股上，他就有些不解，人都饿成这样了，唯独王嫂的屁股和胸不见瘦。这让他大惑不解，他狠狠地咽了一口口水。

王老疙又记起，秋天落叶时，那个有月光的晚上。十八小队露宿在鸡公岭上的一片林子里，那时人还没有这么饿。王老疙在林子外站哨，正碰上王嫂在落叶上小便。王老疙就鬼迷了心窍，上去就抱住了王嫂。只一下，他的双手就触到了她的胸，肉肉的，他的浑身就软了。王嫂回身抽了他一个响亮的嘴巴。他立马就清醒了，又咽了回口水，冲她笑一笑道：俺就摸一下怕啥？

王嫂的男人姓王，人们都叫她王嫂。日本人进屯子时，烧了一屯子的房子，杀了她的男人。要奸她时，她跑出了屯子，后来就参加了抗联。

王老疙是见了王嫂后才加入的抗联。王老疙是光棍一条，游荡在屯子里，吃了上顿没下顿。那一次，他就看见了王嫂的胸和屁股，在男人中间一站非同凡响。十八小队开走时，他就参加了十八小队。

他随十八小队走了半年，就到了冬天，他没想到王嫂的胸和屁股也不顶饿。更没想到一入冬，大雪和日本人一封山，让他快要饿死了。

十八小队长见到王嫂时，眼睛也一亮，没等说话，王嫂就说：这样饿下去可不行，得想个办法才行。

十八小队长也咽了一回口水，瞅着王嫂的胸，说：下屯子？

逼急了就得下。王嫂一边让十八小队长看，一边说。

王老疙又咽了回口水，肚子里就空洞地响了一气，又响了一气。他知道十八小队长和王嫂之间的关系有些说不清。那一次，他亲眼看见十八小队长和王嫂在一棵大树后，王嫂让十八小队长摸自己。那一次对他的打击很大，后来仍不影响他看王嫂的屁股。

下屯子，一定要下屯子，要不非得饿死。他吸溜着嘴说。

王嫂白了他一眼，解下腰间的枪，递给十八小队长，说：我一个女人家，兴许不会引人眼。

王老疙就站起来，瞅着王嫂的胸坚定地说：我也去，和王嫂搭个伴儿，有人问我就说我们是两口子。

王嫂又白他一眼，转过身不让他看胸。

十八小队长挺深地看一眼王嫂说：路上小心，弄点啥吃的都行。

王老疙袖着手走在王嫂的身后，瞅着没有了枪遮拦的屁股，心里也随之开阔了一些。他吸了一下鼻子，似乎嗅到了猪肉炖粉条的香味，他又狠狠地咽了回口水。

两人还没有走进屯子，就被日本人的游动哨发现了。两人拔脚就跑，日本人放了两枪，两人就跌倒了。不是日本人打中了他们，而是几天没有吃东西了，刚跑几步就跌倒了。

两人被带到矢村大队长面前，不用两人招，矢村就一眼认出了两人是抗联的人。矢村就笑了，矢村一笑，王老疙的腿就软了，他想：完了。矢村就笑着说：抗联在哪里？

王老疙就想，死就死了，可死也得整点吃的才好。这么一想就说：太君，给点吃的吧，吃完了就说。

矢村又笑了，挥了一次手，就有日本兵端着吃食放在他面前。王老疙已顾不了许多，端过就吃。吃了一气，他又想到了王嫂，就分了一半给她，说：吃吧，不吃白不吃。

王嫂没接，给了他一个冷脸。王老疙被食物哽得拼命地哆嗦，额上的汗也流了下来。他把吃食一扫而空后，便梗起脖子站在一旁。矢村就用一个小手指把他勾到眼前，问：抗联在哪里？他就哆嗦，不语。矢村冷笑一声，又一挥手，就有两个兵走过来，在炉火里烧铁条，他这才看见那铁条是早就准备好的。

红红的铁条在他眼前一晃，他似乎又嗅到了猪肉炖粉条的香味。他不哆嗦了，看了一眼身旁的王嫂，说：就招了吧，不招他们也得饿死。说完身子一软，就跪在了日本人的铁条前。

没想到王嫂会照准他的后背踹他一脚，骂了声：没用的东西。这一踹让他趴在了矢村的脚下。王嫂就让两个日本人拉走了。日本人拉着他去了野葱岭。

那一次，日本人大获全胜，全歼十八小队。回来后，日本人大大地欢庆了胜利。席间有酒有肉，王老疙就坐在矢村一旁，不住地吃，不停地喝。后来他和日本人一起醉了。他又想起留在野葱岭山坳里那十几具尸体，他就哭了，用劲地哭。矢村就冲他朦胧地笑。

那一晚，日本人狂欢到深夜。酒醒过来的王老疙就想起被关押的王嫂，他冲矢村说：那女人可是俺的。

矢村就大度地说：三天后就还你。

王老疙就在心里骂一声。他想王嫂被日本人羞辱一定是无法避免了。

他从炕上坐起来，又喝，后来他就更醉了。日本人也醉了。他低头吐酒时，看见了矢村掉在地上的枪。后来王老疙就出去了。日本人听到他在窗外狼嚎一样地吐酒，日本人也开始吐酒。

一醉方休的日本人，在后半夜停止了狂欢。他们想到了押起来的王嫂。矢村就让人带王嫂来。去押王嫂的日本兵刚到偏房就号叫一声蹦了出来。

偏房里，王嫂躺在地上，头上中了一枪，血水正汩汩地流着。王老疙也躺在王嫂身旁，一只手抱着王嫂，一只手举着枪，枪口冲着自己的头。他冲日本人骂一声：这女人是我的，我×你们日本人的妈！骂完他手里的枪就响了，血水欢畅地从他的头里流出来。

军　妓

我×死日本人的娘。张大炮逢人就说。

张大炮的老婆被日本人奸了，奸完又用刺刀挑破肚皮，红红白白的东西流了一地。张大炮当时被绑在一棵榆树上，目睹了事情的整个经过。当然当时被奸的还有其他女人，也有其他男人在场。

不是所有的女人奸完后都被杀死，唯独张大炮的女人被杀了。张大炮不解，难道是自己女人的肚子大吗？

没了女人的张大炮逢人就骂日本人。

那几日，男人们带着被奸过的女人，逃离了这个屯子。张大炮没了老婆，便不再怕那些日本人了。张大炮孤独地在屯子里游荡。他每见到一个人，不管是日本人还是中国人，他都说：我×死日本人的娘。屯子里的人听到了，立马灰白了脸，左瞅右看地说：张大炮，你可小心，日本人要杀你呢。张大炮瞪圆了眼睛。你骂日本人，日本人迟早要杀了你。屯人说。张大炮就说：我就要骂，他们杀了我老婆。

张大炮再骂日本人时，他终于看见日本人的眼神有些不对劲，他有些害怕了，连夜跑出屯子，跑到山里，参加了抗联大队。

抗联大队打了一次伏击，截获了一辆日本人带篷的军车，车里一个军官和一个兵射击顽抗，被当场打死。抗联满心欢喜地以为车里拉满了枪支弹药，张大炮钻进了卡车里，刚钻进去，他又一骨碌翻出来，直着眼睛说：他妈的，是两个女人。

刘大队长命人把两个女人押下车。这是两个穿和服、挽发髻，涂脂抹粉的女人。抗联的人轮流地冲两个女人训话，两个女人勾着头，低眉顺眼地拥在一起，一声不吭。抗联的人终于明白，她们不懂中国话，便不再训话了。

刘大队长很内行地说：这是日本妓女。抗联的人听完刘大队长这么说，便用劲地朝妓女身上看。

抗联的人一时不知如何发落这两个女人，刘大队长看了眼西斜的太阳就命令：带上她们。抗联押着两个日本女人往山里走。

张大炮眼瞅着走在人群里两个哆哆嗦嗦的女人，就骂：我×死日本人的娘。

刘大队长声音洪亮地批评张大炮：你注意点纪律。张大炮狠劲地望一眼两个日本女人，咽口唾液。

那季节正是深秋，山里已有了寒意，满山遍野都落满了枝叶，秋风吹过，飒飒地响。

两个女人被关在一个窝棚里，有抗联战士看着。

那一晚，有月光照在整个山里。

抗联大队的人睡不着，坐在窝棚里说话。他们的中心话题是那两个日本女人。日本人清剿抗联，说不准什么时候就得跑，带着两个日本女人显然不方便，影响队伍的速度。有人提议要杀了她们，说完杀死她们时，好半晌都没有人说话了。抗联的人大部分都是这一带的农民，日本人占领了这里，他们起来抗日了。他们想到了日本人烧杀奸抢的种种罪行。于是，就又有人说：杀。没有人有异议。刘大队长思索了片刻，摇了摇头，说：这不符合政策。众人都不解地望着刘大队长。

那一晚，抗联的人很晚才躺下，躺下后，望着月光下关着两个日本女人的窝棚久久都没有睡着。

抗联吃饭时，也给两个军妓留出一份，抗联人吃的是草煮面糊糊，两个低眉顺眼的日本女人望着那两勺糊糊不动，抗联人稀里呼噜地吃。糊糊凉了，那两个女人仍不动那糊糊。张大炮跳过去，冲着两个女人骂：你们以为自己是娘娘，恁金贵。两个女人哆嗦着。张大炮摔了眼前的碗，跳过去抡女人的耳光，他想到日本人打他耳光时的情形。女人一侧头，张大炮抡空的巴掌在女人发髻上扫了一下。张大炮号叫一声，女人发髻里藏着一枚坚利的针，刺了张大炮的手。众人望着张大炮就笑。刘大队长说：你住手，这不符合政策。

张大炮梗着脖子说：我不管政策，日本人杀了我老婆。

刘大队长派人把两个女人押回窝棚，刘大队长仍在思索处理两个女人的方法，他有些后悔带回了这两个女人。

又一夜，抗联的人被女人的叫声和厮打声惊醒。惊醒后的人向着关女人的窝棚跑去。哨兵被刘大队长从窝棚里拎出来。哨兵去扒女人的衣服，女人呼叫了。刘大队长很气，打了哨兵一个耳光，哨兵说：日本人杀我们。刘大队长又抡了这个哨兵一个耳光，哨兵不再说话。哨兵换了人。

张大炮又想起自己女人惨死的场面，他浑身哆嗦着望着月光下关着女人的窝棚。

两个军妓在山里被关了十几天后，刘大队长终于想出一个办法，决定派人把两个女人送出山，然后大队转移。他不想让两个女人影响军心。

刘大队长不管女人能不能听懂中国话，把准备送她们下山的意思说了。没想到那两个女人竟听懂了刘大队长的话，她们瞅着刘大队长一个劲儿地哭。刘大队长不管她们哭不哭，仍决定送她们走。

那一夜，轮到张大炮为两个日本女人站岗。张大炮踩着干枯的树叶，哗啦哗啦地围着窝棚走。他的眼前不时闪现出老婆惨死的场面。他倾听着窝棚里两个日本女人的哭泣声，他不知道她们为什么要哭，血一点点地往头上撞，怒气聚遍了全身。

两个女人死了，是自己用发髻上的针挑破了血管。

两个女人被埋在了雪里。

两个女人死后的转天早晨，山里下了第一场雪。

抗联的人，远远地望着两个雪坟。

张大炮在以后的日子里，两眼恍惚地冲雪坟自言自语地说：怎么就死了呢，我日你们日本人的祖宗。

抗联大队的人在没事的时候，也经常痴怔地望着那两个雪坟。

狗头金

梦开始的地方

江汉子嘎嘣嘎嘣地化了，变成了一江春水。水上漂浮着冰排，在水面上一漾一漾的。春天真的就到了。

大树在华子身上下着力气，华子气喘着说：明天一早就走？

大树喘息着说：一早就走。

华子下意识地把身上的大树搂紧了，似乎是想让大树永远长在自己身上。许久，大树还是一点点地从华子的身体里退出来。她却仍然死死地搂着大树。

大树此时的心情有些苍凉，他伏在她的身侧道：这回就这一年了，发财不发财的，回来就娶你。

华子哭了，泪水湿湿地弄了大树一脸。大树把华子的身子搂紧了一些，什么也没说。男人在这时候的心肠总是硬一些。后来两人都没说什么，但也都没有睡好。一会儿醒一次，一会儿又醒一次。醒过来，他们就死死地抱住对方，生离死别的样子。

春天到了，淘金的人都三三两两地进山了。他们怀着发财的梦想，从春到秋，一年三个季节地一头扎进深山老林里，挖坑捣洞地在沙石里寻找着金屑。金屑被一点点地攒起来，等他们出山时，金屑已经很可观地有一些了，包裹着揣在怀里，深一脚浅一脚地走出来。然后在大金沟镇的金柜上，换回一些硬邦邦、白花花的银圆，硬硬地揣在腰间，感觉很是阔气。淘金的人有的回家去过年，有的干脆就留在大金沟镇猫上一个冬天，等来年开春，再一次进山。

猫在镇上的人，大都是无家无业、一人吃饱全家不饿的主儿，然后把怀里硬邦邦的银圆扔在大大小小的妓院里，包括一身子的力气。等到春天的时候，那些硬邦邦的东西都梦一般地飘走了，又是一个穷光蛋，还有一副发软发虚的身板。三五个人聚集在一起，摇摇晃晃地再次走进山里，开始了新一轮的发财梦想。

大树都快三十岁了，他来到大金沟快五年了，他淘了五年的金。发财谈不上，他帮助华子开了一家豆腐坊。华子一年四季做豆腐，在没有大树的日子里，华子做豆腐也能维持生计。

华子是那一年秋天逃到大金沟的。从中原老家出来时，他们一家人有爷爷、父亲，还有母亲。先是爷爷患痢疾，拉得人成了皮包骨，最后油干灯灭，一头倒在路沟里起不来了。父亲、母亲和她，哭喊着把爷爷埋了。擦干眼泪，人还得往前走。老家是不能回了，先是黄河决堤，大水淹了土地和房，然后又是连年干旱，生活在这里的人饿死了五成。那些没饿死的，挑了全部家当，咬牙含泪地闯了关东。

在闯关东的路上，母亲也得了病，发冷发热的，最后也倒了下去，只剩下她和父亲。父亲挑着担子，拖着她跨过了山海关。

眼前是一马平川的关东大地。此时，父亲和她已是骨瘦如柴，身子轻得像片儿纸，一股风刮过来，站都站不稳。两人摇摇晃晃着又走了月余，父亲说要躺下歇歇，就躺在了一棵大树下，然后就再也没有起来。

华子孤身一人流落到大金沟，她举目无亲，山穷水尽。走投无路的她，在自己脖子后插了根草，她要把自己卖了。她的想法很简单，谁给她一口吃的，她就跟谁走。这时，她遇到了大树。

大树刚从山里出来不久，金沙已换成了硬硬的银圆。看着眼前的华子，他想起自己刚来到大金沟时的样子——他带着小树，见人就磕头，叔叔大爷地叫，就是想讨口吃的。后来是老福叔收留了他们哥俩，熬过了一冬。春天一到，他们就随老福叔进山淘金了。

那年深秋，大树收留了华子，帮她在大金沟开了间豆腐坊，花去了大树身上所有的银圆。那时的华子干黄、枯瘦，身子就像是一个十二三岁的孩子。

大树没有多想，他就是想救华子一条命，也是华子的乡音唤醒了他的良知。大树除了小树，还有个妹妹，逃荒的路上死了。他一看见华子，就想起了妹妹。

没想到的是，大树又一次从深山老林里走出来，再见到华子时，华子完全变了一个人——水灵，也红润了。一双眼睛扑闪着望着他，让大树想起了刚出屉的水豆腐。

大树和小树在江边有个窝棚，两人一直在那里过冬。那年冬天，窝棚里只剩下小树一人，大树搬到华子的豆腐坊了。他像压豆腐一样压了华子一个冬天。冬天一过，他就下决心要娶了华子。华子现在里里外外被滋润得如同鲜嫩的豆腐，但现在还不是时候，大树还要多挣一些钱，帮小树讨个老婆，然后光光鲜鲜地把华子娶过来。剩下的钱，他要和华子一起在大金沟做个小买卖，有滋有味地生活。这就是大树的梦想。几年了，他一直揣着这个梦想。再苦再累，一想起自己的梦，心里就有了盼头，有了冲动。

晨光初现的时候，大树从被窝里爬起来。华子也起来了，她一早就要磨豆腐。天亮的时候，她要把做好的豆腐送到大金沟人的饭桌上。大树看到丰腴光鲜的华子，就在心里狠狠地说：拼死拼活就这一年了，等秋天我一定娶你。

华子似乎明白大树的心思，生离死别地一头扎在大树的怀里，用手臂狠命地把大树搂抱了一次。

大树最后还是挣脱了华子，摸索着出了门。

街口上，老福叔、小树、老蔫、刘旦早就等在那里了。这几年，一直是他们几个合伙去淘金。这些人都是前后脚从老家逃荒出来的，亲不亲，故乡人。谁有个为难招灾的，也算有个照应。他们每个人都肩扛手提着一些吃食，这是他们进山的食物，在这中间，他们还会派人出山买一些粮食运进山里。

老福叔见人到齐了，就咳一声，把地上的东西放到肩上，说了句：走球。

五个人排成一排，摸摸索索地向暗处走去。老福叔养的那只狗也跑前跑后，很欢实的样子。狗是黄毛，老福叔唤它“老黄”，人们也跟着这么喊。

天光大亮时，他们算是进山了。刚开始还有羊肠小路，那是放牧或是采山货的人踩出来的。再往前走，路就没了。顺着一条溪水摸索着往前，越山翻岭的，他们这样要走上十几天，才能走到淘金的地方。

淘　金

山谷夹着的一条溪流，就是他们淘金的地方。沿着谷口，间或着能看见零零星星的窝棚，那是他们几年前进山淘金时留下的，早就不用了。他们要到没有人去过的地方，那里的沙石含金量高，这样淘下去，才能有个好收成。

山里的冰雪尚未化尽，溪水因为雪的融化，流得也算欢畅，汩汩有声地向山下奔去。老福叔带着几个人，还有那只老黄，一直往山谷深处走。第十三天的下半晌，他们走到了山谷中的一片开阔地。以前他们没有来过这儿，别人也没来过。老福叔放下肩扛手提的东西，眯了眼看那山，看那水。众人知道，老福叔这是在看“金眼”哩。他们都是随老福叔学淘金的，在哪里淘金都是老福叔说了算。他先是用眼睛看，然后用手摸。果然，老福叔三下两下地把鞋脱了，蹚着刺骨的雪水走到溪水的中央，伸手抓了一把沙，更加用力地眯了眼看，又闻了闻，甚至还伸出舌头舔舔，最后把那把沙甩到溪水里。老福叔就底气十足地喊了声：就是这儿了——

老福叔的一句话，等于告诉大家，他们今年就要在这儿拼死拼活地干上个三季，饿也是它，饱也是它了。他们相信老福叔的眼力，这几年下来，他们的收成总是不错。

山坡上就多了几个窝棚，窝棚用树枝和草搭成，管风管不了雨，也就是让晚上那一觉能睡安稳些罢了。

淘金并不需要更高的技术，却需要一把子力气。在溪水旁的沙石里，下死力气往深里挖，挖出的沙石经过几遍的淘洗，就像淘米一样，剩下一层或一星半点的金屑，就是他们要淘的金子了。金屑卖给金柜，金柜用这些金屑再炼金，最后就成了一块块黄澄澄的金条。当然，那都是后话了。这些淘金的人还没有见过金条，他们只见过银圆，用金屑换银圆。他们很知足，银圆也是硬通货。有了银圆，就能办好多事，那是他们的梦想。

相传淘金的人也淘出过狗头金的。顾名思义，那是像狗头那么大的一块金子。分量足，成色也好。狗头金是天然金，一块狗头金能卖出他们都想象不出的价钱。要得到一块狗头金，别说他们这辈子，就是下辈子吃喝都不用愁了。狗头金，他们听说过，但谁也没见过。但狗头金时常被挂在他们的嘴上，那是他们的一份念想，或说是一个痴梦。

晚上，大树和小树睡在一个窝棚里。小树比大树小上个五六岁，二十刚出头，正是爱做梦的年龄。小树躺在窝棚里，望着缝隙中漏进来的一缕星光，啧着嘴说：哥，你说咱今年要是挖到狗头金，那以后的日子该有多好啊。

大树没做狗头金的梦，他正想着华子呢。他离开华子的时候，华子的眼神让他刻骨铭心。他说不清那眼神到底意味着什么，反正他一想起她的眼神，人就六神无主的。他早就想娶华子了，他一直拖到现在还没娶她，是他一直有一种担心，怕自己有啥闪失。淘金人的命是说不准的。去年，山里发了一次洪水，就有另外一伙淘金人被大水卷走了。前年，两个淘金的被一群恶狼疯扯了。除去这些，生个大病小灾的，深山野岭的，叫天不应，唤地不灵，淘金人的命莫测得很。一直没有答应和华子结婚，他考虑的不是自己，而是华子。大树已经下好决心了，再拼死拼活地干上一年，明年就洗手不干了。这几年华子开豆腐坊，他淘金，两人也有些积蓄了。他们商量好，到时候就请人造条船，夏天时在江里捕鱼，等封江上冻了，就做豆腐卖，日子总会过得去。想到这些，大树就高兴得睡不着觉。到时候，他就可以整宿地搂着华子睡觉了。他喜欢闻华子身上的豆腥气，也更恋华子水豆腐一样的身体。

小树在做狗头金的梦，大树却觉得狗头金离自己太远了，他不做那梦，他只做和华子在一起的梦。小树见哥不说话，就继续啧着嘴说：哥，咱要是挖到一块狗头金，嘿嘿，你就把华子娶过来，咱们做买卖，做大买卖，就像金柜的胡老板那么有钱了，整天吃香喝辣的。

大树翻个身，朦胧中瞅着弟弟那张半明半暗的脸，就有些心疼这个弟弟。一家人逃荒来到大金沟镇，就只剩下他哥俩儿。小树现在是他唯一的亲人，他做哥的早就为小树谋划好了，今年一过，就给小树成亲，再盖个房子，也让他做点小买卖。小树是个有心人，他把自己分到的那份金屑换成了银圆，又把银圆在胡老板那儿换成银票，自己从不乱花一个子儿。不像老蔫和刘旦，把金屑换了银圆后，就急三火四地去妓院找相好的去了。那点血汗钱都填了无底洞。一冬下来，腰空兜瘪，只剩下被掏空的身子。

大树怜爱地摸了一把小树冰冷的脸，喃喃道：小树，咱不做那白日梦，早点歇吧，明天就开工了。

小树又吧嗒了一下嘴巴，嘀咕几句什么，侧过身睡去了。大树撑起身子，把小树的被角掖了掖，心里狠狠地说：弟呀，咱哥俩再拼死拼活干上这一年吧，明年说啥也不让你再干这个了。

大树躺下了。他模糊着要睡去的瞬间，又想到了华子，心里想：真好啊。然后就沉沉地睡去了。

老　黄

五个人泥一把、水一把地在残冰尚未化尽的溪水里开工了。

雪水很凉，刺人的骨头。刚开始是猫着腰在溪水里捞沙，把沙石捞到老福叔面前，最后洗沙这道工序要由老福叔完成。

老福叔的活很细，他把沙在水里淘了一遍，又淘了一遍。粗粗细细的沙砾顺着溪水流走了。筛沙的工具是自己做的，用柳条细细密密地编了，水可以慢慢地渗下去，但金屑却不会漏掉。有时老福叔筛了半晌，洗了半天，金屑一片也没有。老福叔就会唉叹一声，捉了袖口，抹一把脸上的汗水，愁苦地瞅一眼当顶的太阳。

此时正是初春，太阳还是有气无力的样子。老福叔就在心里绝望地冲天空喊：老天爷呀，你开开眼吧，让我少受些罪吧。

喊完了，老福叔就憋了一肚子气，弯着腰，撅着腚，狠狠地用柳条编的簸箕向大树、小树、老蔫和刘旦他们从溪水里淘出的沙堆戳去。四个人淘出的沙已经有半人高了，老福叔都要一簸箕一簸箕地把它们筛完。碰上幸运的时候，簸箕的最底层会留下几粒一闪一亮的东西，那就是金屑了。老福叔眯了眼，用指头小心地把金屑蘸起来，然后解开怀，里面放着烟盒大小的口袋。他一手撑开口袋，仔细地把那粒金沙弹进口袋里，又严严地捂好，重新放到怀里。这时的老福叔心情就会很好，嘴里发出一声：呔——人就仰了脸，望了眼灰蒙蒙的天，心里感恩般地喊了一声：老天爷呀，你是可怜我啦。

想过了，谢过了，老福叔又向沙堆扑去，重复地筛着沙。每一次都怀着美好的希望，至于是否有收获，那要看老天爷的心情了。

一个大上午下来，老蔫的双腿就抽筋了。刚开始他用双手去掰扯不争气的脚趾，脚趾上的筋脉拼着命地往一起缩，老蔫就咒：日你个娘，让你缩，你缩个鸟啊。骂完了，仍无济于事，他又在水里奔波几趟，整个小腿就都缩在了一起。老蔫跌坐在水里，扑腾一阵，忍不住爹一声、娘一声地叫。

大树和小树奔过去，拖抱着把老蔫弄上岸。老蔫就水淋淋地瘫在岸边。老蔫三十多岁的汉子，脸上的胡须很密，却看不出一点凶相。相反，让人一看就是个面瓜，一副萎缩相。

老福叔抬了脸，不屑地把老蔫瞅了，接着就骂：没用的东西，你的劲头呢，怕是都用在女人的肚皮上了吧。

老蔫不说话，在岸上的沙地上滚，抽筋的滋味很难受，让人往一堆里缩。这些人都是老福叔带出来的，是打是骂，没人挑理儿。三十大几的老蔫早就来大金沟了，先是帮人下江打鱼，后来又淘金，挣了一些散碎银两，也都让他喝了、嫖了。一个冬天，他三天两头地往窑子里跑，自己都管不住自己。春天还没到，兜里已经是干干净净，只能蹲在墙角晒太阳了。

老福叔看了老蔫的样子就有气，拎着他的耳朵喊：啥东西，自己裆里的东西都管不住，你还是个人？

老蔫一点脾气也没有了，耷拉下脑袋，恨不能把头钻到裤裆里。

老蔫独自挣扎了半晌，筋暂时不抽了。他就用巴掌狠抽自己那双不争气的脚，噼噼啪啪的，人们看着，并不说什么。等老蔫把自己打够了，又趔趄着下水了。他一边奋力地淘沙，一边骂天咒地，他低声喊：老天爷呀，你造人干啥呀？造了人就该让人享福。这罪受的，还不如不是个人呢。

众人听了老蔫的话，都笑；老蔫却不笑。

此时只有叫老黄的那条狗一副悠哉的样子，它吊吊个肚子，东闻西嗅地寻找着吃食。人们带进山里的粮食不多，人都不够吃，哪还有狗的份儿。老黄就自力更生，它早就习惯了。人们吃饭时，它绝不会往跟前儿凑。它躲到下风口，扬了头，抽搭着鼻子使劲儿地嗅着，让人看了就想笑。食物的气味刺激得老黄直打喷嚏，然后它就吊着肚皮，到处去打秋风。

老黄终于有所斩获。它在水里左扑腾，右扑腾，竟叼出一条鱼来。那条鱼尺八长，在老黄的嘴里活蹦乱跳着。众人见了，惊呼一声：鱼，好大的一条鱼。

他们想奔向老黄，把鱼从老黄的嘴里夺过来。晚上，大家就可以喝上一碗热乎乎的鱼汤了。老福叔直起腰，说了句：拉倒吧，别跟一条狗争食。

人们听了老福叔的话，都僵在那里，眼睁睁地看着老黄把鱼叼到岸上去。鱼还没死，在岸上一下下跳着，老黄并不急于吃，它伸出爪子，一下下逗弄着那条鱼。鱼终于不动了，老黄才张开嘴，朝鱼咬去。虽然饿，但老黄吃得并不慌，慢条斯理的样子，看着很绅士。

老福叔很喜欢老黄，这和老黄传奇的身世有关。

那会儿老福叔还和别人搭帮淘金，老黄的母亲也还是正当年的少妇。老福叔把它带到山里，却忽略了一个问题——老黄的母亲发情了。在有人没狗的世界里，这个问题很难解决。老黄的母亲就急得团团乱转，不停地发脾气，见什么咬什么。

一天夜里，老黄的母亲失踪了。那会儿，老福叔就想，这狗一准儿是跑出山里了。可几天后，狗竟奇迹般地回到了老福叔的窝棚前，仿佛是做错事的小媳妇，低眉顺眼的样子。老福叔疑惑间，抬起头，顺着狗的身后望去，就看见了两只狼，正恋恋不舍地朝这里望着。老福叔一惊，吓出一身冷汗，这狗竟和狼私奔了数日。

那晚，狼在淘金人的窝棚周围嚎叫了一晚，狼是想诱走这条狗。狗不走，钻到老福叔的窝棚里，安静地和老福叔挤了一晚。后来，那两只狼走了，再也没有骚扰过狗和淘金人。

几个月之后，那狗竟产下一崽。这崽就是如今的老黄。老黄随它母亲，通身黄色，一点杂色不染。老福叔知道，老黄有着狼的血统，这一点从小就可以看出来。老黄要比一般的狗生猛，但也重情谊，它知道谁近谁疏。就是这个老黄曾救过老福叔的命。

那一年也是淘金，他们为能多淘几粒金屑，迟走了两天。溪水都结了冰碴了。他们往回走时，要走上两天的老林子，结果他们走到老林子时，遇上了那年的第一场大雪。大雪一过，四周白茫茫一片，他们迷路了。几个人在老林子里转悠了三天，愣没走出去。这时的老黄才知道人们迷路了。它用嘴扯着老福叔的裤角，一边跑，一边叫，在前面引路，终于把人们领出了老林子。走出老林子，人们才把悬着的心放下。以后，老福叔就更加疼爱老黄了。有事没事的，从不让老黄离开自己半步。老福叔和狗睡在一个窝棚里，他和老黄是抱着睡的，这样狗和人就都很温暖。知道老黄身世和经历的人，都要高看老黄一眼，认为它不是一般的狗。老福叔为拥有老黄而感到骄傲，出来淘金也总把老黄带在身边，从心底里认准老黄是他的一个伴儿，况且，老黄还救过他的命呢。

然而就是那一晚，竟成了老黄生命的绝唱。

那天晚上，春天似乎还没有走远，远近的山坡上野花竞相开着，空气里有一缕淡淡的香气。这样的夜晚，应该说是不冷不热了，累死累活了一天的淘金人，都沉沉地睡去了。

老黄和老福叔，一人一狗依旧搭伙在一个窝棚里。所不同的是，人和狗已不再依偎着睡了。

老福叔躺着。老黄趴着，把两只前爪伸出，头放在前爪的中间，一只耳朵贴着地面，闭着眼睛，眼皮还不停地打着战。老福叔的呼噜声高高低低，错落有致。老黄早就习惯老福叔的呼噜声了，没有了老福叔的呼噜声，它会显得烦躁不安。

就在这时，警醒的老黄抬头，竖起了耳朵，它发现了几百米之外的异样。狗毕竟不是人，警惕、敏感是它的本能，它以最快的速度冲出窝棚，站在一个高岗上，耳朵仍然竖着，听着黑暗深处的每一丝动静。人们仍没有一丝警觉，老福叔的呼噜一如既往地响着，宛如一首歌，没头没尾的样子。

老黄并不是虚张声势，果然它发现了情况——先是一只狼，那是头狼，躲在一棵树后，冲着山坡上的窝棚探头探脑地张望。

头狼的身后，是几只饿疯的狼。春末夏初，人熬苦，狼更熬苦，青黄不接呀。在这个季节里，淘金的人每年都会受到狼的袭扰。狼饿狠了，就嗅到了人味儿。狼禁不起人的诱惑，明知有风险，还是要铤而走险。在这月明星稀的夜晚，在头狼的召唤下，它们准备孤注一掷。可人还没有意识到危险的降临，仍沉在梦里，做着关于狗头金的梦。

老黄先是啸叫一声，这一声啸叫是介乎于狗和狼之间的一种叫，但绝不是吠。它是在提醒人们眼前的危险。老福叔最先醒来，一摸，身边的狗没了，知道要出事了。起初的瞬间，他并不知道外面的危险是来自狼。以前也发生过淘金人打劫淘金人的事，为了淘到的金沙，两伙人打起来了。劫了金沙的人借着夜色逃进山里，没人知道打劫者的去向，死了的也就死了，伤了的也就伤了。这是一方没有王法也没有道义的世界。老福叔很快就清醒了，这时不应该有人来，这才入夏，淘金才刚刚开始，揣在老福叔怀里的金沙还不过烟荷包的一个底儿。

老福叔走出窝棚，就看到了那群狼。确切地说，他是先看到了那一双双闪着绿光的眼睛。这种事，老福叔遇见得多了，他并不恐惧，冲着大树的窝棚喊了一声：大树，抄家伙，有狼。

大树、小树、老蔫和刘旦也都醒了，纷纷从窝棚里爬出来。大树的窝棚里有一杆火枪，火枪是专门对付人和狼的。在这深山老林里，每一伙淘金人都有这样一杆火枪。这杆火枪归大树保管。枪里装着火药和枪砂。轰的一声，威力无比的样子。大树提了火枪走出来，药和砂早就装好了，枪和人都要时刻准备着。

大树拉开架式准备冲狼群放上一枪，老蔫和刘旦躲在树后，用手捂住了耳朵。可左等不响，右等也不响，老福叔也等急了。狼群趁这工夫，又往前近了十几米，老福叔就吼了一声：大树，咋还不放？

大树气急败坏地喊：哑火了，怕是枪药受潮了。

日他奶奶。老福叔咒了句。

老黄也在等那一声石破天惊的声音，这事它在以前也遇过不止一次了。只听轰的一声，狼群就散了，这时它就乘胜追去，咬不死，也能扯下两口毛来。说不定还能让哪只狼出点血、挂点彩什么的。久未闻过的血腥气，会让它激动好些日子，它喜欢那种味道。

轰的一声没有等来，老黄有些失望。大树慌慌地上窝棚里装火药去了。此时的它显得形只影单，甚至有一些悲壮。狼们看着人咋咋呼呼的，却并没有弄出什么名堂，心里就多了些底气。它们一点点向窝棚靠近，这时它们也看到了老黄，似曾相识的样子，又一时想不起在哪里见过。

老黄见狼们并不把自己放在眼里，这让它有些气恼。这是它老黄的地盘，到处都留有它的气味，狼却不把它放在眼里。老黄出于自尊，出于本能，啸叫一声，单枪匹马地冲狼群冲去。老福叔看见老黄的毛挓挲着，根根竖立，如疾风闪电地冲进了狼阵，一场你死我活的拼杀开始了。

这是一群在青黄不接的季节里饿疯的狼，它们红了眼睛，全然不顾。况且，它们怕谁也不会怕一只单枪匹马的狗呀！撕扯声、低吼声在暗处响成一片。

老福叔看到老黄冲上去时，他在心里喊了一声：坏菜了。

他回过头，冲大树的窝棚喊道：装好药没有？要快。

大树还没有动静，老福叔就跑向了自己的窝棚。他手举火镰，抓过一把干草，他要点火，把窝棚点着，那样会吓走这群饿狼。

在老福叔的窝棚蹿出火苗时，大树这一枪药终于装好了。他冲着狼群的方向，没头没脑地搂火了。轰的一声，一条火蛇蹿了出来，狼群作鸟兽散。

老福叔第一个往前冲去，人们跟在他的身后。老福叔借着火光，一眼就看见了倒在血泊里的老黄。老黄已经奄奄一息，身上的皮肉都撕开了，脖子上还留着一个血窟窿，呼呼地冒着血。它的嘴仍死死地咬着一只狼的脖子，狼在捯着最后一口气，腿无力地抖着。老黄见到老福叔，松开自己的嘴，目光温顺无比地望着老福叔，似乎在告诉他：狼跑了，没事了。

老黄终于在老福叔的怀里，安静地闭上了眼睛。

那一晚，老福叔抱着老黄坐了大半夜。先前还有燃着的窝棚的余光映照着一人一狗，余火尽了，黑暗就笼罩了人和狗。人们知道老福叔和老黄的感情，没人去劝。大家回到窝棚里，仔细地听着外面的动静。

天亮时，大树带着小树，在山坡上挖了一个坑。坑很深，差不多有腰那么深。后来老福叔抱着老黄，把老黄放在坑里，填了些土，想了想，冲几个人说：搬些石头来。

大树带着人去河滩上搬来了石头。老福叔小心地把一块块石头压在老黄的身上，他是怕老黄被饿狼扒出来吃了。人们为老黄建了一座石头坟，很显眼地竖在山坡上。

早晨，那只被老黄咬死的狼，被老蔫剥了皮，扔到锅里炖了一通。

人们撕扯着吃了肉，也喝了汤。唯有老福叔没动一口，人们吃狼肉喝狼汤时，他吸着烟袋，望着老黄的坟。没人知道他在想什么。

当天，他们背起家伙，拿上工具，走了一天的路，转了一个淘金的场子。老福叔解释说，这里有狼的腥气，以后就不会安宁了。他们只能躲了这里，换个场子，无非是搭几个窝棚的事，他们信老福叔的。

那以后，老福叔的话更少了，淘金时撅着屁股下死力气干。闲下来时，嘴里吧嗒着烟袋，目光虚虚地望着远处。

老福叔

老福叔是老关东。二十岁那年，他就来到关东跑单帮。那会儿，他要坐船去江东六十四屯打短工。江东是平原，左岸是乌苏里江，右岸是精奇里江，两江夹一片平原，土地辽阔又丰沃，插根树枝都能长成一棵树。

老福叔就在这里打短工，种麦收麦，两季的空当就下江捕鱼，一年下来总有些积蓄。江一封，这里就猫冬了。老福叔就怀揣散碎银两回关内老家过年去了。大年一过，老福叔和同乡们打帮结伙地又回来了。日子辛苦，却有盼头。新婚的老福叔，日子才刚开头，整天乐滋滋的。让他没料到的是，一天，沙俄的军队血洗了六十四屯。他们把屯子里的人往江里赶，不从的，就用排子枪打倒，再扔到江里，血染红了乌苏里江。老福叔仗着年轻气盛，撂倒两个沙俄兵，跳进江里。他明白，沙俄这是想要吞了这块宝地。游到江岸，他一口气跑到了大金沟镇，可惜这里没有那么多地让人种，他就先打渔，后来就进山淘金了。辛苦三季，也会有些收获。时间长了，就喜欢上了东北。

又一年大年过后，他说服家人，携妻带子地迁到了大金沟。一晃二十多年过去了，父亲先去了。他的两个儿子长得也都有他一般高了。平日里，在大金沟帮人打短工，下网捕鱼，什么都干，但老福叔就是不让儿子跟他出来淘金。他跟儿子们说：淘金这活不是人干的，罪也不是人受的。

两个儿子就一脸迷茫地望着他。

老福叔吧嗒着烟袋，眯着眼睛道：等你们都成了家，我就收手，不再受这罪了。

老福叔一直有个梦想，就是给老娘平安地送终后，再给儿子娶妻生子，他这一辈子所有的大事就算完成了。老福叔一点点地向这个目标迈进着。五十来岁的老福叔，把大半辈子的力气都用来淘金了，没发过财，淘到的金倒也能换回一些散碎银两，够一家人糊口了。这么多年，老福叔满足，也不满足。他满足的是淘了这么多年金，自己还好好的，既没喂狼，也没让人劫命，一家人平平安安的。他不满足的是，一直希望日子能过得殷实一些，可从没宽绰起来，还是住在风雨飘摇的土房子里，吃了上顿算计下顿的，给儿子娶媳妇的钱也还没挣下。

老黄被饿狼疯扯，死了。老福叔的心空了。从老黄的奶奶到母亲，一直陪伴着他进山淘金。有狗陪伴的日子，老福叔是踏实的。老黄一家三代一直陪着他，早就有感情了，他也差不多把狗当成了家庭一员。老黄就这么悲壮地离去，为了保护他们，让狼撕扯了。他一想起那场面，心里就一剜一剜地疼。

没有老黄的日子，老福叔独自躺在窝棚里，一天的淘金让他浑身散了架子。要是老黄在，就会凑过来，用软软的舌头舔他的脸、手，还有脚，他浑身上下麻酥酥的，从心里往外地舒坦，一身的疲惫很快就烟消云散了。现在没了老黄，他的夜晚是寂寞的。睡了一会儿，就又醒了。恍惚中，觉得老黄还在身边，用手一摸是空的，他就喊：老黄——

这一喊，倒把自己给喊醒了，他怔怔地望着窝棚外。山坡上清寂着，天上洒下来的月光映着那条溪水，不知名的虫在草里叫成一片，歇了叫，叫了歇，周而复始的样子，时间仿佛凝固了。醒了，就睡不着了。老福叔摸索着拿出烟袋，吧嗒吧嗒地抽几下，烟袋柄里的火光明明灭灭着。他听见大树和小树的窝棚里传来长长短短的鼾声，然后，他在心里暗叹道：还是年轻好啊。

老福叔倚在铺上，不知是睡去了还是醒着。他见到了老黄，老黄和它活着时一样，活蹦乱跳的。老黄用嘴叼着他的裤角，扯着他往前走。

他趔趄着跟老黄来到了一个沟口。沟口长了两棵树，溪水还是那条溪，只不过在这里变窄了一些。老黄用前爪在一片沙滩上扒，很用力，把扒出的沙子弄得到处都是。最后，老黄不扒了，兴奋地看他一眼，用嘴在沙坑里叼出一个沉甸甸的东西，它摇着尾巴把东西送到他的眼前。他蹲下身接过，竟是一个狗头金，差不多有半个老黄的头那么大。狗头金，天哪——他惊呼了。他抱过狗头金，看着眼前的老黄。老黄吠了一声，望着远处，他明白老黄是想家了。他又何尝不想家呢？

老福叔醒了，脸上湿湿的，摸了一把，是泪。他躺在那儿，心里不知是什么滋味。老黄想家，他也想家，可人和狗都不能回去，它得陪着他淘金。老黄知道，要是自己帮他淘到一块狗头金，就什么都有了。他可以回家了，它也就能跟着走了。可老黄还能回家吗？它被埋在山坡上，它的身上压着石头。想到这儿，老福叔就忍不住呜呜地哭了。他哭的样子像个孩子。哭够了，老福叔用拳头一下下砸自己的头。他恨自己，没有保护好老黄，这是老黄给他托梦呢。

那一阵子，老福叔总是神神道道的，不知是在梦里，还是梦外。

刘　旦

自从老黄惨死后，刘旦就像老黄一样，经常身前身后地缠着老福叔。刘旦见堆在老福叔面前的沙多了，就过来帮老福叔筛沙。刘旦的嘴很甜，能说会道。

他从老福叔手里接过筛沙的簸箕，说：老福叔，你的腰都快累断了，我来帮你吧。

老福叔就用迷迷瞪瞪的眼睛看他，不说什么，任凭刘旦从自己手里把簸箕拿走。老福叔蹲在沙堆前，吧嗒吧嗒地抽烟，目光望得很远，眼神却是一片迷离。老黄没了后，老福叔一直这样。

刘旦筛沙，招来了大树、小树和老蔫的不满。在淘金的队伍里是有规矩的，并不是谁都能筛沙。筛沙是淘金者最后一道程序，面对的是即将淘出的金子。筛沙人得大家认可，首先得有一个好的良心。他们都是老福叔领出来的，老福叔筛沙他们都认可。金袋子就揣在老福叔的胸口。等到深秋，溪水结冰的时候，他们离开时就要分金沙了。金沙差不多是一粒粒地数，然后平均分成五份，揣到每个人的怀里。老福叔为了证明所有的金沙都在众人眼前，得把自己赤条条地脱了，将衣服和身体袒露在大家面前，接受检查。没人去检查老福叔，他们信得过他，但老福叔信不过自己。他把那身千疮百孔的衣服抖了又抖，最后跳进带着冰碴儿的水里把自己洗了，从嘴巴到鼻子，还有耳朵，甚至连腚也要洗上几把。淘金人管这叫清账。账清了，人也就清白了，然后穿上衣服，揣起各自分到的金沙，堂堂正正地走出林子，回家了。

刘旦帮老福叔筛沙，众人是不满意的。在这里刘旦年龄最小，他们有个大事小情的，从来不把刘旦当回事，大家做了决定，刘旦只有屁颠屁颠地跟着。这里轮到谁，也轮不到刘旦去筛沙。几个人嘴上没说，但都对刘旦横眉立目的。

刘旦就冲大树说：大树哥，我是看老福叔累了，过来帮他一把。

说完，又回头冲老蔫说：老蔫哥，你放心，我筛出的金沙，让老福叔装包，我碰都不碰一下。

还冲小树说：小树哥，你别那样瞅我，我知道你信不过我，可老福叔信我。

刘旦边说边奋力地筛沙，一簸箕一簸箕的，忙乎得屁股都快撅到天上去了。

众人见老福叔没说啥，也就不好再说了。老福叔是他们的领路人，没有老福叔就没有他们。老福叔的年龄都有他们的父亲大了，他在大家的心里德高望重。

刘旦不仅帮老福叔筛沙，这阵子还搬到老福叔的窝棚里住了。在众人疑惑的目光中，刘旦说：老黄没了，老福叔孤单哩，我陪陪老福叔。

刘旦住进老福叔的窝棚里，夜半会经常醒来，呆呆地望着老福叔的怀里。那里揣着金沙，装在一个紫红色的绒布做成的包包里，那是一粒粒黄澄澄的金沙呀。一想起金沙，刘旦的口水都流出来了。他对这些金沙太热爱了，眼珠子都快馋出来了。以前刘旦并没有认识到钱的重要性。自从认识了小翠，他就日里想钱，夜里也想钱了。

小翠是大金沟镇上“一品红”里的窑姐儿，年龄有十八九的样子。小翠的眼睛是弯的，眉毛也是弯的，嘴角翘翘的，很喜兴。两年前，他跟老蔫去了“一品红”，那是他第一次逛窑子。小翠接的客，就是那一次他死心塌地喜欢上了小翠。

那年冬天，他把淘了三季的金沙所换得的银两都给了小翠。那些日子，他夜夜往“一品红”跑，一去就找小翠。时间长了，也就知道了小翠的身世。小翠是被自己的亲爹卖进了窑子，那年她才十四。她爹是个赌徒，赌红了眼就只能卖儿卖女了。刘旦也对小翠讲了自己的身世。那一年家乡水灾后闹了一场瘟疫，一家都死了，只刘旦逃到了关东。说完，两个苦命人儿就抱在一起哭，哭过了，乐过了，两颗心就贴得很紧了。刘旦下决心，要把小翠从窑子里赎出去。

他找到“一品红”的老板去交涉，老板横着眼睛，上上下下地把刘旦看了，撇着嘴角说：你想乐呵就乐呵两天吧。想赎小翠啊，你可赎不起。

他梗着脖子说：你说出个数来，我就赎得起。

老板就从牙缝里挤出三个字：五十两。

刘旦的头就大了。他知道小翠被她爹卖进来时才五两银子，转眼却翻了十倍。他喜欢小翠，也离不开小翠，他认了。无论如何，要攒够五十两把小翠赎出来，然后名正言顺地娶了她，离开大金沟，舒舒坦坦地过他们想过的日子。

小翠听了老板开出的价，就哭了。对她来说，那是个天文数字，自己接一次客才值几钱，就是这些钱也都被老板拿走了。客人高兴了，也会给她几文小钱，她都偷偷地攒着，她也想把自己给赎出去。可五十两，这是做梦也梦不到数儿啊。

那天，她和刘旦抱在一起，哭了一次又一次，最后她咬着牙说：刘旦哥，你在外面攒，我在这儿攒，三年攒不够，就攒十年二十年，反正我等你了。

小翠的话让刘旦感动了，他恨不能变成牛、变成马来回报小翠。

刘旦也咬着牙帮骨说：小翠，你放心，我刘旦一准儿把你赎出去。

小翠抚着刘旦的脸，深情地表白道：刘旦哥，我在这儿不管谁来，我的心都是你的。

啥都不用说了，刘旦的心已经碎了。

刘旦要淘金，他要淘够五十两白银，赎出水深火热中的小翠。淘金时，想到小翠，刘旦眼前的所有东西就都黄澄澄一片了。

刘旦后来有了怪毛病，一天里要去林子里屙几次屎、几次尿。大家都觉得奇怪，大树就冲他吼：刘旦，你的屎尿怎恁多？就是屙个屎尿也用不着往林子里跑啊。

刘旦就一脸痛苦地捂着肚子，说：大树，我拉稀，在这里解，太臭了。

说完，就往林子里跑。

老福叔依旧蹲在沙堆旁吸烟，对眼前的一切却不闻不问。他吧嗒着烟袋锅子，粗一口细一口地吸着。

过了些日子，又过了些日子。一天夜里，老福叔突然来到大树的窝棚里。大树和小树已经睡死了，他提着大树的耳朵，大树就醒了。老福叔把热乎乎的嘴贴在大树的耳朵上，说：刘旦这小子有名堂，明儿个你把他拿住。

说完，老福叔就走了，走得一摇一拐，像梦游。

第二天，老福叔筛了一阵沙，就把簸箕放下了，蹲在沙堆边上去吸烟。刘旦颠颠地跑过来帮老福叔筛沙。筛了一会儿，捂了肚子往林子里跑。大树就斜着眼睛看他。

刘旦又一次往林子里跑时，大树扔下手里的家伙，冲老蔫和小树说：我也去拉一泡。

说完，猫着腰，尾随刘旦钻进了林子。

不一会儿，大树扭着刘旦出来了。大树下了死手，把刘旦的胳膊都快拧成麻花了。刘旦一边往外走，一边叫：大树哥，饶了我吧。我不敢了，不敢了。

大树把刘旦拧到众人面前，说了句：这狗日的，藏金沙。

说完，把一个布包展开来，里面已经有了一层黄灿灿的金沙了。众人就什么都明白了。刘旦借去林子里拉屎的借口，把淘到的金沙用舌头舔、指甲抠，一次次带了出去。淘金人管这叫藏私房钱。

人赃俱获，刘旦就跪下来，然后一遍遍地磕头，一边磕一边说：老福叔，饶了我吧；大树哥，饶了我吧。

他的头磕在石头上，已经青紫了。

最后，老福叔磕了手里的烟袋锅，说了声：按规矩办吧。

按规矩办就是喂蚊子。五花大绑地把藏私房钱的人捆在树上，七天七夜后，要是还活着，算他命大，解下来，放一条生路。要是挺不过七天七夜，就是命里该死。这就是淘金人的规矩。

刘旦被大树、小树还有老蔫捆在树上。刘旦爹一声妈一声地求饶，众人不理，继续干着手里的活，在他们心里面已经没有了这个人。

夜晚的时候，刘旦仍在树上鬼哭狼嚎。他哭求这个，又哭求那个，最后就说死去的爹娘还有妹妹，说完自己又说小翠。后来嗓子就哑了，诉说变成了呜咽，再后来就没人能听清他的声音了。

刘旦喂了蚊子，大树、小树和老蔫睡得都不踏实，不知何时就会醒来。每次醒来，都能断断续续地听到刘旦痛苦的声音。

第二天的时候，他们都苍白了脸，不时地望一眼刘旦被绑的地方。大树咬着牙说：活该，谁让他做对不起咱的事了。

老蔫也说：就是，这种人活该喂蚊了。

老福叔一言不发，他一直站在溪水里不停地淘沙。

刘旦喂了三天蚊子后，就没了动静。那天晚上，老福叔一袋接一袋地吸烟，坐在窝棚口，望着天上的星星和月亮，听着草丛里乱叫一片的虫鸣声。

老福叔坐不住了，他叼着烟袋，来到大树的窝棚里。大树和小树躺在那儿也没睡着，睁着眼睛看着老福叔。老福叔默站了一会儿，叹口气，出去了。老福叔又在老蔫的窝棚前站了会儿，他听老蔫说：刘旦这是活该。

老福叔这次冲天上叹了口气，背过身离开了。老福叔来到捆绑刘旦的树旁，刘旦的身上爬满了蚊子，头大了一圈，眼睛肿成了一条缝。他耷拉着脑袋呻吟着：老福叔，我错了，再也不敢了。

老福叔站了一会儿，又站了一会儿，伸手解捆在刘旦身上的绳子。刘旦像堆狗屎似的瘫在树下，嘴里一迭声地说：谢谢老福叔，我谢你一辈子。

老福叔说：滚吧，滚远点儿，最好别让我看见你。

老福叔说完，就走了。

第二天一早，人们看见沙滩上留下了一串伸向远方的脚印。

刘旦走了，是独自淘金，还是回到了大金沟，没人知道。刘旦能否活着回去，也没人知道。

狗头金

刘旦走了，日子又恢复如常。

没有人再提起刘旦，仿佛刘旦从来就没有在这里待过，或者说根本就没有这个人。老福叔依旧完成淘金的最后一道工序——筛沙。老福叔累了，蹲在沙堆上吸烟，也没人去接过他的簸箕，任由老福叔歇够了，再去完成筛沙的工作。

人们发现，自从老黄不在了，老福叔的精气神明显不如从前了。老黄在时，老福叔一口气干上半天也不累，现在不行了，干上半晌，老福叔就气喘着去吧嗒那袋烟，还不停地捶腰，一边捶一边咳，样子老态得很。

老福叔吸烟时，大树、小树和老蔫也不急，他们依旧把从溪水里挖出的沙子，一筐筐水淋淋地倒在老福叔的脚边。大树一边倒，一边说：老福叔，累了你就多歇会儿，咱不差那一会儿。

老福叔不答，只是咳。

老福叔又做梦了，又梦见老黄和生前一样，在咬他的裤腿。它拉扯着把他引着往前走，最后就来到那片长着两棵树的沙滩，然后放开老福叔，在那棵树下用爪子扒，就叼出那块狗头金——

老福叔梦到这儿就醒了，他一边抹泪，一边在心里说：老黄是可怜我呢。

他不能不想起老黄。想起有老黄的日子，老福叔的泪就更加汹涌地流了。

过了一会儿，老福叔的头脑清醒了一些，他掰着手指头一算，从老黄离去到现在，他已经做过三次同样的梦了。他猛一激灵地打了个哆嗦，再也睡不着了。他爬起来吸烟，烟袋锅子里的烟火明明灭灭了大半宿。

第二天一早，大树、小树和老蔫都看到了蹲在窝棚前的老福叔。老福叔没有开工做活的意思，三人就围拢过去。

老福叔终于磕掉烟袋锅里的烟灰，说了声：咱们该换地方了。

老福叔的话就是命令，说走就走，没人去问为什么。以前他们淘金也是经常换来换去的，总在寻找金沙比较旺的地方。老福叔淘了几十年金了，他说啥是啥。

众人分头收拾东西，背上家伙随老福叔走了。

他们顺着溪水的流向而行，一直往前。日上三竿时，眼前的溪水变窄了，溪旁到处裸露着拳头大小的石头。顺着溪水又拐过一道弯，两棵树长在溪边。

老福叔怔住了，这里的情景竟和梦里别无二致，他浑身上下的汗毛孔都张开了。他疑惑自己是不是又到了梦里，就低下头，前后左右地看，并不见老黄。他的心一阵阵紧缩起来。他立在那儿，恍恍怔怔的，另外三个人也都停下脚望他。

老福叔慢慢地说：就是这儿了。

三个人放下肩扛手提的家伙什儿，忙着搭窝棚了。

老福叔一步步往前挪着，分明感到老黄仍叼着他的裤腿，引他来到树下。这里的每一块石头都和梦里一样，他蹲下去，伸出手去刨，去扒，唯一不同的是，梦里是老黄这么扒着。老福叔扒掉两块石头，又抱出了一堆沙，这和梦里如出一辙。终于，他的手碰到了一块硬硬的东西。老福叔的心又是那么一缩，每一个汗毛孔都炸开了。他用力去抠那硬物，双手捧出来时竟真的是块狗头金！足有两个拳头那么大。

他抚去狗头金上的沙，狗头金真实地呈现在眼前，黄灿灿地刺人眼睛。他一把抱住自己的头，号叫了一声：你这狗哇，是可怜我啊。老福叔的鼻涕、眼泪瞬时流了下来。

三个人听见老福叔的惊呼，不知发生了什么，忙跑了过来。他们看见老福叔的同时，也看到了地上的那块狗头金。他们惊得张大了嘴巴，半晌，不知谁狂喊了一声：狗头金——

三个人一起扑过来，他们把狗头金捧在手里，这个看了，那个看，眼睛都直了。

老福叔回过神来，抹掉了脸上的泪和鼻涕，双手在衣服上蹭了蹭，接过狗头金，趔趄着向山坡上走去。最后他走到一棵树下，靠着树坐了，仿佛狗头金重得已经耗尽了他五十多年的气力。

几个人呆愣了一会儿，大树赶紧冲小树和老蔫说：还不快给老福叔搭窝棚。

众人一起动手，围着老福叔还有那棵树搭了个窝棚。一边的老福叔痴痴呆呆的，不停地用手一遍遍地摩挲着那块狗头金。窝棚很快搭完了，此时的老福叔连同那块狗头金都在窝棚里。三个人站在窝棚口，齐齐地望着老福叔。老福叔直到这时才清醒过来，他冲几个人说：还搭窝棚干啥？明天咱们就回了。

老福叔的一句话，让几个人一下子都分不清东西南北了。这时，他们才明白，他们挖到了狗头金，发财了！他们谁也想象不出，一块狗头金能换回多少白花花的银子。

小树抖着声音问：老福叔，咱真的发财了？

老福叔答：发财了。

老蔫问：能换好多银子吧？

老福叔答：好多好多，得用担子担。

这还了得！三个人拍着大腿，在山坡上翻跟头、打把式地乐。

老福叔坐在窝棚里，靠着窝棚里那棵树，眼睛一刻也没有离开面前的狗头金。此时，老福叔的眼睛变得很亮。

夜晚的时候，大树和小树还有老蔫挤在一个窝棚里。突然而至的惊喜耗尽了人的力气。他们躺在那儿，透过窝棚的缝隙，望着天外的星光，一边听着蝉鸣虫叫，一边想着各自的心事。

大树想：这下妥了，回去就和华子结婚，再买两条打渔的船。豆腐坊再扩大些，人手不够就雇两个人，以后就可以过上有钱人的日子了。小树有了自己那份钱，看上大金沟的哪家闺女，娶过来就是了，再盖上两间房子，红红火火，那是啥日子！

老蔫也在想，这回有了钱，自己想去哪家窑子就去哪家，看谁敢小瞧他。那个长着一双丹凤眼、小酒窝的窑姐儿开价最高，每次去，她都不正眼瞧他。这回就去找她，扎扎实实地把她拿下。然后盖个房子，再开一家买卖，到时候想去哪儿就去哪儿，想咋玩儿就咋玩儿，谁让老子有的是钱！

老蔫想着，就开始盼天亮了。天一亮，他就可以收拾家什回大金沟了。再走上十天半月的，就可以过上人间天堂的日子了。越想越兴奋，老蔫的睡意一点也没有了。

老福叔那边，一点动静也没有。虽然狗头金是老福叔挖到的，但淘金人的规矩是——见面有一份。对这一点，他们都不担心。

小树睁着眼睛，目光发亮，没人知道他在想什么。大树先冷静下来，他拍了一下弟弟的头说：睡吧，明天还要赶路呢。

一提起赶路，几个人就更睡不着了。

天快亮时，他们才迷迷糊糊地睡过去，可翻了个身，又醒了。醒过来时，天都大亮了。他们惊呼一声，爬起来，却见老福叔的窝棚仍没动静。他们小心地走过去，立在老福叔的窝棚前，小声地喊：老福叔，老福叔——

里面没有人答。他们走进去，见老福叔仍靠着树，手里托着那块狗头金。他们还以为老福叔仍在睡着。

大树就说：老福叔，天光大亮了，咱们赶路吧。

老福叔还是一动不动。

小树忍不住去拉老福叔，扑通一声，老福叔一下子就倒了。

人们这才发现，老福叔已经死了。人早就硬了。

老　蔫

剩下的三个人上路了。他们走的不是来时的路，来时他们顺着溪水一路走过来的，要是顺着原路返回，怕碰到同样淘金的人。这会儿还没有到撤伙的季节，时间正是八月份，山里的雨水很多，正是淘金的旺季。这时候他们出山，那些淘金人肯定会起疑心——不是发财了，就是劫了别人的金。若是那样的话，他们怕是走不出山了。每年都会有上百人散落在山里淘金，每年也都会发生几起遭劫的事——一伙人，乱棍把另一伙打散或打死，劫了金沙逃出山去。没人知道，前面还会发生什么。

三个人只能绕开那些淘金人，在林子里走。没有路，到处都是纠缠在一起的杂草和树，有时还会迷路。他们并不敢往深处走，走一阵，就要寻找那条流向山外的溪水，要是没了溪水，他们也许真的会迷路。

老蔫背着狗头金。狗头金用衣服裹了，被系在老蔫的胸前，这样一来，狗头金似乎长在了老蔫的身上。背狗头金，是老蔫主动提出来的。

狗头金是大树从老福叔手里掰下来的。老福叔僵硬的手指仍狠狠地抠着狗头金。从老福叔手里掰下狗头金，大树是费了一番力气的。第一次他竟没掰下来。大树惊奇地看着老福叔和他手里的那块狗头金。老福叔的脸上仍挂着微笑，看来老福叔走时并不痛苦，甚至应该说是很幸福。看到老福叔的样子，大树都不忍心去掰老福叔手里的狗头金了。

后来，大树给老福叔跪下了。他冲老福叔磕了三个响头，此时的大树已满脸是泪。大树说：老福叔，你放心，虽然你不在了，这金子还是有你一份。等换了银子，我会给婶子送去。

说完，又磕了三个响头。

大树狠了狠心，伸出手去掰老福叔手里的狗头金。这一次，他把狗头金拿到了手里。后来，他们把老福叔埋在了挖出狗头金的树下，他们只能这么做了。想把老福叔带出去，那几乎是不可能的。走出山外，至少得翻山越岭地走上个十天半月，别说还要背上个死人，就是空手走出去也会让他们费上一把子力气。况且这个季节也放不住尸体，没等走出去，早就腐烂了。淘金人要在山里有个好歹，只能路死路埋。

三个人在老福叔的坟前站了一会儿，最后大树冲小树和老蔫说：给老福叔磕个头吧。

说完，三个人都跪下了，齐齐地冲老福叔的坟磕了三个响头。

大树临走时冲老福叔说：老福叔，金子是你找到的，你一定会让我们带出山的。等我们日子过好了，逢年过节的会给你烧钱，让你在阴间可着劲儿地花。

大树抹了一把脸上的泪，就和大家上路了。

此时，大树掮着那杆火枪走在前面，老蔫背着狗头金居中，小树断后。三个人默不作声地在林子里走了一气。天黑的时候，他们停在一片林子里休息。

一连串的变故，让几个人都觉得眼前的一切极不真实。此时，他们走上了出山的路，但仍是恍恍惚惚的。

老蔫把狗头金解下来，打开，捧在眼前摸了又摸，看了又看，然后伸出舌头去舔，就像狗得到一块骨头，兴奋而又满足。老蔫的视线仿佛黏在狗头金上。

大树沉默着，他仍沉浸在失去老福叔的悲伤中。他在心里一遍遍地问自己：老福叔咋就死了呢？他不明白老福叔为什么会死。要是没有狗头金，老福叔也许还不会死，老福叔肯定是高兴死的。以前听老辈人讲过，乐也能乐死人的。

老蔫抱着狗头金，冲大树说：大树，这金子当真要分给老福叔一份儿？

大树不看老蔫，望着林子上空的星光说：这金子是老福叔用命换来的，没有老福叔就没这金子，不但给他一份，还要多给一些。老福叔不在了，他们一家老小还得活呀。

老蔫就舔舔嘴，他发现狗头金是甜的。以前他做梦也没梦见过这么大块金子，此刻，他把金子捧在手里，用舌头拼命舔着。半晌，老蔫道：我看呀，不给老福叔那一份也没啥，就说金子是咱仨找到的。咱们不说，谁也不知道金子是老福叔找的。

大树叹口气，眯了眼，眼前的星光就被挤成了一条线，他说：做人要讲良心，别忘了，是老福叔带着咱们吃上淘金这碗饭的。这么多年，老福叔可没亏过咱们。

老蔫又舔了舔嘴唇，咽了口唾沫，不说话了。没有人知道他在想什么。

睡觉时，小树解下腰上缠着的绳子，把自己的脚和老蔫的手系在了一起。

老蔫就说：小树，你费这事儿干啥，我还能跑咋的？

小树说：人心隔肚皮，谁知你想的是啥。要是我抱着狗头金，你也会这么做。

老蔫又说：你和大树可是亲兄弟，我应该防着你们才是。

小树用脚踹了老蔫一下道：少说屁话，我哥可不是那种人。他要是的话，早就一枪把你崩了。

老蔫看了一眼抱着枪倚着树的大树。大树似乎已经睡着了。

老蔫睡不着，他一点儿也不困。他搂着狗头金，这么搂一会儿，那么搂一会儿，怎么搂都觉得不踏实。他在心里一遍遍地说：日他娘狗头金，这就是狗头金啊。老福叔咋就死了呢，日怪，咋就死了呢。看来老福叔是没福消受狗头金啊。现在狗头金就在我怀里，它离我也最近，这就是命！大树还要把这金子分一份给老福叔，剩下的我几个再平分。老蔫用指头在狗头金上比画着，要是整个狗头金都是自己的多好啊，那样想咋折腾就咋折腾，那日子多美呀！老蔫仿佛已经过上了那种日子，他咧着嘴，笑了一遍又一遍。

一只蚊子狠命地咬了老蔫一口，老蔫醒了，狗头金还在。他望一眼大树，又望一眼和自己绑在一起的小树，一下子又回到了现实中——怀里的狗头金属于自己的只有很小的一部分。这么一想，老蔫就有了一种想哭的感觉。

他望着从窝棚顶洒下的点点星光，突然，他想到了跑。带走狗头金，它就真正属于自己了。想到这儿，他心里一阵狂跳，一个坚定的声音在耳边响起：快跑吧，老蔫。你只要跑了，这金子就是你的了。

另一个声音接着也响了起来：要是让大树和小树抓住，你就死定了，他们一定会按照淘金人的规矩来惩罚你。

两种声音让他冷静下来，他这么想想，又那么想想，一时不知跑还是不跑。他望一眼大树，又瞅一眼小树，冷不丁地又想起眼前的两人是亲兄弟，万一哥俩起了歹心把他弄死……他们现在没动手，是想让他背金子，等背上几天快出去了，再下手也不晚。大树说的那些话，谁知道是真是假。这么想着，老蔫的汗就下来了。看来只能跑了，不跑怕是命都给了兄弟俩了。

小树冷不丁就醒了，这时天还没有亮。他发现脚旁睡着老蔫的地方是空的。他一惊，出了一身的汗。看看系在自己脚上的绳子还在，可老蔫的那一头却齐崭崭地断开了。老蔫跑了！这是小树的第一个念头。他扯开嗓子，破锣似的冲大树喊：哥，老蔫跑了。

大树醒了，看着只剩下小树和自己的窝棚，呆定了片刻。刚开始，他有些慌乱，但很快就镇定下来，他料定老蔫跑不远，有时间找到他。他仔细地把小树看了，也把那根绳子看了。他真想抽小树一个耳光，想了想又忍住了。出发时，他曾跟小树交代过，让他看着点儿老蔫，小树就别出心裁地把自己和老蔫拴在了一起。没想到，还是让老蔫跑了。

天光放亮时，他们很快就发现了老蔫的踪迹。深山老林里，没人来也没人走，人走过去总会踩倒草，碰折一些枝叶，也就留下了一路的痕迹。

大树和小树满怀信心地顺着痕迹追了过去。刚开始老蔫是想往深山里跑的，跑了一程，他又折了回来，顺着山势走。山下有着那条溪水，老蔫怕迷路。大树和小树一路走着，渐渐地心里就平静下来。从老蔫踩踏过的痕迹看，老蔫离他们并不远，也许就在前面一两里路的距离。

小树随在大树的身后，一遍遍骂着老蔫，样子恨不能杀了老蔫。他呼哧带喘的，不断地催着大树：哥，快点儿，抓住那狗日的，我就剐了他。

大树走在前面，心里却并不急，仿佛老蔫并未离开他们，就在前面某个地方等着，背着狗头金，汗流浃背的样子。他知道，说不定什么时候就会追上老蔫，他还会冲着老蔫道：老蔫，你走得也不快呀。

他顺着老蔫留下的踪迹一路走着，这时他想起了老黄，还有刘旦。刘旦是活着，还是死了？然后，他又想到了老福叔。对于老福叔的死，他感到震惊，人咋就死了呢？他看到老福叔死去的样子，心里就一剜一剜地疼。老福叔是抱着狗头金走的，走时还带着一个发财的梦。掩埋老福叔的瞬间，他就想到了命，这就是老福叔的命——可以受穷，却不能发财。这条命一头系着狗头金，一头连着老福叔。有了这头，就没了那一头。

这时，大树又问起了自己：你就有那发财的命吗？他不知道，也说不清楚。

刚得到老蔫跑了的消息时，他就把怀里抱着的火枪里的药倒了出来，又重新装了新的火药。自从上次碰上狼群，火枪哑火之后，大树三天两头地就要捣鼓一回枪。因为那次的大意，才让老福叔失去了老黄。他一直认为老黄的死是他一手造成的。要是火枪响了，也许老黄就不会有事，老黄没事，老福叔也许就不会有事的。他又想起第一次见到老福叔时的情形——

他带着小树来到大金沟镇外的江边，兄弟俩已经走投无路了。老福叔肩上扛着、背上驮着、手里提着那些淘金的家伙，走在路上。是他们的乡音吸引了老福叔，后来老福叔把他们带到了山里，吃上了淘金这碗饭。那时的老黄正青春得很，活蹦乱跳地在他们眼前跑着。这一切仿佛就是几天前的事，可如今老黄和老福叔却与这个世界阴阳两隔。

大树和小树是在第二天的下午追上老蔫的。大树把枪对准了老蔫，小树一个饿虎扑食抱住了已经迈不开腿的老蔫。老蔫本想跑快些，远远地把两人甩在身后，可翻山越岭的，实在跑不动了，也就是这会儿，他被小树扑倒了，然后又被横七竖八地绑在了一棵树上。小树下手狠，勒得他浑身的骨头都咯吧吧地响。

老蔫哭了，一边哭一边求饶：大树哇，救救兄弟吧，看在咱们一起淘金的分儿上，饶了我这次吧。

小树不听他这一套，狠狠地抽了老蔫两个嘴巴子。老蔫又号哭起来。

大树和小树都不听他的喊叫。小树仔细地把狗头金用衣服包了，紧紧地系在自己的身上。

大树做好饭后，两人就开始吃饭，这时候老蔫不叫了，他吭吭哧哧地说：大树给我一口吃的吧，我都饿坏了。

大树头都没抬一下。

他又求小树：小树哇，你给我一口吧，我下辈子就是变成个畜生也会想着你的好。

小树抬起头，红着眼睛道：闭上你的嘴。你跑的时候咋没想着我们呢。你想独吞狗头金，去你妈的。你就在这里喂蚊子吧。

老蔫垂下头，两行泪吧嗒吧嗒地砸到脚上。

兄弟俩吃完饭收拾家伙时，老蔫觉得这是自己最后的机会了。他艰难地抬起头，泪流满面地说：大树、小树啊，放了我吧，我不要那一份儿了，我背着你们走，只要不把我留在这儿。

小树瞪起了眼睛说：别做梦了，你和刘旦一样，等着喂蚊子吧。

大树和小树头也不回地走了。

老蔫攒足了力气，爹一声娘一声地喊着。

他喊：大树，你放了我吧，我再也不敢了。

他又喊：大树，你是爹是爷，行了吧。小树，你是我家的祖宗，祖宗呀，饶了我吧。

他还喊：小树，你缺良心呀，把我捆得这么紧，我的骨头都要断了。

走了一气，大树立住脚，回过身来。小树不解地望着他，说：哥，你干啥？老蔫他是自作自受，咱们这是按照规矩办事。

大树往回走，小树跟了两步，又停下，一屁股坐在地上。

老蔫在绝望中看到了走回来的大树，他语无伦次地说：大树，我知道你心眼好，你是我亲爹，亲爹哎——

大树走过去，松了松树上的绳子，老蔫的身体一下子就轻松了下来。

大树绕着树走了一圈，道：老蔫，别怪我们心狠，你比我们更心狠。是死是活，就看你自己的命了。

说完，头也不回地走了。老蔫彻底绝望了，他再一次呜呜地哭起来。大树很快就把老蔫的呜咽声抛在了身后。

小　树

此刻，狗头金沉甸甸地背在了小树的背上。小树流着汗，先是浸湿了衣服，又浸湿了狗头金，这样金子和身体就真实地贴在了一起。

自从老福叔挖出了狗头金，小树就是兴奋的，而现在老福叔死了，老蔫就要喂了蚊子，感受着背上真实的金子，他更是欣喜异常。他盘算着：老蔫没跑时，这坨金子只有他四分之一，可他人一跑，按着规矩就不再有老蔫那一份儿了。老蔫这次就是不死也得脱层皮，他捆老蔫时手上是下了死力的。要是没人救老蔫，他就会和那棵树长在一起，蚊子咬不死他，他也会饿死渴死。小树觉得老蔫只有一死了。

现在的这坨金子小树是拥有了三分之一。这么想过，他的后背和心猛然跟着沉了沉。老蔫在时一直不同意给老福叔那一份儿，虽然金子是老福叔挖出来的，但现在人已经不在了，又有谁能证明这金子是老福叔挖出来的？如果没了老福叔那份儿，这狗头金就是他哥俩的了。

这坨狗头金能换多少白花花的银圆啊？小树想不出来，但肯定是一大堆。想起那堆银圆中，自己只有其中的三分之一，他的兴奋和热情骤然降温。

大树和小树歇息的时候分别靠在了一棵树旁。大树像个士兵似的，抱着那杆火枪，把里面的药倒出来，用手捻，用鼻子闻，生怕药又受了潮。小树把狗头金从后背移到了胸前，解开衣服，露出里面黄澄澄的一坨，这坨亮色让小树眯上了眼睛。这就是传说中的狗头金，现在正热乎乎地被他捧在怀里。有了钱的日子该是怎样的呀？小树眯着眼想了起来。他要在大金沟的江边，盖上三间亮堂的石头房子，就像“一品红”的胡老板那样，然后自己想干啥就干啥。咋的，咱淘金人也发了！有钱人的日子就是好，到时候天天穿得溜光水滑，满面红光地横着膀子在大金沟镇的街上走，让镇上的人们眼馋死。别说讨个老婆，就是讨十个八个的也不在话下。

他以前羡慕哥哥有了华子，那会儿华子在他眼里如同天仙，而现在华子在他眼里啥也不是了，他要找比华子强百倍的姑娘给自己做老婆。想到这儿，小树已经感觉到那一双双羡慕、眼馋的目光就落在他的身上，让他觉得浑身热烘烘的，腰杆也一点点地挺了起来。沉浸在梦游中的小树，被大树冷不丁扇了一耳光。他一个激灵醒了。

这一打让小树彻底醒了。他忙把狗头金包裹好，贴在背上，又从胸前狠狠地系了死扣，跟着大树，一脚深一脚浅地向前赶。

在林子里行走，每走一步都要出平时几倍的力气。杂草和灌木丛纠缠在一起，扯绊着人的双脚，他们就趔趄着，摇晃着，有时还要滚爬着往前走。

大树在前，小树在后，这样一来，小树就省了些力气。踩着大树蹚出来的路，费劲巴力地往前走。小树盯着大树的后背就有了火气，不是为大树打过他，而是为大树死活要给老福叔那一份金子。以前有老蔫在，小树也无所谓给不给老福叔一份，反正多出的那一份，轮到自己头上也没多少。现在老蔫喂了蚊子了，就剩下他哥俩了，要是再给老福叔分，那不是傻吗？

小树想起了这几年淘金受的罪，春天秋天那个冷啊，他们泡在有冰碴儿的水里，一干就是一天。半夜里腿抽筋，猫咬狗啃似的疼，到了冬天腿就疼得下不来炕；夏天的蚊子更是密密麻麻地围着人咬。淘金人过得简直就不是人的日子，想到这些，小树就一阵悲哀。

他试探着把独占狗头金的想法冲大树说了。话还没说完，大树就冲他瞪起了眼睛，他也就噤了声。从老家逃出来，一直是大树带着他，长兄如父，他从心里敬畏着大树。不论大事小情，大树从来都是说一不二。

晚上休息的时候，小树见大树睡实了，才偷偷地把狗头金从身上解下来。忍了又忍，还是把狗头金抱在了怀里，又看又摸。有好多次，他觉得眼前的一切都不是真的，就把嘴凑上去咬那坨金子。狗头金的棱角硌着他的牙齿，起初是酸，后来就有了疼的感觉。小树再看那坨金子时就觉得真实了，可过不多久，就又觉得一切都虚幻起来，于是他又去咬狗头金。反反复复，小树一直亢奋着。这种亢奋让他浑身发烧变烫，呼吸急促，有时竟像打摆子一样哆嗦不止。

一连三天，眼睛一刻也没闭上过，小树倒没感受到疲惫和虚弱，内心的亢奋让他热血撞头，眼睛放着绿光。他对大树的沉着冷静百思不得其解，他不明白大树怎么就能睡着，难道他就不想过有钱人的日子？

小树的脑子里嗡响一片，狗头金就在他的眼前金灿灿地亮着。他咬着，感受着它的存在，脑子里的每一根神经都被那坨金子占满了。

小树再看大树时，大树就变成了魔障。大树要把金子分给外人，那眼前的这坨明晃晃的金子就会变得支离破碎。小树在心里号叫着：不，绝不，我要拥有这坨完整的金子。

老蔫背着狗头金时，他还没有过这种想法，所有的注意力都用在了监督老蔫的身上了，恐怕老蔫跑了。现在金子就在他的怀里，他是主人，既然他拥有了这坨金子，就不能让别人拿了去。现在能够阻止他占有这坨金子的，就是眼前的大树了。此时的大树，成了小树眼里的仇家。

狗头金让小树走进了一条死胡同、一条不归路。他脑子里乱成一片，浑身一会儿发冷，一会儿发热，眼睛充血，闪烁着一道道寒光。他管不住自己了，他要除掉大树。只有把大树灭了，这坨金子才是自己的。

晚上，大树又睡去了。

小树连眼皮都没有合一下，他大睁着眼睛，却不觉一丝一毫的困乏，只有一阵阵的亢奋。他等待着大树睡死的那一刻。待确信大树睡着了，他悄悄地爬起来，抱着那坨沉甸甸的狗头金，向大树摸去。

大树就在眼前了，借着透过来的散淡月光，小树看见大树睡得很安详，手里还托着那杆火枪。眼前的大树在小树的眼里既熟悉又陌生，别人都说小树长得像大树，兄弟俩像是一个模子里刻出来的。可现在的大树已经不是兄弟了，是魔障，更是敌人。小树要除掉眼前的敌人，独吞狗头金。

小树双手举起狗头金，眼里冒出了寒光，他要用狗头金砸死大树。就在狗头金砸向大树的时候，一条树枝挡了小树的手，狗头金瞬时改变了方向，砸在了大树的肩上。大树哎哟一声，在地上滚了一圈，一边滚一边叫：小树，有劫匪。

他转过身时，那杆火枪就抵在了小树的头上。小树想喊一声，还没来得及喊出来，眼前就是火光一闪。

大树在火光中，看见了小树那张变形的脸，想收枪，已经来不及了。他在火枪的轰响声中，看见小树向后一仰头，就倒下去了。

一切都沉寂了。

大树坐在地上，看着躺在面前的小树。小树的血汩汩地流过来，带着温热，传递到大树的手上。

茫然、空白之后，大树一遍遍问着自己：我打死了小树？我杀了自己的弟弟？

他伸手摸了摸被砸的肩膀，那里生疼。刚才发生的一切都是真的。大树捂着肩膀，喃喃着：小树要杀我，他要杀了我……

过了一阵，又过了一阵，大树终于弄明白了，小树要杀他，用的就是那坨狗头金。后来，他又开枪杀死了小树。此时的狗头金就躺在他的脚边，上面沾满了小树的血。过程很简单，可大树想不明白，小树为什么要杀他？思来想去，他确定小树是疯了。

太阳照亮这片树林时，大树还是那么坐着，呆呆地看着眼前躺着的小树，仿佛照看着熟睡的弟弟。逃荒的路上，爹死了，娘也死了，是他牵着小树的手，一步步往前走。夜晚的时候，小树就是这样躺在他的身边，他曾无数次地想象着逃荒的路何时是个头。现在终于到了尽头，就在这片林子里，小树永远地睡着了。

大树迷迷瞪瞪地挖了个坑。他抱起小树，把小树放到挖好的坑里。

他抓起土，向小树扬去。他扬一把，就说一句：小树，你这回行了，不怕冷，也不怕饿了。

他又说：你能见到爹娘了——

他还说：小树，是哥杀了你。这笔账你记着，等我到阴间，我还你一条命。

……

小树在大树的眼里消失了，眼前只是一片湿土。

大树拖过一些树枝，掩在湿土上。他在小树面前站了一会儿，又站了一会儿。他一直在想：小树，你干吗要杀我，我可是你亲哥啊。

过了一晌，大树在心里说：小树，我该走了。我要出山去找华子，过日子去。

他往前迈步时，被什么东西绊了一跤，低头看，正是那坨狗头金，一半埋在土里，一半露在外面。他看一眼狗头金，又看一眼被埋的小树，抱起了狗头金。脑子里竟呼啦一下子就亮了，他终于明白，一切都是这坨狗头金引起的——好端端的老福叔死了，老蔫想独吞它，小树也是为了它，要杀了亲哥。

大树抱着狗头金，恍恍惚惚地向前走去。走着走着，他抱着的狗头金竟越来越沉，仿佛有千斤重。他摔倒了，狗头金落在了眼前。他瞅着它，这坨金子果然像只狗头，有鼻子有嘴，还有眼睛。他瞧着它，渐渐地，狗头金就成了活物。它冲他龇牙咧嘴，一会儿像笑，一会儿像哭，它的眼里流出的不是泪水，是汩汩的血水。

他一惊，嗷叫一声，抱起狗头金，向前爬去。

前面是山涧，深不见底，散发着阴森的寒气。大树把狗头金高举过头顶，大叫了一声。

狗头金落向涧底，他竟没有听到一星半点儿的回声。

现在的大树一干二净，什么都没有了。

春天的时候，他们四个人，亲兄弟似的四个人，在老福叔的带领下出来淘金。那时，他们寻思淘金沙撑不着，也饿不死，他们的想法简单又实在。自从狗头金被挖出来，一切就都变了。现在，大树又让那坨狗头金永远地消失了。

一身轻松的大树，现在是赤手空拳，身子轻得仿佛能飞起来。他什么都没有了，也就没必要在老林子里转悠了。他要走出林子，找到山谷中的那条溪水，然后顺着溪水，就能回到大金沟镇了。

大金沟镇有间小豆腐坊，里面有着跟水豆腐似的华子。他要去找华子，再也不出来淘金了。他要和华子齐心协力地开豆腐坊，还要和华子生儿育女，过平常人的日子。

大树很快就找到了谷底，找到了那条溪水，溪水清澈地向前流着。他趴在溪水旁，痛快地喝了一肚子水，然后迈开大步，向山外走去。

凭经验，大树知道再有一两天的路，他就能走到山外。这时，他空前绝后地思念华子。他浑身上下从来没有这么轻松过，他迈开大步，两耳生风地往前赶。

太阳出来了，又落下。落下，又升起。

这天，他都能够看见沟口了，心里一阵狂喜：再有一个时辰，他就可以走出去了，就能见到日思夜念的华子了。

这么想过，大树浑身上下的每一个细胞都充满了甜蜜。他甩开大步，几乎是跑了起来。这时，他的身后传来一个熟悉的声音，那声音在喊：狗日的大树，你站住。

他就站住了，回过身时，他看见老蔫急火火地奔过来。他还看见自己丢掉的火枪被老蔫抱在怀里。老蔫抱着火枪冲了过来，他想：老蔫命大，果然没喂了蚊子。他还想冲老蔫开句玩笑。

就在这时，老蔫怀里的火枪响了。大树没有听见那轰的一声，他只看见一条火龙向自己扑来。

硝烟散去，大树觉得自己飘了起来，像一缕风浮在半空。他看见老蔫饿狼似的扑向地上躺倒的那个人。老蔫在那人的身上翻着、找着，后来老蔫就火了，冲躺着的人吼：大树，金子，你把金子藏哪儿去了？

大树在天上说：让我扔到山涧里了，你找不到了。

他一连说了几遍，老蔫都没听见。

他不想说给老蔫听了，他要急着回大金沟镇，去找他的华子。大树就向沟口飘去，乘风一般。

这时，大树听见老蔫蹲在地上狼一样的号哭声。

横　赌

横赌（上部）

二十世纪三十年代，关东赌场上流行两种赌法。一种是顺赌，赌财、赌房、赌地，一掷千金，这是豪赌、大赌。然而，也有另一种赌法，没财、没钱，也没地，身无分文，就是硬赌，赌妻儿老小，赌自己的命。在赌场上把自己的命，甚至自己妻儿的生命置之不顾，用人当赌资，这种赌法被称为横赌。

横赌自然是几十年前的往事了，故事就从这里开始。

一

身无分文的冯山在赌桌上苦熬了五天五夜，不仅熬红了眼睛，而且熬得气短身虚。杨六终于轰然一声倒在了炕上。他在倒下的瞬间，有气无力地说：冯山，文竹是你的了。然后杨六就倒下了，倒下的杨六昏睡过去。

当文竹绿裤红袄地站在冯山面前的时候，冯山一句话也没说，他仔仔细细地看了文竹一眼，又看了一眼。文竹没有看他，面沉似水，望着冯山脑后那轮冰冷且了无生气的冬日，半晌才说：这一个月，我是你的人了，咱们走吧。

冯山听了文竹的话，想说点什么，心里却杂七杂八的，很乱，然后就什么也没说，只狠狠地吞咽了口唾液。转过身，踩着雪，摇晃着向前走去。

文竹袖着手，踩着冯山留在雪地上的脚印，也摇晃着身子一扭一扭地随着冯山去了。

冯山走进自家屋门的时候，灶台上还冒着热气。他掀开锅盖看了看，锅里贴着几个黄澄澄的玉米面饼子，还蒸着一锅酸菜。他知道这是菊香为自己准备的。想到菊香，他的心里不知道什么地方就疼了一下。

文竹也站在屋里，就站在冯山的身后。冯山掀开锅盖的时候，满屋子里弥漫了菜香。她深深浅浅地吸了几口气。

冯山似乎是迫不及待的样子，他一只脚踩在灶台上，从锅沿上摸起一个饼子，大口嚼了起来。他侧过头，冲着文竹含混地说：你也吃。

文竹似乎没有听见冯山的话，她沉着脸走进了里间。里间的炕也是热的，两床叠得整齐的被子放在炕脚，炕席似乎也被擦过了。这细微之处，文竹闻到了一丝女人的气息。这丝女人的气息，让她的心里复杂了一些。外间，冯山还在稀里呼噜地吃着。文竹袖着手在那儿站了一会儿。她看见窗户上一块窗纸被刮开了。她脱下鞋走上炕，用唾沫把那层窗纸粘上了。她脚触在炕上，一缕温热传遍她的全身。

冯山抹着嘴走了进来，他红着眼睛半仰着头望着炕上的文竹。文竹的脸色像日光，一如既往地冷漠着。她的手缓慢而又机械地去解自己的衣服，冯山就那么不动声色地望着她的举动。

她先脱去了袄，只剩下一件鲜亮的红肚兜，接下来她脱去了棉裤，露出一双结实而又丰满的大腿。她做这一切时，表情依旧那么冷漠着，她甚至没有看冯山一眼。

接下来，她拉过被子躺下了。她躺下时，仍不看冯山一眼地说：杨六没有骗你，我值那个价。

杨六和冯山横赌时，把文竹押上了。他在横赌自己的女人。文竹是杨六在赌场上赢来的，那时文竹还是处女，在文竹跟随了杨六一个月又十天之后，他又把文竹输给了冯山。

冯山把一条左臂押给了杨六，杨六就把文竹押上了。如果文竹就是个女人，且被杨六用过的女人，那么她只值冯山一根手指头的价钱。然而杨六押文竹时，他一再强调文竹是处女，冯山就把自己的一条手臂押上了。结果杨六输了，文竹就是冯山的女人了，时间是一个月。

文竹钻进被窝的时候，又伸手把红肚兜和短裤脱下来了，然后就望着天棚冲冯山说：这一个月我是你的人了，你爱咋就咋吧。

说完文竹便闭上了自己的眼睛，只剩下两排长长的睫毛。

冯山麻木惘然地站在那里，他想了一下被子里文竹光着身子的样子。他甩下去一只鞋，又甩下去一只，然后他站在了炕上。他看了一眼躺在面前的文竹，想到了菊香。菊香每次躺在他面前，从来不闭眼睛，而是那么火热地望着他。

他脑子里突然一阵空白，然后就直直地躺在了炕上，昏天黑地地睡死过去。

文竹慢慢睁开眼睛，望一眼躺在那里的冯山，听着冯山海啸似的鼾声，眼泪一点一滴地流了出来。

二

文竹是父亲作为赌资输给杨六的。文竹的父亲也是个赌徒，一路赌下来，就家徒四壁了。年轻的时候，先是赌输了文竹母亲，输文竹母亲的时候，文竹才五岁。文竹母亲也是父亲在赌桌上赢来的，后来就有了文竹。在没生文竹时，母亲不甘心跟着父亲这种赌徒生活一辈子，几次寻死觅活都没有成功，自从有了文竹，母亲便安下心来过日子了。她不为别的，就是为了把孩子养大成人。母亲无法改变父亲的赌性，便只能嫁鸡随鸡，嫁狗随狗，认命了。父亲在文竹五岁那一年，终于输光了所有的赌资，最后把文竹母亲押上了，结果也输掉了。文竹母亲本来可以哭闹的，但她却一滴泪也没有流。她望着垂头丧气蹲在跟前的文竹父亲，很平静地说：孩子是我的，也是你的，我走了，只求你一件事，把孩子养大，让她嫁一个好人家。

蹲在地上的父亲，这时抬起头，咬着牙说：孩她娘，你先去，也许十天，也许二十天，我就是豁出命也把你赢回来，咱们还是一家人，我不嫌弃你。

母亲冷着脸，呸地冲父亲吐了一口，又道：你的鬼话没人相信。你输我这次，就会有下次，看在孩子的分儿上，我只能给你当一回赌资，没有下回了。

父亲的头又低下去了，半晌又抬起来，白着脸说：我把你赢回来，就再也不赌了。咱们好好过日子。

母亲说：你这样的话都说过一百遍一千遍了，谁信呢？

母亲说完拉过文竹的手，文竹站在一旁很冷静地望着两个人。五岁的文竹已经明白眼前发生的事了。她不哭不闹，冷静地望着父母。

母亲蹲下身，抱着文竹，泪水流了下来。

文竹去为母亲擦泪，母亲就说：孩子，你记住，这就是娘的命呀。

父亲给母亲跪下了，哽着声音说：孩她娘，你放心，你前脚走，我后脚就把你赢回来，再也不赌了，再赌我不是人养的。

母亲站起来，抹去脸上的泪说：孩子也是你的，你看着办吧。

说完便走出家门，门外等着接母亲的向麻子。向麻子赌，只赌女人，不押房子不押地，于是向麻子就走马灯似的换女人。赢来的女人没有在他身边待长的，多则几个月，少则几天。向麻子曾说，要把方圆百里的女人都赢个遍，然后再换个遍。

母亲走到门口的时候，文竹细细尖尖地喊了声：娘。

母亲回了一次头，她看见母亲脸色苍白得没有一丝血色。最后母亲还是头也不回地坐着向麻子赶来的牛车走了。

父亲果然说到做到，第二天又去找向麻子赌去了，他要赢回文竹的母亲。父亲没有分文的赌资，他只能用自己的命去抵资。向麻子没有要父亲的命，而是说：把你裆里的家伙押上吧。

父亲望着向麻子，他知道向麻子心里想的是什么。向麻子赢了文竹的母亲，用什么赌向麻子说了算，他只能答应向麻子。结果父亲输了，向麻子笑着把刀扔在父亲面前。赌场上的规矩就是说出去的话，泼出去的水，没有收回的余地。除非你不在这个圈里混了。背上一个不讲信誉的名声，在关东这块土地上，很难活出个人样来，除非你远走他乡。

那天晚上，父亲是爬着回来的。自从父亲出门之后，文竹一直坐在门槛上等着父亲。她希望父亲把母亲赢回来，回到以前温暖的生活中去。结果，她看到了浑身是血的父亲。

就是在父亲又一次输了的第二天，母亲在向麻子家，用自己的裤腰带把自己吊了起来。这是当时女人一种最体面、最烈性的死法。

母亲死了，父亲趴在炕上号哭了两天。后来他弯着腰，叉着腿，又出去赌了一次。这回他赢回了几亩山地。从此父亲不再赌了，性情也大变了模样。父亲赌没了裆里的物件，性格如同一个女人。

靠着那几亩山地，父亲拉扯着文竹。父亲寡言少语，每年父亲总要领着文竹到母亲的坟前去看一看，烧上些纸。父亲冲坟说：孩她娘，你看眼孩子，她大了。

后来父亲还让文竹读了两年私塾，认识了一些字。

父亲如牛呀马呀在几亩山地上劳作着，养活着自己，也养活着文竹。一晃文竹就十六了，十六岁的文竹出落成漂亮姑娘，方圆百里数一数二。

那一次，父亲又来到母亲坟前，每次到母亲坟前，文竹总是陪着，唯有这次父亲没让文竹陪着。他冲坟说：孩她娘，咱姑娘大了，方圆百里，没有人比得上咱家姑娘。我要给姑娘找一个好人家，吃香喝辣受用一辈子。

父亲冲母亲的坟头磕了三个响头又说：孩她娘，我最后再赌一回，这是最后一回，给孩子赢回些陪嫁。姑娘没有陪嫁就没有好人家，这你知道。我这是最后一回了呀。

父亲说完冲母亲的坟磕了三个响头，然后一步三回头地走了。

父亲走前冲文竹说：丫头，爹出去几天，要是死了，你就把爹埋在你妈身旁吧。这辈子我对不住她，下辈子当牛做马我伺候她。

文竹知道父亲要去干什么，扑通一声就给父亲跪下了。她流着泪说：爹呀，金山银山咱不稀罕，你别再赌了，求你了。

父亲也流下了泪，仰着头说：丫头，我跟你娘说好了，就这一次了。

父亲积蓄了十几年的赌心已定，十头牛也拉不回了。父亲又去了，他是想做最后一搏，用自己的性命去做最后一次赌资。结果没人接受他的赌资，要赌可以，把他的姑娘文竹做赌资对方才能接受。为了让女儿嫁一个好人家，十几年来，父亲的赌性未泯，他不相信自己会赌输，真的把姑娘赌出去，他就可以把命押上了，这是赌徒的规矩。久违赌阵的父亲最后一次走向了赌场。

结果他输得很惨，他的对手是隔辈人了。以前那些对手要么洗手不干了，要么家破人亡。这些赌场上的新生代，青出于蓝，只几个回合，他就先输了文竹给杨六，后来他再捞时，又把命输上了。

杨六显得很人性地冲他说：你把姑娘给我就行了，命就不要了。你不是还有几亩山地嘛，凑合着再活个十几年吧。

当文竹知道父亲把自己输给杨六时，和母亲当年离开家门时一样，显得很冷静。她甚至还冲父亲磕了一个头，然后说：爹，是你给了我这条命，又是你把我养大，你的恩情我知道。没啥，就算我报答你了。

说完立起身，头也不回地走了。

杨六牵着一匹高头大马等在外面。文竹走了，是骑着马走的。

父亲最后一头撞死在母亲坟前的一块石头上。文竹把父亲埋了，文竹没有把父亲和母亲合葬在一起，而是把父亲埋在了另一个山坡上，两座坟头遥遥相望。

文竹在杨六的身边生活了一个月又十天之后，她又作为杨六的赌资输给了冯山。

三

冯山下决心赢光杨六身边所有的女人，他是有预谋的。冯山要报父亲的仇，也要报母亲的仇。

冯山的父亲冯老么在二十年前与杨六的父亲杨大，一口气赌了七七四十九天，结果冯老么输给了杨大。输的不是房子不是地，而是自己的女人山杏。

那时的山杏虽生育了冯山，仍是这一带最漂亮的女人。杨大念念不忘山杏，他和冯老么在赌场上周旋了几年，终于把山杏赢下了。

山杏还是姑娘时，便是这一带出名的美女。父亲金百万也是有名的横赌。那时金百万家有很多财产，一般情况下，他不轻易出入赌场，显得很有节制。赌瘾上来了，他才出去赌一回。金百万从关内来到关外，那时只是孤身一人。他从横赌起家，渐渐置地办起了家业，而且娶了如花似玉的山杏母亲。山杏的母亲是金百万明媒正娶的。有了家业，有了山杏母亲之后，金百万就开始很有节制地赌了。

后来有了山杏，山杏渐渐长大了，出落成这一带最漂亮的女人。漂亮的女人，从古至今，总是招出一些事情。山杏自然也不例外。

冯老么和杨大，那时都很年轻，年轻就气盛，他们都看上了山杏。关东赌徒，历来有个规矩，要想在赌场上混出个人样来，赢多少房子和地并不能树立自己的威信，而是一定要有最漂亮的女人。漂亮女人是一笔最大的赌资，无形，无价。凡是混出一些人样的关东赌徒，家里都有两个或三个漂亮的女人。这样的赌徒，不管走到哪里，都会让人另眼相看。

冯老么和杨大，那时是年轻气盛的赌徒，他们都想得到山杏。凭他们的实力，要想明媒正娶山杏，那是不可能的。金百万不会看上他们那点家财。要想得到山杏，他们只能在赌场上赢得山杏，而且要赢得金百万心服口服。

冯老么和杨大那时很清醒，凭自己的赌力，无法赢得金百万。金百万在道上混了几十年了，什么大风大浪都见过。从横赌起家，赌下这么多家产，这本身就足以说明金百万的足智多谋。那时的冯老么和杨大两个人空前地团结，他们要联手出击，置金百万于败地。而且在这之前，两人就说好了，不管谁赢出来山杏，两人最后要凭着真正的实力再赌一次，最后得到山杏。

刚开始，两人联起手来和金百万小打小闹地赌，金百万也没把两个年轻赌徒放在眼里，很轻松地赌，结果金百万止不住地小赌。先是输了十几亩好地，接着又输了十几间房产。这都是金百万几十年置办下来的家产，而且又输在了两个名不见经传的小赌徒手里，他自然是心有不甘。老奸巨猾的金百万也显得心浮气躁起来。那些日子，金百万和冯老么、杨大等人纠缠在一起，你来我往。金百万就越赌越亏，初生牛犊的冯老么和杨大显得精诚团结，他们的眼前是诱人的山杏，赢金百万的财产只是他们计划中的第一步，就像在池塘里捕抓到一条鱼一样，首先要把池塘的水淘干，然后才能轻而易举地得到那条鱼。心高气傲的金百万触犯了赌场上的大忌：轻敌又心浮气躁。还没等金百万明白过来，在几个月的时间里，他便输光了所有家产。金百万红眼了，他在大冬天里，脱光了膀子，赤膊上阵，终于把自己的女儿山杏押上了。这是冯老么和杨大最终的愿望。两人见时机到了，胜败在此一举了，他们也脱光了膀子和金百万赌了起来。三个人赌的不是几局，而是天数，也就是在两个月的时间里，谁先倒下，谁就认输了。这一招让他又中了两个年轻人的计，金百万虽然英豪无比，但毕竟是几十岁的人了，和两个年轻人相比，无论如何都是吃亏的。金百万在不知不觉中，又犯了一忌。

最终的结果是，在三个人赌到第五十天时，金百万一头栽倒在炕下，并且口吐鲜血，一命呜呼。冯老么和杨大在数赌注时，杨大占了上风，也就是说山杏是杨大先赢下的。两人有言在先，两人最终还是要赌一回的。

精诚合作的两人，最后为了山杏，又成了对手。结果是，冯老么最终赢得了山杏。后来，他们生下了冯山。

这么多年，杨大一直把冯老么当成了一个对手。这也是赌场上的规矩，赢家不能罢手，只有输家最后认输，不再赌下去，这场赌博才算告一段落。

杨大和冯老么旷日持久地赌着。双方互有胜负，一直处在比较均衡的态势。谁也没有能力把对方赢到山穷水尽。日子就不紧不慢地过着。

冯山八岁那一年，冯老么走了背字。先是输了地，又输了房子，最后他只剩下山杏和儿子冯山。他知道杨大这么多年一直都想赢得山杏。他不相信自己最终会失去山杏。输光了房子、地等所有家产的冯老么也红了眼了，同样失去理智的冯老么，结局是失去了山杏。

最后走投无路的冯老么只能横赌了，他还剩下一条命，对赢家杨大来说他无论如何要接受输家冯老么的最后一搏。冯老么就把自己的命押上了，且死法也已选好。若是输了，身上系上石头，自己沉入大西河。如果赢了，他就又有能力和钱与杨大做旷日持久的赌博了。

孤注一掷的冯老么终于没能翻动心态平和的杨大的盘子。最后他只能一死了之了。赌场上没有戏言的，最后输家不死，也没人去逼你，你可以像狗一样地活下去。活着又有什么意思呢？没了房子没了地，老婆都没了，生就不如死了。关东人凭着最后那点尊严，讨个死法，也算是轰轰烈烈一场，赢得后人几分尊敬。

冯老么怀抱石头一步步走进了大西河，八岁的冯山在后面一声又一声地喊叫着。走进大西河的冯老么，最后回了一次头，他冲八岁的儿子冯山喊着说：小子，你听着，你要是我儿子，就过正常人的日子，别再学我去赌了。说完头也不回地走进了大西河，连同那块石头沉入河水中。

两天以后，冯老么的尸首在下游浮了上来。那块怀抱的石头已经没有了，他手里只抓了一把水草。

杨大很讲义气也很隆重地为冯老么出殡，很多人都来了，他们为冯老么的骨气，把场面整得很热闹，也很悲壮。

八岁的冯山跪在父亲的坟前，那时一粒复仇的种子就埋在了他年少的心中。

一个月后，山杏吊死在杨大家中的屋梁上。杨大没有悲哀，有的是得到山杏后的喜庆，他扬眉吐气地又一次为山杏出殡。山杏虽然死了，却是自己的女人了。杨大把山杏的尸体葬到自己家的祖坟里，一口气终于吐了出来。

斗转星移，冯山长大了，杨大的儿子杨六也长大了。

杨大结局也很不美好，在最后一次横赌中，他也走进了大西河，他选择了和冯老么一样的死法。当然，那是冯老么死了二十年以后的事了。

冯山和杨六就有了新故事。

四

冯山是在菊香家长大的。菊香的父亲曾经也是个赌徒，那时他帮助冯老么和杨大一起去算计金百万。冯山和菊香是两位家长指腹为婚的。当时冯老么说：要是同性，就是姐妹或兄弟；要是异性，就是夫妻。

在赌场上摸爬滚打的两个人，知道这种亲情的重要性，那时冯山的父亲冯老么早已和菊香的父亲一个头磕在地上成为兄弟了。

冯山出生不久，菊香也落地了。菊香出生以后，父亲便金盆洗手了，他靠从金百万那里赢来的几亩地生活着。他曾经多次劝阻冯老么说：大哥，算了吧，再赌下去，不会有什么好下场。

冯老么何尝不这么想，但他却欲罢不能。把山杏赢过来以后，杨大就没放过冯老么，树活一层皮，人活一口气。他不能让人瞧不起，如果他没有赢下山杏，借此洗手不干了，没人会说他什么。恰恰他赢下了山杏，山杏最后能和冯老么欢天喜地结婚，就是看上了冯老么敢爱敢恨这一点。冯山的母亲山杏这一生只崇拜两个男人，一个是自己的父亲金百万，另一个就是冯老么。冯老么赢了父亲，又赢了杨大，足以说明冯老么是个足智多谋的男人。虽然山杏是个漂亮女人，但她却继承了父亲金百万敢赌、敢爱、敢恨的性格。父亲死了，是死在赌场上，这足以证明父亲是个响当当的汉子。她心甘情愿做父亲的赌资，山杏崇拜的是生得磊落、活得光明的人。父亲为了家业，为了她，死在赌场上，丈夫冯老么也为了自己死在赌场上。两个她最崇敬的男人走了，她也就随之而去了。

这就是冯老么所理解的生活，但他却不希望自己的儿子冯山走他的路。在临沉河前，他找到了菊香父亲，把冯山托付给了菊香父亲。两个男人头对头地跪下了，冯老么说：兄弟，我这就去了，孩子托付给你了。

菊香父亲点着头。

冯老么又说：冯山要是不走我这条路，就让菊香和他成亲，若是还赌，就让菊香嫁一个本分人家吧。

菊香父亲眼里已含了泪，他知道现在说什么都已经没用了。他只能想办法照顾好冯山。

冯山和菊香就一起长大了，他们从小就明白他们这层关系。当两人长到十六岁时，菊香父亲把菊香和冯山叫到了一起，他冲冯山说：你还想不想赌？

冯山不说话，望着菊香父亲。

菊香父亲又说：要是还赌，你就离开这个家，啥时候不赌了，你再回来，我就是你爹，菊香就是你妹子。你要是不赌，我立马给你们成亲。

冯山扑通一声就给菊香父亲跪下了，他含着泪说：我要把父亲的脸面争回来，把我母亲的尸骨赢回来，埋回我冯家的祖坟，我就从此戒赌。

菊香父亲摇着头，叹着气，闭上了眼睛，他的眼里滚出两行老泪。

从此，冯山离开了菊香，回到了父亲留下的那两间草屋里。不久，菊香父亲为菊香寻下了一门亲事，那个男人是老实巴交种地的，家里有几亩山地，虽不富裕，日子却也过得下去。择了个吉日，菊香就在吹吹打打声中嫁给了那个男人。

菊香婚后不久，那个男人身体便一日不如一日，从早到晚总是没命地咳嗽，有时竟能咳出一缕血丝来。中医便络绎不绝地涌进家门，看来看去的结果是男人患了痨病。接下来，男人便烟熏火燎地吃中药，于是男人的病不见好也不见坏。不能劳动了，那几亩山地一点点换成药钱，日子就不像个日子了。菊香就三天两头地回到父亲家，住上几日，临回去时，带上些吃食，带一些散碎银两，再回家住上些日子。日子就这么没滋没味地过着。好在她心里还有个男人，那就是冯山。

菊香出嫁前，来到了冯山的小屋里。两人从小明白他们的关系后，自然就知道了许多事理。在那时，菊香就把冯山当成自己男人看了。渐渐大了，这种朦胧的关系也渐渐地清晰起来，结果父亲却把她嫁给了这个痨病男人。她恨冯山不能娶她。

冯山的心里又何尝放下过菊香呢？他知道自己未来的命运。他不想让菊香为自己担惊受怕，赌徒没有一个有好下场。他不想连累菊香，他甚至想过，自己不去走父亲那条路，但他的血液里流淌着父亲的基因，他不能这么平平淡淡地活着，况且母亲的尸骨还在杨大家的坟地里埋着。他要把母亲的尸骨赢回来，和父亲合葬在一起，他还要看见杨家家破人亡。只有这样他不安的心才能沉寂下来。最终他选择了赌博这条路。

那次菊香是流着泪在求他。

菊香说：冯山哥，你就别赌了，咱们成亲吧。

他叹了口气道：今生咱们怕没那个缘分了。

菊香给他跪下了。

他把菊香从地上拉起来。

后来菊香就长跪不起了，他也跪下了，两个人就抱在了一起哭成一团。最后他说到了母亲，说到了父亲，菊香知道这一切都无法挽回了。

再后来，菊香就把衣服脱了，呈现在他面前。菊香闭着眼睛说：咱们今生不能成为正式的夫妻，那咱们就做一回野夫妻吧。

冯山愣在那里，他热得浑身难受，可是他却动不了。

菊香见他没有行动，便睁开眼睛说：你要是个男人，你就过来。

他走近菊香身旁，菊香说：你看着我的眼睛。

他就望着菊香的眼睛，那双眼睛又黑又亮，含着泪水，含着绝望。他的心疼了一下。

菊香问：你喜欢我吗？

他点点头。

菊香又说：那你就抱紧我。

他抱住了菊香，菊香也一把抱住了他，两个人便滚到了炕上……

菊香喊：冤家呀……

他喊：小香，我这辈子忘不了你呀……

……

菊香的男人得了病以后，菊香便三天两头地从男人那里回来。她刚开始偷偷摸摸地往冯山这里跑，后来就明目张胆地来了。刚开始，父亲还阻止菊香这种行为，后来他也觉得对不住菊香，找了一个痨病男人，便不再阻止了。

菊香后来生了一个孩子，是个男孩，叫槐。菊香怀上孩子时，就对冯山说：这孩子是你的。果然，孩子长满三岁时，眉眼就越来越像冯山了。

每当菊香牵着槐的手走进冯山视野的时候，冯山的心里总是春夏秋冬的不是个滋味。那时，他就在心里一遍遍地发誓：等赢光杨家所有的女人和母亲的尸骨，我就明媒正娶菊香。一想起菊香和槐，他的心就化了。

五

冯山昏睡两天两夜之后，终于睁开了眼睛。他睁开眼睛便看见了文竹的背影，恍若仍在梦里。他揉了揉眼睛，再去望文竹时，他才相信眼前的一切不是梦，文竹就在他的身边，是他从杨六那里赢来的。他伸了一个懒腰坐了起来，一眼便望见了炕沿上放着一碗冒着热气的面条，面条上放着葱花，还有一个亮晶晶的荷包蛋，这时他才感觉到自己真的是饿了。他已经有好几天没好好吃饭了，在赌场上，他所有的心思都用在赌局上，没心思吃饭，也不饿。他端起面条狼吞虎咽地吃起来。

文竹这时回过身望了他一眼，他有些感激地望一眼文竹。

文竹别过脸依旧望着窗外。窗外正飘着雪，四周都是白茫茫的一片。文竹就说：这面条不是我给你做的。

冯山停了一下，他想起了菊香，三口两口吃完面条，放下碗，他推开外间门，看到了雪地上那双脚印。那是菊香的脚印。菊香刚刚来过。想起菊香，他的心里暖了起来。他端着膀子，冲雪地打了个喷嚏。他冲雪地呆想一会儿，又想了一会儿，关上门又走进屋里。

文竹的背影仍冲着他。他望着文竹的背影在心里冷笑了下，他不是在冲文竹冷笑，而是冲着杨六冷笑。现在文竹是他的女人了，是从杨六那里赢来的。

这时文竹就说：已经过去两天了，还有二十八天。

他听了文竹的话心里愣了一下，他呆呆地望着文竹后背，文竹的背浑圆、纤细，样子无限的美好。他就冲着文竹美好的后背说：你说错了，我要把你变成死赌。因为你是杨六的女人。文竹回过身，冷着脸一字一顿地说：冯山，你听好了，我不是谁的女人，我是还赌的。你就把我当成个玩意儿，或猪或狗都行。

文竹的话让冯山好半晌没有回过味来，他又冲文竹笑了笑。他想，不管怎么说，你文竹是我从杨六手里赢来的，现在就是我的女人了。想到这儿他又笑了笑。

他冲文竹说：我不仅要赢你，还要赢光杨六身边所有的女人，让他走进大西河，然后我给他出殡。

说到这儿，他就想起了自己的母亲，母亲的尸骨还在杨六家的祖坟里埋着。这么想过了，从脚趾缝里升起蚂蚁爬行似的仇恨，这种感觉一直涌遍了他的全身。

他赢了文竹，只是一个月的时间，这被称为活赌。死赌是让女人永远成为自己的老婆。他首先要办到的是把文竹从杨六手里永远赢下来。一想起杨六，他浑身的血液就开始沸腾了，而眼前的女人文竹现在还是杨六的女人，只属于他一个月，想到这儿他的牙根就发冷发寒。

他冲文竹的背影说：上炕。

文竹的身子哆嗦了一下，但是没有动，仍那么坐着。

他便大声地说：上炕。

半晌，文竹站起来，一步步向炕沿走过去。她脱了鞋子坐在炕上。在这个过程中，她没望冯山一眼，脸色如僵尸。

冯山咬了咬牙说：脱。

这次文竹没有犹豫，依旧没有表情地脱去了绿裤红袄，又把肚兜和内裤脱去了，然后拉过被子，咚的一声倒下去。

冯山在心里笑了一下，心里咬牙切齿地说：杨六，你看好了，文竹现在可是我的女人。

冯山几把脱光了自己，掀开文竹的被子钻了进去。他抱住了文竹，身子压在她的身上。直到这时，他才打了个冷战，他发现文竹的身体冷得有些可怕，他抱着她，就像抱着一根雪地里的木头。这种冰冷让他冷静下来，他翻身从文竹身上滚下来。他望着文竹，文竹的眼睛紧紧闭着，她的眼角，有两滴泪水缓缓流出来。

冯山索然无味地从被子里滚出来，开始穿衣服。他穿好衣服，卷了支纸烟，吸了一口，又吸了一口，才说：你起来吧，我不要你了。

文竹躺在那里仍一动不动。

冯山觉得眼前的女人一点意思也没有，只是因为她现在还是杨六的女人，所以他才想占有她。

他站在窗前刚才文竹站过的地方，望着窗外，窗外的雪又大了几分，扬扬洒洒的，覆盖了菊香留在雪地上的脚印。

文竹刚开始在流泪，后来就轻声哭泣起来，接着又痛哭起来。她想起了自己的父亲还有母亲，父亲最后一赌是为了自己，为了让自己有个好的陪嫁，然后找个好人家，可父亲却把自己输了，输给了赌徒。

刚才冯山让她脱衣服时，她就想好了，自己不会活着迈出这个门槛了，她要把自己吊死在房梁上。她恨父亲，恨所有的赌徒。可她又爱父亲，父亲是为她才做最后一搏的。这都是命，谁让自己托生在赌徒的家里呢？做赌徒的女人或女儿，总逃不掉这样的命运。母亲死后，父亲虽然不再赌了，可那层浓重的阴影，永远在她心头挥之不去。

她号哭着，为了母亲，也为父亲，更为自己，她淋漓尽致地痛哭着。

她的哭声让冯山的心里乱了起来。他回过头冲她说：从今以后，我不会碰你一根指头。我只求你一件事，老老实实在这里待着。等我赢光杨六家所有的财产和女人，我就让你走，你爱去哪儿去哪儿。

文竹听了冯山的话止住了哭声，她怔怔地望着冯山。

冯山说：晚上我就出去，我不出去，杨六也会找上门来的。十天之后我就回来，到时你别走远了，给我留着门，炕最好烧热一些。

文竹坐在那儿，似乎听到了什么，又似乎什么也没听到。

冯山说：家里柜子里有米，地窖里有菜，我不在家，你别委屈了你自己。

冯山说：等我亲眼看见杨六抱着石头走进大西河，我就再也不赌了。要是还赌，我就把我的手剁下去。

冯山穿上鞋，找了根麻绳把自己的棉袄从腰间系上。他红着眼睛说：我走了，记住，我十天后回来。

说完冯山头也不回地开门出去了，走进风雪里。

文竹不由自主地走到了门旁，一直望着冯山走远。不知为什么，她的心忐忑不安起来，不知为谁。自从父亲把自己输了，她的一颗心就死了，她觉得那时，自己已经死了。直到现在，她发现自己似乎又活了一次。她的心很乱，是为了冯山那句让她自由的话吗？她自己也说不清楚。

六

冯山走进赌场的时候，杨六已经在那里等候了。赌场设在村外两间土房里，房子是杨六提供的。村外这片山地也是杨六家的。自从杨大那一辈开始，赌场上的运气一直很好，赢下了不少房子和地。这两间土房是杨六秋天时看庄稼用的，现在成了杨六和冯山的赌场。

杨六似乎等冯山有些时候了，身上落满了雪，帽子上和衣领上都结满了白霜。杨六那匹拴在树上的马也成了一匹雪马，马嚼着被雪埋住的干草。

杨六一看见雪里走来的冯山就笑了，他握住冯山的手说：我知道你今天晚上一准儿会来。

冯山咧了咧嘴道：我也知道你早就等急了。

两人走进屋里，屋里点着几只油灯，炕是热的，灶膛里的火仍在呼呼地烧着。两人撕撕扯扯地脱掉鞋坐在炕上。

杨六笑着问：咋样，我没骗你吧，那丫头是处女吧？

冯山不置可否地冲杨六笑了笑。

杨六仍说：那丫头还够味吧？玩女人嘛，就要玩这种没开过苞的。

冯山闷着头抽烟，他似乎没有听清杨六的话。

杨六这时才把那只快烧了手的烟屁股扔在地上，从炕上的赌桌上取出笔墨，一场赌战就此拉开了序幕。

赌前写下文书，各执一份，也算是一份合同吧。杨六铺开纸笔就说：我是输家，这回的赌我来押。

冯山摆摆手说：你押，你尽管押。

杨六就在纸上写：好地三十垧，房十间。

冯山就说：老样子，一只左手。

冯山身无分文，只能横赌。横赌、顺赌双方都可以讨价还价，直到双方认同，或一方做出让步。

杨六把笔一放说：我这次不要你的手，我要把文竹押上，文竹是我的。

冯山知道杨六会这么说，他要先赢回文竹，然后再要他的一只手，最后再要他的命。冯山也不紧不慢地说：那好，我也不要你房子，不要你地。我也要文竹，这次我赢了，文竹就永远是我的了。

杨六似乎早就知道冯山会这么说，很快把刚才写满字的纸放在一旁，又重新把两人的约定写在了纸上。写完一张，又写了一张，墨汁尚未干透，两人便各自收了自己那份，揣在怀里。

两人再一次面对的时候，全没了刚才的舒缓气氛，两人的目光对视在一起，像两名拳击手对视在一起的目光。杨六从桌下拿出了纸牌。

杨六这才说：在女人身上舒服了，赌桌上可不见得舒服了。

冯山只是浅笑了一下，笑容却马上就消失了。他抓过杨六手里的牌，飞快地洗着。

一场关于文竹命运的赌局就此拉开了序幕。

对两个人来说，他们又站在了同一起跑线上。冯山想的是，赢下文竹是他的第一步，然后赢光杨六的房子和地，再赢光杨六身边所有的女人，最后赢回母亲的尸骨，最后看着杨六抱着石头沉入大西河。这是他最后的理想。

杨六想的是，赢下冯山的命，在这个世界上他就少了个死对头，那时他可以赌也可以不赌。文竹只是他手里的一个筹码。他不缺女人。这几年他赢下了不少颇有姿色的女人。现在他养着她们，供他玩乐，只要他想得到随时可以得到。至于文竹，只是这些女人中的一个，但他也不想输给冯山，他要让冯山一败涂地，最后心服口服地输出自己的命，到那时，他就会一块石头落地了。然后放下心来享受他的女人，享受生活。也许隔三岔五地赌上一回，那时并不一定为了输赢，就是为了满足骨子里那股赌性。他更不在乎输几间房子几亩地，如果运气好的话，他还会赢几个更年轻更漂亮的女人，直到自己赌性消失了，然后就完美地收山。杨六这么优越地想着。

冯山和杨六在赌场上的起点一样，终点却不尽相同。

灶下的火已经熄灭了，寒气渐渐浸进屋里。几只油灯很清澈地在寒气中摇曳着一片光明。冯山和杨六几乎伏在了赌桌上在发牌、叫牌，两人所有的心思都盯在那几张纸牌上。

文竹也没有睡觉，窗台上放着一盏油灯，她坐在窗前，听着窗外的风声、雪声。她无法入睡，她相信冯山的话，要是冯山赢下她会还给她一份自由。她也清楚，此时此刻，两个男人为了自己正全力以赴地赌着。她不知道自己的命运将会怎样。

杨六赢下她的时候，她就想到了死。她在杨家住的那几天，看到了杨六赢下的那几个女人，她知道要是冯山输了，她也会像杨六家养的那几个女人一样，成为杨六的玩物。说不定哪一天，又会被杨六押出去，输给另外的张三或李四，自己又跟猫跟狗有什么区别。文竹在这样的夜晚，为自己是个女人，为了女人的命运担心。她恨自己不是男人。要是个男人的话，她也去赌一把，把所有的男人都赢下来，用刀去割他们裆里的物件，让他们做不成男人，那样的话，男人就不会把女人当赌资赢来输去的了。

当初杨六没要她，只想把她押出一个好价钱，现在冯山也没要她，她有些吃惊，也有些不解。当冯山钻进她的被窝里，用身体压住她的时候，她想自己已经活到尽头了。她被父亲押给杨六时，她就想，不管自己输给谁，她都会死给他们看。她不会心甘情愿地给一个赌徒当老婆。她知道，自己的命运将会是什么。

冯山在关键时刻，却从她身上滚了下来，穿上衣服的冯山说出了那样一番话。为了这句话，她心里有了一丝感激，同时也看到了一丝希望。就是这点希望，让她无法入睡，她倾听着夜里的动静，想象着冯山赌博时的样子。她把自己的命运就押在了冯山这一赌上。窗缝里的一股风，把油灯吹熄了，屋子里顿时黑了下来。随着黑暗，她感受到了冷。她脱了鞋，走到炕上，用一床被子把自己裹住。这次，她在被子里嗅到了男人的气味，确切地说是冯山的气味，这气味让她暂时安静下来，不知什么时候，她偎着被子，坐在那里睡着了。

七

文竹怀着莫名的心情，恍若在期盼什么的时候，菊香过来过一次，菊香的身后跟着槐。那时文竹正倚着门框，冲着外面白茫茫的雪地在愣神。菊香和槐的身影便一点点地走进文竹的视野，她以为这母子俩是路过的，她没有动，就那么倚门而立。

菊香和槐走进来。菊香望了眼文竹，文竹也盯着菊香，菊香终于立在文竹面前说：你就是冯山赢来的女人？

文竹没有回答，就那么望着眼前的母子俩。菊香不再说什么，侧着身子从文竹身边走过去，槐随在母亲身后，冲文竹做了个鬼脸。

菊香轻车熟路地在里间外间看了看，然后就动手收拾房间。先把炕上的被子叠了，文竹起床的时候，被子也懒得叠，就在炕上堆着。菊香收拾完屋子，又走到院里抱回一堆干柴，往锅里舀几瓢水，干柴便在灶下燃了起来。

文竹已经跟进了屋，站在一旁不动声色地望着菊香。菊香一边烧火一边说：这炕不能受潮，要天天烧火才行。

文竹说：你是谁？

菊香抬头望了眼文竹，低下头答：菊香。

槐走近文竹，上下仔细打量了一会儿文竹问：你是谁？我咋没见过你？

文竹冲槐笑了笑，伸出手摸了摸槐的头。

槐仰着脸很认真地说：你比我妈好看。

文竹又冲槐笑了笑，样子却多了几分凄楚。

菊香伸出手把槐拉到自己身旁，一心一意地往灶膛里填柴，红红的火光映着菊香和槐。锅里的水开了，冒出一缕一缕的白气。菊香烧完一抱柴后立起了身，拉着槐走了出去。走到门口说：这屋不能断火。说完便头也不回地走了。

文竹一直望着母子俩在雪地里消失。

冯山在走后第九天时，摇晃着走了回来。在这之前，菊香差不多每天都来一次。从那以后，文竹每天都烧水，因为她要做饭。冯山走后第五天的时候，菊香便开始做面条，做好面条就在锅里热着，晚上就让槐吃掉。第九天的时候，菊香做完面条，热在锅里，刚走没多久，冯山就回来了。那时文竹依旧在门框上倚着。这些天来，她经常倚在门框上想心事，她自己也说不清这到底为什么。

当冯山走进她视线的时候，她的眼皮跳了一下，她就那么不转眼珠地望着冯山一点又一点地走近。

走到近前，冯山看了她一眼，没说什么，低着头走进屋里。他径直走到灶台旁，锅里还冒着热气。他掀开锅盖，端出面条，脸伏在面条上深吸了两口气，然后就狼吞虎咽地大吃起来，很快那碗面条就被冯山吃下了肚，这才吁了一口气。

文竹一直望着冯山。冯山走到炕前，咚的一声躺下去，他起身拉被子时看见了站在一旁一直望着他的文竹，他只说了句：我赢了，你可以走了。

刚说完这句话，冯山便响起了鼾声。冯山这一睡，便睡得昏天黑地。

文竹呆呆定定地望着昏睡的冯山，只几天时间，冯山变得又黑又瘦，胡子很浓密地冒了出来。

她听清了冯山说的话，他赢了。也就是说杨六把自己完整地输给了冯山，冯山让她走，这么说，她现在是个自由人了。她可以走了，直到这时，文竹才意识到，自己并没有个去处。家里的房子、地被父亲输出去了，自己已经没有家了。她不知道自己将去向何方，她蹲在地上，泪水慢慢地流了出来。她呜咽着哭了。

灶膛里的火熄了，屋子里的温度慢慢降了下来。

傍晚的时候，菊香带着槐又来了一次。菊香看见仰躺在那儿昏睡的冯山，文竹记得冯山刚躺下去时的姿势就是这个样子，冯山在昏睡时没有动过一下。

菊香动作很轻地为冯山脱去鞋，把脚往炕里搬了搬，又拉过被子把冯山的脚盖严实。做完这一切，又伸手摸了摸炕的温度。

文竹一直注视着菊香的动作。

菊香起身又去外面抱了一捆干柴。正当她准备往灶膛里填柴时，文竹走过去，从菊香手里夺过干柴，放入灶膛，然后又很熟练地往锅里添了两瓢水，这才点燃灶里的柴。火就红红地烧着，屋子里的温度渐渐升了起来。

菊香这才叹了口气，拉过槐，不看文竹，望着炕上睡着的冯山说：今晚烧上一个时辰，明天天一亮就得生火。

说完拉着槐走进了夜色中。

菊香一走，文竹就赌气地往灶膛里加柴，她也不知道自己在跟谁赌气。

冯山鼾声雷动地一直昏睡了三天三夜，他终于睁开了眼睛。

在这之前，菊香已经煮好了一锅面汤。她刚走，冯山就醒了。菊香似乎知道冯山会醒过来似的，她出门的时候冲文竹说：他一醒来，你就给他端一碗面汤喝。

文竹对菊香这么和自己说话的语气感到很不舒服，但她并没有说什么。

当冯山哈欠连天醒过来的时候，文竹还是盛了碗面汤端到冯山面前。冯山已经倚墙而坐了，他看也没看文竹一眼，稀里呼噜地一连喝了三碗面汤，这才抬起头望了文竹一眼。他有些吃惊地问：你怎么还没走？

文竹没有说话，茫然地望着冯山。

冯山就说：你不信？

文竹没有摇头也没有点头，就那么望着他。

冯山又说：我说话算数，不会反悔。

文竹背过身去，眼泪流了出来，她不是不相信冯山的话。当父亲把她输给杨六的时候，她就想到了自己的结局，那就是死。她没有考虑过以后还有其他的活法。但是，冯山又给她一个自由身，这是她万万没有想到的。她不知道自己该怎么面对将来的生活。

她为自己无处可去而哭泣。半晌，她转过身冲冯山说：你是个好人，这一辈子我记下了。

冯山摆摆手说：我是个赌徒。

她又说：你容我几天，等我有个去处，我一准儿离开这里。

冯山没再说什么，穿上鞋下地了，走到屋子后面，热气腾腾地撒了一泡长尿。他抬起头的时候，看见远方的雪地里菊香牵着槐的手正望着他。

他心里一热，大步向菊香和槐走去。

八

冯山连赢了杨六两局，他把文竹赢了下来。他在这之前，从没和杨六赌过。但他一直在赌，大都是顺赌。当然都是一些小打小闹的赌法。他赢过房子也赢过地，当他接过输家递过来的房契和地契时，他连细看一眼都没有，便揣在怀里，回到家里他就把这些房契或地契扔在灶膛里一把火烧了。他没把这些东西放在眼里，他知道自己最后要和杨六较量，让杨六家破人亡，报父辈的仇才是他真正的目的。

到现在他赢了多少房子多少地他也说不清楚，每到秋天，便会有那些实诚的农民，担着粮食给他交租子，地是他赢下的，租子自然是他的了。他就敞开外间的门，让农民把粮食倒到粮囤里，见粮囤满了，再有交粮食的人来到门前，他就挥挥手说：都挑回去吧，我这儿足了。农民就欢天喜地地担着粮食走了。

冯山把这些东西看得很轻，钱呀、房呀、地呀什么的，在赌徒的眼里从来不当一回事。今天是你的，明天就会是别人的了。就像人和世界的关系一样，赤条条地来了，又赤条条地走了，生不带来，死不带去。生前所有的花红柳绿、富贵人生都是别人的了。

冯山很早悟透这些都源于父亲冯老么，父亲该赢的都赢过，该输的也都输过。他是眼见父亲抱着石头沉入大西河的，河水什么也没有留下，只留下几个气泡。这就是父亲的一辈子。

他十六岁离开菊香家便在赌场上闯荡，一晃就是十几年。身无分文的时候，他也赌过自己的命，有惊无险，他一路这么活了下来。他在练手，也在练心，更练的是胆量。他知道一个赌徒在赌场上该是什么样子，没有胆量，就不会有一个好的心态。子承父业，他继承了父亲冯老么许多优点，加上他这十几年练就的，他觉得自己足可以和杨六叫板了。

当他一门心思苦练的时候，杨六正在扩建自己的家业。父亲留给他的那份家业，又在杨六手里发扬光大了，不仅仅赢下了许多房子和地，还有许多年轻漂亮的女人，有些女人只在他手里过一过，又输给另外的人。杨六有两大特点，一是迷恋赌场，其次就是迷恋女人。他一从赌场上下来就往女人的怀里扎。杨六的女人，都非烈性女子，她们大都是贫困人家出来的。她们输给杨六后，都知道将来的命运是什么。今天她们输给杨六，杨六明天还会输给别人。她们来到杨六家，有房子有地，生活自然不会发愁，她们百般讨好杨六，一门心思拴住杨六的心，她们不希望杨六很快把自己输出去。杨六便在这些争宠的女人面前没有清闲的时候，今天在这厢里厮守，明天又到那厢里小住。杨六陶醉于现在的生活。如果没有冯山，他真希望就此收山，靠眼下的房子和地，过着他土财主似的生活。

杨六知道，冯山不会这么善罢甘休，文竹只是他的一个诱饵，他希望通过文竹这个诱饵置冯山于死地，就像当年自己的父亲杨大赢冯老么那样，干净利落地让冯山抱着石头沉入大西河里，那么他就什么都一了百了了。没想到的是，他一和冯山交手，便大出他的意料，冯山的赌艺一点也不比他差，只两次交锋，文竹这个活赌便成了死赌。

警醒之后的杨六再也不敢大意了，连续两次的苦战，与其说是赌博，还不如说是赌毅力，几天几夜不合眼，最后是冯山胜在了体力上，杨六支撑不住了才推牌认输的。

昏睡了几天之后的杨六，一睁开眼睛，那些女人就像往常一样争着要把杨六拉进自己的房间。杨六像轰赶苍蝇似的把她们赶走了，他要静养一段时间和冯山决一死战。那些日子，杨六大门不出二门不迈，他除了吃就是睡，对窗外那些讨好他的女人充耳不闻。每顿杨六都要喝一大碗东北山参炖的鸡汤，睡不着的时候，他仍闭目养神，回想着每轮赌局自己差错出在哪里。

文竹和冯山和平相处的日子里，觉得自己真的是该走了。

冯山在白天的大部分时间里根本不在家，后来文竹发现冯山每次回来都带回一两只野兔或山鸡。她这才知道，冯山外出是狩猎去了。一天两顿饭都是文竹做的。对这点，冯山从来不说什么，拿起碗吃饭，放下碗出去。倒是菊香在文竹生火做饭时出现过几次，那时文竹已经把菜炖在锅里，菊香不客气地掀开锅盖，看了看炖的菜，然后说：冯山不喜欢吃汤大的菜。

说完就动手把汤舀出去一些，有时亲口尝尝菜，又说：菜淡了，你以后多放些盐。然后就又舀了些盐放在里面。

冯山晚上回来得很晚。他回来的时候，文竹已经和衣躺下了，冯山就在文竹很远的地方躺下，不一会儿就响起了鼾声。有时文竹半夜醒来，发现冯山在吸烟，烟头明明灭灭地在冯山嘴里燃着。她不知他在想什么，就在暗夜里那么静静地望着他。

随着时间的推移，文竹发现冯山是个好人。这么长时间了，他再也没碰过她，甚至连多看她一眼都没有。不仅这样，他还给了她自由，他是通过两次赌才把她赢下的，那是怎样的赌哇，她没去过赌场，不知男人们是怎样一种赌法。父亲的赌，让他们倾家荡产，还把生命都搭上了，她亲眼看见冯山两次赌回来的时候，几乎让人认不出来了，她一想起赌，浑身便不由自主地发冷。她有时就想，要是冯山不赌该多好哇，安安心心地过日子，像冯山这么好心的男人并不多见，这么想过了，她的脸竟然发起烧来。

文竹又想到了菊香，她不知道菊香和冯山到底是什么关系，但看到菊香对冯山的样子，不知为什么，她竟然有了一丝妒意。看到菊香的样子，她越发地觉得自己在这里是多余的人了。她又一次想到了走，这一带她举目无亲，她不知去哪里。她曾听父亲说过，自己的老家在山东蓬莱的一个靠海边的小村里，那里还有她一个姑姑和两个叔叔。自从父亲闯了关东之后，便失去了联系。要走，她只有回老家这条路了，她不知道山东蓬莱离这里到底有多远，要走多少天的路，既然父亲能从山东走到这里，她也可以从这里走回山东。就在文竹下定决心准备离开时，事情发生了变故。

九

冯山这次输给了杨六，冯山为此付出了一条左臂的代价。

文竹在冯山又一次去赌期间，做好了离开这里的打算。她没有什么东西可收拾的，只有身上这身衣裤，她把身上的棉衣棉裤拆洗了一遍，找出了冯山的衣裤穿在身上。她不能这么走。她要等冯山回来，要走也要走得光明正大。缝好自己的衣裤后，她就倚门而立，她知道说不定什么时候，冯山就会从雪地里走回来，然后一头倒在炕上。

冯山终于摇摇晃晃地走进了她的视线，她想自己真的该走了，不知为什么，她竟有了几分伤感。她就那么立在那里，等冯山走过来，她要问他是不是改变主意了，如果他还坚持让她走，她便会立刻走掉。

当冯山走近的时候，她才发现有什么地方不对劲，当她定睛细看时，她的心悬了起来。冯山左臂的袖管是空的，那只空了的袖管满是血迹。冯山脸色苍白，目光呆滞。一瞬间她什么都明白了，她倒吸了口冷气，身体不由自主地向前迈了几步，她轻声问：你这是咋了？这是她第一次主动和冯山说话。冯山什么也没说，径直从她身边走过去。

她尾随着冯山走进屋里，冯山这次没有一头倒在炕上，而是伸出那只完好的右手把被子拉过来，靠在墙上，身体也靠了过去。她立在一旁想伸手帮忙，可又不知怎么帮，就那么痴痴呆呆地站着。良久，她才醒悟过来，忙去生火，很快她煮了一碗面条，上面撒着葱花，还有一个荷包蛋，热气腾腾地端到他的面前。冯山认真地望了她一眼，想笑一笑，却没有笑出来。冯山伸出右手准备来接这碗面条，可右手却抖得厉害，便放弃了接面条的打算。她举着面条犹豫了一下，最后用筷子挑起几根面条送到了冯山的嘴边。冯山接了，在嘴里嚼着，却吃得没滋没味，不像他以前回来吃碗面条，总是吃得风卷残云。后来冯山就摇了摇头，闭上了眼睛。

她放下面条不知如何是好地立在一旁，她问：疼吗？

他不说话，就那么闭着眼睛靠在墙上，脸上的肌肉抽动着。

她望着那只空袖管，凝在上面的血水化了，正慢慢地、一滴一滴地流下来。

她俯下身下意识地抚那只空袖管，她闻到了血腥气，她的后背又凉了一片。

她喃喃地说：你为啥不输我？

她的声音里带了哭音。

他终于又一次睁开了眼睛，望着她说：这事和你没关系。

说完这话身体便倒下了。

菊香和槐来到的时候，文竹正蹲在地上哭泣，她不知道自己为什么要哭。

菊香一看便什么都明白了，她跪在炕上声色俱厉地说：我知道早晚会有今天的，天哪，咋就这么不公平呀？

菊香伸手为冯山脱去棉袄，那只断臂已经简单处理过了，半只断臂被扎住了，伤口也敷了药。菊香又端了盆清水，放了些盐在里面，为冯山清洗着，一边清洗一边问冯山：疼吗？疼你就叫一声。

冯山睁开眼睛，望着菊香说：我就快成功了，我用这只手臂去换杨六所有家当。我以为这辈子我只赌这一回了，没想到……

菊香一迭声地叹着气，帮冯山收拾完伤口后，拉过被子为冯山盖上，这才说：我去城里，给你抓药。

说完就要向外走，文竹站了起来，大着声音说：我去。

菊香望着她，冯山望着她，就连槐也吃惊地望着她。

还没等众人反应过来，她抓过菊香手里的钱，头也不回地走了出去。她走得又急又快，百里山路通向城里，她很小的时候随父亲去过一次。就凭着这点记忆，义无反顾地向城里走去，她也不知道是一种什么力量在鼓动着她。

文竹一走，菊香的眼泪就流了下来，她一边哭一边说：本来这两天我想回去看看那个“死鬼”的。前两天有人捎信来，说那“死鬼”的病重了。

冯山微启眼睛望着菊香说：那你就回去吧，我这没事。不管咋说，他也是你男人。

菊香呜哇一声就大哭了起来，不知是为自己，还是为冯山，或者是自己的男人。菊香悲恸欲绝，伤心无比地哭着。好久菊香才止住了哭声，哀哀婉婉地说：这日子啥时候才是个头哇。

一直就在那里的槐突然清晰地说：我要杀了杨六。

槐的话让菊香和冯山都吃了一惊，两个人定定地望着槐。

清醒过来的菊香扑过去，一把抱住槐，挥起手，狠狠地去打槐的屁股。她一直担心槐长大了会和冯山一样。她没有和槐说过他的身世，她不想说，也不能说，她想直到自己死时再把真相告诉槐。她一直让槐喊冯山舅舅。她和冯山来往时，总是避开槐。

槐被菊香打了，却没哭，跑到屋外，站在雪地里生气。

菊香冲窗外的槐喊：小小年纪就不学好，以后你再敢说，看我打不死你。

菊香止住眼泪，叹着气说：生就的骨头长成的肉。

菊香的泪水又一次流了出来，她一边流泪一边说：我真不知道以后的日子该咋过。

冯山望着天棚咬着牙说：杨六我跟你没完，我还有一只手呢，还有一条命哪。

菊香听了冯山的话，喊了声“老天爷呀”，便跑了出去。

文竹是第二天晚上回来的，她一路奔跑着，跑得上气不接下气。二百里山路，又是雪又是风的。她不知摔了多少跟头，饿了吃口雪，渴了吃口雪。她急着往回赶，她知道冯山在等这些药。

她进门的时候，喘了半天气才说：我回来了。

冯山正疼痛难忍，被子已被汗水湿透了，他就咬着被角挺着。

文竹来不及喘气，点着了火，她要为冯山熬药。

菊香赶来的时候，冯山已经喝完一遍药睡着了。

十

冯山输给了杨六一条手臂，使文竹打消了离开这里的念头。她知道冯山完全可以把自己再输给杨六，而没有必要输掉自己的一条手臂，从这一点她看出他是一个敢作敢为、说话算数的男人。仅凭这一点，她便有千万条理由相信冯山。

文竹在精心地照料着冯山。她照料冯山的时候是无微不至的，她大方地为冯山清洗伤口、换药，又把熬好的药一勺一勺喂进他嘴里。接下来，她就想方设法地为冯山做一些合口的吃食。这一带不缺猎物，隔三岔五地总会有猎人用枪挑着山鸡什么的从这里路过，于是文竹就隔三岔五地买来野味为冯山炖汤。在文竹的精心照料下，冯山的伤口开始愈合了。

有时菊香赶过来，都插不上手。文竹忙了这样，又忙那样。屋里屋外的都是文竹的身影。

一次文竹正在窗外剥一只兔子，菊香就冲躺在炕上的冯山说：这姑娘不错，你没白赢她。

冯山伤口已经不疼了，气色也好了许多。他听了菊香的话，叹了口气说：可惜让我赢了，她应该嫁一个好人家。

菊香埋怨道：当时你要是下决心不赌，怎么会有今天？这是过的啥日子，人不人鬼不鬼的。

冯山想到了槐。一想到槐他心里就不是个味，本来槐该名正言顺地喊他爹的，现在却只能喊他舅。

冯山咬着牙就想，是人是鬼我再搏这一次。他知道自己壮志未酬。

半晌，菊香又说：你打算把她留在身边一辈子？

冯山没有说话，他不知道怎么打发文竹。当初他赢下文竹，因为文竹是杨六的一个筹码。他对她说过，给她自由，她却没有走，他就不知如何是好了。这些天下来，他看得出来，文竹是真心实意地照料他。以后的事情，他也不知会怎样，包括自己是死是活还是个未知数，他不能考虑那么长远。

菊香又说：有她照顾你，我也就放心了。明天我就回去，看看那个“死鬼”。

冯山躲开菊香的目光。他想菊香毕竟是有家的女人，她还要照看她的男人，不管怎么说那男人还是她的丈夫。这么想过了，他心里就多了层失落的东西。

他冲菊香说：你回去吧，我没事。

菊香抹了一把脸上的泪水就走了出去。外面文竹已剥完了兔子皮，正用菜刀剁着肉。她望着文竹一字一顿地说：你真的不走了？

文竹没有说话，也没有停止手上的动作。

菊香又说：你可想好了，他伤好后还会去赌。

文竹举起菜刀的手在空中停了一下，但很快那把菜刀还是落下去了，她更快地剁了起来。

菊香还说：他要是不赌，就是百里千里挑一的好男人。

文竹这才说：我知道。

菊香再说：可他还要赌。

文竹抬起头望了眼菊香，两个女人的目光对视在一起，就那么长久地望着。菊香转身走了，走了两步她又说：你可想好喽，别后悔。

文竹一直望着菊香的背影消失在雪地里。

那天晚上，窗外刮着风，风很大，也很冷。

冯山躺在炕头上无声无息，文竹坐在炕角，身上搭着被子，灶膛里的火仍燃着。

文竹说：你到底要赌到啥时候？

冯山说：赢了杨六我就罢手。

文竹说：那好，这话是你说的，那我就等着你。

冯山又说：你别等着我，是赢是输还不一定呢。

文竹又说：这不用你管，等不等是我的事。

冯山就不说什么了，两人都沉默下来。窗外是满耳的风声。

文竹还说：你知道我没地方可去，但我不想和一个赌徒生活一辈子。

冯山仍不说话，灶膛里的火熊熊地燃着。

文竹再说：那你就和杨六赌个输赢，是死是活我都等你，谁让我是你赢来的女人呢。

冯山这才说：我是个赌徒，不配找女人。说到这儿他又想到了菊香还有槐，眼睛在黑暗里潮湿了。

文竹不说话了，她在黑暗里静静地望着冯山躺着的地方。

十一

冯山找到杨六的时候，杨六刚从女人的炕上爬起来。杨六身体轻飘飘地正站在院外的墙边冲雪地里撒尿。他远远就看见了走来的冯山，他有些不敢相信自己的眼睛。他没料到冯山这么快就恢复了元气。

上次冯山输掉了一条手臂，是他亲眼看见冯山用斧头把自己的手臂砍了下去，而且那条手臂被一只野狗叼走了。杨六那时就想，冯山这一次重创，没个一年半载的恢复不了元气。出乎他意料的是，冯山又奇迹般地出现在了他的面前。他不知所措地盯着冯山一点点地向自己走近，一种不祥的预感笼罩在杨六的心头。

一场你死我活的凶赌，不可避免地发生了。还是那间小屋，冯山和杨六又坐在了一起。冯山知道自己已经没有退路了，他不可能把剩下那只手押上，如果他输了，虽能保住自己的一条命，但他却不能再赌了。冯山不想要这样的结局，他宁为玉碎，不为瓦全。冯山便把自己的性命押上了。

如果他输了，他会在大西河凿开一个冰洞，然后跳进去。

杨六无奈地把所有家产和女人都押上了。杨六原想自己会过一个安稳的年，按照他的想法，冯山在年前是无论如何不会找上门的，可冯山就在年前找到了他。

无路可退的杨六也只能殊死一搏了，他早就料到会有这么一天，可他没想到会来得这么快。早一天摆平冯山，他就会早一天安心，否则他将永无宁日。杨六只能横下一条心了，最后一赌，他要置冯山于死地，看见冯山跳进大西河的冰洞里。

两人在昏暗的油灯下，摆开了阵势。

文竹的心里从来没有这么忐忑不安过，自从冯山离开家门，她就站也不是，坐也不是。她不知道自己该如何是好。她一会儿站在窗外，又一会儿站在门里。

冯山走了，还不知能不能平安地回来。冯山走时，她随着冯山走到了门外，她一直看着冯山走远。冯山走了一程回了一次头，她看见冯山冲她笑了一次，那一刻她差点哭出声来，一种很悲壮的情绪瞬间传遍了她的全身，她不错眼珠地一点点望见冯山走远了。

无路可去的文竹，把所有的希望都系在了冯山身上。当初父亲输给杨六，杨六又输给冯山的时候，她都想到了死，唯有死才能解脱自己。当冯山完全把她赢下，还给她自由的时候，死的想法便慢慢地在她心里淡了下去。当冯山失去一条手臂时，她的心动了，心里那缕说不清道不明的渴望燃烧了起来，她相信冯山，相信他说的每一句话。文竹现在被一种看不见摸不着的期盼折磨着。

两天过去了，三天过去了。冯山还没有回来。文竹跪在地上，拜了西方拜东方，她不知道冥冥的上苍哪路神仙能保佑冯山。文竹一双腿跪得麻木了，仍不想起来，站起来的滋味比跪着还难受，于是她就那么地久天长地跪着。跪完北方再跪南方。

五天过去了，七天过去了。

冯山依旧没有回来，文竹就依旧在地上跪着，她的双腿先是麻木，然后就失去了知觉。她跪得心甘情愿，死心塌地。

十天过去了。

冯山仍没有回来。

文竹的一双膝盖都流出了血，她相信总有一天她会等来冯山的。

窗外是呼啸的风，雪下了一场，又下了一场，四周都是白茫茫的一片，天地便混沌在一处了。

文竹跪在地上，望着门外这混沌的一切，心里茫然得无边无际。第十五天的时候，那个时间差不多是中午，文竹在天地之间，先是看见了一个小黑点，那个黑点越来越近，越来越大。她慢慢地站了起来，她终于看清，那人一只空袖筒正在空中飘舞，她在心里叫了一声：冯山。她一下子扶住门框，眼泪不可遏制地流了出来。

冯山终于走近了，冯山也望见了她。冯山咧了咧嘴，似乎想笑一下，却没有笑出来，他站在屋里仰着头说：我赢了，以后再也不会赌了。

说完便一头栽在炕上。

十二

冯山赢了，他先是赢光了杨六所有的房子、地，当然还有女人。杨六就红了眼睛，把自己的命押上了，他要翻盘，赢回自己的东西和女人。

当冯山颤抖着手在契约上写下字据时，他的心里咕咚响了一声，那一刻他就知道，自己的目的达到了。父亲的仇报了，父亲的脸面他找回来了。

杨六的结局有些令冯山感到遗憾，他没能看到杨六走进大西河。杨六还没离开赌桌，便口吐鲜血倒地身亡了。

冯山昏睡了五天五夜后，他起来的第一件事便是很隆重地为母亲迁坟。吹鼓手们排着长队，吹吹打打地把母亲的尸骨送到冯家的祖坟里，和冯山的父亲合葬在一处。冯山披麻戴孝走在送葬队伍的前面，母亲第一次下葬的时候，那时他还小，那时他没有权利为母亲送葬，杨家吹吹打打地把母亲葬进了杨家的坟地。从那一刻，他的心里便压下了一个沉重的碑。此时，那座沉重的碑终于被他搬走了。他抬着母亲的尸骨，向自家的坟地走去。他一边走一边冲着风雪喊：娘，咱们回家了。

他又喊：娘，这么多年，儿知道你想家呀。

他还喊：娘，今天咱们回家了，回家了……

冯山一边喊一边流泪。

风雪中鼓乐班子奏的是《得胜令》。

安葬完母亲没多久，冯山便和文竹走了。没有人知道他们去了哪里。

不久之后，菊香和槐回到了这里，他们回来就不想再走了。菊香和槐都穿着丧服，菊香的痨病男人终于去了。

当菊香牵着槐的手走进冯山两间小屋的时候，这里早已是人去屋空了，留下了冷灶冷炕。

槐摇着母亲的手带着哭腔说：他走了。

菊香喃喃着：他们走了。

槐说：他们会回来吗？

菊香滚下了两行泪，不置可否地摇摇头。

槐咬着牙说：我要杀了他。

菊香吃惊地望着槐，槐的一张小脸憋得通红。

槐又说：我早晚要杀了他。

“啪”，菊香打了槐一个耳光，然后俯下身一把抱住槐，哇的一声哭了，一边哭一边说：不许你胡说。她在槐的眼神里看到了那种她所熟悉的疯狂。当年冯山就是这么咬着牙冲杨家人说这种话的。她不想也不能让槐再走上冯山那条路。

菊香摇晃着槐弱小的身子，一边哭一边说：不许你胡说。

槐咬破了嘴唇，一缕鲜血流了出来，眼睛里蓄满了泪水。

菊香就号啕大哭起来。

几年以后，这一带的赌风渐渐消失了，偶尔有一些小打小闹的赌，已经不成气候了。赌风平息了，却闹起来胡子。

很快，一支胡子队伍成了气候。一个失去左臂的人，是这支胡子队伍的头儿，被人称作“独臂大侠”，杀富济贫，深得人们爱戴。

又是几年之后，一个叫槐的人，也领了一班人马，占据了一个山头，这伙人专找“独臂大侠”的麻烦。

两伙人在山上山下打得不可开交。

人们还知道“独臂大侠”有个漂亮的压寨夫人，会双手使枪，杀人不眨眼。

这又是另外一个故事了。

细菌（中部）

一

冯山伏击日本人的车队，没想到会碰见槐。槐是驻扎在二龙山镇日本守军宪兵队的队长，冯山早就知道，但他没想到的是，会在日本人途经大金沟的山路上和槐迎头相撞。

冯山带着自己的弟兄在大金沟的山路上已经埋伏两天一夜了。天空是阴的，有风，是北风，硬硬的，像刀子，风里裹挟着雪粒劈头盖脸地砸下来。埋伏的时候，起初他们的手脚被冰得猫咬狗啃似的疼，后来就麻木了，寒冷顺着他们周身每根汗毛的孔隙丝丝缕缕地钻进他们的五脏六腑，每个人就像冰一样了。

这次伏击日本人的车队是得到了二龙山镇线人的通报，所谓的线人就是冯山一伙的弟兄，日本人来到二龙山没多久，这个弟兄就专给日本宪兵队去做饭了。弟兄潜在日本人的兵营里，许多大事小情他都知道，比如吃饭的人多了或者少了，依照这样的变化，就能推算出日本人的行踪。线人弟兄也不声张什么，把打听到的消息，写成一个小纸条放到二龙山镇口那棵老槐树的树洞里。冯山也差人三天两头地往二龙山镇里跑，一是打探日本人的消息，再就是取回线人的情报。

这次伏击日本人就是线人孔二狗传出的纸条，纸条上写道：两天内日本人要途经大金沟，他们这次运送的东西是“干货”。

搞日本人已经是冯山这伙弟兄们最大的营生了。日本人一来，驻扎在山上的各绺子弟兄们的确没什么营生了，开镖局的或者是一些大户人家，走的走逃的逃，只剩下日本人了。以前不论是镖局还是大户总会有些项目要走动，途经二龙山时，有的主动留下一些买路钱；就是不主动的，冯山差上几个弟兄拦路放上几枪，或吆喝几声，也会让那些大户或押镖的队伍留下些“干货”。冯山这人不贪，他教导跟自己干的这些弟兄们也不要贪，够吃够喝，图个温饱就行。在二龙山的山下他们还开垦了一块荒地，每到春天下种的时候，冯山带着弟兄们去到那片荒地上耕种，秋天收获，把一担担粮食运到山上，一冬的吃食就算是解决了。冬天的时候，还可以去狩猎，和冯山干上这行的人大都是猎户出身，他们手里有枪，是火枪，枪法很准，不论飞的或跑的猎物，只要出现在火枪的射程内，十有八九都不会逃脱，冯山一伙人生活在一种自给自足的状态之中。

自从日本人来了之后，一切都被打破了，日本人不仅封山还封屯，原来二龙山周围是一片活水，这一封一限，变成死水一潭了。弟兄们都在仇恨日本人，他们把日本人当成了头号死敌，既然日本人不让他们好好地活，他们也不想让日本人消停，他们要吃日本人的大户，他们也只能吃日本人了。冯山派人打听过，关外这一带已经是日本人的天下了，关内有几个地方正和日本人打着，看来也坚持不了多久了。

冯山就经常劫持日本人的运输队，经常能搞到一些粮食或者军火。军火装备给了自己的弟兄，这些日本造的家伙比火枪好用多了，射出去的是子弹而不是枪砂，子弹撕破空气发出悠悠的声音，听起来就让人感到兴奋。弄来的一些粮食和日本人生产的罐头自然成为一伙人的伙食，冯山把日本人当成了衣食父母，经常下山去搞日本人。

日本人也进山剿过他们，二龙山地势险要，只有两条通道，一是二龙山的龙背，还有一条龙腿可以通行，其余的地方都是悬崖峭壁，当初冯山戒了赌上山当绺子，就是看好了二龙山的地势。

日本人进山清剿时，冯山一点也不担心，他让人把龙背和龙腿这两条道守好了，都躲在暗处，有的在树上，有的在巨石后头，有的甚至躲在山洞里。龙背和龙腿路很窄，只能并行两三个人，日本人上来时也就是三两个人，便成了活靶子，比打那些飞禽走兽好打多了，一枪一个，有时一枪打个串葫芦，甚至一枪两三个都不止。日本人剿了几次山，扔下几十具尸体就回去了，再也不提清山这个茬了。他们开始封山，要饿死困死他们这伙人。于是搞日本人、打破日本人的封锁便成了冯山这伙人的当务之急。

日本人一个运输队途经大金沟是线人孔二狗传出来的，每次孔二狗传出来的消息都千真万确，相信这次也不会有错。冯山和弟兄们在大金沟的山坳里埋伏着，忍饥挨冻就是为了搞到日本人的“干货”。有了“干货”，他们这伙人就可以过冬了。

时间一点点过去，冬天的太阳虚弱无力，似有似无地在云后时隐时现，地上的白毛风飕飕地刮着。

孔大狗爬到冯山近前，冯山已经看不清孔大狗的眉眼了，他的眉毛和胡子已经被霜挂满了，包括狗皮帽子的两只护耳。冯山想笑，嘴一动感觉到自己也好不到哪里去，便只咧咧嘴。孔大狗是孔二狗的哥哥，哥俩都是第一批起绺子时跟冯山上山的弟兄。后来孔大狗的爹去世了，家里就剩下一个老娘，冯山就让孔二狗下山回镇上去照顾老娘了。孔二狗人是下了山，但心仍在山上，日本人一来，他就充当起了线人这个角色。

爬到冯山身边的孔大狗含混不清地说：大哥，日本人这帮犊子怕是来不了了，我看咱们还是回吧。

冯山仰起头看了眼苍凉的冬日，又把头转向一群趴冰卧雪的弟兄们，才说：二狗的消息从来没差过，都等了两天了，再等等，要不这冻就白挨了。

话还没说完，孔大狗就叫了一声：大哥，你看。

他们就看到了日本人的车队，领头的是日本人的摩托车，有三辆，挎斗里坐着日本兵，枪架在挎斗外，后面还有两辆日本军车，车上蒙着军布，看不清里面装的是什么。日本人一出现，弟兄们就兴奋起来，他们有的躲在树后，有的钻进了雪壳子里，此时都亮出了怀里抱着的家伙，这些枪都是以前从日本人那里搞来的家伙，有机枪也有三八大盖。他们受冷挨冻就是等着这一刻，他们不能不兴奋。日本人他们见得多了，一点也不慌张，寒冷被兴奋取代了，不用冯山吩咐，他们各自抢占了有利地势，就等冯山的枪一响，他们就下手了。

日本人的摩托车和卡车行驶在雪路上一点也不快，甚至有些气喘吁吁的样子。好不容易等到进入了射程之内，冯山从雪壳子里站了起来，他左臂的空袖筒随风飘荡，他的右手打了一枪，枪响过后，驾驶第一辆摩托车的日本兵便一头栽了下来。

接着就枪声大作了，这种伏击让日本人始料不及，但还是仓促应战，有十几个日本兵从帆布车里钻出来疯狂地向冯山这边射击。冯山手下三十几个弟兄，个个都是神枪手，手里的家伙都不软，只几个回合，日本人手里的家伙就哑了火。冯山把枪别在腰上，他挥了一下手，弟兄们便嗷叫着冲了上去。

冯山登上车时就有些发怔，车上只有两个硕大的橡胶皮桶，不知里面装的是什么“干货”。孔大狗等弟兄也爬到了车上，他哆嗦着声音说：大哥，车上没有“干货”。

冯山说：把这东西抬上。

几个人不由分说，把两只橡胶桶就弄到车下，四个人抬着桶就要走。冯山想围着车再查看一番，不料，又有两辆车驶了过来。有人叫了一声：大哥，又来两个。

当他们四散着准备迎击的时候已经晚了，那两辆车上跳下了足有几十人，有日本人也有宪兵，他们很快地就围了上来。看来后面这两辆车是保护前面日本人车上的东西的，不知什么原因几辆车拉开了距离。

也就是在这时，冯山看到了槐的身影，他对槐太熟悉了，虽然他没和槐照过几次面，但只要槐一出现，他立马能从空气中嗅到槐的气息。

冯山只愣了一下神，两伙人便接上了火，匆忙之中，冯山看见几个弟兄倒下了。冯山知道此处不能恋战。他冲弟兄们喊了一声：蹽杆子！这是绺子的行话，就是撤的意思。

弟兄们就往后山撤去，又有几个人倒下了，日本人和宪兵也不停地有人倒下去。冯山一边掩护抬橡胶桶的弟兄们，一边在日本追兵中寻找槐的身影。他跑到一棵树后，挥手打了一枪，一个日本人倒下了，他还没把头缩回来，一发子弹飞过来，他的狗皮帽子便被打飞了，一股寒气兜头砸过来。他顺眼看去，槐正举着冒烟的枪立在雪壳子后面。

孔大狗看见了，大叫一声：大哥，我要杀了这个兔崽子。

孔大狗冲过来，只是一瞬，槐便隐去了。

后面是鬼子不舍不弃的追逐，子弹漫天飞着。鬼子和宪兵呈扇面冲了过来，冯山有些发怔，他截过鬼子有好多次了，从来没有见过日本人这样的阵势。以前不论是军火还是粮食，日本人最多也就是有一个班左右的兵力保护，丢了也就丢了，从没见过日本人这么舍生忘死地追赶过。今天就是为了两只橡胶皮桶，这是怎么了？

日本人越来越近，冯山就大喊着：蹽，快点蹽。

他们只要冲上山坡，再过一个沟，就可以踏上二龙山的龙背了，只要踏上二龙山那就是他们的地盘了，那里有弟兄们接应。

日本人和宪兵就像一块橡皮糖，甩不掉，摆不脱，在后面紧追不舍，日本人甚至还打开了炮，把他们撤退的路线封住了，有几个跑在前面的弟兄，被炸弹击中了，血红红地染在了雪地上。

就在这时，从对面山坡上杀下来一队人马，他们迎头搞了追过来的日本人一家伙，日本人被这突如其来的袭击弄蒙了，调转火力向另一伙人杀去。

冯山这才带着弟兄们爬上了二龙山的龙背。冯山安全了，回望的时候，才发现是肖大队长的人马和日本人接上了火。他不知道肖大队长的人马为何会在这儿出现，他来不及多想什么，让人抬着两只橡胶桶向山上走去。

冯山自从拉杆子到二龙山以来，受到了最严重的一次重创，他数了数，有十几个弟兄没有回来。面对着不知道装着什么东西的橡胶桶他有些愣神。冯山不是怕死之人，可兄弟们再也回不来了，冯山心里不知道是什么味道了。如果没有当年最后一赌，冯山也不会来到二龙山。

二

冯山最后一赌，杨六输了。杨六挣开了手，纸牌纷纷扬扬地落在了地上。杨六接着抬起了脸，冯山看到杨六的一张脸寡白，眼里充满了血丝。冯山还看到杨六眼里死亡的气息。当初输给杨六一只胳膊时，也许他的眼神和杨六的也相差无几。

认赌服输，这是道上人的规矩，杨六就是杨六，杨六撑起身子说了一句：冯山你赢了，房子和地，还有女人，都是你的了。说完他摇了两摇，晃了两晃，突然口喷鲜血，一头栽在了炕上。

冯山望着气绝命断的杨六，摇晃了一下，他还是手扶着墙走出屋门。此时，太阳西斜，把西天染得红彤彤一片。他盯着西天，父亲就是在这样的时辰怀抱石头走进大西河的。虽然杨六倒在了炕上，但他仿佛看见了杨六用一条绳子，一头系在脖子上，一头系在石头上，然后怀抱石头一步步向大西河走去，嘴里还哼着二人转的曲调。父亲就是这么去的。

他摇摇头，幻觉消失了，他回头看了一眼杨六的房子。再次转过头时，他冲着红彤彤的西天大笑两声，冲着茫茫雪野喊：爹，娘，冯山赢了，终于赢了。他抹了一把脸，那里早已湿湿凉凉了一片。

他向家的方向走去，北风吹起他的空袖筒一飘一荡的，他的样子很潇洒也很随意。北风吹起地面上的浮雪，打着旋，白蛇似的东奔西突着。他想到了文竹，想到了菊香还有槐，心里就暖了一下，又暖了一下。

当他出现在家门前时，他第一眼看见了文竹，文竹正跪在自家门前像一面旗似的冲他迎风招展着。他笑了一下，肉就僵在脸上，到了近前，他看见了文竹满脸的泪水以及流着血的膝盖，血浸透棉裤流到了外面。他知道在这半个月的时间里，文竹在家一直为他跪天跪地，求神告佛愿他早日赢了杨六平平安安地回来。他冲文竹又笑一笑道：我赢了，再也不赌了。文竹听了他的话，摇晃了一下，几乎要跌倒，他把文竹抱在了怀里。文竹用手死命地把他抱住，头扎在他怀里，哇的一声大哭起来。他僵着身子站在那里，竟一时不知如何是好。文竹挺起胸，张开嘴狠狠地咬了一口冯山，冯山叫了一声，文竹低声说：你这个冤家。他用一只手臂抱着文竹走进了屋里。他把文竹横放在炕上，火炕已烧得滚热，一股热浪汹涌着扑了过来。

他用牙用手撕扯着文竹的衣服，文竹就那么静静地看着他。他把文竹脱光了，又去脱自己的衣服，然后就像恶狼似的扑在文竹的身上，文竹这时才把眼睛合上，嘴里叨咕一句：你这个冤家呀。

文竹在那一夜，完完全全地成为冯山的女人。后来文竹用滚烫的身子把冯山拥住了，铁嘴钢牙地说：我是你的女人了，以后你要对我好。冯山睁大眼睛，没有说话，看了文竹一眼，一翻身又把文竹压在了身下，文竹就湿着声音说：冤家呀——

此时，屋外的雪地上菊香牵着槐的手正立在冯山的窗前，她听见了冯山和文竹的谈话，她转过身牵着槐的手，向家的方向走去。槐扬起脸看到了母亲脸上的泪。槐说：娘，他为啥不娶你？

菊香蹲下身子把槐搂在怀里，突然大哭起来。

槐望着天上的星星，冬天的天空干冷脆裂，星星的光芒也干干冷冷的。槐的声音就冷着说：娘，他对不起你，我要杀了他。

菊香听了这话，突然止住哭，挥手打了槐一巴掌，狠着声音说：大人的事和你没关系，你别管。然后拉起槐的手风也似的往回家的路上走，槐趔趄着身子跟着母亲的拖拽。

菊香这么多年的心也就死了，十多年前父亲把她许配给冯山，因为冯山的赌，最后她无奈嫁给患了痨病的男人。可她心里装的依然是冯山，甚至他们有了槐。然而冯山的赌仍没有休止，她只能在心里一遍遍为冯山祈祷，在无望的日子里煎熬着自己。后来冯山从杨六那里赢回了文竹，先是活赌，最后又变成了死赌。文竹永远是冯山的了，可她在冯山的眼里没有看到对文竹一星半点的欲望。她似乎满足，又似乎失落。她从内心里希望冯山有个美好幸福的结局，像正常人一样，不再赌了，有个家，过正常人的日子，但似乎又不希望和冯山过日子的人是文竹。难道是自己？如果自己能接受冯山的赌徒身份，也许她也不会嫁给那个痨病鬼丈夫。在半个月前，冯山和杨六在赌场昏天黑地拼杀的时候，痨病鬼丈夫也捯完了最后一口气，扔下一堆不甘心，撒手而去。丈夫死了，冯山成为她生命中唯一的牵挂。就在这时，文竹却走近了冯山，日子就是另外一种样子了。

那天晚上，菊香把自己埋在被子里压抑着哭了好久。突然她被槐叫醒了，槐说：娘，你别哭了，我要杀了他。

菊香把头从被子里探出来，看到槐光着上半身坐在炕上，冷着一张小脸。菊香挥手打了槐一巴掌说：大人的事你别管。槐梗着脖子说：我一定杀了他。菊香就骇住了。

冯山赢了，他把母亲的尸骨很隆重地从杨家的坟地迁到了自家坟地。父亲把母亲输给杨家时他还小。母亲烈性，把自己吊死了，杨家依然把母亲葬在了杨家的坟地。现在他终于从杨六手里把母亲赢了回来，也赢回了冯家的尊严。办完这一切时，他真的想好好过日子了，和文竹一起过普通人的日子。虽然，他赢光了杨家的房子和地，可他对那些东西连眼皮都没有抬一下。做完这一切时，他也想到了菊香，一想到菊香他心里就杂七杂八地乱。后来他就不想了，他想过日子。日子还没过出个眉目，日本人就来了。

日本人不仅封山还封屯，杀了很多人，有几个烈性的猎户，怀揣着火枪和日本人拼了，日本人一挥手就把这些反抗的人撂倒了。

一天夜里，冯山从外面回来，他咬着牙，抖着声音说：我要上山了，日子没法过了。

文竹看着冯山，这些天他早出晚归的似乎在酝酿一件大事，就像他当年去赌一样。文竹听了冯山的话，就那么不错眼珠地望着他。

冯山说：你可以像以前一样过日子，我不拖累你。

文竹冷静地说：你去哪，我就跟到哪，别忘了，我是你的女人。

又一个风高夜黑的夜晚，冯山带着文竹绕过日本人的封锁线一头扎进了二龙山。

后来又有许多人投奔了冯山，有猎户也有农民，他们用自己的血性抗击着日本人。

三

这次伏击日本人，弟兄们肩扛手抬地弄回两只橡胶桶，那桶很严实，似乎已经长在了一起。

回到山上的冯山，看到文竹，他却一点也不高兴。文竹带着人在二龙山的脊背上接应了他们，文竹已经不是以前让人当赌资的文竹了。那会儿的文竹就是一个弱女子，任人输任人赢，她只能以命捍卫自己的尊严。现在的文竹身份是二龙山的压寨夫人，身穿狐狸皮袄，扎牛皮腰带，她的肋下左右两侧插着两把二十响盒子枪。山上几年的生活，让文竹历练得左右手同时开枪，弹无虚发。冯山带着弟兄们下山去弄日本人的“干货”，都是文竹带着一些人去接应。每次看到文竹，冯山不管多苦多累，他总是在心底有种莫名的兴奋和冲动，所有的疲劳和不快都转瞬烟消云散了。这次却不同，他看到文竹只咧嘴笑一笑。文竹看一眼那两只橡胶桶，知道这次冯山算是空手而归了。文竹就淡然安慰道：回来就好，干咱们这行的，没有不失手的。

冯山就木木呆呆地望着摆在眼前的那两只橡胶桶，一干弟兄们围着橡胶桶驴拉磨似的转着圈子，有人就说：大哥，这东西这么沉，莫不是黄金吧？

孔大狗就踢了那人一脚道：没见识的东西，你见过金子用桶装哇？

那弟兄就说：那你说是啥？

孔大狗就蹲在橡胶桶前用牙咬，用拳头去砸。一干人等就看戏法似的研究着那两只圆嘟嘟的桶。

冯山蹲在一旁也在望着那两只桶发怔，他不是在想那两只桶，而是想着自己被打中的那一枪，如果槐的枪口再低一点，击中的就不是他的狗皮帽子了。他还记得槐盯着他的那因没有击中他而遗憾的眼神，如果孔大狗不没命似的扑过来，槐也许还会再一次开枪。他的枪口还冒着蓝烟，是孔大狗让槐失去了第二次击发的机会。

想到了槐，他想到了菊香。自从他带着文竹上了二龙山，十六岁的槐也加入了另一伙绺子，那时菊香曾哭天抢地劝过槐，不让他上山去当土匪。槐却走得义无反顾，只回头冲母亲说了句：娘，等我杀了冯山，我就下山给你养老送终。

菊香扑通一声跪下了，冲着苍天喊：老天爷呀，俺上辈子作什么孽了！

去了南山当了土匪的槐，最大的乐事就是找冯山的麻烦，他经常带几个小土匪来骚扰二龙山上的冯山。冯山那会儿没把槐当回事，觉得就是个孩子闹点小别扭。槐毕竟流着自己的血。这是菊香给他留下的后，也是留下的一份希望。

那时，面对槐一次次的骚扰，冯山经常设下套让槐来钻，然后自己带着人轻而易举地把槐抓获，再把他放了。冯山觉得这一次次接近游戏的捉弄，是在教槐一种生存的本领。

每次他把槐抓住，槐都铁齿钢牙地说：冯山，你杀了我吧。

冯山不杀槐，他怎么能杀槐哪？槐是他和菊香留下的爱情见证，槐是他的未来。他背着手绕着被捆绑起来的槐一圈圈地走，眼睛一直留恋地盯着槐，他在想槐这小子是像自己还是像菊香。

槐咬着牙说：冯山，你不杀我可以，那我就杀了你。

冯山这时就笑一笑说：我不会杀你，一会儿就放了你，你别再回南山了，去山下找你妈吧，你妈不希望你当土匪。

槐啐了一口冯山，连血带唾沫吐了冯山一身一脸，冯山嗅到了一股血腥气。

冯山就叹口气，他挥了一下手，孔大狗就走过来。

冯山头也不回地说：放了他，把他送下山。

孔大狗叹了口气推推搡搡地把槐往山下推去，槐一路走还一路骂：冯山，老子迟早要杀了你。

冯山背过身去，他狠狠地抹了一把脸上的泪。

如果日本人不来，这种游戏还将会继续下去，结果来了日本人，那一年槐已经二十一岁了。那时的槐在南山那伙绺子中已经很有威望了，甚至说一不二。南山那伙绺子的老大叫金葫芦，当然这是外号。当绺子的老大经常会得到些不义之财，他把这些不义之财换成金条或银圆，然后装在葫芦里，昼夜地挂在身上，听着那些硬通货互相撞击发出的声响，他满足而又安稳，因此就有了这样的绰号。贪财的人都怕死，金葫芦也不例外，每次打打杀杀的活都指派槐带着人去干了，一来二去的，槐就很有威信。

日本人一进驻二龙山就开始组建宪兵队，到处招兵买马。一个翻译带着一个日本少佐来南山谈判，他们就找到了槐，槐当着金葫芦的面没有表态。金葫芦头就摇得跟拨浪鼓似的说：俺不去，去了也没啥好处。然后又冲翻译问：一个月能给我多少？翻译看了眼少佐，就冲金葫芦笑了笑。

金葫芦就挥挥手说：你们少扯，不给房子不给地，谁为日本人卖命？

日本人和翻译下山时，是槐把他们送下山的，翻译拖着槐的衣角说：你来吧，给你个宪兵队长干。

槐又问：有枪吗？

翻译说：给日本皇军干事，怎么会没枪呢？

槐点点头说：那你冲日本人说，三天后我就下山。

槐果然说到做到，第二天夜里，槐带着一个自己的亲信，摸到金葫芦屋里，几刀就把金葫芦和他的压寨夫人捅死了。然后举着火把投奔了二龙山镇上的日本人。

日本人也果然说到做到，把宪兵队长这职务给了槐。槐穿着日本人发的衣服，腰里别了把锃亮的三八盒子回了一次家，菊香一见槐就傻了似的立在那里。

槐拍了一把腰上的枪说：娘，我现在有枪了，二十响的。

菊香颤颤抖抖地说：你给日本人干事会遭报应的。

槐笑一笑道：日本人给了我枪，给了我人，我就能杀死冯山了。

菊香摇了摇晃了晃，差一点跌倒，槐把母亲扶到屋里又说了句：娘，等我杀了冯山，就回来孝敬你过日子。

槐说完给娘留下两块银圆就一蹿一蹿地走了。

那一晚，菊香把自己吊死在自家屋梁上。

槐很隆重地为母亲出了殡，他跪在娘的坟前，含着眼泪道：娘，你是被冯山害死的，儿要为你报仇。说完他抹了把泪，头也不回地回了宪兵队。槐固执地认为，娘是冯山害死的。如果没有冯山，他就不会去南山当土匪，更不会给日本人干。槐已经钻进了牛角尖里，走不出来了。自从冯山娶了文竹，他就更不能自拔了。

冯山冲着那两只橡胶桶发呆时，就有弟兄领着肖大队长来了。弟兄离很远就喊：大哥，肖大队长来了。

冯山醒过神来，迎着肖大队长拱了拱手道：肖大队长，谢谢这次解围，日后兄弟一定报答。

这次伏击日本人，如果没有肖大队长带人从半路里杀将出来，他们能否脱身还真不得而知。

肖大队长他见过几次，日本人来到二龙山镇驻扎以后，肖大队长带着人曾上山见过他，希望他带着人马投奔肖大队长的抗联队伍。那次肖大队长宣讲了抗联的宗旨和义务，肖大队长很有口才，讲起话来有理有据的。最后冯山打断肖大队长的话说：你们抗联是抗日的，我冯山也不会和日本人穿一条裤子，跟你们走和在二龙山上，其实都一样。

肖大队长就不说什么了，用力地拍一拍冯山的肩膀道：那希望以后我们能成为朋友！

冯山也笑了。

从那以后，肖大队长偶尔也会到山上来坐一坐，每次来也不说什么，就是坐一坐，说一说家常话，然后就走了。

这次伏击日本人，弄日本人“干货”，被肖大队长救了，冯山从心底里感谢肖大队长。他冲孔大狗道：大狗，杀羊炖肉，招待肖大队长。

孔大狗应一声就去了。

肖大队长像没听见冯山的话一样，他蹲在那两只橡胶桶前，里里外外地研究着那两只桶。半晌，肖大队长抬起头冲冯山说：冯山兄弟，你知道这桶里装的是什么吗？

冯山摇摇头。

肖大队长把冯山拉到山洞里，见四周无人，压低声音道：这是日本人的细菌。

冯山吸了口气问：细菌，什么意思？

肖大队长这次的任务就是抢取日本人的细菌，抗联得到了可靠的消息，日本731部队研制出了一种新型细菌，日本人要把这细菌投放到关内战场上去做实验。如果日本人把这两桶细菌投放到关内的战场，后果将不堪设想，一种无药可治的疾病将迅速蔓延整个中国，抗日的燎火将不燃而熄。

肖大队长带人马赶到时，冯山已先他一步伏击了日本人，并且把两只橡胶桶抢夺了过来。面对着日本人穷追不舍的追击，肖大队长指挥人马及时相援，才让冯山一伙人平安地撤出。

冯山在这之前从来没有听说过细菌，更不了解细菌的危害，经肖大队长这么一讲，冯山倒吸了一口气，他定定地望着肖大队长。

肖大队长就说：这两桶细菌是日本人苦心经营的成果，他们不会善罢甘休的。

冯山站了起来，为了伏击日本人，已经有十几个弟兄再也回不到二龙山上来了。二龙山是冯山和弟兄们的家，他不会躲避，也不可能躲避，就是他想躲避，弟兄们也不会答应。此时，他看着那两只盛满细菌的橡胶桶，仿佛看见了日本人一支支喷着火舌的枪管。

他大叫了一声：大狗，把这两桶东西一把火烧了。

孔大狗得到了命令，便带着弟兄们抱干柴去了。

肖大队长护住两只桶说：冯山兄弟，这烧不得呀，细菌会让二龙山毁于一旦。

冯山恨不能一口气把两只桶吞到肚子里才解气，变音变调地说：肖大队长，这不行，那不行的，你说咋弄？

肖大队长深思熟虑地说：只能深埋。

冯山在山上转了一圈，也没找到深埋这两只桶的地方，最后他找到一座山洞，他便让人把两只橡胶桶抬进了山洞，洞口又用石头砌上。

肖大队长看着冯山指挥自己的手下做完这一切，才拍拍手说：冯山兄弟，日本人不会就这么算了。

冯山梗着脖子说：算不算又能怎样，我们二龙山的弟兄们不怕日本人。

日本人刚来时，先是派人和冯山谈判，让其下山服顺日本人。那个日本少佐和翻译官被冯山骂得狗血喷头回到了二龙山镇。日本人见软的不行，就来硬的，派部队攻打二龙山。进出二龙山的路只有两条，一条龙脊，一条龙腿，当初冯山选择二龙山就是看到了这里的地势，如果把龙腿和龙脊这两条道守住了，日本人再有本事也很难踏进二龙山。

日本人又是打炮，又是放枪的，折腾了好久，才派人打冲锋，结果便可想而知了，日本人在二龙山的山路上丢下了几十具尸体，哭爹喊娘地撤了。从那以后日本人再也没打过二龙山的主意。

四

驻扎在二龙山镇日本部队最高长官竹内大佐的天塌了。

他奉关东军司令部指派，押运细菌，不料细菌却被二龙山上一伙人给劫了。长官在电话里已经劈头盖脸地把他骂得体无完肤，并命令他一周内夺回细菌，否则就地制裁。在这之前，负责押运细菌的本田少佐已经在他面前剖腹自尽了。死了一个少佐并没有平息细菌丢失的罪过，关东军司令部的长官让他七日内夺回细菌，他知道如果夺不回细菌，他将和本田少佐一样，拔刀自裁。

天塌下来的竹内大佐如困兽一样在指挥部里团团乱转，他转来转去，就想到了槐，此时，他觉得只有槐才能帮他。对付中国人还得用中国人。

竹内大佐马上差人把槐叫到了自己办公室。槐自从归顺了日本人，一直不卑不亢，他并不想为日本人卖什么命，他要借日本人的刀杀了冯山。这就是他的目的，他知道凭自己的力气是无论如何杀不了冯山的。他想杀死冯山，一切都缘于文竹。儿时，他就知道娘对冯山好，母亲每次为冯山做这做那，他都在场，他知道母亲深爱着冯山。结果，冯山没有娶母亲，却娶了毫不相干的文竹。冯山娶文竹那天，娘躲在被子里哭了好久。他不知如何帮助母亲，母亲的哭声就像刀子似的在割他的心，他千遍万遍地说：我要杀了冯山。这是他在内心里对母亲发的誓，也是给自己立下的誓言。他在等待机会，他十六岁就投奔了南山那伙绺子，为的就是寻找机会替母亲报仇。结果他没寻到机会，日本人来了。二龙山上的冯山的强大，让他望洋兴叹，日本人一来，让他看到了希望，于是他义无反顾地投奔了日本人。他就是要借日本人的势杀了冯山。

结果他在投奔日本人不久，母亲却死在了家中。槐又把母亲的死归结为冯山的缘故，如果没有冯山，自己就不会投奔日本人，不投奔日本人母亲就不会死，槐固执地这么认为。

竹内大佐望着冷静的槐说：你要把那两只橡胶桶给我找回来，七天，只有七天。

竹内大佐的话就像一声惊雷在槐的脑子里划过。押运那两只桶时，他并不知道那桶里装的是什么，他为日本人这样兴师动众感到百思不解。冯山伏击了车队，并抢走了那两只桶，他和冯山打了个照面。他太想杀了冯山了，如果当时他再心平气和一些，那一枪一定会要了冯山的命，正因为他心里那份不平静，枪口稍稍高了那么一点，只射中了冯山的帽子。他此时正为那一枪懊悔不已。

他并不关心日本人那两只什么桶，他只想要了冯山的命。

竹内大佐又说：只要你能夺回那两只桶，二龙山镇上的部队由你调遣。

槐听了竹内大佐的话，冲竹内笑了笑，他盼的就是竹内这句话。他要自由一回，只有自由他才能要了冯山的命。

竹内又说：七天，你只有七天时间。

最后这句话，槐似乎没有听见，他脑子里被一种膨胀的欲望塞得满满的，他有一种头重脚轻的感觉。

他离开竹内大佐的房间，回到了宪兵队。他站在宪兵队的院子里，望了眼天空，叫了一声，又叫了一声，弟兄们不知自己的队长中什么邪了，惊讶地望着他。

槐就说：老子要干件大事。

他回到屋内，把宪兵的衣服脱了，换上了狗皮帽子羊皮袄，众弟兄不知队长这是要干什么，都围过来。

槐就打着响鼻说：老子要上一趟二龙山。

弟兄们就惊呆了，大眼瞪小眼地望着槐。

弟兄们都知道槐和冯山的过节，在南山那会儿他们就知道。此时，槐说要上二龙山去找冯山，所有人都惊愕地张大了嘴巴。

槐就是槐，他决定的事，没人能拦得住他。当槐走出院子，又走出镇子，踏上了通往二龙山的那条路时，所有人都认为槐疯了。

五

槐是一个人上的二龙山，他一上山便被冯山的人五花大绑给捆上了，然后推推搡搡地被带到了冯山面前。

冯山和文竹正坐在一棵树下打鸟玩。有很多鸟落在树上，文竹用双枪冲树上的鸟左右开弓，枪一响，一群鸟飞走了，文竹左右开弓就射下两只。冯山只有一只手臂，他只能一手持枪，因和杨六横赌而失去了手臂，此时只留下一个空荡荡的袖管在风中飘舞着。那群呆头呆脑的鸟似乎没有记性，被枪声惊走了，转了一圈就又回来了，惊诧地又落回到原来的枝头上，冯山抬手就是一枪，像被串了糖葫芦的两只鸟就落到地上。冯山吹吹枪口，文竹就欣赏地望着冯山，此时的独臂冯山在文竹的眼里就是一道奇异的风景。

就在这时，槐被孔大狗等人推搡到冯山和文竹面前。孔大狗就说：大哥，这条狗要见你。二龙山上的人，一律把替日本人干事的伪宪兵称为狗。

冯山看到槐的一刹那，眼皮就跳了跳，他呼吸急促。

伏击时，他们曾有过一次正面接触，那只是短暂的一瞬，他还没来得及反应，帽子便被槐射掉了。此时，他的头上仍感到凉风四起。

槐望了眼冯山，他自然也看到了文竹，文竹只看了槐一眼，便把枪插在腰间，走回那间木头小屋里去了，留下冯山和槐对视。

槐说：姓冯的，我今天上山是要和你赌一次。

冯山现在已经冷静下来了，他冲孔大狗说：给他松绑。

孔大狗就睁大眼睛说：大哥，他这条狗上次差点要了你的命，他该杀。

松绑。冯山厉声又说了句。

孔大狗等兄弟不情愿地松开了槐。

槐活动活动四肢，仰着脸，把鼻孔冲着天说：姓冯的，看你还是条汉子，你输给过杨六一条手臂，最后赢了杨六，让他暴死，这我都知道。今天我也要和你赌一次。

冯山望着眼前的槐，他就想到了菊香，他和菊香从小就被父母指腹为婚，如果自己不赌，菊香一定会成为他的女人，也许菊香就不会死，儿子自然也会是槐，他就不会拉着一拨人马上了二龙山，如果是那样，他们一家三口人会干什么呢？冯山无法想象，他一想起上吊自尽的菊香，心里就撕裂般地痛一下。菊香嫁给了痨病鬼丈夫，可她却忘不下冯山，就是在这忘不掉的情感中，他们有了槐。槐小的时候，菊香一直让槐叫冯山舅。后来冯山娶了文竹，槐便再也不叫舅了，每次见到他就像见到了仇人似的。冯山曾和菊香说过槐，菊香望着冯山一脸无奈地说：槐是个冤家呀。冯山也曾和菊香商量过，告诉槐事情的真相，菊香的眼泪就下来了，最后菊香咬着嘴唇说：这个冤家现在咱们说什么他都不会相信，他一直说要杀了你，等以后有机会我再和他说吧。

菊香后来就把真相说了出来——槐是冯山的儿子，可看到槐从南山上下来投奔日本人后，她还是用三尺白布把自己吊在房梁上气绝身亡了。

他望着槐，眼神复杂而又古怪。

槐站在冯山面前不依不饶地说：姓冯的，你以前算是一条好汉，你赌赢过杨六，今天我就是要和你赌一次。

半晌，又是半晌，冯山从牙缝里挤出几个字：赌什么？

槐就说：我赌那两只橡胶桶和你的命，要是你输了，把那两只桶给我送下山去，然后你找个地方把自己埋了。

冯山脸上的肉动了动，他的呼吸又有些急促，他就那么古怪复杂地望着槐。

槐又把鼻孔冲着天空说：姓冯的，敢还是不敢？

冯山没有说话，眯着眼睛望着槐。

槐又说：姓冯的，你可以把我弄死在这里，我上山前什么都想好了，不是你死，就是我亡。

冯山望着槐，一下子想起了二十年前的自己，他抱着为父母复仇的心态走上了赌场，和杨六的恶赌，先是输了左臂，最后又赢了杨六的命。他望着眼前的槐，就想起青春年少的自己，眼前的槐俨然就是二十年前的自己。半晌，又是半晌，冯山冷冷地问：要是我赢了呢？

槐说：那就随你处置，我既然上山了，就没想过活着下山。

冯山吁口长气说：我只有一个条件。

槐冷着嘴角望着冯山。

冯山说：我赢了，你就离开日本人，去哪都行。

槐嘴角挂着冷笑道：依你。

冯山也笑了笑，他从腰间拔出那把盒子枪，扔给了孔大狗。孔大狗接过枪就叫了声：大哥——冯山挥了一下手，众人就都噤了声。他们知道冯山的脾气，说出的话，泼出去的水。

冯山做完这一切似乎想起了什么，他向木头小屋走去。他推开小屋的门，文竹正在透过窗口向外望着，此时，她仍然是那个姿势一动不动地立在那里。

冯山叫一声：文竹。

文竹没有回头，泪已经流了下来，她哽着声音说：你真要跟他赌？

冯山没有说话。

文竹抽泣着说：你赢了杨六，你发过誓再也不赌了，好好跟我过日子。

冯山沉默了一会儿道：这次是为了槐，也是为日本人，我就再赌一回。

文竹转过身，她满脸泪痕地说：你可是他的爹。

冯山的身体抖了一下，他的脸白了一下道：他要不是槐，我还不和他赌。

说完这句话，冯山就走出小屋，他知道他一直走在文竹的目光中，就像当年他每次和杨六去赌，文竹都站在门口目送着他一点点远去，也迎接着他一点点走近。风吹着他的空袖管一摇一荡，他向二龙山上的鹰嘴岩走去。槐跟着，孔大狗等一帮兄弟也尾随在后面。

鹰嘴岩就是二龙山顶上突出的一块像鹰嘴样的石头，从山顶的石头上突出去，下面就是深不见底的深渊。

冯山走到鹰嘴岩旁停下了脚步，指着那块石头说：今天咱们就赌这个，看谁先掉下去。

冯山说完率先走到鹰嘴岩的岩石上，他让人找来了两条绳子，一头系在山顶的石头上，另一头系在了自己的腰上。冯山做完这一切，把另一条绳子递给了槐，槐没接绳子。冯山说：你不是死赌，理应系上绳子，这样才公平。

槐深深地望了他一眼，把绳子一头系在腰上，绳子的另一端同样系在了山顶那块石头上，远远望去，他们两人就像一棵树上长出的两根树枝。

孔大狗等一干弟兄站在远处惊诧地朝这边望着。

冯山喊：你们回去，该干啥就干啥。

没人回去，他们要见证自己的大哥是如何赌赢的。在二龙山方圆百里都知道这个传奇人物冯山，当年他和杨六赌得轰轰烈烈的故事至今仍然流传着。后来冯山收手了，来了日本人之后，就拉一干人马上了二龙山。他们都冲着冯山而来，冯山是他们心目中早已景仰的英雄。今天的横赌，没人相信他们的大哥冯山会输，他们的大哥是在横赌窝里混出来的。他们要一睹冯山横赌的风采。在他们眼里，冯山潇洒无比，他站在悬空的岩石上，山风吹起他的空袖管，像一面招展的旗。

冯山和槐站在一起，他们之间的距离只有两步之遥。他还没有如此近距离地和槐相处过，这就是他的儿子，他的心里渴盼着也纠结着。他不怀疑槐的血性，因为槐的身体里流淌着他的血，只要了解自己也就了解了槐。冯山挨着槐站在那里，他百感交集，他真希望喊一声“儿子”，可他喊不出，他就是说出来和菊香的隐情，这时的槐也无法相信。

苍茫的冬日，在西天中抖了一抖，天就暗了。有风掠过，这是山谷中的风口，满山的风似乎都要从这里经过。

槐的脸有些苍白，寒风一点又一点地把他浑身的热量带走了。槐咬着牙帮骨说：冯山，要是你输了，你就从这悬崖上跳下去。

冯山也打着抖说：槐，你输了，就离开日本人，干啥都行。

槐说：我说话算数，希望你说话也要算数。

两个人就那么凝望着，冯山的眼里有爱怜、宽容，甚至还有希望。槐的眼里只有仇恨，他的眼睛恨不能射出子弹。

槐打着抖说：冯山我一定要赢你，为我娘报仇。

冯山说：你娘是你气死的，她的死和我无关。

槐又说：我娘对你那么好，可你辜负了她。要是你娶了我娘，我娘现在一定坐在热炕上吃香的喝辣的。

冯山不知说什么好了，他以前动过娶菊香的念头，那时她得了痨病的丈夫还活着。可那会儿他还是个赌徒，他的目标还没有达到，他不可能娶菊香，就是他娶，菊香也不会嫁给他。再后来菊香的男人死了，他也赢了杨六，把当年父亲输给杨家的母亲又赢了回来，可惜那只是从杨家坟地迁回来的尸骨了。他把母亲的尸骨和父亲的尸骨合葬在冯家坟地时，他喊了一声：爹，娘来了——便泣不成声了。作为男人和儿子，他的孝已经尽到了。他身上也是一身轻松了，他最大的目的完成了，他就换了个人似的。文竹是他从杨六手里赢来的，活赌变成了死赌，不知从哪一刻起，文竹走进了他的心里，他也走进了文竹的心里，他发现时已经走不出来了。他知道自己这一生注定要过着颠沛流离的生活，是因为他的心，一刻也没有平息过。菊香不可能和他过这样的生活，他太了解菊香了。因为赌，菊香父母说死也不同意菊香嫁给他，他也不想让菊香为他提心吊胆，他只能过着属于自己的生活。在和杨六最后赌博的日子里，文竹走近了自己，他顺理成章地娶了文竹。当年他娶文竹时，菊香曾私下里对他说：冯山，这都是命，咱们的命从生下来就不一样，要是下辈子有缘，你再娶我。菊香说完这话时，冯山已经泪流满面了。他只对菊香说了句：菊香，我对不住你。

后来冯山明白，不是自己对不住菊香，是自己的命对不住菊香，他希望菊香好，才不能娶她。

鹰嘴岩上的风大了，这条峡谷是一个风口，山顶上风平浪静时，鹰嘴岩这个地方就经常风声大作。天已经黑了，风裹着毛毛雪针扎火燎地砸在冯山的脸上，他用余光观察着槐。槐凭着年轻气盛，刚登上鹰嘴岩时，甚至想拒绝用绳子系在腰上，他和冯山这一赌，没想过自己会输。他此时恨不能巴望鹰嘴岩上的石头断裂，让冯山摔下山崖，但他很快又否定了这种想法。虽然他第一次赌，又是和冯山，冯山和杨六赌的那段时间，母亲牵着他的手，一次次目送着冯山走出自家小屋，又一次次走回来。槐知道母亲菊香在为冯山担惊受怕，在冯山和杨六疯赌的日日夜夜，母亲茶不思饭不想，有时槐在梦里醒来，经常看见母亲面对着油灯泪流满面。他至今也不明白，自己的母亲菊香为什么要为毫不相干的冯山这么提心吊胆。

但槐承认，每一次冯山离开家门时，都是一副淡定从容的神情，他冲娘笑一笑，轻声说一声：我去了。然后伸出手在槐头上抚摸一下，就头也不回地走进风雪中，他的背影义无反顾，潇潇洒洒。年少的槐每次看着潇洒的冯山远去的背影，他就在心里说：日后我也要成为像冯山这样的男人。

冯山潇洒地去了，又淡定地回来，每次回来，他都豪气地脚踩着灶台，风卷残云地把娘给他做的饭菜很快吃光，然后抹抹嘴，冲娘和他温暖地笑一笑，然后像山一样地倒在炕上，雷鸣般的鼾声便响彻整个小屋了。就是那次，冯山输给杨六一条手臂，他甩着空袖管一荡一荡地回来，槐的眼里冯山已经出神入化了。

冯山虽然是个赌徒，但他输得光明，赢得磊落，冯山男人的形象已经在槐心里入神入境了。他多么希望自己的母亲能嫁给这样的男人啊，他一看到冯山心里就踏实无比，也有一种男人的力量，从心底里冉冉升起。可惜后来的结果就阴差阳错了，从那时起他就开始恨冯山，恨的结果就是想置冯山于死地。他这次上山是怀着鱼死网破的心境，日本人的细菌和他没有关系。在南山当绺子时，他知道南山那伙绺子无论如何也不能和二龙山的冯山抗衡。他投靠日本人就是想借日本人的刀杀了冯山。他知道如果这次赌输了，还有日本人继续对付冯山。冯山一伙伏击了日本人，且夺走了细菌，日本人是不会放过冯山的，他从竹内大佐眼神里看到了这一点。

风越来越大了，槐临上山时，脱去了宪兵队的衣服，换成了羊皮裤袄，可这些衣物似乎仍抵御不住鹰嘴岩上的寒冷。他的身体开始发抖，上牙和下牙不由自主地敲击在一起，发出咯咯的声响。他极力克制着自己，但越是克制越是抖得厉害。

孔大狗一伙人，一直在远处看着，他们都为冯山担心。冯山几次让他们回去睡觉，但他们没有人动，他们站在黑暗中，默默地陪着自己的大哥。

在这期间，孔大狗差人给冯山送来一只烤鸡，还有一壶老酒，这是冯山平时最爱吃的食物。鸡香和酒香瞬间弥漫在了鹰嘴岩，冯山没有看那食物，把装鸡和酒的托盘用脚送到槐的面前。槐连看都没看，就一脚踢飞了鸡和酒，半晌，峡谷中才发出铁盘和石头撞击的声音。

孔大狗一伙人就喊：大哥，和这条日本人的狗还讲啥君子，一脚把他踹下去得了，省得你挨冻受罪的。

冯山不理会孔大狗这伙人的喊叫，闭上了眼睛，骑马蹲裆式站在鹰嘴岩的石头上。孔大狗这伙弟兄太了解他们的大哥了，大哥认准的事就是有十头牛都拉不回来。

那一晚鹰嘴岩上的风很大，雪也很大，天空还打了几声惊雷，这是一种比较少见的现象，冬天打雷冯山还是第一次见。随着雷声和电闪，槐终于崩溃了，他“呀”地叫一声一头从鹰嘴岩上栽了下去。那条系在腰间和石头之间的绳子把他吊在了半空。

当槐醒过来时，他已经躺在山顶木刻楞小屋里了。他坐起来，绝望地望着冯山，冯山坐在他头前，正吃肉喝酒，见槐醒过来，把肉和酒往槐面前推了推。槐不看这些食物，哑着声音说：我输了。

冯山用袖口抹了一下嘴，潮湿着声音说：你该离开日本人。

槐说：男人说出的话，就是泼出去的水。他说完挣扎着坐起来，摇晃着向门口走去，这时他又回了一次头道：冯山你听好了，咱们的事才刚刚开始。

冯山大声地说：来人，送客。

天早就亮了，孔大狗一伙弟兄们挟着槐向山下走去。

槐离开二龙山，立住脚，突然跪在地上，他抱着头号哭起来。

孔大狗等人见到冯山时，便红着眼睛说：大哥，为啥不杀了这小子？

这小子该死。

冯山狠狠地看了一眼这伙弟兄，一字一顿地说：你们听好了，以后不准动他一根毫毛。

众人就不解地望着他。

冯山又说：我让他离开日本人，不再给日本人当狗。

孔大狗就急赤白脸地说：这小子在南山那会儿就不地道，他连带他入道的大哥都杀，现在又投靠了日本人。他会守信用？

冯山没说什么，仰起脖子把酒壶里的酒喝光了，然后只是笑一笑。

半晌，冯山才说：日本人没有要回细菌，他们是不会甘心的，让人下山去二狗那儿打听一下消息，看日本人还有啥招要使。

孔大狗应一声就出去了。

六

竹内大佐面对灰头土脸回来的槐，知道槐这是惨败而归。

昨天槐单枪匹马走向二龙山时，他知道槐这是找冯山横赌了。竹内大佐先后两次来过中国，第一次是十几年前的垦荒团，那时日本人还没有那么大野心，想一口吞掉中国的土地。日俄战争日本人以胜利而告终，从那开始日本人向中国作了一次迁徙，把整村的人迁到了中国，对外称为垦荒团。他们来中国时，也以整个村屯为建制，在东北辽阔的土地上开荒种田。那会儿，竹内是这个村屯的头领，他一边组织日本人播种收获，一边和中国人打交道。当时，中国人虽然仇视日本村屯的人，但还没达到剑拔弩张的地步。竹内作为日本垦荒屯镇的代表，到处周游着和中国人打交道。

民不聊生的东北大地，横赌已经开始盛行了。竹内曾亲眼看见中国屯里因横赌输了房子和儿女的家庭，赢了的不见喜色，输了的双眼充血，等待时机，以待再战。砍胳膊截腿的赌徒没有一丝愧色，他们空着袖管或裤腿，迎风而立，冲着茫茫雪地狼一样地号叫。竹内曾被这种民风民俗深深地震撼过，从不解到震撼的同时他也被这个民族吓住了，这些亡命之徒，面对着生死，面对着妻离子散，连眼皮都不眨一下，为的就是一个赌和信誉。竹内那时就把中国的横赌理解为血性。他从骨子里深深地敬佩中国人了。这是一些表面上看去麻木甚至愚钝的人，一旦灵醒了，将是可怕的。

日本人的武士道精髓就是中国人横赌的精神。

槐和冯山怎么个赌法竹内不知道，但他知道，一定是悲壮和惨烈的。他目送着槐的背影，一种说不清的东西在他心里升腾起来。他不知道槐是输是赢，但无论输赢，他想到的是在七天之内无论如何要把丢失的细菌找回来，他的脑袋搬家是小事，如果找不回来，整个竹内大队都将不存在了。日本人精心研制的成果也将荡然无存，他知道这种分量。

槐走后，竹内就找出了那副一直随身而带的“中国牌九”，那还是十几年前来中国垦荒时的纪念品。他了解横赌后，就开始对“中国牌九”感兴趣了，就是这几张纸做的牌，能产生那些惊天动地的后果。一张桌子，一盏油灯，两个人，昏天黑地地冲着一副纸做的牌，牌上画着抽象又具体的小人，那一个个小人，像一只只神灵似的，偷窥着外面的世界。从对中国的横赌感兴趣，到对纸牌着魔，到他会玩这副纸牌，渐渐地竹内感受到了这副牌里的奥妙和精髓，便一发不可收拾。回国后他带着这副纸牌，又一次来到中国，他成为大佐，纸牌仍带在他的身上，有事没事地就拿出来把玩一番。在竹内的觉悟里，研究中国的文化就要从这副纸牌开始。

灰头土脸的槐出现在竹内面前，竹内没有说话，槐盯着竹内的脚尖说：竹内君我输了，从此以后我不能再为你效力了。

竹内脸上的肌肉不由自主地抽动了几下，他望着槐，又看到了十几年前在垦荒团时看到赌输了的中国男人拿起菜刀截断自己手臂的情景，一刀、两刀……喷溅的鲜血和金属碰撞在骨头上的声音惊心动魄。砍断自己手臂的男人摇摇晃晃地走了，离开身体的手臂横陈在那里，最后被野狗叼走。失去手臂的男人潇洒地走了，嘴里还哼着《得胜令》的曲调。

槐脱去了宪兵队长的衣服，慢条斯理地叠好，放在竹内面前，又深深地给竹内鞠了一躬道：我输了，这是我的承诺。

竹内大佐的右眼皮就狠狠地跳了几下，他默然无声地望着槐穿着羊皮袄走出去，他望着槐的背影，这个背影是那么熟悉又陌生，这就是中国人的背影。

离关东军司令部给他的期限只剩下四天多一点的时间了，当初他把槐放出去，原本是抱着希望的，但随着槐灰头土脸地回来，他的希望便灰飞烟灭了。槐做出的决定，他知道作任何劝说都没有用，他在心里敬佩这种承诺，虽然是赌徒的承诺。

险峻的二龙山让他束手无策，攻打过二龙山，让他损失了几十个士兵，可二龙山上的冯山毫发未损。丢失细菌之后，他也想过强攻二龙山，他现在手里有上千日本士兵、十几门炮，可这么强打硬攻，也许能攻克二龙山，可是又得等到何年何月呢？关东军司令部只给他七天时间。

竹内在屋里踱着脚步，他看到了桌上放着的那副牌九，他拿起那副纸牌。看来，也只有这一步棋了，想到这儿，竹内就有了一种悲壮感，这种悲壮让他发抖。他站在镜子前看着自己，然后他开始脱衣服，脱去了军装，换成了羊皮袄，这是中国人找来让他御寒的衣服，他一直没有穿过，此时穿在身上他嗅到了羊的膻气。这股膻气有些让他作呕，也让他浑身战栗。他把纸牌揣在了怀里，向外走去。

竹内只身一人要去二龙山的举动惊动了整个竹内大队，所有人都拥出来拦住了竹内的去路。还有几个少佐带着一群士兵跪在了他的面前，嘴里乱七八糟地喊着：竹内君你不能去呀，你下命令让我们杀上二龙山，夺回细菌。

竹内挥了一下手，众士兵就抬起头，他又挥了一下手，那些乱七八糟喊叫的士兵便立了起来。他们明白，这是竹内的命令。竹内压着嗓子说：你们把二龙山镇给我守好。

说完便头也不回地向二龙山走去。

一群士兵哭天抢地地就冲着竹内大佐的背影跪下了，长跪不起的样子。

当竹内被五花大绑地带到冯山面前的时候，他无法想象眼前身穿羊皮袄的竹内大佐会是这番模样。

冯山就用一只独臂指着竹内问：你是谁？

当竹内报出自己姓名时，冯山吸了口气。他绕着竹内转了几圈，然后看定竹内说：我知道你们日本人不会善罢甘休。

冯山在这之前已得到线人孔二狗的报告，说竹内只身一人前往二龙山。但当竹内出现在他面前时，他还是有些不相信自己的眼睛。

他让人给竹内松了绑。

竹内就从怀里取出那副纸牌道：冯山，我要和你赌一次。

冯山看着竹内手里的纸牌，又看一眼竹内。

竹内坚定不移地望着冯山，冯山也那样望着竹内，两个男人就用目光交流着，有雷有电有风有雪。

竹内咬着牙说：我来只有一个目的，我赢了，你把那两只橡胶桶还我。

冯山也冷着声音说：要是你输了呢？

竹内说：你提要求。

冯山：你要是输了，让你们的竹内大队离开二龙山镇。

竹内的鼻子抽了抽，说：我答应你。

冯山又说：口说无凭。

竹内呻吟般地说：我可以签字画押。

冯山喊出刘文章，刘文章在二龙山是唯一识文断字的人，以前在二龙山镇给药房当过收银先生。后来日本人来了，刘文章就投奔到了二龙山。

契约很快写好了，冯山从孔大狗腰里拔出一把刀，夹在下巴上，把自己的中指冲着刀锋划过，然后把指头按在写好的契约上，最后把刀扔到竹内面前。竹内也学着冯山的模样把中指割破，顿时两个鲜红的手指印便醒目地绽放在那纸契约上。

在赌之前，竹内提出了一个要求，要亲眼看一下那两只橡胶桶。冯山就冷着脸领着竹内到废弃的山洞前，让人搬开石头。那两只橡胶桶原封不动地横陈在山洞里。竹内一看见那两只桶，眼睛似乎都绿了。

二龙山顶一块石头上，这边立着冯山，那边站着竹内，石头上摆着一副纸牌。两个人便昏天黑地地赌了起来。

冯山和竹内大佐赌，引来了一干兄弟围观，他们都屏了气，不错眼珠地看着两人手里的纸牌。

冯山把牌摆在眼前的石头上，竹内的手有些颤抖，研究了这么多年中国牌九，他不相信自己会输给冯山。

从下午到晚上，弟兄们举着松明火把，把整个二龙山照耀得灯火通明。

两个人站在灯影里，他们的身影被灯影拉长，波波折折地映在山上。

鸡叫时分，冯山把手里的牌扔下了，竹内输了，而且输得很惨。

太阳从东天冒出了半边，照得整个山头都跟着红彤彤的。竹内摇晃了一下，干干瘪瘪地说：我输了，咱们下山再换个赌法。

冯山望着竹内说：你们先撤出二龙镇，我随后就到。

竹内白了下脸，摇晃着向山下走去。

傍晚的时候，竹内大队肩扛手提着从二龙山镇撤了出去，驻扎在离二龙山镇约二十里路的山坳里。

七

竹内大队一夜之间撤出二龙山镇，消息传到二龙山时，弟兄们就炸开了锅。

冯山也没想到竹内大佐会守信用，他答应和竹内去赌，因为他根本没想过会失败。面对竹内大佐只身前往二龙山，在心里他重重地把竹内掂量了，仅凭这一点他对竹内就充满了尊重。当时孔大狗等弟兄出主意要把竹内在二龙山拿下，他摇头制止了。冯山从闯荡世界开始，就从来没有不仁不义过，做人讲的是信誉。不管竹内大佐如何，作为冯山不能把人格输了。正当二龙山的人们为竹内大队撤出二龙山镇议论纷纷时，宪兵队的一个伪军上山递来了一封竹内大佐的信。

账房先生刘文章把竹内大佐的信读了，竹内大佐信的内容有两层。第一层意思说：在二龙山自已输了，按中国人的规矩认赌服输，已率自己的部下撤离了二龙山镇。这些不用说，日本人一从二龙山镇出发，二龙山上的人就已经知道了。

第二层意思才是竹内大佐的真实用意，他今天约冯山下山，他要和冯山再好好赌一次。竹内下山时，已经埋下了伏笔，他说要换一种方法和冯山再赌一次。

刘文章把信读完了，然后小眼吧唧地望着冯山。冯山在听信的内容时，一直把笑挂在脸上，信读完了，他的笑仍没在脸上消退。

听完信，孔大狗先是嗷叫了一嗓子：大哥你不能去，不管你输赢，竹内那人是不会放过你的。

冯山把眼前的众弟兄扫了一眼，又扫了一眼，众人就闭上了嘴，大眼瞪小眼地望着冯山。

冯山就冷着声音说：竹内是不是到二龙山来过？

众人不明白冯山的意思，仍大眼瞪小眼地望着冯山。

冯山又说：他能来，我为什么就不能去？

刘文章上前，一副账房先生的派头，摇晃着脑袋说：此一时，彼一时也，竹内是竹内，你是你。

刘文章号称是冯山这伙绺子的军师，因为他当过账房先生，识些文断些字，说起话来总是摇头晃脑。

冯山不理刘文章，把他从眼前扒拉开，冲着众人说：竹内的赌约我不能不去，这次他要是输了，我就让他带着人马滚回日本去。

冯山把腰间的枪拔出来，扔给了孔大狗，冯山又紧了紧腰间的皮带。

军师刘文章就说：大当家的要去也可，一定要带上几个贴身兄弟，以防不测。

冯山平静地说：要是竹内真不仗义，别说带几个弟兄，就是带上咱们二龙山上的全套人马，也不抵竹内大队。

众人就住了口，他们知道，竹内大队有近千人马，他们这伙绺子也就是上百人的队伍，日本人之所以拿二龙山没办法，完全是因为二龙山的地势，让日本人没辙。

正在这时，一个声音传过来：冯山，我和你去。

众人转过头时，就看见文竹穿戴整齐地站在了冯山身后。

冯山望着文竹，文竹坚定地望着冯山。

文竹昨晚已清晰地看到了冯山和竹内赌的全过程，只不过，她站在了屋内，透过窗子望着冯山。此时她的心境与以前每次冯山出门和杨六去赌，已经是大相径庭了。冯山和竹内的赌凛然而又悲壮。后来文竹就流下了眼泪，她就那么流着泪一直看着冯山把竹内赢得体无完肤。她那会儿也意识到，竹内不会有完，还要和冯山赌下去，她所没料到的是，竹内会来得这么快。

她义无反顾地站在冯山身后，冯山想冲文竹说点什么，嘴唇动了动，又什么也没有说出。

冯山转过身，挺胸抬头地向山下走去，文竹紧紧跟着。风吹起冯山的空袖管，一飘一荡的。

孔大狗先反应过来，高喊了一声：送大哥下山。

众弟兄便尾随着冯山和文竹向山下走去。走到山脚下，冯山立住脚，回过头扫了眼弟兄们，平平静静地说：把家看好了。

说完便头也不回地向前走去，文竹步态轻盈地跟着。

孔大狗举起了手里的枪，枪口冲着天，他喊了一声：送大哥。

弟兄们的枪都举了起来，枪口一律冲天，枪声齐鸣，震撼着山谷。

冯山回了一次头。

孔大狗就喊：大哥，你要是有事，弟兄们就冲下山。

冯山立住了脚，站在一个土包上回望着，厉声说：大狗，你把山给我看好喽，没有我的命令谁也不准下山。

冯山又威严地扫了众人一眼。

孔大狗就带着哭脸喊：大哥——

冯山又道：我的话你们记下了吗？

孔大狗就率众人齐齐地跪下了，他们含着泪，目送着冯山和文竹向日本人的营地走去。

八

从二龙山镇后撤二十里到南山坳来，完全是竹内自行做出的决定，他根本没有和关东军司令部请示，他知道请示也白请示，关东军司令部是不会同意他这混蛋逻辑的。

竹内大佐下令离开二龙山镇，当然是为了那细菌，他现在没有更好的办法夺回细菌。上二龙山时，亲眼看见了那两桶细菌，就在废弃的山洞里，可他无法带走。因为他输了，如果赢了，他就真的可以带走吗？也许这个答案只有冯山知道。

对于二龙山镇，他进驻和撤出，只当是一次演习，如果他再想进驻二龙山镇，是件易如反掌的事情，细菌还没有到手，他要遵守这游戏规则，否则，他就无法和冯山把这游戏进行下去了。凭着他对中国人的了解，冯山一定会来赴他这个赌约的。

当冯山被两个日本兵带到他面前时，竹内笑得很灿烂，他用中国话说：冯山君，我知道你会来的。

冯山也冲竹内笑一笑，他打量了一眼日本人这个临时营地，就笑着说：这次要是你再输了，你没地方可去了，我让你回到日本岛上去。

竹内温文尔雅地说：这就是你的条件吗？

冯山就坚定地道：除非你同意这个条件，否则，我不会和你赌的。

竹内的右眼皮又跳了跳，脸上的肌肉也抖了抖。他咬着牙说：冯山君，我同意你的条件。

文竹站在冯山身后。

竹内说完挥了一下手，有两个日本兵端着笔墨上来，竹内刷刷点点地把契约写了，然后是抖着手在上面签了字。轮到冯山签字时，他咬破了中指，把手印按在了那张宣纸上。

一场赌战就这样拉开了。

竹内让人拿来了两样东西，一把剑，一把日本人用的指挥刀。竹内率先把刀拿在了手里，他甚至笑着冲冯山说：你们中国人喜欢用剑，剑就归你了。

冯山看着地上扔着的那把剑，他从来没用过剑，他可以用枪，也可以用棒，但他从来没用过剑。冯山望一眼竹内和他手里的那把刀，此时刀已经举在竹内手里了，他还在竹内的眼神里看到了一种胜券在握的神情。一股血撞到了冯山的头顶。他从下山开始，就没有想过自己会输。赌场上的规矩就是赌博方式由输家来定，竹内上一轮是输家，这次理应由他定赌博的方式。既然竹内选择了用这种方式决斗，冯山只能奉陪到底了。

他一抬脚把那剑踢了起来，顺手抓住了剑柄，提剑在手就等于应战。

列成队伍的士兵，肃穆而有序地望着竹内和冯山。

竹内双手握刀，绕着冯山转了半圈，然后板着脸道：冯山君，那我就不客气了。

冯山举着剑，像拿着一根疲软的木棍，他没有说话，盯着竹内的眼睛。

竹内的刀就劈了过来，他没有冲冯山的身子，而是冲冯山手里的剑。如果冯山的剑不在了，那就等于束手就擒，他不想要了冯山的命，他还想要回他的细菌。

冯山看到了竹内的刀，他没躲也没闪甚至连手里的剑也没举起来。眼见着刀落下来的一瞬间，竹内犹豫了一下，他是冲着冯山应该出剑的方向劈过去的，却没有见冯山把剑举起来，刀带着风声已经呼啸而至，他的身子也随着倾斜过来。冯山突然把手里的剑扔在了地上，伸出右手顺势把竹内抱在怀里，他用尽了平生的力气，他听见了竹内的肋骨响了一下，接着竹内就大叫了一声，他又用力地原地转了一圈，最后松开手，竹内便斜斜地飞了出去。

发生这一切只是在一瞬间，竹内应声落地后，想挣扎着爬起来，终于没有起来，两个日本兵上来架起了竹内。竹内苍白着脸，望着冯山。

冯山把右手在裤子上抹了抹，然后笑道：竹内，你该带着你的人滚回日本岛了。说完头也不回地向日本兵营门口走去。文竹跟在他的身后。

他听见身后的竹内似呻似吟地喊了一声：八嘎——

便有几个日本兵上来拦住了冯山和文竹的去路。

冯山被关进了一顶临时帐篷里，门口有兵看守。

很快，竹内被两个兵架了进来。竹内坐在一张椅子上，两个兵立在他的身后，这时的竹内还是冲冯山笑一笑。

冯山坐在谷草上，他嘴里正在嚼一根草，一股秋天的味道浸进他的胃里，他想到了从前的日子。

他望着竹内说：你输了，你该把我放了，然后你带着你的人回日本。

竹内接着往下笑，笑容都快掉到地上了，竹内慢条斯理地说：这一局我又输了，但我不能回日本。把你关起来，我知道这不符合赌局的规矩，但没办法，我想要回细菌，只要你把细菌给我，别的咱们都好谈。

冯山闭上了眼睛，他料想过竹内毁赌的事，那样的话，他不想和竹内谈任何条件。连赌场规则都不遵守的人，在冯山眼里一钱不值，不配和自己说话。冯山看了眼竹内，仰在谷草上，闭上了眼睛，轻描淡写地说：竹内，你可以把我杀了。

文竹背过身去，望着帐篷内的一角。

竹内说：夫人，你可以做做你丈夫的工作，只要把那两桶东西还给我，你们可以随时上山。这就是我的条件，如果不从，那你们就只能在这里待下去。

竹内说完，慢慢地站起来，他的肋骨一定是断了，他伸不直腰，只能让两个士兵搀着他走出去。

竹内出去，冯山才睁开眼睛望着文竹，平静地说：你不该跟我来。

文竹笑一笑，笑得很灿烂，她说：我知道日本人会有这一手。

冯山很深地又望一眼文竹，文竹一张平静的笑脸满满地映在他的眼中。他冲文竹笑了一下，两个人就那么默然地相视着。

冯山知道这时候冲文竹说什么都是多余的，多余的话他就无须再说了。他更不想和竹内多说一句话，在他的眼里，毁赌的人，还不如一枚草芥。

九

关东军司令部给竹内大佐的期限只有七天，现在还剩下三天了。竹内不能不急，他夹着屁股在临时帐篷内转来转去。他原打算把冯山叫下山后，一切就听凭自己摆布了。下令把冯山和文竹抓起来，他知道这不是个上策，对付冯山这种人，动横的肯定不行，横赌的人连死都不怕，还有什么可怕的呢？按着赌规，他已经犯了大忌，他已经失去了和冯山平等对话的机会。当然和冯山是否平等不重要，他的目的是要回细菌。

焦头烂额的竹内，想到了文竹。看来只能在文竹身上打开突破口了。连死都不怕的人，可能最怕的就是一个“情”字。想到这儿的竹内把刚吸了半截的纸烟扔到了地上。

对文竹动刑的地点就是关押冯山的帐篷隔壁，文竹的头发被吊了起来，头发连着身体，人整个悬在了半空。

文竹已经骂不动了，她口吐血水，冷着眼睛冲着几个对她动刑的日本兵。日本兵忙活累了，呼哧带喘地冲着文竹运气。

文竹就骂：狗，你们这群东洋狗。

文竹晕死过几次，都被冰冷的水给泼醒了。醒来后，日本人接着对文竹动刑，皮鞭声和泼水声以及文竹的咒骂声掺杂在一起。

冯山咬着牙站在自己的帐篷里，帐篷周围站着的都是荷枪实弹的日本兵。他差不多咬碎了自己的牙齿，让血水流进自己的身体。这会儿，竹内就来了，这次他没让人搀扶，披着件军大衣，吸着气走到关押冯山的帐篷前。他先是虚虚地冲冯山笑一笑，不看冯山，而是看着别处道：冯山君，对不住了，折磨夫人也是没有办法的事情，只要你把那两只桶交出来，我愿意赔偿冯山君及夫人的一切损失。

冯山见到竹内时，便把身子转了过去，他觉得自己和竹内对话已经没有任何意义了，毁赌的人，没有任何信誉可言，对他多说一句话都没有任何意义和价值。

竹内仍说：冯山君，我是没有办法呀，只要你把那两桶东西还我，你提什么条件都可以。

冯山突然转过身，把一口口水重重狠狠地吐在竹内的脸上。

竹内仍那么笑着，他甚至都没用手去擦脸。他接着说：冯山君，你的心情我理解，我没有遵守你们中国人赌场上的规矩，只要你把那两只桶交出来，我愿意再和你赌一次。

冯山一动不动地立在那里。

竹内大佐立了一会儿，又立了一会儿，他挥了一下手又说：夫人是吃了些苦，只要你带我们的人上山去取回那两只桶，夫人的伤我会找最好的医生给治。

冯山突然转回头，惊天动地地喊了一声：滚——

竹内脸色青青白白了一阵，他默站了一会儿，又站了一会儿，最后还是走了。

穷途末路的竹内，又想到了槐。槐收拾好东西离开宪兵队时，他一句话也没说，他对槐有种说不清的东西，既敬佩又无奈的一种心境。他知道这时挽留槐，说什么也没用，他只能放，至于何时放，他要掌握火候。他太了解这批中国人了。

当竹内差人到二龙山镇请来槐的时候，竹内开门见山地说：槐，我知道你和冯山有仇，你一心想杀了他，现在机会来了。冯山就在我手上，不过，我不想让你杀了他，我就想把我那两只桶要回来。冯山不怕死，杀了他也没用，我就想要回我的那两只桶。槐，我只能请你出马了。

槐此时身穿羊皮袄，袖着手，一副山民模样，深深浅浅地看了竹内几眼，他没说什么，转身走了出去。

槐先来到文竹的行刑地，文竹已经晕死在地上，泼在她身上的水，结着冰碴，文竹就躺倒在冰碴中。她的头发披散开来，一绺绺头发结成冰凌凝结在一起。文竹还在低声骂着：狗，你们这群东洋狗……声音含混不清。

槐看了几眼文竹，转身又来到了冯山帐篷前，他立住脚，就那么看着冯山。冯山背对着门口，孤独地立在那里。

槐清了清喉咙。冯山转了一下头，瞥了眼槐，把刚转回去的头又扭了回来，最后整个身子也转了回来，他有些惊讶地望着槐。

槐身穿羊皮袄，他袖着手，冷冷地冲冯山说：我已经离开了宪兵队，这个赌我认了，我这次可来可不来。

冯山望着槐，牙仍然咬着。

槐又说：这趟山你不该下，日本人就是日本人。

冯山听完槐这句话，他的眼皮跳了跳。

槐又说：姓冯的，你害死了我娘，我杀你十次都不会解我的心头大恨。

冯山的脸白了些，槐的脸是青的。

槐说完这句话，转身就走了。

槐找到竹内时，只说了一句话：我和冯山的事得按着中国人的规矩来。

竹内已经无路可走了，忙点头道：只要在后天能把那两只桶找回来，怎么处置冯山随你。

槐说：我要把冯山带到宪兵队去。

竹内望了眼槐，说：槐，冯山的事就拜托你了。

槐在那天晚上，用一辆牛车拉着冯山和文竹回到了二龙山镇。竹内从二龙山镇撤出，只撤出了日本部队，宪兵仍驻守在二龙山镇。

槐带着冯山和文竹重新回到了宪兵队。两只汽灯，嗞嗞地冒着气，把整个宪兵队的院子照得通亮。院子里站满了宪兵和一小队日本兵，这一小队日本兵是押解冯山和文竹回二龙山镇的兵。

槐绕着冯山和文竹转了一圈，冯山不看槐，仰着头望着星星。

槐压低声音说：冯山，你现在落到我手里了，我想怎么弄死你都行。

冯山抽回目光，望了眼槐，甚至还笑了笑。

槐就冲两个宪兵说：把车套上。

槐让冯山和文竹重新坐到牛车上，他接过赶牛鞭子。

日本小队长跑了过来，欲拦住槐的去路，槐就说：竹内大佐让我全权处理这件事，要是那两只桶要不回来，是你掉脑袋还是我掉脑袋？

小队长就怔住了，一群想拥上来的日本兵也站在那里，他们最后大眼瞪小眼地望着槐赶着牛车出了二龙山镇。

田野安静得很，只有牛车轧着雪路的声音，满天的星星很繁华地亮着。

突然，槐立住了脚，牛也立住了脚。

槐冲车上的冯山说：你们可以走了。

冯山不相信地望着槐。

槐说：冯山，这时候我要是杀了你，我就不是槐了。

冯山借着星光模糊地望着槐，此时他有一种感动也有一种骄傲。这就是他的儿子，身体里流着他的血和一种气。这种气他太熟悉了，熟悉自己也就熟悉了槐。

槐冷着声音说：冯山，我要让你死得明明白白，记着，我槐是会找你的。

槐说完把牛鞭扔到冯山的手里，转过头走了。

冯山说：槐，你去哪里？你把我放了，日本人是不会放过你的。

槐没再说话，耸着身子向雪野里走去，茫茫雪野只留下槐渐远渐逝的脚步声。

一股风夹着雪粒吹来，冯山灵醒了，他右手举起牛鞭，向牛抽去，他喊了一声：驾！

牛拉着他和文竹向风雪中的二龙山冲去。

父子（下部）

一

冯山带着三营，风雨不透地把二龙山围困了。

东北战场上，锦州被攻克后，国民党的队伍便兵败如山倒了。国民党的残兵败将，兵分两路，一路从营口的海上败退到天津，还有一路从山海关败退到北平和天津一线。也有一部分残兵，四散着逃进了山里。

冯山带着三营尾随着槐，一路追到了二龙山，槐带着一个连的兵力，还是先冯山一步，逃到了二龙山上。于是冯山带着自己的三营便密不透风地把二龙山围了。

槐现在早就有了自己的名号，他叫刘槐，槐的姓随了母亲。

他离开日本人后，没多久日本人便投降了，以前保安大队的人马又聚到了他的门下。那会儿，冯山带着自己的人马仍占据着二龙山。后来，这里来了东北联军，也有苏联部队，没多久，国民党的大部队也驻扎过来。这三股部队都是为接收日本人而来，三股武装剑拔弩张，大有短兵相接的意思。

后来还是苏联的部队接收了大部分日本人遗留下来的军火，用卡车源源不断地向北方拉去。苏联队伍一走，两支中国人的武装——共产党和国民党的队伍，便硝烟四起，短兵相接起来。从南满到北满，两股势力犬牙交错在一起，互不相让，你中有我，我中有你。

那会儿，冯山和槐各带着一路人马，占据着二龙山和南山。二龙山是冯山的老巢，老虎嘴山洞是他的大本营，可以说既安全又独立，他站在二龙山上隔岸观火地望着国共两支队伍短兵相接。在老虎嘴山洞里，文竹陪着冯山，冯山就很滋润的样子。

文竹已经不是以前的文竹了，她从一个黄毛丫头出落成一个丰满的少妇，女人的韵致早已在她身上显山露水了。颠沛流离的生活，让她更加看清了冯山，嫁鸡随鸡、嫁狗随狗的观念在她心里愈加蓬勃了。当初冯山从杨六手里把她赢来，她只能认命，后来她和冯山生活在一起，只是出于一种感激。随着日深月久，她再看冯山时，眼神已经有了很大的变化，用情深似海来形容一点也不过分。文竹理所当然地爱上了冯山。

每当月明星稀的夜晚，文竹偎着冯山，两人有一搭无一搭地望着头顶悬挂着的满月，满月月月都有，他们对满月的日子已经司空见惯了。不是因为满月两人才有这样的情致，而是因为满月，让文竹和冯山有了好心情。在这种好心情下，文竹就说：我该给你生个儿子了。一说到儿子，冯山就下意识地向南山望了一眼，那里有槐，此时他不知道槐在这满月的夜晚做些什么。但他还是想起了槐，槐是他和菊香生的孩子，他无论如何也忘不了。在这时，他没有回答文竹的话。

文竹就悠长地叹口气，不再提这一话题。头顶上的满月就向西沉了沉。

如果日子这么一帆风顺地过下去，就会是另一种样子了。

那一天山下来了一个人，确切地说是三个人，来人是国军的一个团长，他自报家门姓胡，另外两个人是他的警卫。他的队伍就在二龙山下，他们在这里已经驻扎好久了。冯山早就知道，但他并没有把国民党这一个团的兵力放在眼里。当初日本人封山时，兵力并不比国军的队伍差，但他们没有办法。二龙山三面都是悬崖陡壁，只有龙脊和一条龙腿两条路通往山下，只要守住龙脊和龙腿这两条路，别说山外驻扎千八百人，就是十万八万的也不在冯山的眼里。想必胡团长也看出了这样的形势，于是他带着两个警卫上山前来拜望冯山。

冯山在老虎嘴的山洞前，不冷不热地接待了这个胡姓团长。胡团长详详细细地把二龙山打量了，便啧着嘴说：这山这势，真是易守难攻，好地方啊！

胡团长感叹着，他又探了头向老虎嘴山洞看了看，嘴里更是啧声不断了。他心里清楚，如果用大炮轰炸二龙山的话，人可以躲到山洞里去，别说大炮，就是美国的原子弹怕也是无计可施。

胡团长在山上望了，也感叹了，最后才说明自己的来意，那就是想请冯山带着自己的人马下山，参加他们的队伍。条件是给冯山一个团副干。

冯山坐在老虎嘴的山洞前，连眼皮也没抬，他只是呵呵地笑了笑。

胡团长摸不到头尾，也陪着干干硬硬地笑了两声，然后打躬作揖地走了。冯山挥了下手，山上的一干人等便半拥半簇地把胡团长打发下山了。

没多久，因这支队伍和共产党的队伍开战，便开拔走了。山下又来了共产党的队伍。这支队伍领头的不是别人，正是老肖。肖大队长和冯山是打过交道的，那会儿老肖是抗联的大队长，曾经还救过冯山。故人相见虽说不上热络，这份友情仍温热着。

此时的老肖已经不再是抗联的大队长了，他现在是东北野战军三纵队的一名团长。肖团长穿着军装，腰间扎着巴掌宽的皮带，干净利落地站在冯山面前。

冯山恍若隔世地望着肖团长。

孔大狗就绕前绕后地看着肖团长，山上的人对肖团长已经不陌生了，这次把肖团长带上山的又是孔大狗和另外两个弟兄。此时的肖团长就满脸内容地望着冯山。

其实不用肖团长说什么，冯山就知道肖团长为何上山，肖团长是想劝说自己下山。当年日本人来过，国民党的胡团长也来过，说一千道一万，转弯抹角的，目的只有一个，那就是下山参加他们的队伍。

冯山不想搅在其中，当初和日本人为了细菌事件搅在一起，完全是误打误撞。国民党的胡团长前些日子来到山上，也劝他下山，并许诺给他个团副的角色。团长、师长的他看不上眼，他要的是在二龙山的这份宁静和守望。现在山下到处兵荒马乱的，就他这里清静。他不想下山的又一动机，就是在这里可以守望南山的槐。槐居住的南山距这里也就几公里的样子，南山和二龙山像一对父子似的相守相望着，每天冯山都要向南山方向张望几回，望过了，心里就踏实了许多。虽然槐一门心思地想杀了他，可在他的心里，儿子就是儿子，槐就是槐，一想起槐他的心里就开始潮湿和温热。他相信槐不会做出不仁不义的事来，因为槐是他的儿子，他对槐坚信不疑。南山不仅有槐，还有他父母的坟冢，包括菊香的坟，他们依旧像亲人似的长眠在南山上，也在静静地望着他，正因为如此，他没理由不守望下去。

肖团长说了许多劝他下山的理由，肖团长讲这些道理时，他的目光越过肖团长的头，虚虚实实地向南山方向张望着。肖团长把话锋一转就说：你们要是不下山，国民党会对你们下手的。

他听了这话，目光虚空地望着眼前的肖团长，国民党的胡团长他见过，如果国民党部队有能力拿下南山和他们的二龙山，也许早就下手了，还用等到今天？他怀疑地望着肖团长。肖团长就笑笑说：他们想把你们这两座山当成大本营，迟早要下手的。

冯山此时立起身，风吹起他的空袖管一飘一抖的，他脸上的肌肉抖了抖，他只有在赌场上才有这样的神情，半晌，他咬着牙说：要是国民党的队伍不攻打呢？

肖团长就又笑一笑说：那就算我白说，你带着你的人，好生地在这里待着。

说完冯山就铁嘴钢牙地说：要是国民党队伍攻打我二龙山，那我就投奔你们，誓死和他们为敌。

话说到这个份上，肖团长就不再说什么了，他站起身，紧了紧腰间的皮带，带着警卫员，一耸一耸地朝山下走去。

冯山望着肖团长的背影，挥了下右手道：大狗，送客！

孔大狗就带着两个弟兄颠颠地护卫在肖团长左右，一脚高一脚低地向山下走去。冯山站在一块石头上，目光虚空地望着孔大狗把肖团长送下山。

在冯山的心里，没人敢对他的二龙山动一根指头，二龙山的地形易守难攻就不用说了，关键是他手下的弟兄们都身手不凡，百发百中，别说区区国民党一两个团，就是有千军万马，也休想撼动他的二龙山。

南山地势虽比不上二龙山，但槐经过这么多年的历练，早就把南山修筑得固若金汤了，明碉暗堡到处都是。他相信槐的力量，守住南山也并不是件多么困难的事情。冯山这种自信完全来源于一种经验，他的经验。在纷繁复杂的战争格局中，二龙山和南山只是战争中的两枚棋子，要想赢得这场战争的胜利，就要动一动这两枚棋子。对战争的操控者来说，他们就是两枚棋子。

那是一个月清风爽的夜晚，经过一冬的苦熬，山上的雪已经化了，树梢已经泛绿，远山近野开始有冬眠过来的虫，发出试探的叫声。那天晚上，冯山站在二龙山上，望着头顶的满月，每逢这时，他心里总会有一种说不出的怅然，他想到了以前的日子，爹、娘、菊香，当然还有槐。物是人非，沧海桑田，他现在只能和槐这么遥遥相望了，像这对父子山。

文竹不远不近地望着他，每到这个时候，文竹从来不打扰他，只是这么默望着他。文竹是个聪慧的女人，关于他的内心，她比他还清楚。在她的心里，眼前这个男人，重情重义，一诺千金，这些对她来说已经足够了。她依傍着这样一个男人，心里干净也踏实，正是因为这份踏实，让她死心塌地地追随着冯山，也许这就是爱。

就在这样一个月明星稀的晚上，不远处传来了枪声，起初枪声响得并不密集，像除夕夜放的爆竹。后来枪声就稠了起来，像刮过的一阵风。

最近山下经常响起这样的声音，他知道，这是国民党的胡团长和共产党的肖团长带着各自的队伍在二龙山镇的地面上交战。今天你撤，明天我进的，几进几出仍分不出胜负，仍在二龙山镇的孔二狗经常把这样的情报送出来，今天二龙山镇是国民党的了，明天也许又到了共产党的手上。冯山对这一切都不感兴趣，他只关心他的二龙山。山下打得吃紧时，他让自己的弟兄严阵以待，树上树下、山石后面、山洞里都有他们严阵以待的弟兄，不怕一万，只防万一。

枪声一阵紧似一阵地传过来，枪声和以往却有着明显的不同，似乎很固定，都是从一个方向传来的。他正在纳闷时，孔大狗一路昂扬地跑来，一边跑一边兴奋地说：大哥，这回妥了，南山那个小崽子和胡团长的队伍交上火了。

“南山”二字在冯山心里惊起滔天巨浪，他心绪难平地叫了一声：南山怎么了？

孔大狗又把刚才的话重复了一遍，他挥手打了孔大狗一巴掌，孔大狗捂着脸，刚才的兴奋劲顿时灰飞烟灭了。孔大狗吭哧着说：大哥，俺说的可是实话，南山那小子欠收拾，他要是让胡团长一伙给灭了，以后咱们也就省心了。

冯山此时站在二龙山的最高处，伸长脖子一直望着南山方向。那里已经隐隐地看到了火光。

枪炮声响了一夜，冯山就在那里站了一宿。弟兄们想劝回自己的大哥，都被文竹挥手拦了回去，弟兄们也就高高低低地立在山坡上陪着冯山站到天明。

天亮了，枪炮声仍没停歇下来，似乎有更多的队伍投入到了战斗，枪炮声越发地激烈了。

文竹就仰着脸冲冯山说：当家的，咱们是出山还是等？

冯山脸上的肌肉又抖动了一下，他咬着牙说：弟兄们，抄家伙！

弟兄们早就握枪在手了，没人想过要出兵，严阵以待是守护好自己的一亩三分地。国民党的队伍向南山动手，众兄弟的心里也都七上八下的，今天向南山动手了，说不定哪天就会向他们的二龙山动手。也有人高兴，像孔大狗等人，他们想让国民党的枪炮解决了槐南山的势力，没有了槐，就没有人和二龙山作对了。可就在这时，冯山下了出兵的命令，众人就乱七八糟地喊：大哥，三思呀。

冯山早就想好了，唇亡齿寒的道理他懂，况且这“唇”不是别人，而是槐。他和槐的恩恩怨怨，那是他们自己间的事情，别人对槐下手，那是挖他的心。他不能坐在二龙山上无动于衷，况且，上次在日本人手里，是槐把他放马归山的，这个情他不能不记得。

冯山带着人马赶到南山时，南山已经危在旦夕了，槐率领几十个人龟缩在一个山洞里，做最后的抵抗。国民党的枪炮已经把洞口封了起来。冯山这一队人马神不知鬼不觉地出现在胡团长的队伍后，没有多大动静，便杀开了一条血路。起初国民党队伍摸不清底细，眼见着一个又一个弟兄倒下，军心一时大乱，队伍潮水似的从山上退了下来。

槐得到了短暂的喘息机会，又蜂拥着从山洞里冲出来，收复了失地，抢占了有利地形，局势立马就变了。

胡团长似乎也不想恋战，拉着队伍撤到了山下，反过身来，又将二龙山团团围住了。

冯山起初对国民党的围困并没放在心上，槐的南山转危为安让他悬着的一颗心放下了，他还命人杀了两只羊，和弟兄们烟熏火燎地庆贺了一番。

胡团长似乎长了记性，对二龙山是围而不攻，高兴了向山上打几炮，炮弹稀稀拉拉地炸了，虽没造成什么伤亡，但众人只能龟缩在山洞里，自由受到了很大限制。最关键的是，山上已经断顿了，几十个人的吃喝成了问题。

正值青黄不接的季节，山上的草还没发芽，国民党的炮说不定什么时候就会炸响，整日憋在山洞里，眼睛都憋蓝了。他们已经开始啃树皮吃草根了。自从他们跟着冯山来到二龙山还没有受过这样的委屈，一干人等嗷叫着要冲下山去。

冯山何尝不想下山呢，但他知道这山是下不得的，他们在山上是凭借地势，胡团长不敢轻举妄动。如果走下山去，他们这些人无法和胡团长的一个正规团抗衡。

众人正在走投无路、无计可施之时，又是一天夜里，山下枪声又一次大作起来。最初的一瞬间，冯山想到了槐，但随着枪声继续，他很快就否定了自己的想法。槐元气大伤，无论如何在山下闹不出这么大动静，枪炮声热闹异常。

两个时辰之后，枪炮声渐渐隐去了，肖团长带着警卫员出现在冯山面前，肖团长的衣领上还有一缕灰烬，这是战斗留下的记号。直到这时，冯山才意识到，是肖团长救了自己，他摇晃着站在肖团长面前，微笑着说：肖团长，你赢了，我认赌服输，我们跟你下山。

就这样，冯山带着队伍成了三纵肖团长手下一支重要力量。他先是当了副营长，后来又当了营长，他随着肖团长从南到北，屡立战功。当然，这一切都是后话了。

冯山告别二龙山，投奔了东北野战军，令他没有料到的是，几天之后，槐率着南山的弟兄们也下山了，他们却投靠了胡团长的国军。胡团长曾经攻打过南山，让槐损失惨重，按理说，槐应该和胡团长的国军不共戴天才是，没料到的是，他却把胡团长当成了恩人。直到又一次和槐见面，冯山才真正明白了槐的心思。

二

槐不明不白地投奔了国军的胡团长，让冯山百思不得其解，直到围困长春时，冯山活捉了槐，两人有过一次正面接触，冯山从槐的嘴里，才知道了槐的真实想法。

国民党在东北战场上并没有捞到便宜，且部队在节节败退，广大的乡村无法让他们取得胜利，于是他们就舍弃了乡村，逃到了城里，城市便成了他们的孤岛。

长春就是这样被围困起来的。此时的冯山已经是一名营长了，他的队伍除了他从二龙山率领的弟兄们还补充了许多人，文竹也在队伍里，她现在成为一名战地护士，负责抢救伤员。

肖团长这支队伍和国军的胡团长，以前一直在二龙山镇一带你进我退地厮杀着，随着整个东北局势的变化，胡团长的队伍也龟缩进了城，进的不是别的城市，就是长春。肖团长的队伍就尾随着追到了城外。胡团长的团，并不是国民党的嫡系队伍，长春的大门并没有向他们敞开，他们只能在城外驻扎下来，成了外围部队的送死鬼。

他们果然做好了送死的准备，挖了战壕，修了工事，就等着送死了。然而这次共产党的队伍，并没有想和城里城外的国军拼个鱼死网破，而是团团地将长春围了起来。这是围点打援的又一战例。

共产党的大军大兵压境，铁桶般地把长春团团围住了，却并不急于攻打。起初的日子里，倒也相安无事，风平浪静的样子。连续数日之后，城里的守军受不住了，当时长春城里有百姓百十万人，守军也有数十万，他们的供给出现了大麻烦，于是，城里的守军开始求援。国民党知道，城外的共产党的军队早就织成了一张大口袋，就等国民党援军前来施救，国民党部队没人敢来钻这个天罗地网，他们只用飞机空投物资的办法对城里的守军进行救援。

空投的援军怕把物资遗落到共产党的军队手上，他们为了安全起见，只对城里的守军空投，城外守军连毛都没有。城外的守军都是非嫡系队伍，城里的守军根本顾不上城外的队伍，空降下来的那点粮食还不够他们自己吃的。

城外的队伍趴在潮湿阴冷的工事里，忍饥挨饿艰难地度着日月。共产党的军队的政治攻势已经展开了，他们向敌人的阵地上撒传单，用铁皮喇叭喊话，劝其投降，放下武器。已经开始有小股部队打着白旗，举着枪从城外的战壕里爬起来，投奔到了共产党军队的队伍里。他们一过来，立马有馒头米饭招待他们。他们一边吃着热乎乎的饭菜，回想着阴冷战壕里的日子，个个都泪水涟涟。当时共产党军队的政策是，只要放下枪，欢迎参军，不想参军的，给些路费回家也可以。

不论是月明星稀还是月黑风高的夜晚，都有小股国民党的队伍，以班或排的编制，屁滚尿流地投奔到共产党的军队一方。

冯山率领的营，阵地和国民党胡团长的阵地可以说是短兵相接，也不过有几百米的样子，他们每天吃着热饭热菜的香味都能飘到对方阵地上去。冯山每次吃喝都能想起槐，一想起没吃没喝的槐，他心里就堵得慌。毕竟是他骨血相连的儿子，冯山就拿起铁皮喇叭冲槐的阵地喊话，他知道槐现在是胡团长手下的一名连长，手下有一百多人的队伍。冯山就哽着声音喊：槐，你带着队伍过来吧，只要你说一句话，我派人去接你也行……

他的喊话还没有完，对面就射来一排子弹，其中有一颗子弹还射中了铁皮喇叭，让冯山日后喊话，都变了音调。冯山知道，这一枪一定是槐打过来的，只有槐有这样的枪法。

孔大狗就爬过来，拽拽冯山的衣袖说：营长，别跟他啰唆了，槐就是个狼崽子，让我带几个人摸过去，把他们干掉算了。

孔大狗此时是尖刀连的一名排长，屡立战功。

冯山没有说话，他举着铁皮喇叭，变音变调地接着喊：槐……

迎接他的又是一阵子弹，不论槐如何对冯山，冯山依旧对槐不离不弃地努力着。冯山的喊话声带着几分哽咽，划破夜空，支离破碎地飘到槐的阵地上。槐对冯山的攻势一直无动于衷。

每当有对方阵地上的士兵哆嗦着身子投奔过来时，冯山都一一地把他们看了，他希望在这些人里看到槐的身影，然而一次又一次地让他失望。他看着对方这些士兵或下级军官狼吞虎咽地吃第一顿解放饭时，他的眼圈就红了。

每每这时，文竹理解地望着他，站在他的身边小声地说：槐迟早会过来的。冯山甩着一只空袖筒走远了，留下一个孤独的背影给众人。士兵们理解冯山的心思，不好安慰不好打扰，让冯山一个人去孤独。

在又一个月黑风高的夜晚，冯山躲在营指挥所里沉思默想的时候，孔大狗兴冲冲地跑进来报告，因为兴奋，一向口齿流利的孔大狗变得口吃起来，他结结巴巴地说：报告营长，那小子让我抓……抓到了……

冯山一时没有反应过来，他瞅着孔大狗，孔大狗就结巴着又说了一遍：营长，槐，我们抓到了。

冯山这才灵醒过来，接下来他就看见两个士兵押着被五花大绑的槐走了进来。冯山的心就忽然颤了颤。他把目光投向槐，槐瘦了，也黑了，头发很长，胡子好久也没刮过了。槐蓬头垢面地站在冯山面前，此时的槐换了一身老百姓的衣服。

孔大狗就说：营长，这小子裹在一群老百姓中间，可我一眼就认出他来了。

槐梗着脖子，目光望着别处。

冯山挥了一下手，让人给槐松了绑，又让孔大狗去后厨拿来两个馒头递到槐的面前。槐别过头去不看馒头，他甚至还闭上了眼睛。冯山望着眼前的槐，一时间百感交集。他想起了槐小时候，菊香牵着他的手，站在风雪中等着他从赌场上回来。那会儿，槐喊他舅舅。稚气的喊声让他心里涌起无限的甜蜜和责任，他在心里一遍遍地发誓：以后一定要让菊香和槐过上好日子。他捧起槐那张冻得通红的小脸，心里就有一种痒痒的东西爬过，他吸溜下鼻子，望一眼菊香，这些日子在赌场上的苦和累，便都没有什么了。

这一切回忆恍若就在昨天，可眼前的一切早已物是人非。他望着眼前胡子拉碴的槐，心里就有种要哭的冲动，他挥了一下手，孔大狗带着两个兵撤下了，此时，只剩下他和槐两个人了。

冯山悠长地叹口气道：当初你不该投奔胡团长。

槐背身冲着冯山说：你投奔了共产党，我只能投奔胡团长。

冯山就叫一声：槐——

槐又说：我有名字，叫刘槐。

冯山听了这话，心里就又颤了颤，刘是菊香的姓。他多么希望槐也姓冯啊。从这点上来看，槐并没在心里接纳过他，从来没有。

冯山有了种想和槐倾诉的愿望，于是他就说：槐，我对不起你娘。

槐就红着眼睛望着冯山：没有你，她不会死。

这话让冯山哑口无言，他不明白，槐为什么把菊香自杀和自己联系在了一起。冯山还想说什么，槐的话让他改变了思路。

槐说：人你们抓到了，要杀要剐随你们便。

冯山说：我们的政策是……

槐打断冯山的话：少说你们的政策，你们的政策我都听一百遍了。

冯山就止了话头：那你想怎么样？

槐就说：要是你放了我，我还想杀你。你不是问我，为啥参加国民党吗。告诉你我就是想杀了你。

冯山陌生地望着眼前的槐，他心里陡然生出一缕寒气，这股寒气让他哆嗦了一下。

槐说：姓冯的，你杀了我吧。

冯山背过身去，他喊了一声：孔排长。

孔大狗几步就闯了进来，两人的对话他在外面听得一清二楚，他一进门就哗啦一声推上子弹，大声地说：营长，这小子我拉出去一枪崩了他。

冯山挥下手说：放了他！

孔大狗张口结舌地站在那里。

冯山又一字一顿地说：放了他！

孔大狗推一下槐说：小子，便宜你了，走吧。

槐向外走了两步，又停下来，梗着脖子说：姓冯的，你可别后悔，你不杀我，我可还要杀你。

冯山转过身说：槐，在日本人手里你放过我，这次我也放你一回，咱们扯平了，日后相见，咱们谁赢谁败还不一定呢。

说到这儿，他又挥了一下手道：放人！

槐就大步地向外走去。

冯山一直望着槐在他眼前消失，他望着槐的背影，仿佛看到了年轻时的自己，看到了他一次又一次地和杨六豪赌的场面。他从槐的身上看清了自己，也从自己的身上看清了槐。他摇摇头，叹了一口气，又叹了一口气。

后来孔大狗对他说：营长，你这是放虎归山哪。

他明白孔大狗的意思，但还是说：我们的缘分还没有尽。

冯山一直幻想着父子相认的那一刻。

他没有等来那一刻，阴差阳错地，他们又在二龙山相见了。

冯山一个营的兵力把逃到二龙山上的槐团团围住了。这也是冤家路窄，一场龙虎相争不可避免地展开了。

三

冯山这个营清剿二龙山国军残部的期限为十五天，这是三纵队总部下达给冯山的命令。

此时东北野战军已经化整为零，清剿散落在各处的残敌。半个月后，他们又一次集结，大部队将开往关内，援助关内的部队解决天津和北平的守敌。

那一段时间，虽没有大的战役，但零散的战斗始终没有停止过，枪炮声一直稀稀拉拉地响着，唯有二龙山的枪炮声一直没有响起来。

冯山带着一个营人马围困住了二龙山，他站在山下遥望着二龙山，通往山上的路——龙脊和龙腿已经让槐派人守住了，如果强攻的话，将损失惨重。

如果队伍没有期限地这么围困下去，槐坚持不了多久，没有供给和粮食，槐将不攻自灭。然而，三纵队首长只给冯山半个月的时间，半个月的时间，想让槐土崩瓦解那是不现实的。

没有人比冯山更了解二龙山的地形了，冯山站在二龙山下面无表情地望着山头。孔大狗就绕着冯山转圈，他一边转一边说：营长，让我带着尖刀排杀上去吧。

冯山没有理会孔大狗的请战，他知道，别说孔大狗的一个排，就是他们一个营去打冲锋，也不会占到便宜。在二龙山的龙脊和龙腿两条进山通道，架上两挺机枪，他们就无法近前，看来想拿下二龙山，只能智取了。

智取又如何取，冯山显然没有想好，他呆望了二龙山三天仍没有想好对策，时间一分一秒地过去，冯山的神情就显露出了焦急。在这期间，各排各连都纷纷请战，有人提议从山后的悬崖峭壁摸上山，给槐来个突然袭击。这一想法，冯山不是没有想过，如果可行的话，当年日本人为了细菌，这一招早就用了。

第四天，文竹找到了焦头烂额的冯山。文竹平平静静地说：我上山去一趟。

冯山就呆定地把文竹望着。

文竹就说：我知道槐为什么偏和你作对，他是因为恨我。

冯山听了这话，眼皮就跳了跳。

文竹仍平静地说：要是没有我，你也许就会娶了菊香，你娶了菊香，槐就不会像今天这样了。

冯山望着文竹半晌没有说话，他又一次想起了菊香。若干年前的菊香凄迷地望着他，又怜又恨地说：冯山，要是你不赌该多好哇，你不赌我一准儿嫁给你。

那会儿的冯山已经走火入魔了，他一心想赢回他冯家的尊严，确切地说是冯山自己的尊严，菊香的温情和声声呼唤，并没能唤醒执迷不悟的冯山。他一意孤行地走下去，像一个孤独的剑客，去厮杀，去拼搏，就是赌输了手臂，仍顽强地战斗下去。最后他赢了，让他的赌家杨六暴死在他的面前。他赢光了杨六的一切，也赢回了母亲的尸骨，他的心里曾得到过片刻的宁静和满足，可他失去了菊香和槐，他的至爱和骨肉。

那时他和文竹走到一起，又是另一种情感了。文竹看冯山真的就是一座山了，冯山看文竹时，她是一潭水，绕在山周围的水。这么多年的历练，冯山终于看清了自己，看清的冯山，再仰头望着二龙山上的槐时，他终于发现此时的槐正如年轻时的自己，认准一条道，十头牛都拉不回了。这么多年和槐敌人似的相对，他有若干次机会置槐于死地，可他下不了那个手，也许槐也有机会下手，但也阴差阳错地放了他一马。

槐是他的儿子，他回望自己年轻时，恍若看到了今天的槐。

此时，文竹站在他面前，提出要上山解决和槐的恩怨，他明白解铃还须系铃人，他望着眼前的文竹，摇了摇头，轻轻淡淡地说：要去还是我去，槐的仇恨是冲我来的。

冯山要上山的想法，遭到了孔大狗等人的强烈反对，他们的任务是消灭槐，槐还没有被消灭，把自己送到山上去，这犯了兵家大忌。最后孔大狗提出，他要随文竹一同上山和槐进行最后谈判。

孔大狗经过这么多年历练，已经很有觉悟了，他宽慰着冯山说：营长，东北都解放了，一个小小的二龙山又能怎的？国民党几百万军队都跑的跑散的散，槐就百十号人，他还能变个天？营长，你放心，我上山去找槐，让他带着人马下山来见您。

冯山听着孔大狗的话，他心里并没有多少底，孔大狗的话句句在理，可槐毕竟是槐，他太了解槐了。如果槐这么想，也许就不往二龙山上跑了，但现在，他并没有更好的办法，他只能同意孔大狗和文竹上山与槐进行谈判。

在山脚下，他为孔大狗和文竹送行，文竹显得平平静静，她冲冯山说：你回去吧，我知道槐要的是什么，要是我回不来，你也不要急着攻山，这山咱们上不去，再想想别的办法。

文竹这么说时，冯山的心颤了一下，他看着眼前的文竹，就想起了菊香。这两个女人太像了，正因为她们的像，让冯山义无反顾地爱上了文竹。他当初娶文竹时或许把她当成了菊香的替身。这么多年过去了，菊香的气息仍没从他生活中散去，也许文竹和菊香合在一起了，让他分不出彼此，他爱着文竹就像爱着菊香一样。

文竹说完这话，便和孔大狗一起踏上了通往山上的路。在半路上，文竹停了下来，坚决要让孔大狗回去，孔大狗便只能依了文竹，回到山下。

冯山望着文竹远去的背影，恍若又回到了若干年前，他走在风雪中，文竹站在他老屋前等着他归来。炕是热的，锅里的炖菜飘着油花的香气，他忍不住叫了一声，文竹回了一次头，认真地看了他一眼，冲他笑了笑，这一笑便定格在了他的心里。然后，他就不错眼珠地望着孔大狗和文竹的背影消失在他的视线之中。

他转过身时，看到队伍正荷枪实弹地站在自己的身后。他们做好了随时攻山的准备，几个连长就围过来，七嘴八舌地说：营长，和山上那小子谈什么，你下令攻山吧，就是我们营剩下一个人，也要把这山头拿下来。

冯山望着眼前这些出生入死的弟兄们，他一点都不怀疑自己队伍的作战能力，可他不想和槐这么鱼死网破。他给自己和槐都留了条后路，他在心里隐隐地期待着奇迹的发生。

四

槐正在指挥着人马，乱七八糟地修着工事。他躲在一边，把枪上的零件肢解下来，很复杂地摆在眼前，然后有条不紊地擦着那些大大小小的零件。文竹被带到面前时，他只抬了一下头，然后不紧不慢地把那些零件又严丝合缝地组装在枪上，把枪插在腰间。这才正眼打量着文竹。

对于文竹，槐并不陌生，母亲牵着他的手一次次进出冯山的老屋时，他就认识文竹了。那会儿的文竹绿裤红袄地出现在他的面前，也许那会儿文竹才十六岁，或者十七岁，在他的眼里鲜亮水灵，甚至可以用漂亮来形容，可他对文竹一点好感也没有。那会儿，母亲似乎也没有把文竹放在眼里，和她说话时并不称呼什么，只是说：冯山最晚明天就回来，你把炕烧热了。

母亲还说：冯山喜欢吃炖菜，再贴点饼子。

文竹一一用鼻子回答了母亲，母亲站在冯山的房子里，用一种很冷的目光把四面墙都看了，这才转过身，牵着槐的手走出来。走到外面，槐扯一扯母亲的手问：娘，她是谁？

母亲看着前面的雪路，头也不回地说：你舅赢来的女人。

在母亲的嘴里，这一切都说得轻描淡写，可回到家后，母亲总是坐立不安，还无端地发脾气。在槐幼小的心里，他知道这一切都缘于那个赢来的女人。那会儿，他还不知道她叫文竹。

文竹的存在，并没有影响到母亲对冯山的关心，第二天，母亲牵着他的手又去了冯山的住处。此时冯山已经回来了，像一块石头似的躺在炕上，呼噜正打得惊天动地。

文竹已经把房里房外都拾掇了，干净利落地呈现在他和母亲的眼前，冯山就在干净利落的房子里山呼海啸地睡着。炕台的锅里正冒着热气，飘出油炒葱花的香气。母亲牵着他在房内立了一会儿，又立了一会儿，似乎再也找不到待下去的理由了，牵着他的手就用了些力气。母亲很有力气地把他牵到院子里，母亲深深地吸口气，头也不回地说：别打扰他，让他睡够三天三夜。

文竹又用鼻子回答了母亲，然后该干什么又干什么了。屋里传来烟火的气息，母亲这时呼掉一口长气，便大步地向院外走去。雪路还是那条雪路，不知为什么在槐的眼里一下子变得长了许多，似乎没有尽头的样子。母亲踩在雪地上双脚发出的声响是那么的惊天动地。母亲不说话，默默地走，母亲灵活好看的腰肢似乎也变得僵硬起来。

没有这个赢来的女人时，这些都是母亲的活。冯山要离家了，母亲会赶过来给冯山做一顿饭，烙饼和鸡蛋炒葱花，屋里屋外就飘着浓浓的香气。冯山蹲在炕上大口地吃，连头都不抬，母亲倚着门立在门口望着冯山，眼里一派祥和。那时槐无忧无虑地在院子里堆雪人，大大的头，小小的身子。望着雪人，母亲就笑。冯山吃过饭走出来，弯下腰看一眼雪人，又望一眼他，伸出大手在他头上摸一摸，就迈开大步走到门外。走到门外时，母亲就叫一声：七天后，我给你做饭，在家里等你。

冯山没有回头，脚步却停住了，然后湿湿地说一声：知道了——

冯山就迈开大步向风雪里走去，一直到冯山的背影消失在母亲和他的视线里，母亲的目光中仍飘着一层水汽。母亲的样子很好看，母亲照例把冯山家的窗门关了，又留恋地把角角落落都看了，这才一步三回头地走出去。他扭着歪斜的身子随在母亲身后，看见从雪地上刮过一缕白毛风，他就喊：旋风旋风你是鬼，三把镰刀砍你的腿……

母亲的腰肢依旧灵活好看，他追随着母亲活蹦乱跳地回家。

五六天之后，母亲又带着他来到冯山家，母亲把屋里屋外都打扫干净了，然后就开始生火烧炕。屋里渐渐温暖起来，母亲先是烧了锅热水，水冒着白汽生龙活虎地蒸腾着。一锅水烧干了，炕也炙炙地热了起来，母亲便开始用白菜和土豆炖菜，然后又在锅的周围贴满饼子，不久，屋里便传来菜和饼子的香气。

母亲这时就又倚门而立了，母亲的目光似乎是虚虚的，荡漾着一种叫欢乐的东西。他仍然在院里堆雪人，这次他把雪人堆得很高，却仍是个大脑袋，他冲雪人喊：大头大头，下雨不愁，别人有伞，我有大头……

母亲就笑，他也笑。

天暗了些，这时空旷的雪野里出现了一个小黑点，母亲不由自主地向前走了几步，样子似乎要迎出去，待那黑点走近，母亲就惊呼一声：槐，你舅回来了——

母亲就真的迎上去，那股喜气张扬地从母亲身体里散发出来。

冯山越走越近了，都可以清楚地看见冯山在风中像鸟一样地飞翔了，母亲的喜悦就越发地真实了。待冯山走近，母亲就哽着声音说：回来了——

冯山哑着声音说：回来了——

母亲随着冯山走进屋里，掀开锅盖，一股浓烈的菜香和玉米饼子的香气兜头冲过来。母亲颤着声音说：吃吧——

冯山不说什么，一脚踩在灶台上，一手从锅里拽过一个饼子，狼吞虎咽地吃起来。母亲又一次倚门而立，不错眼珠地盯着冯山。冯山狼吞虎咽地吃完饼子，便一头栽倒在炕上，瞬间便发出山呼海啸的呼噜声。母亲小心把里屋门掩了，在外间的灶台下又放了些木柴，灶下的火不紧不慢地燃着。母亲又房里屋外地打量了，这才牵着槐的手走了出来。

走在雪路上的母亲，有时嘴里会哼一支歌：正月里来是新年——歌声婉约动听，母亲的腰肢灵活好看。

这是文竹没来时的景象，可文竹一来一切都变了。变化的母亲让槐感受到了一种压迫，这种压迫常常让槐感到窒息。母亲的情绪传染给了他。

后来那个痨病鬼“父亲”死了，“父亲”死了，母亲没流一滴眼泪，她平静地给“父亲”发丧，做完这一切时，母亲坐在炕上，望着窗外，长长地出了一口气。

再后来，冯山和文竹成亲了，他们成了一家人。冯山吹打着迎娶文竹进门时，鼓乐班子很是热闹，前村后街的人都去看热闹。他也想去看热闹，他去拉母亲手时，看见了母亲眼里含着的泪水，还有母亲冰冷的双手，他骇然地望着母亲，怔在那里。

就在那一天，槐呼啦一下子长大了，他含着眼泪说：娘，俺要杀了他。

母亲似乎没听清，怔怔地望着他，他又重复了一遍刚才说的话，母亲挥起手狠狠地打了他一巴掌。

母亲这一巴掌没有打灭槐对冯山的仇恨，他的仇恨在那一天长成了参天大树。为了母亲，冯山成为他最刻骨铭心的仇人。

冯山拉杆子上了二龙山，槐投奔了南山那绺子。他要和冯山作对到底。槐成了土匪，在槐的心里只有成为土匪才能和冯山抗衡。在槐成为土匪后，母亲本想用真相劝说槐下山，过正常人的日子。于是，母亲就把真相说了出来——槐是冯山的儿子。然而，这一切并没能阻止槐。槐得知真相后却更加激起了他对冯山的仇恨。

在母亲的嘴里，冯山成了他的亲生父亲，这一切并没有缓解槐对冯山的仇恨，新仇旧恨交织在他年少的心底，后来母亲又死了。他把这一切都归结到了冯山的头上。如果没有冯山他就不会有那样一个灰暗的童年，没有冯山母亲就不会死，甚至自己上山做土匪，也都是冯山一手造成的。复杂的仇恨堆积在槐的心里，有如火山随时都会爆发，喷射出炙热的仇恨。

槐投奔日本人，又投奔国民党，这一切都缘于冯山，他时刻要站到冯山的对立面，成为冯山的对手。他要杀了冯山，让冯山死得光明磊落，一定要让他死得明白。如果槐要偷鸡摸狗地杀了冯山，他早就杀了。他要让冯山死得心服口服、明明白白。

国军的队伍在东北大败，他没有随着大部队逃往关内，而是带着自己一连人奔了二龙山。他要在二龙山把和冯山的恩怨了断，让母亲瞑目。

他知道，自从上了二龙山，他便把二龙山当成了人生最后一站，他没有给自己留下退路。

五

槐现在的大名叫刘槐，参加国军之前，人们都叫他槐。日本人投降前，因他私自放走了冯山，日本人便到处抓他，他不躲不藏地回到了南山。那会儿日本人已经没有精力顾及槐这样的小匪了，东亚战场的失利，让日本人首尾难顾。他们在中国战场上想用细菌征服中国，还没有实现这一阴谋，美国人的原子弹便落到了他们的头上。世界反法西斯同盟的胜利，宣告了日本人的失败。

这一切似乎都没有触碰到槐的神经，他所有的神经都被冯山牵引着了，他在南山，不用张望，他只要愿意，一抬头就可以看到二龙山。看到二龙山他自然会想到冯山。因为有了冯山的存在，槐的人生变得激昂起来，他操练自己的队伍，跟他上山的都是他的铁杆弟兄。当年下山时，也是他一声令下，弟兄们相信他，义无反顾地投奔了日本人。他投奔日本人并不是认为日本人好，他是想利用日本人的力量把冯山拿下，凭南山这些弟兄们的实力，想拿下二龙山那只是一种妄想，槐头脑清醒地看待着这一切。

跟上日本人后，他的确有机会除掉冯山，如果他那会儿除掉冯山，也是轻而易举，自己不用动手，只要动动嘴皮子就能让冯山完蛋。他最后从日本人手里把冯山要过来，他觉得做人得讲规矩。当初日本人上了二龙山和冯山去赌，败了之后，为了让冯山下山，日本人佯装撤出二龙山镇，其实撤不撤的，只是一种摆设，二龙山镇是日本人的，他们想进就进，想撤就撤，日本人只是把这种撤当成了一种演习。

槐凭着对冯山的了解，断定冯山会下山的。果然冯山下山了。他也知道日本人只是玩把戏，不论冯山是输是赢，只要不交出那两桶细菌，冯山很难再回到二龙山上去了。

冯山下山了，只带着女人文竹。槐看着冯山和文竹，心里有一种说不清的滋味，如果没有文竹，也许冯山真的就会娶了母亲，如果那样的话，他此时此刻，就名正言顺地是冯山的儿子。他们兵合一处，在二龙山，那将是怎样一番景象呀。

槐恨冯山，同时也深深地恨着文竹这个女人，她是母亲的情敌，如今她是他的敌人。日本人果然又一次赌输在了冯山的手上，其实日本人也想杀了冯山，正因为那两桶细菌在冯山手上，他们又无法杀掉他。不知软硬的日本人，只好同意把冯山交到他的手上。日本人满怀希望地认为槐能赢了冯山。冯山和文竹到了槐的手上，他如此真切地望着冯山和文竹，就像小时候，母亲牵着他的手，一次次进出冯山的家一样，他甚至都能感受到冯山的呼吸和心跳。小时候，冯山总是喜欢把一只温暖的大手放在他的头上，那股温暖和冯山目光投过来的亲切，汇成一股暖流，汩汩地流遍他的全身。那会儿，他不知道冯山是他亲生父亲，母亲让他管冯山叫舅，他就称呼他舅，这是对娘家人的一种称谓。从那会儿起，他就把冯山当成可以亲近的人了，因为母亲对他亲。

当然，一切都水落石出之后，又是另外一个样子了。

他放掉了冯山，他不想让冯山不明不白地死在自己手上，他要让冯山死得明明白白、心服口服。他是个江湖草人，就要做得很江湖。他欣赏冯山把死看得淡定漠然，生与死是小事，他要在死之前，让冯山明白是如何对不起他的母亲菊香，他要让冯山跪在母亲的坟前忏悔，让母亲听见冯山的忏悔，这样才对得起他的母亲。母亲死时，他回家给母亲收尸，母亲的一双眼睛就那么不甘地睁着，他伸出手去合母亲的眼睛，母亲的眼睛还那么不屈不挠地睁着。最后他跪在母亲的面前，呼天抢地地哭诉：娘，你这是干啥呀?！母亲的眼睛仍空洞地似乎望着什么，也期待着什么。他一边流泪一边把母亲放在棺材里，合上棺盖他看了母亲最后一眼，母亲仍那么心有不甘地睁着眼睛。

母亲就这么轰轰烈烈又平平淡淡地去了，他兴师动众地为母亲出殡，手下的弟兄们一律披麻戴孝，鼓乐班子用尽了吃奶的力气，吹吹打打地烘托着这种没头没尾的热情。

这么多年过来了，槐从一个毛头孩子，成长为一个血气方刚的汉子，他对冯山的情感也在发生着微妙的变化。由最初单一的恨，最后转化成一种欣赏，一个男人对另一个男人的欣赏，甚至还有儿子对父亲的膜拜。

如果冯山不是他的父亲，是别的什么人，他不会对冯山有恨而完全是一种欣赏了，他会膜拜冯山，心甘情愿地成为冯山的仆人。然而现实却是另外一种样子。此时的槐对冯山这种又爱又恨的情感，纠结在他的内心，煎熬着他这么久，他放弃追随国民党的大部队撤退到关内，义无反顾地来到了二龙山，为的就是守住对母亲的一份承诺。他一想起母亲不肯闭上的眼睛，心里就猫咬狗啃地难受。

那时，他还不清楚冯山会尾随他而来，如果冯山不来，他也要在二龙山坚守着。他凭直觉，冯山迟早会来找他的，那时，他们两个男人，一对父子，一对冤家，就到了清算的时候了。

槐没有想到，冯山会来得这么快，他前脚刚到二龙山，冯山带着队伍就把二龙山围了个风雨不透。槐清楚，来到二龙山是把自己逼上了死路。国民党部队说败就败了，兵败如山倒。以前的胡团长，现在的胡师长，只率领几十人突围了出来，他拒绝了胡师长撤退到关内的建议，胡师长便匆匆忙忙地交给他一份委任状，委任他为二龙山镇特派组组长，官至上校。他以前只是一名国军的上尉，从上尉到上校这是一个飞升。他当时并没有把胡团长这狗屁不如的承诺放在心上。胡师长前脚一走，他立马把那份委任状撕得粉碎。

他从南山投奔了胡团长，其实他恨胡团长比恨冯山有过之而无不及。当年胡团长为招安他，动用了武力，在南山一带激战了三天三夜，他亲眼看见三十几个弟兄死在了胡团长队伍枪下。当年胡子火并，投靠日本人，又离开日本人，他的弟兄们都没有这么大的损失，是胡团长这个王八蛋让他的弟兄们白白送命了。那时他就发誓，迟早有一天要干掉这个姓胡的，为那些死得不明不白的弟兄们报仇。

然而此一时，彼一时，后来冯山一枪没放地投奔了共产党的队伍，他别无选择地投奔了姓胡的。他把仇人当恩人，完全是为了冯山。如果没有冯山，他就是死在南山上，也不会投奔姓胡的国民党。

他突然拉着队伍投奔到了姓胡的门下，当时胡团长兴奋得脸冒油光，抓着他的手激动得连话都说不出来了。胡团长没想到，他打了三天三夜的这伙土匪，最后竟然甘愿臣服于他的麾下。胡团长当下就许给了槐一个上尉连长。

胡团长搞不懂槐投奔他的原因，起初的一段时间里，他的确满足了一阵子。后来他发现槐并没有和他一条心，每次看到槐时，他都能看到槐满脸的杀气。这股杀气让他不得不多留了一个心眼，每次作战时，只让槐这个连打外围，安排离他的团部越远越好。在别人的眼里，槐这个连只是胡团长手里一枚可有可无的棋子。就是被共产党的军队消灭了，他也不会感到心疼。事实也的确验证了人们的猜想，随着胡团长的离开，忠心耿耿跟随胡团长的这些下级军官相应地都得到了提升，唯有槐还是个上尉连长。

槐对胡师长重不重用他根本没放在心上，他投奔这个姓胡的，根本没想过升官发财，他在寻找冯山。和共产党其他队伍作战时，根本唤不起他的斗志，能打就放几枪，打不了他就撤，他要保存自己的实力，这些可都是和他打拼多年的弟兄，他一个也舍不得丢掉。每每遇到冯山的队伍时，他的队伍就打疯了，可以说是以一当十，他们的口号是，打败共产党的军队，活捉冯山。槐一直觉得冯山迟早有一天会落到自己手里。让他没有料到的是，几百万的国民党部队说败就败了，兵败如山倒，就连昔日威风八面的少将胡师长，也要率着残部大逃亡了。面对着仇人逃亡，他自然心不甘情不愿，胡师长率着残部还没走过一个山头，他就让手下的弟兄们断了胡师长逃跑的念想。当弟兄们手持武器冲上来时，胡师长还以为槐这是派人来护送他，一边拱手一边说：刘槐老弟，日后我胡某打回来，你就是头号功臣，我胡某不会愧对你的。

槐就举起了枪道：姓胡的，去你妈的，别忘了你杀了我三十几个弟兄，今天送你上路，就是让你替我弟兄们抵命。胡师长就傻了，他没想到槐会对他这样下手。他刚想拔枪命令残部抵抗，槐手里的枪响了，胡师长睁着眼睛不甘心地一头栽倒了。

那些追随胡师长的人，纷纷扔掉枪，跪在槐的面前道：刘连长，咱们可远日无冤近日无仇。

槐不想杀这些追随者，他们早就被共产党的军队吓得灵魂出窍了，他便挥挥手里的枪说：愿意跟我干的拿起枪就走，不想跟我的，马上滚蛋。这些残部一部分人当时就捡起枪跟了槐，一部分人哭诉自己上有老下有小要回家，槐不耐烦地挥挥手把另一部分人打发掉了。槐的目标是二龙山，他要鸠占鹊巢在二龙山等着冯山。

六

冯山没让他等，还没等槐在二龙山喘口气，冯山就来到了山下。槐知道，他和冯山结算的日子到了。

文竹单枪匹马地上了二龙山，冯山本想让孔大狗陪她一同上山，被她中途拒绝了。她知道她的身边不差一个孔大狗，如果槐想要她的命，她就是带上十个孔大狗也没用。冯山把她送到山下，再往前走，就是龙脊了，那是由一组石阶组成的山路，冯山对这些石阶熟悉得不能再熟悉了，他甚至能数清从山上到山下共有多少个石阶。看到通往山顶的石阶，文竹就停下脚步，她转过身望着冯山。冯山也在望她，文竹又说：你和槐再怎么样，你是他爹，他是你儿子。看来解铃还须系铃人，这个山我一定得上。

冯山绕着文竹走了一周，又走了一周，两眼定定地望着文竹道：你一定要去，我也不挽留，不过你可要当心，那小子心狠手辣。

文竹听了冯山的话，笑了一下，笑得唇红齿白，她没再说什么，挺着身子踏上了通往二龙山的石阶。走了两步，文竹回了一下头，冯山看见了蓄在她眼角的泪水。

冯山举起了那只独臂，风吹着他的空袖管在风中一荡一荡的。文竹回了那一次头，便再也没回过头，挺着身子，铿锵有力地向二龙山顶爬去。

冯山立在山脚，一直目送着文竹远去，一直到她的身影消失在他的视线里。他突然想到了菊香，文竹和菊香的身影交替着出现在他的眼前，这是他一生当中的两个女人，她们都曾忠心耿耿地伴随过他。虽然他不曾娶菊香，但他刻骨铭心地爱过菊香，菊香自然也深爱过他，但菊香无法嫁给他，因为那会儿他是个赌徒，有谁肯嫁给一个赌徒呢？虽然无法名正言顺地成为他的妻子，但菊香对他的情感像火山一样喷发着，槐就是他们爱情的见证。

当年他们在一起火热相爱时，菊香用火热的臂膀搂着他坚实的身体，气喘着说：冯山，别赌了，只要你不赌，我就永远是你的人了。他在她的怀里慢慢地冷下来，最后硬着身子僵在一旁叹口气道：不赢回冯家的清白，我死不瞑目。

他说完这话时，菊香背过身子，半晌，他伏过去搂住菊香，他摸到了菊香枕上的泪。菊香的身体已经像她的泪那么冷了。从那以后，一直到菊香怀上他的孩子——槐，菊香再也没有说过劝他放弃赌博的话。这是一个女人对他的理解。

如果没有文竹的出现，他一定会娶了菊香。要是那样的话，他和槐就是另外一个样子了。

文竹出现在了他的生命里，起初文竹在他眼里就是从杨六手里赢来的一个物件，杨六手里有许多物件，他一件件地都要赢过来，最后赤条条的杨六才会真正地服赌认输。如果，文竹就是一般的女人，他赢过来也就赢了，他会给她自由，然而文竹毕竟是文竹，她不是一般的女人，她轰轰烈烈地走进了他的心里。那会儿他心里装着两个女人，沉甸甸的，纷繁复杂地装在他的心里。

他和文竹结婚前，曾找过菊香。他说：我要和文竹结婚了。

他的这一决定似乎在菊香的意料之中，菊香不惊不诧地说：文竹是个好女人，你娶她错不了。

他小心地望着菊香，菊香平静地坐在山坡上，目光追随着在不远处玩耍的槐。他一时不知如何是好，张口结舌地面对着菊香。

菊香什么也没有说，似乎该说的都已经说完了，目光虚虚实实地望着槐。槐正在山坡上跑着，他在追一只蝴蝶。

半晌，又是半晌，冯山用手捂着心口说：这辈子我心里会一直有你的。

菊香浅浅淡淡地笑一笑道：咱们也就是这个缘分，人得认命。

久久之后，他站起来，摇晃着向前走了两步，菊香突然说：文竹那女人不错，娶她比我合适。

他立住脚步，但没有回头。过了一会儿，他能感受到菊香投在他后背上的目光。他哽着声音说：菊香，这辈子就算我欠你的，下辈子一定补上。

菊香平静地说：咱们谁也不欠谁的，这都是命。

最后，他还是一摇一晃地消失在菊香的视线里。

往事如烟似雾地在他心里阴晴雨雪地掠过。此时，他站在二龙山下，心却被文竹牵走了。

文竹一上山便被埋伏在石头后的两个士兵捉到了，被推推搡搡地带到了槐的面前。

槐正在指挥手下的弟兄们在山顶上修筑工事。他摆出了和冯山鱼死网破的架势。他让人把文竹带到老虎嘴山洞里，洞壁上架着松明火把，哔剥有声地燃着。槐坐在一块石头上，望着眼前的文竹。

眼前这个女人，装在他心里好久了，一想起母亲他就会想起这个叫文竹的女人。他的心像一锅煮沸的水，文竹在他的心里那就是一块石头了。

此时，他望着眼前被自己的心火煮过无数遍的女人，心里竟有股说不清的滋味。他甚至在文竹面前吹了两声口哨。文竹低着眼睛望着他。

他面对着文竹的目光，突然有些紧张，结巴着说：你看我干什么？

文竹仍然那么冷静地望着他。

槐就说：冯山咋不来，他让你来干什么？

文竹就说：槐，这么多年我知道你一直在恨我，恨我抢了你母亲的位置，今天我上山来就是给你一个说法。

一提起母亲，槐受不了了，他站起来，绕着山洞转悠，他捏着自己的手，指关节嘎巴嘎巴地响着。

文竹就又说：槐，我今天上山了，任杀任剐随你，等你杀了我，你就带着人下山吧，你爹冯山在山下等你呢。

槐就暴跳着说：他不是我爹，我爹早死了，我到二龙山上来，就是想和他有个了结。

文竹平平静静地说：槐，你下山吧，冯山带着队伍把二龙山包围了，你出不去了。

槐就说：我现在已经不是国民党队伍的人了，我现在就是土匪，哪朝哪代都会有土匪的活路。

文竹说：槐，共产党的队伍是不会放过你的，冯山已经接到命令，十天之内消灭你们这股残兵散勇。

槐立在文竹面前，抓心挠肺地说：要死我也要和那个姓冯的鱼死网破。我要让他先死在我的面前，然后我就下山，任杀任剐随你们。

文竹望着近乎疯狂的槐，槐在她的印象里还是那个被菊香牵着手的小男孩，睁着一双涉世未深的眼睛。现在站在她眼前的槐，已经变成一个凶暴的男人了，为了心底的仇恨在燃烧着自己，样子有些不可理喻。她了解冯山，当年就是为了冯家的名声，为了母亲的尸骨能名正言顺地迁回到祖坟上，冯山孤注一掷，先是赌输了一条手臂，最后差点又把命搭上，为的就是一个堂堂正正的理由，让自己心安理得。她看着眼前的槐，仿佛就看到了冯山。眼前的槐已经钻到一条死胡同里出不来了。

眼前的槐在文竹的眼里既陌生又熟悉，冯山认准的事情就是十头牛也拉不回来，槐和冯山如出一辙。想到这儿，她平静地冲槐说：你恨冯山都是因为我，你们毕竟是父子，你把我杀了，你的目的就达到了。

槐冷笑了一声，他摇着头说：我不杀你，我要杀的人是冯山，我要让他死得心服口服，他不该让你来。你走吧。

文竹不动，仍立在那里。

槐就冲山洞外喊：来人！

两个士兵荷枪进来。

槐又说：把这女人送下去。

两个士兵上前就拉文竹，文竹一把推开两个士兵，一伸手从怀里掏出一枚手榴弹，大声地说：不要动我。

槐和两个士兵惊怔地望着文竹。

文竹说：槐，我是来让你下山的，你要是不下山，我死也不走。

文竹拉开手榴弹的引信，就那么擎在手里。槐望着文竹，吃惊又欣赏的样子，好半天才回过神来，他挥了一下手，那两个士兵就退了下去。文竹的手榴弹仍擎在手里。

槐吸了口气，说话的语气柔和了一些，道：这是我和他的事，和你无关。

文竹仍固执地说：槐，你不下山，休想让我走。

槐呆呆地看了眼文竹，没说什么，他转过身，走出山洞。

王大毛跑过来，冲槐说：连长，这个娘们儿太嚣张了，干掉她算了。

槐白了王大毛一眼，王大毛立马就噤了声。王大毛是最早跟随槐的弟兄之一，在南山当土匪那会儿，王大毛就是槐手下的干将。这么多年出生入死的，王大毛仍在追随着槐。槐说一不二，弟兄们从来不问为什么。

槐一走出山洞，气就泄了一半，以前他对文竹的认识就是站在雪地中绿裤红袄的一个小女子，在他眼里就是个女妖，她把冯山勾引走了，让母亲痛苦失落。现在，他眼里的文竹，豪气、仗义，有种男人气，他站在文竹身旁仍能感受到从这个女人身上散发出的咄咄逼人的气息。他对文竹不能不刮目相看了。他在心中把文竹和母亲菊香又做了一个对比，也许母亲身上少的就是文竹身上那股气，如果母亲身上也有那股气，也许冯山娶的就不是文竹而是自己的母亲了。

槐命人守住了洞口，既然文竹不想走，那就让她留在山洞里好了。他明白，文竹不下山，冯山会上山的，他和冯山还没有了结。那一晚，槐站在二龙山的悬崖上，望着漫天的星光，似乎想了很多，又似乎什么也没想。

最后王大毛蹲在他的身边也不知深浅地和他一起望天上的星星，半晌，又是半晌之后，王大毛哑着声音道：大哥，共产党的军队把二龙山都围住了，以后咱们的日子该咋弄？

以后的日子不仅是王大毛所担心的，也是山上的弟兄们都担心的，国民党那么多的队伍说垮就潮水似的垮了，他们不再相信国民党了，他们只相信槐，槐把他们带到山上来，他们也很清楚地看见自己的未来。他们现在的身份已经不是匪了，而是国民党队伍的残部，此时，共产党的队伍在山外已经风雨不透地把他们包围了，他们当土匪时，可以做到不知天高地厚，现在他们做了国军，和共产党的队伍打了那么久的交道，他们清楚，共产党的队伍说一不二。

况且整个东北，国军的队伍已经逃亡得到处都是了，他们这个区区残部，还不够人家塞牙缝的。失败是迟早的事情，他们不能不考虑眼下的事情。

半晌，槐说：山上的粮食还够吃多久的？

王大毛掐着指头捏了半晌道：十天半个月的还够。

槐从天空中收回目光望着空荡荡的山林道：春天了，山上也能弄到一些吃食，只要我和冯山的事了结了，咱们就下山，你们该怎么活就怎么活，我的命只有天老爷知道。

槐这么说完，王大毛就苍凉地喊一声道：大哥，你何苦这样？

槐就不说话了，对于槐和冯山的关系，许多弟兄都清楚。槐说和冯山有仇，那就是有仇，弟兄们心里有的只是槐。槐说什么就是什么，按理说，当年国军的胡团长率部攻打南山，他们死了三十几个弟兄，最后胡团长还是撤了，他们对胡团长的仇恨可以说不共戴天，但槐最后说投奔胡团长，他们就一举投奔了国民党，这都是槐一句话的事。这是他们当土匪时养成的习惯。最后撤到二龙山上时，那些不坚定的士兵，有的开了小差，有的被槐遣散了，剩下的都是当年和槐在南山起家的弟兄们。他们对槐忠心耿耿，槐说一不二。

王大毛这时就说：大哥，都听你的，你说咋的就咋的，弟兄们的命就是你的命，生生死死和你在一起。

槐突然鼻窝深处有些发热，有两行泪从眼角流了下来，天黑王大毛看不见，槐甩了一下头，把泪甩到了山崖下。好半晌，槐瓮声瓮气说：我和冯山了结了，咱们就各活各的。

王大毛深深浅浅地望着黑暗中的槐道：大哥，弟兄们没说的，就是死在这二龙山上，兄弟们也不会抱怨的。

槐立起身，拍了拍王大毛的肩道：冯山最迟不会超过明天，就会上山的。

七

上级只给十天时间拿下二龙山上的槐，天一亮就是第五天了。文竹上山那一夜，冯山一宿也没合眼。他立在山脚下，望着二龙山顶，地老天荒的样子。

他们这个团在战役结束后，接到的命令就是肃清残敌，有的以连为单位，他们围剿二龙山，考虑到地势，他们一个整编营把二龙山围困了，时间都是一致的，现在已经有队伍执行完任务，向团部报到了。然而，他们三营驻扎在二龙山脚下，对二龙山还没有放一枪一弹，山上山下就那么对峙着。

冯山作为一营之长，这几天他已经把所有的结果都考虑到了，如果智取不行，只能强攻，他的方案是，以一个连的兵力在龙脊这条路上佯攻，另外两个连绕到龙腿那条路上真攻，同时要求团里的炮兵连支援，就是鱼死网破，也要在十天内拿下二龙山。强攻意味着会有巨大的损失，这是团里和他本人都不愿意看到的结果。

文竹上山，他似乎看到了希望，然而这点希望随着时间的流逝，又破灭了。天一亮，二龙山上仍一点动静也没有。他望着头顶的太阳，日出三竿时，仍没有动静，这时，他每隔一个小时就派人去山脚下查看情况，不时有人汇报：营长，文竹还没下山。他听着一次次汇报，脸色就越来越难看。随在他身边的孔大狗也如坐针毡，屁股下像着了火似的，一次次欠起身子向外张望。

冯山终于下了决心，从腰间掏出枪，拍在桌子上，孔大狗一愣，冯山就说：把各连的连长叫来。

孔大狗以为冯山要下达攻山的命令，很爽快地应了一声跑了出去。不一会儿，三个连长气喘吁吁地就来到了冯山面前。此时冯山已经绘出了一张二龙山的地图。他就在地图上把任务都布置下去了。一连在龙脊佯攻，二连三连在龙腿上主攻。几个连长拍着胸脯说：营长，放心吧，锦州咱们都拿下了，小小的二龙山不在话下。

总攻的时间定在第六天上午十点。全营的人都知道文竹已经上山了，现在杳无音信，生死不明，他们不明白，营长为什么把总攻的时间定在第六天，而不是现在。

当众人把想法提出来后，冯山把枪插到枪套里，站起身来冲众人说：今天我先上山。

冯山说出这话，众人惊讶地张大了嘴巴。文竹上山时，他们就不同意，如今文竹生死不明，冯山又要独自上山，这几个连长包括孔大狗等人，没有一个人同意的。孔大狗带着哭腔说：大哥，营长，你不能去，槐那小子对你是啥心眼你还不知道，那小兔崽子心狠手辣，嫂子还没有消息，你可不能再去了，要攻山行，现在就打。

冯山就用目光一个个地望过去，几个连长在他的注视下，一个个地都低下了头。众人太了解冯山了，他说出的话就是泼出去的水，还有就是众人对冯山眼神的熟悉，他决定下的事，目光就像一把刀子，冰冷而又不可动摇，谁迎接了冯山的目光，都会感到一种不可动摇的力量。冯山的目光最后和孔大狗的目光接上了火，孔大狗还想叫嚣什么，但他看见从冯山目光中透射出来的力量，他的话在嗓子眼里呜咽了一下，半晌，潮湿着声音说：大哥，你要去也行，一定得我陪你去。

冯山说：我一个人够了，你们都在山下等着，记住，明天上午十点，我还不下山，就发起总攻。

三位连长坚挺地立在冯山身后，这是命令，他们不会更改的。

冯山说完这句话，走了出去，一直向二龙山脚下走去。他知道孔大狗就尾随在他的身后，他头也不回地说：大狗，你回去！

孔大狗就瓮声瓮气说：大哥，你去哪我去哪，别的我都可以听你的，这次我不能听你的。

冯山停下脚，回头望了眼孔大狗。孔大狗也立住脚，不远不近地站在那里。冯山把坚硬的目光投过去，孔大狗不看那目光，望自己的脚，脚上那双布鞋已经露出了脚指头，他就望着自己的脚指头。

冯山又说：大狗，你回去，上山我一个人足够了，多一个人就是累赘！

孔大狗不说话，就那么低着头立着。

冯山转过身向前走去，身后孔大狗的脚步声又一次响起。

冯山有些生气了，他冷着声音说：大狗，你没听见我的话吗？

孔大狗就说：大哥，你啥都别说了，除非你不去。

冯山又回头望了眼孔大狗，孔大狗梗着脖子，他是铁了心了。冯山仰头叹息了一声，便大步地向二龙山走去，孔大狗的脚步声便随在后边。

当冯山和孔大狗被带到槐的面前时，槐不相信地揉了揉自己的眼睛，他叫了一声：哈。他又叫了一声：哈——

然后就定定地去看冯山。

冯山的一只空袖管在风中飘舞着，孔大狗立在冯山身后，目光里似乎要射出子弹。

不知是因为激动还是别的原因，槐自从看到冯山那一刻，便开始浑身发抖，他的牙齿打着战，上牙碰着下牙说：冯山，你终于来了。

冯山没有说话，孔大狗就骂：槐，你个兔崽子，赶快把文竹交出来，放我们下山，明天这时候，就是你的祭日。

槐似乎没有听见孔大狗的话，他哆嗦着双腿，在冯山身边绕了一圈，又绕了一圈，最后他把目光定在冯山的脸上。冯山迎着槐的目光望过去，两个男人的目光就交织在了一起。

冯山望着眼前的槐，槐在他眼里既熟悉又陌生，这就是他和菊香的孩子，他的上唇已经生出了长长短短的茸毛，太阳底下，槐仍然一脸孩子气。他望着槐，心里突然涌出一阵感动。这份感动像一股温热的潮水很快便涌遍他的全身，他的目光柔和了起来，软软地望过去。槐的目光却像一把刀子。

冯山猛然间似乎从槐的目光中看到了年轻时的自己，他挥起砍刀眼皮不眨地向自己的左臂砍去……所有的英雄壮举都是一瞬间完成的，那时他空着袖管站在凛冽的寒风中，心里只有一个愿望，那就是赢光杨六所有的家当，让杨六抱着石头沉到大西河里去。他的信念像一棵疯长的树，穿越他的头颅，擎着他的信念，直上云霄。那一阵子，理想和信念像一壶老酒，让他在迷怔中癫狂着兴奋着。冯山望着眼前的槐，槐也正沉醉在自己的信念中，那份悲壮和那份激越让槐感到悲壮和豪情。这就是他的儿子，知子莫如父。冯山在那一瞬间完成了对槐的了解和想象。

这时的冯山反而松弛了下来，他笑了笑，松弛下来的神态让他更自然了一些，他叫了一声槐。

槐就像一颗随时准备爆炸的炸弹一样，灵醒地望着他。

冯山又说：你想了断这份恩怨，你做主，听你的。

冯山说完这话，拔出了腰间的枪，轻轻地放到了地上。

槐在牙缝里挤出几个字：我要和你赌一次，让你输得心服口服。

冯山微微笑了笑，他把拇指卡在腰间的皮带上，就像平时指挥一场战斗后，大获全胜，看着战士们在打扫战场。

他望着槐一直微笑着，这笑让槐有些不知如何是好，槐摸了摸脸，又抻了抻衣服，槐就没头没脑、有些生气地道：你看什么？

冯山无动于衷，仍那么笑着。

槐就恼羞成怒道：看什么看，我今天要跟你赌枪，让你输得心服口服。

槐“哗啦”一声从怀里掏出枪，并顶上子弹。

孔大狗蹿过来，站在两个人中间，似乎要伸开双臂护住冯山，然后嘴里道：和我大哥赌，你小子不够格，你要是赢了我，再找我大哥。

冯山用了些力气，用手把孔大狗扒拉开，就那么迎着槐的目光站在那里，脸上依旧带着笑。

槐说：咱们相距五十步，一起射击，谁先倒下谁就认输。我输了，随你下山，你输了，把命留下。

槐说完一步步地向前走去，他数着自己的脚步。

孔大狗抱住冯山，撕心裂肺地喊：大哥，你不能和他赌，要赌我和他来。

冯山看着一步步远去的槐，冲孔大狗一字一顿地说：大狗，你站远点，你无法替我了结。

孔大狗不走，仍那么抱着冯山。

冯山就又说：大狗，你站开。

孔大狗知道，冯山的决定就是泼出去的水。他有些绝望地喊了一声：

大哥。

槐站到五十步这个地方不动了，他转回身，举起了枪。

槐说：姓冯的，要是你不敢举枪，我现在立马放你们下山。

冯山伸出一只脚，用脚尖一挑地上的枪，枪便到了他的手里。

槐打了一声口哨，两个士兵押着文竹从山洞里走出来，她的手里仍死死地抓着那枚拉开引信的手榴弹。她立在不远处，叫了一声：冯山——

冯山偏过头去，冲文竹美好地笑了一次。

文竹就幸福地立在那里，她看到了眼前的赌势，心一下子安稳了起来。她虽然不了解冯山的赌，但她无数次地等待过冯山从赌场上归来。每次回来，冯山都是一身的疲惫，也像今天似的冲她微笑着，然后轰然一声倒在滚热的炕上，鼾声四起。她只要一听到这鼾声，悬着的那颗不安的心，立马就沉了下来，三天四夜之后，冯山会在梦中醒来，然后虎虎有生气地站在她的面前，冯山就又是冯山了。她欣赏这样的男人，就像看一尊神，她就是这样被冯山软化的，也是这样被征服的，在以后的生活中，只要看到冯山的身影，她就会踏实下来。

槐的枪口对着他，阳光下枪管闪着光，他眯了下眼睛，又眯了一下。

槐就说：姓冯的，你要是男人，就把枪举起来。

孔大狗在一旁听了就骂：兔崽子，有你这么说话的吗？你老子是男人的时候，还没你呢。

槐不理孔大狗，冯山也没有看孔大狗一眼，他缓缓地把枪举起来，他的右手平伸开，送出了枪，左臂的空袖管在无风的山顶显得了无生气。

槐冲孔大狗说：你数三个数，我们就开枪。

孔大狗望一眼冯山，又望一眼槐。

孔大狗悲哀地叫了一声：大哥——

槐说：你不数，我数。

孔大狗突然说：一。

世界静了下来，所有的人都注视着山顶上发生的这一幕，似乎定格了。

孔大狗又说：二。

槐眯上了眼睛，他微调了一下枪口。

冯山就那么举着枪，表情依然如故，仿佛眼前这一切和他没有关系一样。文竹就那么欣赏地望着他，像欣赏一棵树，好大一棵树。

孔大狗望一眼冯山，又望一眼槐，带着哭腔又喊了一声：三。他随着喊声闭上了眼睛。

枪响了——

枪响过那一瞬间，似乎什么都没有发生，两个人仍以那个姿态站在那里。

先是孔大狗看见冯山脸上流下一缕血。冯山的眼睛仍然睁着，他嘴里轻吐了一下，似乎叫了一声：槐——

然后摇晃一下倒下了。

槐在五十步开外，吹了一下枪口，很潇洒地走过来。他站在倒下的冯山面前，笑着说：你输了。

孔大狗号叫一声奔过去，抱住冯山叫了一声：大哥，你咋在小河沟里翻船了？

冯山眼睛仍然睁着，直直地望着天空。

文竹立在那里，她似乎仍然在望着那棵树，那棵顶天立地的树。

槐让人把孔大狗和文竹推搡着送下山，文竹平静地走着，孔大狗号叫着：槐，明天上午十点就是你的祭日，你等着。

他又喊：大哥，明天我来给你收尸。

……

第二天十点，三营对二龙山发动了总攻，这是冯山的命令，没有人违背，全营的人马抱着必死和必胜的信念冲向了二龙山。让他们没有想到的是，他们没费一枪一弹就冲向了山顶，一路上，他们没有遇到任何阻击。

孔大狗一马当先，他第一个冲到了山顶，他看到槐跪在冯山的尸体旁，僵僵的、硬硬的，似乎死了。

槐送走孔大狗和文竹之后，他绕着冯山的尸体转了三圈，突然他就看到了冯山手里的枪，枪在他眼里有些异样，孔大狗喊到“三”时，他射出了一颗子弹，却没有听见冯山的枪响。他看了一眼枪，又看了一眼，他蹲下身，把冯山的枪拿在手里，他发现，冯山的枪保险都没开。这一发现让他一屁股坐在了地上，他望着冯山，就那么不错眼珠地看着。

后来，王大毛走过来说：大哥，你赢了，下一步咱们该怎么办？

槐站起身冲身后的弟兄们说：你们走吧，都走。

弟兄们不动，傻了似的立在他的眼前，突然他大喊：都走，马上从我眼前消失。

他说完这句话连开了三枪，子弹贴着弟兄们的头飞了过去。

弟兄们这时才灵醒过来，四散着逃了。

此时，山上只剩下他和冯山了，弟兄们一走，他就跪在冯山身边，他望着冯山，似乎是要把眼前这人琢磨透。

孔大狗冲了上来，他看到眼前的情景，叫了一声：大哥——

这时槐回了一次头。

孔大狗又喊：槐，你个王八蛋——

孔大狗手里的枪响了，槐摇了一下头，把头转回去，他嘴里喊了一声：爹——身体摇晃一下，一头扑倒在冯山的身上。

正午的时候，队伍下山了。

文竹背着冯山走在队伍的最前面，她的身后是三营全体人马，他们列着队整齐地向山下走去。

队伍下山后，就和大部队集合了，他们马上就要入关了。

后面的故事，有了开头……

角　儿

一

山里红在没成角儿前叫春芍。

春芍在十六岁那一年终于成了角儿。

如果十里香不出那事，山里红成角儿的梦还不知要做多少年。

结果就在那天晚上，二十岁的十里香出了那件事，十六岁的山里红便成了角儿。

那天晚上，北镇二人转戏班子在谢家大院唱大戏，大戏已经唱了三天了。这是谢家大院的喜庆日子，老当家的谢明东过世了，少当家的谢伯民从奉天赶回谢家屯来为自己的爹发丧。老当家的谢明东已经七十有五了，七十五岁的人过世，在方圆几十里也算是高寿了。高寿的人过世，算是白喜。老当家的谢明东晚年得子生下了谢伯民，千顷地一棵苗，谢伯民无论如何也是谢家大院的继承人。老东家去了，少东家出山，这又是一喜。二喜相加，谢家大院的日子就非比寻常了。

少东家在奉天城里已有些年月了。十几岁便去奉天城里读书，读了几年书，识文断句不在话下，后来又鼓励爹拿出些银两在奉天城内开了两家药房。在没回到谢家屯之前，他正顺风顺水地在奉天城内经营着药店的生意。谢伯民那年二十有二，可以说正春风得意。

老东家谢明东过世，在少东家脸上看不出一丝半毫的忧伤，甚至还带着些喜色。少东家谢伯民穿长衫，戴礼帽，吸纸烟，手上的白金戒指明晃晃地照人眼睛。

少东家一进谢家大院，先看了停在院心的那口厚棺材，又让人掀了棺盖看了看爹的脸，爹的脸上也一丝一毫不见痛苦。谢伯民的一颗心就安了，他空空洞洞地冲谢家大院喊：爹呀，你走好。儿要送你七天欢乐。

谢伯民空洞地喊完，就冲呆愣在那里的下人喊：还不快去请戏班子。

下人应了一声，便逃也似的去了。

北镇二人转戏班子，是方圆百里有了名气的，少东家要请戏班子，自然是要请最好的戏班子。北镇戏班子有两个名角，男的是牤子，女的就是十里香。先不说男的，就说十里香，今年芳龄二十，身材自然是要啥有啥，脸蛋自然也是眉清目秀，齿白唇红，最提劲的是那口好嗓子，往台上一站，那婉转之声带着些许的芬芳就能传出二里地去。只要小嘴一张，台下便是人山人海地叫好。

台子搭了，家伙响了。十里香和牤子两个角儿便使出浑身解数，一时间唱得昏天黑地、日月无光。谢家屯的男女老少算是开了眼了，这么有名的角儿，要在谢家大院唱上七天，天爷呀，这比过年还热闹。

不年不节的，少东家请戏班子唱七天大戏，乐坏了谢家屯千口老小，他们放弃了田间地头的活路，黑压压地拥到谢家大院。

少东家谢伯民自然也是个戏迷，二人转这种形式深得谢伯民的喜爱，一男一女往台上那么一站，红口白牙地唱古说今，世间的所有荤、雅都唱了出来。

少东家谢伯民坐在前排，一张八仙桌摆在面前。二十二岁的少东家，自然是把目光更多地停留在二十岁的十里香身上。十里香一个云手，一个转身，暴露出的凹凹凸凸，都能引来少东家的叫好声。坐在台侧拉二胡的班头老拐，每听到少东家的叫好，心里就妥帖几分。他知道，这些出手大方的东家，就是戏班子的衣食父母。让东家高兴了，赏钱自然是少不了。要是哪个地方让东家不高兴了，自然是给戏班子断了后路。

少东家一声声的叫好，像清泉雨露流进了老拐的心里。

戏唱到第三天头儿上，十里香就出事了。在这之前，人们一丝一毫也没有看出要出事的迹象。十里香唱着唱着，呀的一声，便晕倒在了台上。一时间，台上台下就全乱了。

老拐分明看见一缕鲜红的血水顺着十里香的裤角流了出来。老拐的脑袋便被雷劈了似的那么一响，老拐的天便塌了。

十里香是被牤子背下的台，当时两人正在唱戏，牤子把一句“情到深处哥心疼”的唱词唱了一半，十里香便呀的一声倒下了。

台下上千口子便乱了，少东家正听在兴头上，没料到一低头的工夫，十里香便昏倒了。台上一乱，台下便也乱了。

跑到后台的老拐一看就啥都明白了，他一面差人去为十里香请医生，一面想着救场的事。他先看见了愣在那里的犴子，便冲犴子吼了句：还愣着干啥，还不快上场！

犴子被眼前的景象击昏了头，他四六不分地说：上啥场，我一个人上啥场？

老拐这时就看见了春芍，十六岁的春芍一张小脸憋得通红，她似乎等待这一刻已经等一辈子了。不知什么时候，春芍的妆已经扮上了，没了办法的老拐抓救命草似的抓住了春芍的胳膊，似哭似怨地道：春芍呀，你上去吧。

春芍就在这时走到了台前，她冲昏头昏脑的犴子道了声戏文：我的那个郎呀……只这一声，台下便静了。

清清白白的声音从春芍的一张小嘴里迸出，少东家先是痴了一双目光，接着就石破天惊地喊了一声：好！

春芍在那一刻就变成了角儿。

成了角儿的春芍就有了自己的艺名——山里红。

二

八岁进了戏班子的春芍，从进戏班子第一天就梦想着成个角儿。八年后，她的梦想终于实现了。

十里香在戏台上小产，出乎戏班子所有人的意料。老拐做梦也不会想到，老实本分的十里香会干出差点毁了戏班子的丑事来。戏班子有个不成文的规矩，那就是一旦成了角儿，是不能成婚的，否则角儿就不是角儿。不论是男角儿，还是女角儿，一旦成了角儿，就拥有了许多戏迷，戏迷是戏班子的衣食父母。戏迷们把所有的人生梦想，都集中在了角儿的身上，角儿的一举一动牵着戏迷的心。角儿就是戏迷完美的偶像，一旦打破了这种偶像，便没有了死心塌地的戏迷走南闯北地为你捧场，为你叫好。

现在戏班的领头人老拐以前就曾是个角儿，那是老拐年轻时候的事。

年轻时的老拐，长得英俊，并且有一口好嗓子，深得戏迷的喜爱。尤其是那些青春年少的大姑娘、小媳妇，被招惹得满世界地跟着戏班子跑，她们不为别的，就为了看老拐。只要看到老拐，晚上的梦乡会丰富许多。

老拐是吃嗓子这碗饭的，所有的锦绣戏文都是老拐一副好嗓子唱出的，那里有人生有梦想。如今老拐的嗓子倒了，所有的人间锦绣，顷刻间在老拐的眼前灰飞烟灭了，仰慕、暗恋老拐的年轻女人们，哭天抹泪地在梦中和心爱的老拐告别。

老拐从此改拉二胡，老拐的梦想和心声便如诉如歌地从二胡里流出，老拐的人生便也从前台退到了后台。那一年，老拐二十八岁，二十八岁的老拐和相好的结了婚。二十岁老拐就成了角儿，二十二岁那一年老拐在牤牛屯认识了相好的腊梅，那一年腊梅十八。后来老拐和腊梅就有了那事，腊梅就怀孕了。怀孕了也不能结婚，这是戏班子的规矩。后来腊梅生了，是个男孩，老拐为男孩取名为牤子。这一切，当然都是在秘密中进行的。腊梅如火如荼地爱着老拐，她等得地久天长、无怨无悔，老拐和腊梅结婚那年，牤子都六岁了。后来牤子成了角儿。

老拐在万般无奈的情况下把春芍推到了前台，这一推不要紧，就推出了一个火辣辣的山里红。

十里香倒在了后台的棚子里，倒在了血泊中。中医请来了，此时的中医正全心全意地在为十里香打胎。中医看了十里香第一眼便知道胎儿保不住了，只能打胎了。

老拐在棚子外，倒背双手，气得他转来转去。他一只耳朵听着前台的动静，要是春芍再砸了，所有在谢家大院的努力都将前功尽弃。

中医终于从棚子里走了出来，怀里托了一个盘，一团肉血糊糊地卧在盘中。中医一见老拐就说：这回啥都没有了，都在这儿啦。老拐知道中医的用意，有关北镇戏班子的名声都在中医的嘴里了。老拐走南闯北这么多年啥不明白？明白的老拐忙接过中医手里的托盘，把它放在暗处，慌慌地从怀里往外掏银子，老拐掏了一把，又掏了一把，直到中医把钱袋子收回去。老拐每掏一把，都仿佛在掏他的心掏他的肝。这些银两是老拐的命，也是整个戏班的命呀。

中医心满意足收了钱袋子，仰起一张苍白的脸，笑着冲老拐说：没啥，真的没啥，这丫头得的是妇科病，养息几日就没事了。

老拐千恩万谢地送走了中医。

谢家大院的演出，总算顺利地结束了。

少东家谢伯民心情舒畅地为老东家发丧了。

离开谢家大院那一天，老拐找到了十里香，十里香经过几日的养息已经能够走动了，身子依然很虚，脸色自然苍白。

老拐就说：按老规矩办吧？

十里香听了，便给老拐跪下了。她跪得地久天长，无声无息。

老拐别过脸道：啥也别说了，你走吧，找你的相好去吧。

十里香就悲悲地叫了一声：叔哇，我错了。

老拐正了脸，说：丫头，不是我不讲情面，北镇戏班子差点毁在你手里，让你走这是最好的结果了。

十里香就又叫：叔哇，你让我上哪去呀！

老拐又说：不让你走也行，那你告诉我，他是谁？

十里香就把一颗头垂下来，泪水汹汹涌涌地流出来。

老拐一连问了几遍，十里香就是不说，只是以泪洗面。

最后，老拐又说：那你就走吧。

众人都在一旁看着。

犴子第一个跪下来，他喊了一声：爹呀，你就留下小香妹吧，让她干啥都行呀！

山里红也跪下了，此时的山里红已经取代了十里香，这已经被事实验证了。她也说：叔哇，你就留下小香姐吧。

众人就都跪下了。

腊梅就撕心裂肺地喊：你让小香去哪儿呀，爹娘都不在了，这你又不是不知道。

提起十里香的爹娘，老拐的心软了。他们的感情，情同手足。他们临去前，一人抓住老拐一只手，死不瞑目，他们放心不下八岁的小香。老拐流泪了。老拐想起十里香的父母死前对他的托付，心终于软了，最后一跺脚走出了棚子。

十里香就算留下了。

山里红很冷静地站了起来，扑打两下膝盖上的土，她走到十里香面前叫了声：姐。

十里香便扑在山里红的怀里，以女人之心大哭起来。

山里红也清清冷冷地流下了两行泪。她为了自己八年的努力，为了终于能有今天。

三

春芍能成为山里红绝非偶然。

春芍的父母是北镇戏班子忠实的戏迷，那时，方圆几十里，只要有北镇戏班子的演出，便有春芍父母的身影。他们为北镇戏班子走火入魔。那时春芍年纪还小，他们就抱着春芍走南闯北，风雨雷电从不耽误。

小小的春芍，在父母的眼里便看到了角儿的魔力，只要他们暗恋崇敬的角儿一登场，便痴了一双目光，醉了一颗心。刚开始，春芍尚小时，她还不懂戏班子是怎么回事，也听不懂那些唱词，但她很喜欢看戏时的气氛。人山人海的男女老少，水泄不通地把戏台围了，他们在空场的间隙里冲着角儿大呼小叫，这是在家里无论如何也体会不到的。小小的春芍，只要父母把她抱到戏台前，她便不哭不闹了，她就沉浸在那迷迷瞪瞪的氛围中。后来，渐渐大了，她也能听懂一些戏里面的词句了，她更多地开始留意台上，首先吸引她的是女角儿那身鲜亮的戏服，她深深地被女角儿那身戏服吸引了，那时，她就盼着自己快快长大，有朝一日也能穿戴起女角儿那样一身衣服。

八岁那年，家里发生了变故。

在这之前，春芍家有着二亩三分地，虽说不上富裕，过平常百姓的日子也算说得过去。错就错在父母走火入魔地成了北镇戏班子的戏迷。那时方圆几十里内，不管大户小户人家，只要有红白喜事，都要请北镇戏班子前来助兴，他们把能请北镇戏班子当成了很壮脸面的一件事。于是，戏班子就不断地在这一带演出，只要有演出，父母便什么也干不下去了，疯了似的朝唱戏的地方跑。时间长了，那二亩三分地便荒芜了，春芍一家的日子，便人不人鬼不鬼了。

没饭吃的日子是生事的日子，父母便开始生事。他们生事表现在吵架上。他们吵架的内容千篇一律，先说到吃，然后吵到戏。

父亲说：春芍妈，借一升米去吧。

母亲说：我不去，我没脸再去借了，我都借过八回了。

父亲说：你不去谁去，你要饿死一家人呀。

母亲说：好好的地你不侍弄，饿死你活该。

父亲说：不吃饱肚子，晚上咋去靠山屯看戏呀？

母亲说：看戏，看戏，你就知道看戏，要不是天天看戏，家里咋能没吃没喝？

父亲说：我看你就别去看了，我看戏班子里的老拐都快把你的眼睛勾出来了。

母亲说：你好，你看胖丫时眼珠子都快飞出去了，看了能咋，让你摸了还是让你闻了？还不是撑死眼睛饿死那玩意儿。

胖丫是和老拐唱对手戏的女角儿，母亲的话说得一针见血，伤了父亲的痛处，父亲便呜嗷一声，扑过来和母亲厮打，两人仿佛是两只红了眼的老鼠。刚开始，春芍总是被吓得大哭不止，后来，渐渐就习惯了，父亲和母亲互相撕咬时，她该干啥还干啥，她从炕柜里掏出自己那件花衣服，一边往身上穿一边说：还打呀？一会儿戏就开演了。

父母听了她的话，便灵醒过来。看戏的欲望占了上风，他们呼哧呼哧地粗喘着。最后还是母亲抹抹眼泪走出去，跑东家颠西家，死说活说借来半升米，熬一锅稀粥。吃饱肚子，然后一家三口人疾如流星地跑进夜色中，冲着他们的人间天堂——戏台急慌慌地奔去。二胡一响，角儿往台上一站，就都没啥了。

这样的日子，过了初一却过不过十五。穷则生变。那阵子，奉天城里的军阀张作霖刚刚发迹，他正到处招兵买马，春芍的父亲一气之下离开了家门，他临走时冲春芍母亲情断义绝地说：这日子老子过够了，老子要当兵去，以后有吃有穿有戏看，你就在家等吧，等老拐走下台来找你。

母亲以为父亲在说气话，没料到，父亲一走果然没再回头。

母亲的日子也到头了，她没有那个心，也没有那个力再疯跑着去看戏了。母亲整日里坐在光秃秃的炕上哭天哭地，渐渐就哭尽了力气，她知道自己快不行了。她叫过八岁的春芍，八岁的春芍已经很懂事了。

母亲说：春芍，妈快不行了，妈把你送个人家吧。

春芍看着母亲，瞪着一双又黑又亮的眼睛说：送吧，要送你就把我送到戏班子里，我要唱戏。

春芍说得严肃而又认真。

母亲听了春芍的话，呜哇一声又哭开了。春芍的话说到了母亲的伤心处，这个家败就败在戏上。母亲思前想后，想不出让春芍有个更好的出路。那一天清晨，母亲拄着烧火棍，另一只手牵着春芍便上路了。寻找北镇戏班子并不是一件难事，哪里有锣鼓响，哪里就是戏班子。

母亲见到了老拐，这是她心目中灯塔一样的老拐，以前她只在台下看老拐，这次，她为了女儿，跪在了老拐面前。

母亲就说：收下我女儿吧，我就要死了。

戏班子的日子也并不好过，看东家的脸色过日子。外面的人很难知道戏班子的酸楚。他们了解戏班子的人只是舞台上那瞬间，穿得花花绿绿，有说有笑有快活。许多人都想把子女送到戏班子，期待以后能成个角儿，说说笑笑、风风光光地过人生。而戏班子，可是多一口人就多一个吃饭的，因此，他们不轻易收人。

毫无例外，春芍和母亲遭到了老拐等人的拒绝。母亲已经无路可走了，她拄着烧火棍跪在戏班子驻地门口，跪了一天，又跪了一夜，最后她让春芍也跪下了。春芍仰着一张可人的小脸，任凭泪水汪洋横流，一张小嘴不停歇地喊：叔叔，婶婶，你们就收下我吧。

老拐就一点办法也没有了。

老拐等人走出来，冲春芍母女俩说：你们起来吧，我们要考一考这小丫头的嗓子，要是不行，我们也没办法了。

春芍就脸不红心不跳地站在众人之间，唱了半出《穆桂英征西》，一曲还没唱完，老拐等人就吃惊，然后就说：先留下吧。

戏班子收下了春芍，母亲拄着烧火棍的手松开了，她把人生最后一点力气都用完了，最后她随烧火棍一起倒下了，倒下了便再也没有起来。

春芍经过八年的等待，终于使自己变成了山里红。

在这八年里，她早就唱熟了戏班子所有的保留段子。每次演出，角儿在前台演，他们只能在后面伺候着，倒了茶水，拧了毛巾，等着角儿唱完这一出到后台歇口气。那时她干这一切时，心却留在了台上，角儿的一抬手一动足，都牵着她的心，包括角儿的一个眼神，她都烂熟于心了。有许多时候，她那么看着想着，觉得此时此刻不是角儿在演，而是自己在演，就这样，她把所有的戏在心里演了一遍又一遍，终于，她等来了这一天。

谢家大院，是她无法忘记的吉祥之地。

离开谢家大院那天，少东家谢伯民摆几桌酒席宴请北镇戏班子。这是戏班子以前从没遇到过的盛情。

席间，少东家的目光不离山里红的左右，他被十六岁的山里红迷住了。十六岁的山里红初涉此道，她的娇羞，一点也不造作，先是红了脸，最后就醉了一双眸子，那双眸子含水带羞，总之，少女所有的美好都让山里红在此时此刻溢于言表了。

见多识广的少东家什么都见过，他在奉天城里读书时，就捧过戏园子里的角儿，那里角儿除了娇娆就是风尘，和此时此刻的山里红比起来，真是天壤之别。山里红这种纯真的羞怯让少东家谢伯民的心麻了一次又一次。

老拐对这一切看得一清二楚，他的心踏实了，有了山里红，日后戏班子就啥都不怕了。

四

山里红就红了，红遍了北镇的山山岭岭村村屯屯。方圆百里一带，凡是听过北镇戏班子二人转的，没有人不知道山里红。十六岁的山里红，如被夜露浸过的花蕾含苞待放。

在走南闯北的演出中，山里红认识了她的忠实戏迷宋先生。

宋先生穿长袍，戴礼帽。宋先生的穿戴远不如少东家谢伯民那样光鲜。宋先生的长袍打着补丁，礼帽也灰灰土土的样子。这一切并没有影响山里红对他的留意。山里红只要往台上一站，不知为什么，她总能感受到一双与众不同的目光，暖暖地包围着她。她知道，只要她一上台，差不多所有戏迷的目光都会聚集到她的身上，可那些目光并没有让她感受到有什么不同，那是戏迷对她的拥戴，因为她是个角儿，角儿理所当然要吸引许多人的目光。在这众多目光中，山里红发现了宋先生的目光，她顺着目光望去，就和宋先生的目光胶着在了一起，莫名地她竟有了几分慌乱。有一种说不清道不明的感觉，滑滑溜溜地撞到了她的怀里。

唱戏的时候，她的目光总要不自觉地去和宋先生的目光对视，每次她的目光总是慌慌地逃开。

不论到什么地方演出，山里红总能感受到宋先生的目光在追随着她，只要她顺着那份感觉望过去，她一准儿能捕捉到宋先生那一双与众不同的目光。

刚开始，山里红也并没觉得有什么。她只把他当成一般的戏迷，追随自己，留意自己的举动，这是所有热爱自己的戏迷常有的举动。当然，在这之前，山里红也不知道他是宋先生。直到有一次，他们演出完之后，宋先生找到了后台。宋先生首先找到了老拐，宋先生的举止显得文质彬彬，见到老拐把帽子摘下来，向前倾了倾身子，才把礼帽戴上，然后开口说话。宋先生说：老板，我有几句话，不知当说不当说？

老拐说：先生有话请说。

宋先生就说：你们每次演出前的“小帽”，太老了，没什么新意，总是那几个换来换去的，时间长了，戏迷会不满意的。

老拐就正了脸色，拉了宋先生的手，真诚地说：请先生指教。

宋先生不慌不忙从怀里掏出一沓纸，纸上写满了字，递给老拐说：这是敝人写的，不知合不合适。

老拐接过了，却一脸的茫然。戏班子里识字的人不多，都是几岁就进了戏班子，又都是劳苦人家出身，没有读书机会，所以唱的戏段子，都是口传心授，一代一代传下来。

二人转演出前的“小帽”，是指正戏开场之前为了调动观众的情绪临时加上去的，大都是一些插科打诨的词句，“小帽”唱完了，观众安静下来了，正戏才算开始。这是唱二人转的礼数，也是规矩。“小帽”的好坏，直接影响观众的情绪，“小帽”和大戏之间的关系仿佛是席前的几碟开胃菜。

宋先生看出了老拐的心思，便把那沓纸又拿了过来，他清了清嗓子念给老拐听。老拐只听了一段便来了精神，他唱了这么多年戏，还没有听过这么清新上口的“小帽”。宋先生是结合时下戏迷们的普遍心理，写成了唱词。比起那些老掉牙的“小帽”不知要强多少倍。以前都是一些老少皆知的，像什么：观音出世，普照万民……太阳照，月高高，兄弟媳妇拿镰刀……当下，老拐就把山里红、犴子等人叫了过来，宋先生一句句地念，山里红和犴子一句句地唱，不一会儿，几段“小帽”就学会了。词是新的，调是旧的，但听起来却是面貌一新。

山里红学唱时，一直盯着宋先生的眼睛，她觉得宋先生的眼睛是装了许多内容，像宋先生那些戏文一样，句句都是新的。

从那以后，宋先生便会隔三岔五地出现在戏班子里，把他新写的“小帽”带到戏班子里来，再由山里红和犴子一句句唱出，那就是另一番滋味了。

宋先生在做这一切时，不计任何报酬，完全是心甘情愿。渐渐大家都熟悉了宋先生，戏班子赶上吃饭，宋先生也会留下来，和大家一起吃。宋先生话不多，慢条斯理的样子。这对山里红来说，是很新鲜的。山里红以前接触的戏迷都是一些很粗俗的人，有时在唱戏时，人群里就会有人喊：素的没意思，来点荤的吧。还有人喊：来一段《十八摸》吧。

每每这时，如果不来段荤的，戏就唱不下去了，山里红和犴子只能唱段荤的，那时山里红的心情是乱糟糟的，全没有了唱正戏时那份激情和感觉。观众对她这样机械地唱并不满意，仍有人喊：山里红，浪一点，你越浪越好看……

那时的山里红笑在脸上，心里却在流泪。眼前的宋先生却不是这样的人，眼睛望人时温温和和的，说话的语气也是温暖的。山里红很爱看宋先生说话的样子。

宋先生就是北镇人，靠教私塾过生活。父亲就教了一辈子私塾，父亲去世后，宋先生便也开始教私塾。生活算不上富裕，却也能混个温饱水平。宋先生已经二十有九了，至今仍没结婚，业余时间，读读诗文，看看戏，别的便没有什么了。自从山里红出道后，他只看了山里红一场演出，便喜欢上了山里红这个角儿。于是，他走进了戏班子，走近了山里红。

只要有戏班子唱戏，都会有宋先生的身影。他静静地在一角站了，入神入境地看着台上的山里红，样子仍那么斯文。

不管宋先生站在什么位置上，山里红只要往台上一站，她也总是能看见宋先生的身影，两双目光相碰了，宋先生就笑一笑，用手指一抬礼帽，算是打过招呼了，山里红也回敬一个灿烂的笑。接下来，山里红唱戏的感觉特别的好，仿佛她唱出的所有戏文不是冲着人山人海的观众，而是冲着一个人，那就是宋先生。她觉得，那些锦绣戏文里的情情爱爱、悲悲壮壮只有宋先生一个人能听懂。

有几次，戏班子到离北镇较远的村屯里演出，山里红没能在人群中发现宋先生，她唱起来显得没精打采的，在不经意间，她还唱错了两句戏文，戏迷们没有发现，牤子却觉察到了。牤子说：你这是怎么了，戏迷要是发现了，会倒台的。倒台就是喝倒彩，如果再遇到那些刁钻的戏迷，会起哄着把戏子哄下台。角儿就砸了。

直到宋先生出现，山里红才又一次振作起来。好在宋先生仍隔三岔五地来到后台，来教牤子和山里红新创作的“小帽”。每每这时，山里红总是会显得很高兴的样子，有说有笑的。这一点被牤子看得一清二楚。

牤子有一天对山里红说：小红，你这样可不大正常，别忘了小香是怎么倒的台。

提起十里香，牤子的眼圈红了。现在十里香只能唱一些串场戏了，自从不是角儿之后，人似乎也换了一个人，整日没精打采的，没事时就帮助别人洗洗衣服、烧烧饭。

说到十里香，山里红的心里也灵醒了一下，她冲牤子说：牤子哥，这我懂。

牤子就不再多说什么了，在心里重重地叹了口气。自从十里香倒了台，牤子经常叹气。山里红能够理解，十里香和牤子配了六年戏。不论怎么说，山里红几日不见宋先生，心里仍没着没落的。

五

如果事情这么顺风顺水地发展下去也没有什么，结果是山里红倒台子了。

确切地说，山里红的嗓子倒了。

在山里红嗓子倒之前，发了一次烧。按老拐的意思，山里红发烧戏班子就歇息几日，等山里红的病好了再说。

没料到的是，北镇盐商贾六指，娶第三房姨太太，点着名地要山里红出台庆贺。贾六指是北镇一带数一数二的富户，老拐得罪不起，就来征求山里红的意见，那时，山里红的烧已有些退了，便说：叔，我去吧。

戏班子便搭台演出了。

演出一直从傍黑儿演到夜深。那一天，刚开始时山里红的情绪很好，她又看到了宋先生。宋先生一如往常地关注着台上的山里红。

夜深的时候，台下的观众就不安分了，嚷嚷着让山里红和犿子唱《十八摸》，不答应就不让散场，山里红没办法，便硬着头皮唱《十八摸》，唱《十八摸》时宋先生就退场了。山里红看到宋先生退场了，那一刻，她的心里有股说不清的滋味。就在这时，她的嗓子倒了，噼噼啪啪的，已唱不出一句了。台下“轰”的一声就乱了。山里红的角儿就倒了。

那一年，山里红刚满十八岁。

十八岁的山里红痛不欲生。她又是以前的春芍了。

春芍做梦也没有想到，自己刚成了两年的角儿，一夜之间便啥都没了。也就是说，从此，春芍就要告别梦想中的戏台了。

春芍不吃不喝一个劲地哭。

老拐此时显得一点办法也没有，他像一头磨道上的驴一样在春芍面前转来转去。这种苦楚，老拐一清二楚，他就是当年倒了嗓子，才改拉二胡的。对于他们这些吃张口饭的戏子来说，倒了嗓子就等于失去了左手右臂。他任凭春芍汹汹涌涌悲悲切切地哭着。最后老拐蹲下了，蹲下的老拐一边用拳头擂着自己的头一边说：我老拐白活了半辈子，我老拐不是人哪。

老拐此时千遍万遍地后悔当初不该答应贾六指去唱戏。

此时的老拐的样子比春芍还要痛苦，他知道春芍的嗓子倒了，戏班子一时找不到合适的角儿接替春芍，那样的话，戏班子就只能喝西北风了。

戏班子所有的人都围在老拐和春芍身旁，他们低垂着脑袋，仿佛世界已经到了末日。这时没有人说话，他们知道，这时说什么都没有用。他们只能任由春芍和老拐两人低一声高一声地哭。

哭了一气，又哭了一气。

不知什么时候，宋先生出现在了他们面前，宋先生一出现，春芍烦乱的心情似乎轻松了许多，她哽咽着，眼泪巴巴地望着宋先生。

宋先生就说：嗓子倒了也好。

众人惊愕不解地望着宋先生。宋先生只冲春芍一个人说：戏是不能唱一辈子的，早不唱比晚不唱好。

春芍不哭了，她平平静静地望着宋先生。春芍也说不清为什么宋先生一出现，她就没有那么多悲伤了。此时，她的心里仿佛是一泓秋水，宁静而又高远。

此时的老拐也不哭了，他愣愣怔怔地望着宋先生。宋先生不望他，只望春芍一个人，两人就那么望着。

后来宋先生说：你们出去吧，我一个人和春芍姑娘说会儿话。

老拐站了起来，他也不知道宋先生会有这么大的魔力让悲痛的春芍止住哭声。他相信，宋先生有能力让春芍从悲痛中走出来，于是，他背着手先走出春芍的房间，众人便都随着走了出去。

这时，屋里就剩下了春芍和宋先生两个人。

春芍见到了亲人似的，哽哽咽咽地叫了一声：宋先生。泪又流了出来。

宋先生背了手，在屋中央踱了两步，然后又立住道：我知道，你早晚会有这一天的。

春芍不解地望着宋先生，宋先生在她的泪眼里一片模糊。

宋先生又说：你嗓子就是不倒，也早晚要离开戏台的，你说到那时你又该怎样？

这句话把春芍问住了，这些问题，她似乎想过，又似乎没有想过。她现在只知道唱戏，别的，她就看不清了。只要是戏班子里的角儿，她是不能成家的，不是角儿了，那时是什么时候，她自己说不清楚，她不知道。但她隐隐约约地知道，自己的将来会有那么一天的。

宋先生就又说：戏是不能唱一辈子的，可日子是要过一辈子的。

现在，春芍真正地冷静下来了，她再看宋先生已经很清晰了。

宋先生说：其实这些话我早就想说了，从认识你那一天我就想说了，可那时说你会信我的话吗？

春芍怔怔地望着宋先生。宋先生的每一句话在她的心里都丁是丁卯是卯。她第一次听到有人这么和她说话，混沌迷蒙的心里，突然一下子豁亮了，有一缕阳光照进来，觉得都没啥了。

宋先生说：早不唱比晚不唱要好。

春芍说：以后我就要在戏班子里吃闲饭了。

宋先生听了春芍的话笑了笑道：为啥还要留在戏班里？

春芍说：我娘死了，爹走了，戏班子就是我的家。

宋先生向春芍走近一步，一双目光很深地望着春芍道：春芍，我要娶你。

这话让春芍一哆嗦，自从发现宋先生那双目光开始，她只觉得宋先生这人很亲切，一日不见宋先生心里就空落落的，可她连想也没想过自己要嫁给宋先生。因此，宋先生的话让她一惊。

宋先生说：春芍你就嫁给我吧，这辈子给你当牛做马都行。

说完宋先生就跪下了，他把自己的头伏在炕沿上。

春芍想说什么，一时又不知说什么。

宋先生抬起头，此时他已经泪流满面了。他哽着声音说：春芍，你知道我为啥看戏吗？我是在看你呀。

一句话，把春芍的心扔到了沸水里，童年的往事如烟似雾地涌到春芍眼前，她想起了父母为了看戏而吵架，让日子变穷。宋先生的心，她完全能理解了。她知道，为了她宋先生啥事都能干得出。一辈子，要是有这么一个男人相守着，还怕啥！

春芍软软地叫了一声：宋先生。便把自己的一双小手放到了宋先生湿漉漉的大手里。

老拐得知宋先生要娶春芍的消息，觉得没有什么不好，一个唱戏的，能早早地找一个归宿比什么都强。春芍的嗓子倒了，不能再唱戏了，留在戏班子里也只能打打杂，还多一张嘴争饭吃，今日不嫁人，迟早也会嫁人的。

老拐以嫁女儿的心情，隆重地把春芍送到了宋先生家。又在宋先生家门口，搭了个戏台，张张扬扬地唱了三天大戏。

北镇方圆百里，都知道戏班子昔日的名角儿山里红嫁人了。

六

年近三十的宋先生娶了如花似玉的春芍，缠缠绵绵、磨磨叽叽的日子自不必多说。

宋先生是个识文断字的人，对女人就多了层理解和呵护，怕春芍冷了，怕春芍累了，总之，宋先生对春芍关爱有加。宋先生用一个识字的男人心烘烤着娇娇嫩嫩鲜鲜亮亮的春芍。

春芍对北方的男人是了解的，虽从小就生活在戏班子里，可他们的戏班子一天也没有离开过戏迷。北方的男人在女人面前大都很霸道，集英雄主义与男人主义于一身，男人把女人打一顿骂一顿是家常便饭。春芍从小就领略了父母的吵嘴骂架。

春芍做梦也没有想到宋先生会对她这样，她沉浸在前所未有的幸福之中。春芍在起初的日子里，知足了，满意了。

宋先生在白天的大部分时间里，咿咿呀呀地教一些孩子识字，春芍就搬了个小凳坐在院子里一边做针线活，一边看宋先生教孩子识字。太阳暖暖地照着这个小院，小院的空地上种了一些丝瓜和豆角，青青绿绿地爬满了小院，有几只蝴蝶在飞来绕去的，春芍就想：嫁人的日子真好。

此时此刻的春芍，恍恍怔怔仿佛走进了梦里，那是一个多么美妙动人的梦呀。

晚上，春芍和宋先生躺在炕上，一盏油灯明明暗暗地在他们头顶的凳子上飘着。

宋先生又说：我给你唱段戏吧。

春芍不信任地说：你还会唱戏？

宋先生笑一笑说：我看了那么多戏，咋的也能唱几句，没吃过肥猪肉，还没看过猪跑呀？

接下来宋先生就唱了，他唱了一段《王二姐思夫》，接下句的自然是春芍，春芍的嗓子倒了，小声哼哼还是可以的。于是，两人你一句我一句的，就体会到了无限的甜蜜和快乐。

最后，春芍一头扎在宋先生并不宽大的怀里，羞羞喘喘地说：过日子真好。

宋先生也是幸福的，他做梦也没有想到，天上会掉下个“林妹妹”。以前他爱看春芍唱戏，春芍的一举手一投足，都牵着他的心，那是一个女人对男人的吸引。那时的春芍对他来说是遥不可及。现在他搂着春芍是那么的实实在在。他的手在春芍的身上游移着，他下意识地哼起了《十八摸》，他自己也说不清什么时候学会的这种下流小调。

春芍抬起头有些吃惊地望着他道：你也会唱这？

宋先生笑了笑说：当初你在戏台上唱这些调时，别提我心里有多难受了。

春芍就哧地一笑。

日子周而复始，在周而复始的日子里，春芍就觉出了几分寂寞。新婚时哥呀妹呀的冲动填补了她许多的寂寞，那时她也不曾想过寂寞。现在渐渐地，她品出了这分冷清。她在戏班子里整整生活了十年，戏班子里永远是热闹的，走街串镇地演出，那时，她不会感到寂寞。

春芍觉得宋先生对自己的热情也不如以前了，每到晚上，宋先生总要在灯下看会儿书才上炕。春芍就在那一刻觉出了日子的冷清。

那天，两人躺在炕上。

春芍说：哎，哪天咱们去看戏吧。

宋先生说：你演了那么多年戏还没够吗？

春芍说：我想戏班子那些人了。

宋先生说：好吧。

没过几日，北镇戏班子在北镇郊外的一个屯子里演戏，他们就去了。

十里香在春芍走后便又成了角儿，她依然如当年那么风光。人们又看到了昔日的十里香。当犴子和十里香往台上一站，春芍的泪哗啦一声就下来了。她也说不清自己为什么要流泪。那份激动，那份渴望，不可遏制地涌遍了她的全身，她哆嗦着身子，嘴也一张一合的。

戏一开场，春芍又找回了当年唱戏时的那份感觉，她浑身上下的每个细胞都活跃了，台上的十里香在那儿唱呀扭呀的，仿佛不是十里香在唱扭，而是自己。台下一阵阵叫好声，也似冲着自己。春芍在那一晚上亢奋不已，浑身上下都被湿漉漉的一层汗浸透了。

回来的一路上，春芍一句话也不说，匆匆地走在宋先生的前面。

宋先生提着长袍走在后面一遍遍地问：你咋了？

春芍不回答。

直到春芍走回家，躺在炕上，才放声大哭起来，这哭声，仿佛压抑许久了，终于找到了突破口，哗哗啦啦地流出来。

宋先生不知所措地在一旁看着。

春芍哭了一阵，她自己也说不清为什么要哭，她只觉得心里憋得难受，哭出来了，就好受了许多。渐渐，她止住了哭声。

宋先生似乎察觉到了什么，重重地叹了口气道：你还是忘不了戏班子呀。

默了一会儿，宋先生又说：等明天有空就回戏班子看看吧。

春芍点了点头。

春芍回戏班子探望是宋先生陪着去的。戏班子一如既往，还是昔日的老样子。在不演戏的时候，乱乱哄哄的，有的在睡觉，有的在练唱。他们见了春芍都表现出了空前的热情，半年没见，他们似乎有许多话要问春芍。

十里香拉着春芍的手说：好妹子，结婚成家过日子多好哇。

腊梅以过来人的身份说：多亏了你嗓子倒了，要不你哪有这样的福分呀，再生个孩子吧，就啥都有了。

……

春芍不说什么，亲切地看看这儿，摸摸那儿，她喃喃地说：还是戏班子好哇。

老拐听了春芍的话，就动了几分真情，他想起了春芍在戏班子时的那些日子。老拐就说：春芍，戏班子就是你的家，没事就回来看看。

春芍怔了怔还是说：哎——我知道，咱唱戏人这辈子，不管到啥时候，都离不开戏了。

从那以后，春芍一有时间就往戏班子里跑。宋先生不说什么，由她去，只要她愿意，宋先生就高兴。宋先生白天要教学生识字，晚上还要读书。

戏班子回北镇城里，没有演出时，也会集体地来看春芍，他们挤在屋子里又说又笑的，他们亲眼看到了春芍的日子，都表现出了由衷的高兴。十里香就说：妹子，看你多好哇，有家有室的。

十里香想到了自己那个夭折的孩子，眼圈就红了。

春芍苦笑一下，说：姐呀，日子好是好，就是有些闷。

十里香就叹道：妹子，你这是身在福中不知福哇。

春芍隔三岔五地回戏班子坐一坐，有时戏班子的人也来看看春芍，日子就平静地过着。谁也没有想到，事情会发生变故。

七

春芍知道宋先生对自己好，她也知道，北镇的女人没有几个能过上她这样的日子。可她仍然觉得这样的日子太平淡，平淡得她凭空会生出许多愁闷来。

就是这种平静的愁闷给她带来了生活上的变故。

奉天城里，张作霖的队伍在不断壮大，为了牢牢地控制住东北这块地面，他到处收编着队伍，包括那些占地为王的胡子。

北镇一带有名的胡子头姓马，手下有百十号人马。北镇一带屯屯落落没有不知道他的。远在奉天城里的张作霖也知道了，于是差人给马胡子送了一副帖子。帖子上写了要收编他的事。

那时的大小股胡子大都投靠了东北军，他们知道靠自己的力量折腾不出多大动静，他们归属东北军就感到日子有了着落。当胡子是为了口饭吃，如果投了东北军吃不愁穿不愁，名正言顺了，再也用不着在深山老林里过野人似的生活了。

马胡子毫不例外地被东北军收编了，他被张作霖封了一个团长。于是，马胡子带着百十号人马下山了。下了山的马胡子和以前就不大一样了，衣服是东北军发的，枪呀弹的自然也是东北军的。做了团长，他堂堂皇皇地进驻到了北镇城里，号地号房子，动静弄得很大。

自然少不了搭台唱大戏，马团长点名让北镇戏班子为自己唱戏，他不但点北镇戏班子，还要点名让山里红为自己唱戏。山里红在谢家大院唱红的事他听说过，后来他还下过几次山，偷偷地混在戏迷中看过山里红这个角儿。那时，他曾发誓，有朝一日把山里红抢到山上天天为他唱戏。这回，他明确地要山里红为自己唱戏，有关山里红倒嗓子、离开戏班子的事他并不知道。

当马团长得知山里红已离开戏班子，他啧了好半晌嘴，摸着脑袋说：那丫头水灵呀，可惜了。

戏照例是要轰轰烈烈唱的。

春芍自然也知道戏班子在北镇城里为马团长唱戏，她也去了，戏台前都被马团长的队伍严严实实地围了，她只站在远处看了一会儿。

第二日，春芍仍然坐在院子里做针线活，她听着宋先生教孩子们识字的咿呀声。她早就对这一切司空见惯了，她一边做着针线活，一边在心里哼着《大西厢》。

就在这时，他们的小院里走进一个人，那人穿了一身东北军的军装，袖着手就那么愣愣地看着春芍。春芍一抬头也看见了那人，那个人有四十多岁的样子。春芍觉得这个人眼熟，不是一般的眼熟，是熟得不能再熟了，可她一时想不起跟前这个人到底是谁。

那人在春芍眼前立了一会儿，然后就干干硬硬地叫了声：春芍呀——

春芍听见了这一声，手里的针线活就掉到了地上，她眼前呼啦一下子就亮了，她想起来了，眼前这个人就是十几年前离家出走的爹。

父亲见女儿认出了自己，便忙上前又叫了声：我真的是你爹呀！

那一瞬，春芍的心里一时说不清是什么滋味，在心里她早就忘了眼前这个爹了，那时的爹对她是那么的无情无义，日子过不下去了，说走也就走了。八岁的她，在那一刻，就发誓忘记爹。这么多年，她果然再也没有想起过自己的父亲。没料到的是，父亲却从天而降，她觉得自己是在做梦。

父亲又叫了一声：春芍我真的是你爹呀！

春芍这时已经清醒过来，她冷下脸道：你来干啥？你不是我爹，我爹早已经死了。

说到这儿，春芍的眼泪就流了下来，她想起了自己娘，想起了这十几年漂泊不定的生活。

父亲一下子就给春芍跪下了，父亲也已经泪流满面了，眼前的春芍毕竟是自己的亲生骨肉，这么多年他也一直在想自己的老婆、孩子，他没脸也没有这个能力回到北镇。这次马团长被收编，他便义无反顾地跟随了马团长，他要回北镇。他一回北镇就在到处打听女儿。让他没有想到的是，自己的女儿曾经是北镇戏班子的角儿，于是，他很容易就找到了自己的女儿春芍。

父亲跪在地上说：春芍，以前都是爹对不住你呀。

父亲在哭，春芍也在哭。

宋先生听到了院里的哭声，便走了出来。他被眼前的景象骇住了。他早就知道春芍的身世，很快就猜出了眼前这是怎么一回事。

想到这儿，他忙走过去扶起了春芍的父亲，他说：爹呀，你这是干啥，有话到屋里说去。

春芍哭过了，也恨过了。她闭口不谈母亲，在她童年时，父母吵架的事给她留下了太多太多灰暗的记忆，她不愿意提起自己的童年。她只冲父亲叙述进入戏班子以后的事情。父亲一边听，一边哭哭笑笑，他已经被女儿春芍的命运打动了。

当他看到眼前春芍已经成家立业，宋先生这个人也算体面，日子也过得下去，他舒了口长气。

父亲后悔万分地说：是爹对不住你们娘儿俩，爹有罪呀。这下好了，爹回来了，就再也不离开你们了。

那一天，父亲坐到很晚才走。春芍送爹出门时，心里仍说不清到底是个什么滋味。

马团长也在寻找春芍。

马团长戏也看了，可心里怎么也不踏实。他看戏时，眼前总是出现春芍的身影，十六岁时的春芍，给他留下了许多美好的记忆。当他得知春芍就在北镇城内，并且嫁给了一个教书的先生时，心里很不是滋味，仿佛看见一朵花插在了牛粪里。

当马团长打听到春芍的住处，并得知自己的随从老于就是春芍的爹时，马团长笑了。

他差人叫来了自己的随从老于，笑一笑说：老于呀，你投奔我一场，我也没啥封你的，从今天起，你就做我的副官吧。

老于做梦也没想到，转眼就成了副官。他一时不知如何是好，更不知是梦里还是现实，只是不停地点头说：好，好，谢谢团座。

马团长不笑了，他一字一顿地说：我要见你的女儿山里红。

老于也不笑了，他被一连串的变故打蒙了。

八

在那个秋高气爽的上午，于副官陪着马团长来到春芍的家。

这次老于做了副官，心里有了许多底气，他还没有走到春芍的门口，便扯着嗓门喊：春芍呀，爹来看你了！

春芍推开门的时候，先是看到了穿着一新的父亲，接着就看见了马团长。春芍眼里的马团长很是个人物，足有一米八的个头，头发很黑，一双眼睛看人时也很野。她当时并不知道，当年家喻户晓的马胡子就是眼前的马团长，春芍的第一感觉是，马团长很魁梧，还有几分英俊，当然还有野气。

于副官进门时，自然是把马团长让到前头，马团长见了春芍便没有把眼睛移开。他望着春芍，春芍似乎变了，又似乎没变。说变了，是春芍变得更女人了，凸凸凹凹的地方都那么恰到好处，人胖了一些，当然也就更丰满了。说春芍没变，是因为春芍还是那么水灵，还是那么年轻。马团长没这么近地看过春芍，此时，他甚至嗅到了春芍身体里散发出的阵阵体香。马团长在心底里咬牙切齿地说：他妈的，这丫头老子要了！

进门以后，于副官就忙不迭地说：这是我们马团长。

春芍轻哦了一声后，搬了把凳子放在马团长面前，又说了声：马团长请坐。

坐，坐。马团长就笑眯了一双眼睛。

春芍又为马团长倒了一杯茶，便欠着半个身子坐在了炕沿上。

于副官就说：春芍哇，爹现在是副官了。

春芍不知道副官是个什么官位，看见父亲那个样子，还是在心里替父亲高兴了一回。

马团长坐了一会儿就立起来了，打量了一下房间，一边看一边摇头，然后说：昔日的名角儿，就住在这里呀，真是可惜了。

父亲就点头哈腰地说：团座这你说哪儿去了，这就不错了。

马团长又话锋一转道：听说贵婿是教书的？

父亲就点头，鸡啄米似的。

宋先生听见了声音走了进来，他先和马团长握手，春芍看见宋先生的手指还沾着些墨水。接下来她又看见马团长那双手很大也很有力气。

马团长和宋先生握过手之后，伸出一只大手很有力气地拍在宋先生的肩上，说：教书人，有文化呀，了不起。

宋先生就忙说：哪里，哪里。

马团长又说：不知先生可有意到我那儿谋份差事，保你比现在吃得好、挣得多。

宋先生就忙摇头：哪里，哪里，教书人干不了那事。

马团长也就笑一笑，背着手转了两圈就告辞了。

宋先生和春芍去送父亲和马团长。

马团长就摆着手说：都回去吧，就是来看看，可惜没机会听名角儿唱戏啦。

于副官也学着马团长的样子挥挥手说：都回吧，没啥事，就是看看。

父亲的样子就很像副官了。

马团长和父亲走后，宋先生就回去教书去了，他一边走一边冲春芍说：这下咱们家可热闹了。

春芍没听清宋先生的话，她正冲着大门发呆。

连着几日都没什么事情，忽一日，都已经傍晚了，于副官匆匆地来了，春芍刚做完饭，正准备和宋先生一起吃。

父亲一进门就说：春芍哇，马团长请你去看戏。

春芍已经很久没有看戏了，她正憋得有些六神无主，听说要演戏了，她立马就精神了许多。

她便说：那我们吃完饭一起去看吧。

父亲说：今晚是犴子和十里香专场为马团长演出，别人是不能看的。

春芍就放下碗，看着宋先生。

父亲忙说：马团长说了，他不太懂戏，想请春芍去给讲讲戏。

说完拉起春芍的手就往外走，一边走一边冲宋先生说：那我们就走了。

于副官已隐隐约约地觉得马团长看上了春芍，从马团长封他做副官那刻起，他就预感到要有什么事发生了。说心里话，他是高兴的，他甚至幻想果真有那么一天，马团长娶了春芍，那他也就人五人六了，说不定还能混个团副当一当，到那时，他老于家也就祖坟冒青烟了。

果然不出于副官所料，没几日，马团长又差他来请春芍去听戏。于副官的心里都快乐得开了花儿，以前在他心里还挺像回事儿的宋先生，此时啥都不是了。

戏在团部里演出，几盏汽灯同时燃着，照得整个房间比白天还亮堂。团部门口有卫兵站岗，屋里没几个人，除马团长外，还有几个团副警卫什么的。

马团长坐在桌后，桌子上摆着点心、糖果什么的。于副官领春芍进来时，马团长站了起来冲春芍说：今晚看戏，请你这个角儿来一道乐乐。

说完便把春芍让到了自己身边坐下。

马团长就拍拍手道：开始吧。

十里香和犴子就从侧门被一个卫兵带进来，站在房间的空场子里。戏就开始了。

春芍并没把戏看进去，不知为什么，她的心思都在马团长身上。以前她碰见的都是有钱人，人要是有钱了架子也很大。马团长是当官的人，手里有兵也有枪，架子自然也很大，但他身上又多了一种有钱人身上没有的东西，那就是野气。野气和大气加在一起就是霸气了。

这股霸气深深地占据了春芍的心。

后来她恍过神来开始看戏，目光集中在十里香和牤子身上。她还是第一次坐在这个位置上看戏，她离十里香和牤子是那么近，他们一句接一句地唱着，她突然觉得他们很可怜，他们不管愿意不愿意，只要马团长说句话，他们就得来唱戏。也许给他们点赏钱，也许不给，不管给不给，他们都得唱。她又想到了自己的从前，发烧还得唱戏，结果唱倒了嗓子，想到这儿，情不自禁地流下了眼泪。马团长的心思一半在听戏，一半在暗中观察着春芍，春芍一流眼泪，马团长忙招一块手帕递了过去。

然后马团长就叫了声：好。又一挥手，就有一个侍卫端着托盘走过去，这是马团长给十里香和牤子的赏钱。

马团长说：唱得好，都唱得让唱戏的人流泪了，好！

十里香和牤子愈加卖力地唱。

有了初一，就有了十五。

于副官三天两头地去请春芍，每次请春芍，于副官都有很多借口，不是马团长的衣服破了，让春芍去缝一缝，就是父亲想闺女了，到府上聚一聚。

春芍每次来，不是陪马团长听戏，就是陪打纸牌，输了马团长付，赢了是春芍的。

春芍以前从没有过这样的生活，渐渐地喜欢上了这种生活方式。每次玩，都到半夜，然后，又出去吃夜宵，副官侍卫陪着，不管走到哪家饭馆，老板都热情相迎。他们也一律都认识春芍。对马团长等人自然是敬畏。

热闹时分，老板会颠颠地过来敬杯酒给春芍，席间就增添了许多热闹。春芍在冷清之后，似乎又找到了昔日的热闹，不过这种热闹，比昔日的热闹要舒服多了。

刚开始，她还为三天两头跑出来，觉得对不住宋先生；渐渐地，她觉得和宋先生过那种冷清、呆板的日子，是宋先生对不住她。她就对宋先生生出许多怨恨来。

九

马团长已经四十有五了。当了十几年胡子的马团长，此刻想名正言顺地拥有一个女人。马团长知道，他当胡子时，没有一个女人愿意嫁给他，那时他虽不缺女人，可每次都是强迫的。看好了哪个屯子里的女人，撕撕巴巴地抢到山上来，女人就呼天喊地，要死要活。时间长了，他觉得占有这样的女人一点意思也没有。玩个两三日，他便把女人放下山了，有的女人哭哭啼啼走了，有的烈性女子，就在回家的路上，用裤腰带把自己吊在了树杈上。马团长也逛过妓院，那些妓女们也热情也主动，却不是对他这个人，而是冲他怀里的钱。对于女人，马团长有着深刻的理解。

马团长当胡子时，春芍的唇红齿白，以及身体的凸凸凹凹，已深刻地印在他脑子里，就像敲进来的一颗钉子，想拔都拔不走。

他以为在春芍的身上要花许多心思，没想到，春芍对他并没有更多的反感，每次他差于副官去请春芍，春芍都能如约而至。这是他没有想到的，他以一个男人之心琢磨着春芍，他还发现，春芍对他过的这种日子是热衷的。眼见着春芍在一点点地向自己走近，他并不急于向春芍表白什么。

宋先生和春芍之间的关系也发生了微妙的变化。春芍每次夜半三更地回来，宋先生已经睡着了，宋先生读的书滑落到一旁，那盏燃着的油灯，一飘一闪地亮着。春芍就悄悄地躺下，起身吹熄了灯盏，可她一时半会儿仍然睡不着，仍沉浸在兴奋之中。以前，她非常渴望宋先生的身体，现在不知为什么，这种渴望在一点点地消退，最后竟变成了平静。她知道，宋先生是个好人，在她倒了嗓子之后，如果没有宋先生，她不知道日子将会怎样过，是宋先生让她有了一个家。渐渐地，她有些厌倦了和宋先生这种四平八稳的生活，那时她并没觉得这有什么，她只是闷，不知干什么才好。现在，马团长出现了，又一次把她的生活点亮了，让她看到了阳光和希望。

直到这时，春芍才意识到，十几年戏班子的生活，已经深深地融到了她的血液里，她曾试图把过去的一切都忘掉，开始一种新的生活。在初始的日子，她做到了，因为那时，一切对她来说还很新鲜，这种新鲜过去之后，她感受到了那种深深的不安和格格不入。

宋先生似乎也猜透了她的心思，宋先生依然话语很少，就那么忧忧郁郁地望着她，她知道宋先生想说什么。她先说：在家待时间长闷得慌，就出去散散心。

宋先生就叹气，叹得长长久久。

宋先生便又去教书了，咿咿呀呀的读书声响彻小院。

春芍坐在屋内或小院里，她的心越发寂寞，刚做了一会儿针线便又放下了。她开始魂不守舍，坐卧不安。她在谛听着父亲的脚步声，只要父亲出现，十有八九是约她出去的。于是，一天里，她都在期盼着父亲的脚步声。

春芍的不安，使宋先生终于开口了。

宋先生说：春芍，你现在不唱戏了，就该安心地过日子。

宋先生又说：春芍哇，我没有金山银山，但养活你足够了。

宋先生还说：春芍哇，你到底在想啥呀？

春芍说：你别理我。

春芍又说：我不用你管。

春芍还说：我烦呀，你别管我！

宋先生就又沉默了。

这时，于副官的脚步声又一次匆匆响起。春芍迫不及待地打开门，把父亲迎了进来。

宋先生觉得是春芍的父亲把他们的平静生活搅乱了，宋先生没有更多的话冲于副官说，别过脸去，去望墙角，此时，墙角正有一片蜘蛛网盘盘结结地挂在那儿。

于副官就大呼小叫地说：春芍哇，去打纸牌吧，马团长正等你哪。

春芍还没等父亲说完，便开始穿衣打扮了。

这空当，于副官就满怀歉意地冲宋先生说：春芍去去就回来，马团长玩牌三缺一。

宋先生自然不理于副官，只在鼻子里哼了一声。

打纸牌的时候，马团长的腿碰到了春芍的腿，春芍先是躲了一下，后来马团长又碰了一次春芍，春芍不再躲了，用眼角瞟了眼马团长，马团长也正用眼睛看她，没事人似的说：春芍，出牌呀。

春芍的脸就红了红。

接下来，马团长的胆子就大了，他不停地用脚去钩春芍的腿，春芍不躲也不闪。话就多了起来。

于副官一次次端茶倒水地伺候着，他早就看到了八仙桌底下发生的一切。此时的于副官心明眼亮。他有说不出的高兴，他的眼前已幻想出自己当了团副，春芍成了马团长的女人，那样的日子还有啥说的。

牌局散了以后，马团长冲春芍说：春芍，我好久没有听戏了，今晚你就给我唱两句吧。

春芍说：马团长，你又不是不知道我的嗓子倒了。

马团长又说：不怕，哼也行呀。

在场的人看出了马团长的用意，便都说说笑笑地散了。屋里只剩下马团长和春芍了。

春芍这时就心慌意乱了，她知道马团长卖的是什么药，但她并不反感。然后就满面含羞地说：马团长，不知你想听哪一曲呀？

马团长就笑了，说道：啥都行，只要你唱的，我都爱听。

春芍就哼了，哼的是什么她自己也不知道了。

马团长就过来，先是捉了春芍的一只小手，接着就把春芍整个人搂了。

春芍说：马团长，马团长，这可不行。她这么说了，身子并没有动，却一下子变软了。

马团长气喘着说：春芍，春芍，你想死我了。

春芍：不呀，不！

马团长把春芍就抱到了炕上。

春芍娇娇地叫：马团长，马团长哟——

事后，马团长冲春芍说：我要娶你！

春芍说：不行呀，我还有宋先生。

马团长就胡子气很重地说：他一个教书的算啥东西。不行老子一枪崩了他。

呀，不！春芍把马团长的一只手臂拖住。

十

起初，春芍并没有下定决心要嫁给马团长。但她又无论如何管不住自己同马团长的来往，她在马团长那里得到了许多宋先生无法给予的。

马团长离不开春芍，春芍似乎也离不开马团长了。春芍不仅对马团长的这种生活眷恋，同时她对马团长的身体也深深着迷。见多识广的马团长，总是能把春芍梳理得乐不思蜀。

老实斯文的宋先生预感到了发生的事情，当春芍又一次满面潮红，又有些羞愧难当地走进家门时，宋先生跪在了春芍的面前。

宋先生鼻涕眼泪地说：春芍哇，你不要这样了，马团长不是过日子的人，他是个胡子呀。

春芍的眼前就黑了一片，她乐此不疲地做这一切，并不想让宋先生知道，宋先生对她千般万般的好，她心里都清楚，她从心底里也不希望做出有悖于宋先生的事情，可她却无论如何也管不住自己的行动。没想到宋先生已经把话挑明了，她身子一软靠在了门框上。她喘了半晌气，泪也就流了下来，她气喘着说：我对不住你哩。

宋先生又说：春芍哇，只要你跟我安心过日子，咱们离开北镇，去哪儿都行。

春芍不说话，只是哭泣，她想用哭泣平息自己内心的不平静。此时，她恨不能身分两半，一半留在宋先生这里，一半去跟随马团长。她不知道，前面的路该怎么去走。

马团长却等不及了，他和春芍有了几次百般温存之后，他确信，春芍已经是自己的人了。他要的就是这份感受和自信，于是，他骑着一匹高头大马，身后带着十几名卫兵，轻车熟路地来到了春芍门前。

春芍一听到马蹄声，她便一点劲也没有，整个人软软地定在了那里。

马团长走进门来，他先看了眼春芍，一挥手，便上来两个卫兵把春芍抱了起来。春芍这时已没有气力说话了。

马团长接下来又走到宋先生面前，宋先生仍跪在那里。马团长根本没有把宋先生放在眼里，他说：教书的，春芍已经是我的人了。

宋先生就悲哀地叫一声：春芍哇——

马团长从另外一个卫兵手里接过一包银圆，很响地扔在宋先生面前，银圆在宋先生面前的地上滚动。

宋先生睁圆了眼睛，喊：胡子，你是胡子！

马团长笑了一下，说：教书的，你说错了，我是东北军的马团长。

宋先生大声地喊道：胡子呀，还我春芍！

马团长从腰里拔出枪，在宋先生鼻子前晃了晃道：别找麻烦，要不是看在春芍的面上，我就一枪崩了你。

说完，马团长走出小院，带着春芍，带着他的人马向自己的驻地走去。

宋先生就疯了。他撕碎了身上的长衫，扔了头上的礼帽，他舞弄着双手把马团长扔在地上的银圆扔得东一块西一块。

宋先生一面呼喊着，一面冲出家门。他一直跑到马团长的驻地，警卫自然不让他进去，把他推倒在门外。他就趴在地上喊：春芍，你出来呀，你出来看看我吧。

马团长的驻地还在唱戏，戏班子很隆重地在庆祝马团长和春芍的婚礼。

春芍披红挂绿地坐在中间，她说不出高兴，也说不出不高兴。马团长坐在她的旁边，用胳膊很结实地把搂了。

马团长一边看戏一边说：春芍，从今以后咱们就是一家人了，吃香的喝辣的，随你便。

春芍不说话，她的耳畔回响着宋先生一声又一声的呼喊。

马团长又说：想看戏就天天让他们唱。

春芍仍不说话。

马团长看了眼春芍，说：咋了，你不高兴？

马团长也听到了宋先生在门外的喊叫，停了停又说：你是舍不得那个教书的吧，我这就把他崩了，省得你闹心。

春芍突然叫了声：呀——不——

她拉住了马团长的衣袖，坐在一旁，此时已是于团副的春芍爹说：崩了也就崩了，那样的男人还想着他干啥。

春芍冲马团长说：从今以后我是你的人了，但你要答应我，别伤害宋先生。

马团长叹口气，收了枪，冲身边几个卫兵说：把那个教书的拉走。

不一会儿，便没有了宋先生的喊叫。

戏唱了三天。

老拐、牤子、十里香等人都走下台为春芍道喜。他们说了许多吉祥话，老拐趁人不注意冲春芍说：你的日子好了，宋先生毁了。

春芍听到这儿，眼圈红了红，但她又很快地说：是我对不住他，你们以后有空就去看看他。

老拐叹了口气。

宋先生千呼万唤地呼喊春芍，春芍自从走进马团长的院落，便再也没有走出来。

宋先生便仰天大喊：春芍哇，你真是个戏子呀，你咋就那么无情无义哪。

从此以后，北镇少了一个宋先生，多了一个疯子。疯了的宋先生开始走街串巷地呼喊着春芍的名字。

春芍以崭新的姿态做起了团长太太。春芍和马团长结婚后，生活和以前有了明显的不同，她不用再操心吃饭穿衣的问题了。她的日常生活变成了陪着马团长玩乐。

戏要看，纸牌要打。深更半夜的，他们也会带着侍卫去吃夜宵。春芍过上了一种无忧无虑的生活。

上炕之后，马团长会使出无穷的力气，把春芍压在身下，气喘着问：是我好还是他好？

那个“他”自然是指的宋先生。

春芍此时已云里雾里了，她梦呓样地说：你好哇，好哇……

这是她在宋先生身上无法体会到的。

疯疯乐乐的日子，并没有持续多久，日本人开进了奉天的北大营。于是，东北军把驻守在北镇的马团长的队伍调到了奉天城内。

一时间东北军的局势风雨飘摇，有几支驻扎在城外的队伍，大都是收编来的，他们被东北军收编时是想着借东北军的光，吃香的喝辣的，没想到突然来了日本人，一场战争不可避免地要发生了。于是那些队伍便不稳定起来，有的连夜卷起铺盖卷跑掉了。

张作霖并不想让自己的嫡系部队去打这样的内战，于是，马团长的队伍便被调到奉天城内，担负起了收缴小股叛军的重任。

马团长奉命进入奉天，他自然舍不得把如花似玉的春芍放在北镇，于是，春芍便和马团长来到了奉天。

到了奉天不久，马团长的队伍便被指派到了去收缴小股叛军的前线。

春芍便被扔到奉天城内中街的一条巷子里。

马团长隔三岔五地会从前线退回来，偷偷地住上两三天，那些日子是欢乐的。

马团长一走，她的日子就又空了，她常常走出门外，倚门而立，望着空荡荡的巷子，她多么希望此时马团长骑着高头大马回到她的身边呀。她在空等的日子里，会冷不丁地想起北镇的宋先生，这时，她的心里会隐隐地有些疼。宋先生一在她的脑海里出现，她便不自觉地想起和宋先生那些说不上甜蜜但却很温馨的日子，静静的阳光，干干净净的小院，以及那些孩子咿咿呀呀的读书声。这样的幻觉很快又被她忘在了脑后，她更关注眼前的日子，她期待着马团长重新出现在她的身旁，给她带来欢乐。

十一

春芍做梦也没有想到，在奉天城里她会意外地碰见谢家大院的少东家谢伯民。

春芍在奉天城内无依无靠，每日都是她一个人，孤单而又寂寞，她无法打发这种时光，便一个人走出巷子闲逛。走在繁华的中街上，她听见有人叫她，待抬起头来时，她就看到了谢伯民。谢伯民穿着一身白色西装，头发也梳得光光的。

谢伯民就说：你怎么会在这儿？

春芍能在茫茫人海中看见谢伯民也感到很意外，她很快想起，自己十六岁那一年，在谢家大院唱戏时的情景，她从内心里已经牢牢地记住了谢家大院，记住了谢伯民，没有谢家大院，就没有以后的山里红。

那一天，两人重逢，谢伯民把春芍请到了中街自己的家中。春芍在那一次了解到，老东家死后，谢伯民就卖掉了谢家大院和所有的土地，他一心一意在奉天城里开药店，现在谢伯民已在奉天城里开了几家大大小小的药房。春芍还知道，谢伯民两年前娶了老婆，一年前老婆在生产时，因难产而死。

春芍也说了很多，说自己嗓子倒了之后，嫁给了宋先生，又嫁给了现在的马团长。春芍在说这些时，谢伯民一句话也没说。

最后，谢伯民说：你一点也没有变，还是十六岁时的样子。

刚出道时春芍的样子，已经深深地烙印在了谢伯民的脑海中。几年过去了，他仍时常想起那晚上春芍上台时的样子。

谢伯民的家是一幢二层小楼，有许多房间，没有了女主人的家，也显得有几分冷清。春芍那天在谢伯民的小楼里说了好久，最后离开时，谢伯民就说：以后你就常来玩吧。

谢伯民站在门口，冲着远去的春芍招着手。春芍走出很远，回了一次头，她仍看见少东家谢伯民白得耀眼地在那儿冲她招手。

马团长只能隔三岔五地回来。天一亮，马团长打马扬鞭地又走了，又留下了孤孤单单的春芍。

没事可干的春芍三转两转地就来到了谢伯民的那幢小楼前，直到走进谢伯民家，她才灵醒过来，犹豫一下，她还是进去了。

谢伯民似乎已等待许久了，春芍每次出现谢伯民都很热情。

有一次，春芍冲谢伯民说：我都好久没有看戏了，真想去看看。

那天，谢伯民陪着春芍走进了中街一家戏院。春芍还是有生以来第一次在戏院里看戏，戏台被弄得红红绿绿。

戏班子仿佛人人都是角儿，轮流着唱。角儿一律年轻，一律漂亮。春芍是唱戏的出身，她听得出来，唱戏的人都是经过训练出来的，比他们北镇戏班子的水平高出一截。意识到这些，春芍才知道，奉天就是奉天。

在戏院里看戏，也有捧角儿的，那些有身份的人出手都很大方，差人用盘子把银圆托着，还要给角儿送花。这也是春芍从来没有见过的。她为自己曾经有过的经历感到脸红。

散戏以后，谢伯民又请春芍去茶楼，两人一边品尝一边聊天。

春芍说：他们唱得真好。

谢伯民就用一双眼睛把春芍望了，说：他们唱得再好，我还是爱听你唱。

春芍听了这话脸就红了。她又想起了当年在谢家大院少东家说过的话。

那天，两人在茶楼里坐到很晚，谢伯民才送春艿回去。谢伯民一直把春艿送回住处，他看到了春艿的住处便说：难为你一个人守着这么大的房子。

一句话差点让敏感的春艿落泪，但她还是忍住了，冲谢伯民笑笑说：这一切都是暂时的。

谢伯民怔了一下说：这年头，在行武中，你没想过万一他有个啥三长两短？

春艿的眼泪终于流了下来。

此时，她有些后悔当初这么草率地离开宋先生，而投入到马团长的怀抱。

她嫁给马团长之后，才渐渐了解他。有时马团长的粗俗让她无法忍受，每次和她做那事时，马团长总要问她和宋先生做那事时的感受，她不回答，他便不高兴，说她心里还装着那个教书的。她说了，他又骂她是个被人睡过的破货，说着说着，马团长就很粗暴、很有力气地把她占有了。起初，她还能体会到种种快乐，渐渐地，那种快乐又消失了，变成了一种折磨。每每这时，她就怀念和宋先生在一起的日子。

来到奉天城里，她越发觉得孤单无靠，没有马团长的日子，她寂寞；马团长回来，她又觉得难熬。

马团长每次回来，从来不问她过得怎么样，多一句话也不说，上来就把她按到炕上，然后迫不及待地扒她的衣服，发泄完便睡。睡醒了，又和她说一些很下作的话，仿佛不这样，就没有欲望和她做那件事。马团长在北镇时给春艿带来的生活，已经一阵风似的刮走了。

就在这时，谢伯民出现在了她的生活中，她觉得生活有了内容。

从那以后，她差不多每日都要到谢伯民那里去坐一坐。

有时谢伯民很忙，埋下头，核对账目，她就坐在一旁静静地等。有时她呆呆地望着谢伯民那张年轻的脸，这张脸很生动，不同于宋先生，更不同于马团长。四十多岁的马团长因生活无度已显出几分老态了。

见多识广的少东家，领着春艿参观了他的几家药店，她还从来没见过这么大的药店，她说不清谢伯民有多大的家业和财产，走在街上，有许多人和少东家打招呼，他们不称他为少东家，也不叫名字，都一律叫他谢老板。谢伯民对待这些人显得很散淡，不冷不热的样子，谢伯民仰着头走路，仿佛整个奉天城都在他的眼下。

谢伯民的衣着总是一尘不染，从头顶到脚都那么光光亮亮。有一次，谢伯民又陪春芍去戏院，她从他的身上闻到了一股很好闻的气味。她说：是啥东西这么香？

他说：是香水。

她从来没用过香水，她没听说过，只用过香包，那里面装着几棵香草。

第二日，他就送给她一个瓶子，瓶子里的液体是金黄色的。他说：这就是香水，日本货，送给你了。

她觉得，谢伯民的身上越来越奇妙，有一种东西在远远地牵引着她。她又寻找到了那种美好的感觉。

夜晚，她经常在梦里醒来，醒来之后，眼前便都是谢伯民的影子了，然后，她便再也睡不着了。

她觉得谢伯民不仅在生活上关爱她，也是最了解她的人。有几次，谢伯民把城里戏园子里的戏班子请到了家中。谢少东家在奉天城里也是有头有脸的人物，做这一切，不足挂齿。他不仅让戏班子唱戏，还让春芍装扮上了。春芍刚开始不解，推却道：嗓子倒了，你又不是不知道。谢伯民笑笑道：那你就在心里唱。

装扮好的春芍往那儿一站，家伙一响，便感到自己立马换了一个人，以前种种风光的场景，使她不能自禁。她虽然唱不出了，这时只能别人代唱，她做出的是那些令人梦牵魂绕的动作，此时此刻，心神又一次合一了。唱到动情处，她望着坐在跟前的谢伯民，竟热泪横流，不知是为自己，还是为别人。恍然间，她又回到了十六岁那一年在谢家大院时的情景中。那一瞬间，她清晰地意识到，以后的日子，自己无论如何也离不开谢少东家了。

十二

春芍半推半就地和马团长成婚，一大部分原因是马团长的那种生活在吸引着她，接下来才是他这个人。直到来了奉天，她才梦醒了。

此时的马团长在春芍的眼里只是一个男人，一个很粗俗的男人。在马团长的身边，她一点也没有找到团长夫人的感觉，仿佛她又掉进了胡子头的窝里，说把她扑倒就把她扑倒了，全没有了那种情意绵绵的爱抚。刚开始，她觉得这样的爱还很新鲜，渐渐地，她就开始讨厌这种粗俗了。马团长从不关心她，他关心的只是他和她在炕上的那种感受。这时候，她不能不想起宋先生。

直到和少东家谢伯民重逢，她似乎又看到了希望。

有一次，谢少东家心情很好，领她去看了一场电影，这是她有生以来第一次看电影，以前在北镇时，她只是听说过。这一看不要紧，却让她大吃一惊，她无论如何也不明白，那些真人似的影子能说会动，就跟真事似的，看得她惊心动魄。

电影结束，她和谢伯民从影院里走出来，天已经黑了。她望着眼前燃亮的一两盏路灯说：电影真好。

谢伯民不说什么，见多识广地笑一笑。

那天谢伯民没有叫车，而是傍着她走过中街，一直走到她居住的那个胡同里。一路上，两个人都没有说什么，他们就那么一路走过来，偶尔，他们的身体碰在一起，但又很快分开了。她的心情却不平静极了，在黑暗中，她和一个男人肩并着，一步步向前走去，从谢伯民身体里散发出的幽幽男人气，不时地扑进她的鼻孔，她的身体里就多了种奇妙的感受。

以前她怪那条路太长，今晚不知为什么，她又嫌那条路太短，仿佛在不经意间就走到了终点。

在门口她立住了，他也立住了。

他站在那儿说：你到家了，那我就回去了。

她立在那儿幽幽飘飘地望着他，没说话，只点了点头。

他冲她笑一笑，转身的时候又说：啥时有空再来玩。

说完就走了，一身白色的西服很快融进了黑暗中。

她冲着他的背影长长地吁了口气。

她推门而进的时候，看到自己居住的房间里亮着灯，她的心一紧，果然是马团长回来了。

马团长坐在灯下正在喝酒，面前摆着烧鸡。马团长看见了走进来的春芍，便满嘴酒气地吼：你上哪儿去骚了！

她怔住了，不知如何回答马团长。

马团长就气势汹汹地扑过来，只一推便把她推倒在了炕上。

她惊惧地望着马团长，喃喃道：我碰上一个北镇的老乡，陪他说话去了。

马团长就淫秽地笑了笑，说：是卖去了吧？

她不再说什么了，泪一下子就涌了出来，刚才在外面的一切美好感觉，顷刻间便灰飞烟灭了。

马团长又吼：你这个婊子，老子都回来一下午了，到处找不到你，老子明天又要去打仗了。说完便扑过来……

春芍的心受到了空前绝后的打击，她的眼泪一直在流。

马团长看到了她的眼泪就很愤怒，一边在她身上折腾，一边腾出手扇了她一个耳光，骂道：你哭啥，你咋不叫哇，你倒叫哇。

春芍在忍受着，她只感到彻底的绝望。她的泪水不可遏制地汹涌流出。

马团长就真的很气愤了，他一次又一次抽打着她的脸，一边打一边骂：你这个婊子，几天见不到男人你就受不了了，你倒是叫哇，你咋就不叫呢……

春芍一夜也没有合眼，她眼睁睁地盯着黑暗，似乎想了许多，又似乎什么也没想，她脑子里空空一片。遥远地，她似乎又听到了宋先生喊：戏子呀，真是个戏子呀。马团长的声音也惊天动地地响起：你这个婊子，婊子……

马团长一大早就离开了。离开前，他站在地下恶声恶气地说：这次老子就饶了你，下次你要是不在家老老实实地守着，看老子不打断你的腿。说完就走了。

春芍昏昏沉沉哀痛欲绝地在炕上躺了一天，她觉得自己快要死了。她想不清将来怎样，也想不清眼下该怎么办。她觉得自己已经无路可走了。她一下子就想起了谢伯民，眼下只有他才能救她了。

她说不清从哪里涌上来的力气，她穿上了衣服，走出院门。当她出现在谢伯民面前时，她的样子吓了谢少东家一大跳，他说：春芍，你这是怎么了？

春芍再也忍不住了，她似见到了亲人，一下子扑到谢伯民的怀里，哀哀婉婉地叫了声：少东家，你要救我呀！

谢伯民就啥都明白了。

他把春芍扶在椅子上坐下，愣愣痴痴地看了春芍半晌，然后一字一顿地说：你以后就别再回去了。

春芍不解地、茫然地望着少东家。

谢伯民扑过去，一下子就抱住了无助的春芍，谢伯民颤抖地说：春芍哇，那年我第一次见到你，我就忘不了你了。

春芍做梦也没有想到形势会变成这样，她喜欢谢伯民，可她从来也没敢想过，自己会和少东家怎么样。突然而降的幸福使她差点晕过去，她苍凉地叫了一声：老天爷呀——

于是，两个人就抱成了一团。

待两人清醒之后，都觉得问题远没有那么简单，春芍知道，马团长不是宋先生。先不说马团长是胡子，起码他手下现在有着上百人的队伍，他什么事情都干得出来。她躲在谢伯民这里不回去，迟早有一天马团长会找上门来的。

春芍把这想法说给了谢伯民。

谢伯民也意识到了问题的严重性，他想了一会儿，就一拍大腿说：这好办。

春芍就充满希望地望着少东家。

谢伯民就说：咱们给他下“蛊”。

春芍知道什么是“蛊”，那是一种要人命的药。当时吃了并没有什么，几天之后，便会神不知鬼不觉地死去。

谢伯民又说：我的药房里就有这种药。

春芍觉得已经没路可走了，要摆脱马团长，投奔新生活，她只能这么做了。于是两人商定，谢伯民把药配好，春芍负责让马团长把药吃下去，以后的事就一了百了了。

春芍的一颗心便放到了肚子里。为了眼前的少东家，为了自己，她现在什么事都做得出来。

两人百般恩爱地缠绵了一番，谢伯民才恋恋不舍地把春芍送回去。

在这期间，春芍又找了谢伯民几次，两人恩爱之后，便躺在床上畅想着将来的事情。谢伯民紧紧地把春芍的身体搂了，他说：春芍，日后我娶你，咱们就生个孩子吧。

一句话又让春芍流泪了，身边的少东家是多么的好哇，少东家能娶她，是她上辈子修来的福分哪。

于是，春芍便盼星星盼月亮地期待着马团长早日回来，她以前从没有这么期待过马团长。

她没有等来马团长，却等回了满身是血的父亲——于团副。

父亲一进门就说：不好了，马团长死了。

马团长在战争中被一颗流弹击中了，他再也回不来了。

春芍听到这一消息，她的身子一软，揣在怀里的“药”掉在了地上。

春芍名正言顺地开始了自己又一轮幸福的生活。

十三

结婚那天，谢伯民带着春芍到照相馆照了一张相，是两人的合影。这是春芍第一次照相。

几天以后，照片拿回来了。春芍看着那张神奇的纸片上印着自己和谢伯民。谢伯民微笑着，春芍自然是一脸甜蜜，她的一双目光，新奇地望着前方，她似乎是望见了自己幸福的将来。

她和谢伯民真正的婚后生活开始了。

她下定决心，死心塌地和谢伯民过起了日子。夜晚，她甜蜜地躺在谢伯民的身边，听着谢伯民熟睡时的呼吸，她想起了宋先生，想起了马团长，她为过去的所有荒唐行为感到脸红心跳。她没有觉得有一丝半点对不住马团长，她跟了马团长只是一时的鬼迷心窍，她隐隐地觉得有些对不住宋先生。但想过了，也就想过了，她还要面对现实和将来。此时，命运又让她拥有了谢伯民。眼前的日子无忧无虑，她不再求啥了，她要死心塌地和谢伯民过眼下富足的日子。

以后的日子，让春芍有了再生一次的感觉。没事的时候，谢伯民总是带着春芍出入戏院，在这里看戏和在北镇有了很大的不同，那种氛围是北镇街头巷尾无法相比的。谢伯民不仅看戏，还和春芍说戏。少东家对戏里的人生有着自己的理解，他就把这份理解说给春芍听。春芍虽说是唱戏的出身，但有些戏她理解得并不深，经谢伯民这么一说，她一下子就开悟了，对戏文有了更深层次的理解，同时，对少东家也就刮目相看了。

谢伯民让她想起了宋先生和马团长。宋先生会听戏，也能写戏，马团长也听戏，可他们和谢伯民相比，竟有了天壤之别。少东家从戏里看到了人生，看到了自己，也看到了春芍。她觉得谢伯民说戏时自己已和他融为一体了。

那一天，她冲谢伯民说：咱们生个孩子吧。

很快，春芍就发现自己真的怀孕了。她为自己能很快怀孕有些吃惊，她和宋先生在一起没有怀孕，她曾和宋先生说过要孩子的事，宋先生也很高兴地答应了，却是没有怀孕。和马团长在一起也没有怀孕。她觉得很奇怪，为什么前面两个男人都没能让她怀孕，和谢伯民这么短的时间内，竟神奇地怀孕了，她觉得这一切都是天意。

很快，孩子生了。

随着孩子呱呱落地，著名的九一八事变爆发了，先是东北军撤离了奉天，一直撤到了关内，很快，日本人占领了奉天。

接着整个奉天城内就乱了。

谢伯民的药店生意也开始不景气了，他痛下决心，关闭了几家药店，剩的几家药店，还勉强可以维持开销。

外面一乱，谢伯民很少往外跑了。上午，他到中街附近的几家药店看一看之后，便径直回到了家中。关上门，便陪着春芍和儿子。

他们为孩子取名为谢奉。

外面的世界正乱的时候，他们关起门来，过起了品味戏文品味人生的日子。虽然买卖不好，但谢伯民这么多年的积蓄足够他们生活一阵子的。他们一边带孩子，一边享受着别样的生活。戏园子关闭了，他们无法再去听戏了，在家里少东家把春芍装扮了，让装扮好的春芍施展一下身段，他们的身旁放着留声机，春芍不能唱了，留声机能唱。于是，他们又找到了各自的感觉。春芍觉得，此刻，不是留声机在唱，而是自己在情真意切地唱。谢伯民眯着眼睛，他在欣赏着眼前、耳旁的一切。春芍虽生育过孩子，但眼前的春芍仍和十六岁时一样，凹凸有致，一个云手，一个媚眼，都让少东家回到了从前。此情此景，春芍便成了戏中人，少东家就是迷戏的人。于是，日子就是日子了。春芍有时会想起北镇的戏班子，眼下兵荒马乱的，他们现在怎么样了呢？但很快就又淡忘了，她对眼前的生活没什么可抱怨的，她在少东家的眼中看到了自己。

窗外的一切恩怨，仿佛都与他们无关，他们关起门来，享受着这份宁静和天伦之乐。

孩子牙牙学语了。

孩子又蹒跚地走路了。

孩子会跑了。

……

谢伯民很喜欢谢奉，他会拿出大半天时间和孩子玩在一起，他们楼上楼下地捉迷藏，孩子很开心，谢伯民也很开心。

春芍看着儿子和丈夫这样无忧无虑地玩在一起，总会露出舒心的笑。

有时，她也会觉得挺寂寞的，她想看场戏，或者看场电影，但外面大部分戏园子、影院都关闭了，也没有个去处。她只是想一想，很快就忘记了。她满足于眼前的生活。

她学会了为丈夫熨衣服，看着丈夫穿着自己亲手熨过的衣服，她的心里比丈夫的衣服还要熨帖。

她觉得眼前的日子才是日子。

一晃，儿子八岁了。

儿子已经开始上学了。

此时，春芍已经学会了等待。她天天在等出门的丈夫和外出上学的儿子，她倚门而立，等待变成了她生活的一部分。

突然有一天，儿子呼叫着跑了回来，他一边跑一边喊：妈，妈，解放军进城了，进城了。他的一张小脸因激动和兴奋而涨得通红。

春芍走出家门，果然看见了一队一队的队伍走进城里，以及道路两旁欢天喜地的人群。

春芍不知道解放军进城是好事还是坏事。接下来，事情就有了变化。

谢伯民回到家后，叹着气说：药店怕是保不住了。

不久，谢伯民又说：咱家以后就没药店了。

春芍不解地问：咋了？

谢伯民就平平静静地说：交公了。

于是，一切便都交公了。

那些日子，谢伯民天天出去。又有一天，谢伯民回来冲春芍说：城里怕啥也没有了，我不想在城里待了。

春芍就茫然地望着自己的丈夫。

谢伯民说：咱们回北镇吧。

春芍无法驾驭眼前的生活，这么多年的日子都是谢伯民当家。谢伯民说回北镇，她只能回北镇了。

这时，春芍又想起了北镇的戏班子。

于是，一家三口人便回到了北镇。

十四

北镇自然也发生了天翻地覆的变化。

北镇的戏班子也烟消云散了，牤子早就和十里香相好了。当年在谢家大院，十里香小产的那个孩子，就是牤子的。他们竟瞒了这么多年，直到戏班子解散，他们才公开过去的秘密。

春芍想起了当年，自己还没有成为角儿时，曾经暗恋了牤子许多年，那时牤子的一举一动都牵动着她的心。没想到，她正在暗恋牤子时，牤子早就和十里香相好了。此时想起这些，她觉得自己当年真傻。

回到北镇以后，谢伯民当起了教师。

谢伯民脱去了西装，换上了中山装。

春芍还没有找到合适的工作，那时，小地方女人很少出门工作。于是，春芍只能在家里等待着。

每天一大早，丈夫去教书，儿子谢奉去上学，家里就只剩下春芍。

有时她也到街上去转一转，有许多当地人仍认得她，于是和她热情地打招呼。北镇的一切对她来说是那么的熟悉。有一次，她走着走着，鬼使神差地又走到了她当年和宋先生住过的小院，此时的小院早已是物是人非了。她走到那儿，心动了一下，最后她转过头，快步地离开了那里。

后来她听说，在她和马团长走后不久，宋先生也在北镇消失了，消失的宋先生便再也没有回来。

这时，她的耳畔又回响起宋先生当年的呼喊声：春芍呀，我的春芍呀——

她抬头望了望北镇的天空，天空依旧是以前的老样子。过去却恍若隔世，她自己觉得做了一个梦，梦醒了，一切都如以前。

回到北镇以后，她更多的时候，想到了从前，从前的事情，过电影似的，一一在她眼前闪过。她想到了更多的自然是在戏班子里的那些日子，往昔的一切，都一件件地涌现在她的眼前。

现在牤子和十里香就住在距她家不远的一条胡同里，不再唱戏的牤子，当起了商店的售货员，每日也早出晚归的。

她来到牤子和十里香家里，看到戏班子里那些行头还在，却蒙上了一层灰尘。三个人凑在一起，话题自然离不开戏班子，牤子还是以前的老样子，他们自然地提到了牤子和春芍唱对手戏时的种种情形。不知为什么，提起这些春芍的脸就红了。几个人说兴奋了，牤子就提议唱一段，久不唱戏了，浑身都憋得发痒，于是，牤子和十里香就唱，虽不是在舞台上，但他们的举手投足还是那么有味。春芍坐在一旁看着看着，她竟突发奇想：要是此时，站在牤子身旁的不是十里香，是自己，将会怎么样呢？清醒过来之后，她被自己的想法吓了一跳。

从那以后，只要她一有时间，便往牤子家跑。哪怕她只听到牤子哼上几句，心里也是妥帖的。

丈夫谢伯民照例早出晚归，每次丈夫回来都要和她说上好大一会儿学校里的事，刚开始她还觉得新鲜，渐渐地，她就有些厌倦了，丈夫再说时，她就没好气地打断话头说：你能不能说点别的？

谢伯民说不上别的，于是就沉默着。

这时，她就越发地想见到牤子，只有见到牤子她才有许多话要说。

每到傍晚，丈夫和孩子回来了。这时她早就做好了饭菜，她估计牤子也该下班了，她精心地把自己收拾一番，头梳了，衣服换好了，然后冲丈夫和儿子说：我出去一下呀。

她匆匆地走出家门，仿佛已经听到了牤子正在字正腔圆地唱那曲《大西厢》。她又一次义无反顾地朝着牤子家走去。

快枪手

一

著名的快枪手马林，在腊月二十一那一天回到了靠山屯。

马林回来了，他要在腊月二十三那天，大张旗鼓地做两件事。第一件事他要先休了秋菊，接下来要名正言顺地再娶一回杨梅。

秋菊走进马家的门槛已有些年头了，那一年秋菊才十二岁，马林十岁。马林和秋菊圆房那一年，马林十六岁，秋菊十八岁。也就是在那一年，十六岁的马林离家，投奔了张作霖的队伍，当上了一名快枪手。

马林回到故乡靠山屯匆匆忙忙扯旗放炮地要休了秋菊是有原因的。那是因为秋菊被胡子鲁大奸了，奸了也就奸了，最让马林无法忍受的是秋菊还生了胡子鲁大的孩子，且那孩子已经三岁了，叫细草。著名的快枪手马林无法忍受这些，他要在腊月二十三过小年那一天，张张扬扬地把秋菊休了，然后再和杨梅在乡人面前风光一回。

杨梅是马林从奉天城里带回的一名学生，今年芳龄十七。其实早在奉天城里时，马林已娶过一回杨梅了，两人在奉天已同居了半年有余，这次马林重返故里，杨梅自然跟随一同前来了。杨梅不仅一个人来了，确切地说，她还带来了他们的孩子。杨梅已怀孕五个月了。有了身孕的杨梅依旧漂亮，齐耳短发，很前卫也很新潮的样子。最让马林骄傲的是杨梅那双又黑又亮的眼睛，只有城里的女学生才有这样一双眼睛，在靠山屯一带绝难找到这样一双女人的眼睛。

马林这次回到靠山屯不打算再走了，原因是奉天城里来了日本人。不仅来了日本人，他们还偷偷地把大帅张作霖炸死了。少帅出山了，快枪手马林以为东北军会和日本人拼上一家伙，为大帅报仇雪恨，没想到的是，东北军一夜之间撤离了奉天。快枪手马林的心冷了，他决定离开队伍，回故乡靠山屯过平安宁静的日子。

马林在没回靠山屯以前，是不知道故乡的变故的。

腊月二十一那一天，满天里飘着大雪。沿途之上，马林已看到了村村屯屯到了年关的景象，四处赶集的人们，脸上露着喜气，他们的脸上洋溢着故乡的温暖。马林只有在故乡的土地上才能看到这些，在奉天城里他永远见不到。他带着杨梅一踏上故乡的土地，便在心里热热地喊出一声：他奶奶的，千好万好不如老家好哇，我马林不走了。

在一面坡城里，马林租了辆雪橇。雪橇是三只狗拉的，狗快风疾，狗拉雪橇箭似的射到了靠山屯。

马林这次回乡先是惊动了父亲马占山。在马林的记忆中，父亲马占山的气管不论冬夏没有好的时候，随着呼吸，父亲的气管会发出风箱一样的声音，于是父亲在这种伴奏声中艰难地说话。

父亲马占山见到马林那一刻，愣愣怔怔足有十几分钟。

在马林的耳畔，父亲的气管之声，有如山呼海啸。

马林就说：爹，爹，你这是咋了？

马占山就说：毁了，毁了，这个家毁了。

马林的心脏就慌慌乱乱地狂跳了几下，他的脸就白了一些，他预感到了什么。

上次回靠山屯他做了一件大事，那就是和胡子鲁大干了一仗。那一次，他是想全歼鲁大这绺胡子的，没想到的是，却让鲁大和一个小胡子跑脱了。那一次算鲁大命大，他一枪射中了鲁大的左眼，他眼见着鲁大一头从马上栽了下去，他想补第二枪时，那些个亡命又仗义的小胡子们前仆后继地向鲁大扑去，他们知道自己的对手是快枪手马林，他们知道快枪手一枪又一枪地会要了他们的命。快枪手马林的枪仍在响着，射中的不再是鲁大，而是那些小胡子们，在匆忙之中，一个小胡子背起鲁大慌慌乱乱地跑掉了。

马林那时曾想，也许这一次鲁大伤了元气，再也不敢来靠山屯了。同时他也担心，胡子鲁大会来报复，但他没想到鲁大会来得这么快。

马林不用问父亲什么，他已从父亲的脸上看到鲁大来过了。

父亲一边山呼海啸地呼吸，一边说：这时候你不该回来呀，你回来干啥呀？鲁大正四处打探你哪，老天爷呀，这下可咋好哇——

快枪手马林的预感得到了应验，此时，他的心里反倒安静了，他甚至冲父亲笑了笑，笑得是那么轻描淡写，仿佛父亲的惊乍和担心不值一提。快枪手马林对自己充满了信心，他知道自己是个神枪手，百步之内百发百中，虽说他人已不在东北军了，可他这次回来，却不是空着手的，跟随了他这么多年的那两把二十响快枪就在他腰里插着。快枪手有了枪还怕什么哪，他马林是什么也不怕的。他怕的只是在自己回来以前，鲁大向父亲下毒手，当他看到完好的父亲在自己的眼前愁眉苦脸时，他的心踏实了。父亲与几年前相比，基本上没什么变化。马林在父亲的身上还有一条奇妙的发现，人要是老到一定程度，再老也老不到哪里去了。

其实马占山的年龄并不大，六十刚出头，但他的精力似乎已经耗尽了，都耗在了那片土地上。马占山几十年如一日，牛马似的在自家那片土地上挥霍着生命和力气，刚过六十岁，终于油干水尽了。马占山在感到力不可支之时，儿子马林回来了。

马林的到来，并没有给马占山带来一丝一点的快慰。相反，他觉得马林的末日到了，昔日还算平静的马家，还会平静下去吗？

二

马林在没有见到秋菊以前，在他的脑海里并没有产生休了秋菊的计划，他下定决心休了秋菊，那是见了秋菊以后的事。

在马林的记忆里，秋菊就是秋菊。

秋菊初来马家那一年，是一个又瘦又黄的小丫头。秋菊是马占山拾回家的。秋菊是随父母闯关东来到靠山屯的，一路上的奔波劳顿，让秋菊的父母染上了伤寒，他们一家三口走到靠山屯时便再也走不动了。秋菊的父母躺在街心的十字路口上，望着头顶那方陌生的天空，他们知道自己的逃荒之路已走到了尽头，他们逃离了饥荒之地，却没有逃脱死亡，可恶的伤寒和饥饿劳累已使他们的生命到了尽头。令他们欣慰的是他们终于逃离了饥荒连年的故乡，他们不放心的是年仅十二岁的秋菊，他们有千万条理由死不瞑目，他们不能把孤苦无依的秋菊独自一人抛在陌生的异乡。

干干瘦瘦的秋菊坐在他们的身旁哭着，无力苍白的啼哭之声是秋菊父母死不瞑目的缘由。秋菊的啼哭之声，同时引来了靠山屯的男女老少，他们对眼前这一幕已不感到陌生了，那年月，逃荒逃难的人们，潮水似的从关里涌到了关外。

秋菊父亲看到了围拥过来的靠山屯男女，仿佛为女儿秋菊抓到了一根救命稻草，他使尽浑身的力气说：老……老乡……求求你们了……把这丫头领回去吧，给她一口吃的……当牛当马……随你们了……

母亲也说：求求好心人啦，给……俺闺女一口吃的……别让她饿死就行……求求了……

那年月，靠山屯的父老乡亲也是有那个心没那个力。唯有马占山有那个心也有那个力，他觉得眼前降临的是一个天大的便宜。那一年马林十岁了，再过几年就该给儿子张罗媳妇了，早张罗晚张罗，那是迟早要张罗的，今天一分钱不花白白拾一个丫头回家，且不说日后给自己当儿媳，就是给她口吃的，把她当牛当马地用上几年也不亏什么。精明的马占山就把哭喊着的秋菊的手握了，冲已迈向死亡线的秋菊父母点点头说：你们的孩子我收下了，日后有我马占山一口吃的，就有这丫头吃的。

秋菊的父母没有理由不闭上自己的双眼了，终于秋菊的父母就牵肠挂肚地去了。那一次，马占山在后山挖了个深坑把秋菊的父母埋了，也算是对白拾了丫头的回报。

在马林的印象中，秋菊是一个高高壮壮的女人。谁也没想到，瘦小枯黄的秋菊在来到马占山家不到半年的时间，就变得判若两人了。十三岁的女孩到了发育的年龄。不管吃好吃坏，秋菊总算能吃饱肚子了，在秋菊的眼里，自从来到马家是天天过年，在她幼小的记忆里，还从来没有过上这般日月。于是秋菊竟神奇般地胖了起来，先是胖了脸，接着就是全身，该鼓胀的地方都长开了，个头也长了几分。

秋菊比马林年长两岁，女孩子发育成熟得又早，在马林的目光中，秋菊已经是个大人了。秋菊来到马家之后，里里外外一把手，不仅做饭还要喂鸡喂狗，几年的时间里，秋菊俨然成了马家的主妇。

秋菊能出落得这般模样，令马占山暗自高兴。没花一分钱，白白拾来个劳动力，今天的劳动力，未来的儿媳妇，这是马占山灰暗生活中灿烂的一笔。在那些日子里，马占山一看到秋菊，便顺心顺气，暗自得意。

马林的母亲是个多病的女人，在马林五岁那一年，突发心绞痛就已经去了。在壮年的马占山再也未娶。在马占山的观念里，赌、毒、色是男人的三大天敌，男人要成气候，离这三样越远越好。当初娶马林娘时，他考虑更多的是传宗接代，既然儿子已经有了，还娶女人做什么？况且半路里家里多了一个外姓女人，他活得不踏实也不放心。于是，马占山把所有的心思都花在了侍弄那片土地上。土地就是他的命、他的事业，人要想过日子没有土地是万万不行的。这就是马占山的人生信条。

在马林童年的记忆里，秋菊带给他更多的是温暖和安全感。那些日子，秋菊不仅给他做饭，晚上还要给他铺被子，就是夜里用过的尿壶，也是秋菊早晨给倒掉了。在马林的眼里，秋菊是高大的，像母亲，又像姐姐。在马林缺少女性关怀的童年里，秋菊是马林寒冬里的一盆炭火。秋菊在马林童年的记忆里，不仅是温暖的，同时也是美好的。

在马林年满十六岁那一年，马占山提出让他和秋菊圆房，他也没提出过异议。在马林的印象里秋菊和自己早就是一家人，圆不圆房其实都是一样的。

也就是在马林十六岁那一年，靠山屯一带闹起了胡子，一时间鸡犬不宁，乡人们的日子过得提心吊胆。也就是在这种环境中马林的命运发生了变化。

主宰马林命运的仍然是马占山，土财主马占山已充分地认识到，在这鸡犬不宁兵荒马乱的日子里，仅有土地是不行的，要想使生活过得美满踏实，家里没有一个拿枪的，那是万万不行的。于是马占山求遍了三亲四邻，终于在东北军里巴结上了一位团长，花了他五十两白银为马林买了一个排长的头衔。

马林在十六岁那一年，也就是在他和秋菊圆房不久的一个日子里，当上了东北军里的一名排长。

这是马林一生中的大事，也是马占山一生中的一次壮举。这一次出走，彻底地改变了马林的命运。

如果说当初是马占山为马林买了一个排长头衔的话，那么以后的一切成就都是马林自己努力取得的。

马林到了东北军不久，很快又被张作霖的警卫营选中了。在军阀混战的年月里，东北军大帅张作霖自然把个人的安危看得举足轻重。在张作霖的警卫营里做一名警卫，马林学会了很多，不仅学会了双手打枪，由于见多识广，他还明白了在靠山屯一辈子也无法明白的道理。

许多东北军将士都知道快枪手马林的名字，他的名字差不多和大帅张作霖一样的著名。

著名起来的马林果然给马占山带来了许多好处。不少盘踞在靠山屯一带的胡子，不管是大绺的还是小绺的，很少有人胆敢骚扰马占山。胡子们都知道，马占山的儿子马林在给东北军大帅张作霖当着贴身侍卫，且是一名百发百中的快枪手。那些日子，小财主马占山曾为自己这一大手笔而暗暗得意。他觉得那五十两白银没有白花，要是没有昔日的破费，哪来今日的安宁。

三

再后来的变故都缘自鲁大。

那一次，快枪手马林没有杀死鲁大。鲁大很快就开始报复了。不仅奸了秋菊，还让秋菊怀上了孩子，在鲁大百般要挟下，秋菊痛不欲生地生下了鲁大的孩子，是个男孩，秋菊给这个孩子取名叫细草。

马占山无法正视马林的突然归来，马林却出其不意地回来了，仿佛从天而降。马占山觉得并不平静的日子已经到了末日，于是他的气管愈加地山呼海啸了。

他一边哭着一边说：毁了，马家的日子毁了。

马林见到秋菊的时候，秋菊正搂着细草在下房的炕上抖成一团。马林坐着狗拉雪橇驶进院子时，她就看到了马林和杨梅。那一刻她就觉得眼前的天塌了，地陷了，表面上的宁静生活也该有个结果了。她知道，马林无法宽恕她，那时，她想的不是自己，而是怀里的细草。孩子是她和鲁大的，如果说当初她恨鲁大恨怀里的孩子的话，那么现在，她只剩下恨鲁大一人了，她已经离不开细草了。细草是自己的骨血，他喊她妈，她呼他儿。细草没有错，错就错在她当时死不起也活不起。

秋菊见到马林那一刻，她不再发抖了，反而冷静了下来，她更紧地把怀里的细草抱了，声音平静地说：是俺对不住你，你杀了俺吧，求你别碰孩子。

细草躲在母亲的怀里被闯进来的马林吓了一跳，想哭，咧咧嘴又止住了，于是他愣愣地瞅着马林说：你瞅我妈干啥，你还不走，不走我去扇你呀！

说完，挥起小手在母亲怀里空舞了一下。

马林怔怔地立在那儿，似乎什么都明白了，又似乎什么都不明白，于是他问：这孩子是谁的?!

你杀了俺吧！秋菊说完就在炕上给马林跪下了。

马林又问：是鲁大的?

你杀了俺吧，俺对不住你哩。说完秋菊伏在炕上号啕大哭起来。

细草看看这个，望望那个，嘴一撇也哭了起来。

马林的头就大了，他的疑虑终于得到了证实。他坐了下来，就坐在冰冷的门槛上，他点了支烟。那一瞬，他想到了杀人，先杀了秋菊再杀了细草，然后再杀了鲁大。这回，他绝不让鲁大从自己的手心里逃脱了。杀人对马林来说并不是难事，腰里那两把二十响的快枪还在，只要他伸出手掏出来，瞄都不用瞄，几秒钟都不用，动动指头，就把炕上那娘儿俩杀了。后来，马林又想：杀个女人杀个孩子有什么意思哪，要杀还是杀鲁大吧，一切都是鲁大造成的。于是他在心里发誓说：×你妈鲁大，老子绝饶不了你！

这口气马林是不能忍的，要忍的话他也就不是快枪手马林了。他知道这是鲁大的一计，鲁大在为那些小胡子报仇，为自己挨的那一枪报仇。如果鲁大趁他不在，杀了父亲，杀了秋菊，那是易如反掌的事。然而鲁大没有那么做，他没有杀他们，却让自己的女人怀上了他的孩子，让他马林看了难受，要让马林自己杀了自己的女人。

马林在吸完第三支烟时，想到了这些。马林决定，不杀秋菊，也不杀细草，他要休了秋菊，也就是说他要让秋菊和自己一点关系也没有。他不生气，心平气和地和鲁大算账，他要拿鲁大的命和自己算账，这个账算不明白，自己就不是快枪手了。

想到这儿，他掐灭了手里的烟蒂说：秋菊你听好，我马林不杀你。

号啕的秋菊听了这话止了哭，泪水仍在脸上滚动着，憋了半晌，哽咽地说：马林，是俺对不住你，你就杀了俺吧。

马林平静地说：我杀你干啥，我要休了你。以后你和我马林就啥关系都没有了。

秋菊抱紧细草，茫然不解地望着马林。

细草不识好歹地在一旁说：你是谁，你走哇，你咋还不走。

秋菊醒悟过来，打了细草一巴掌，细草不解，不明白母亲为什么打他，于是趴在炕上伤心透顶地哭了起来。

马林看了细草一眼，又看了细草一眼，然后转身走了。

四

秋菊最担心的事情发生了。她不明白为什么，当初鲁大不杀她，今天的马林也不杀她。如果有一个男人杀了她，所有的牵肠挂肚、恩恩怨怨都一了百了了。没人杀她，她现在却是欲生不能欲死不得。

马林在东北军著名起来，沾光的不仅是马占山，整个靠山屯都沾了马林的光。那时大小股土匪多如牛毛，他们都知道靠山屯有个马林，在奉天城里给张作霖大帅当贴身侍卫，会使双枪且百发百中。大小股胡子也怕招惹麻烦，他们不轻易到靠山屯惹是生非。

唯有胡子鲁大却不信这个邪，他曾当众放出口风，别说马林远在奉天城里，就是在靠山屯他也不怕，马林会使双枪能咋，他手里的家伙也不是吃素的。那些日子，鲁大带着十几个小胡子三天两头到靠山屯打秋风，鲁大自然先拿马占山开刀。

鲁大起初不时地派一两个小胡子到马占山门前讨要，马占山自恃马林在东北军，自然不把鲁大这几个小胡子放在眼里，别说给猪给粮，他还要冲小胡子骂上几句。几次下来之后，鲁大没能得逞。后来鲁大改变了策略，他们不再讨要了，而是从老林子里钻出来，住进了马占山家，一住就是几日，不给就抢，把猪杀了，鸡杀了，当着马占山的面大吃大嚼，直到这时，马占山才意识到问题的严重性。

他一面差人去奉天城里给马林送信，一面坐在院子里号哭。一时马占山拿胡子鲁大一点办法也没有，把家里积攒下的银圆深埋了，他日夜思念着马林带枪带人回到故里，为他马家报仇雪耻。鲁大在马占山身上开了刀，自然更不会把靠山屯其他人家放在眼里了。先是抢走了小财主耿老八家的一头牛，又要走了猎户狐狸于的十张狐狸皮，那是猎户狐狸于一冬的收获，一年的柴米油盐就指望这十张狐狸皮呢。一时间，靠山屯大哭小叫，鸡犬不宁，他们都把希望寄托在马林身上，他们指望马林保佑他们一方水土安宁。

他们盼星星盼月亮，终于盼回了马林。

马林手提两把快枪出现在靠山屯。那个季节正是冬季，山山岭岭也是这么白茫茫的一片，靠山屯男女老少都拥出家门过年似的凑热闹，他们要亲眼看着马林的双枪把鲁大一伙小胡子打得灰飞烟灭。那时的耿老八和狐狸于紧紧团结在马林周围。他们原以为马林会带一彪人马，没想到却回来马林一个人。虽说如此，但也足以令靠山屯男女老少把心放在肚子里了。

耿老八就说：大侄子咋就回你一个人？

马林眯着眼冷冷地望着茫茫一片的田野说：一个人足够了。

狐狸于就说：大侄子，鲁大那伙王八蛋足有好几十呢。

马林就冷冷地笑了。村头那棵老杨树上落了只不知好歹的乌鸦，哇哇地叫着。耿老八和狐狸于等人都没看清马林的枪是怎么掏出来的，又是怎么射击的，总之那只不知好歹的乌鸦一个跟头便从老杨树上跌了下来。耿老八等人就吐舌就惊叹，他们有千条万条的理由相信，马林一枪就能击碎鲁大的头。

耿老八热血撞头，显得很不冷静地说：大侄子我这就去给鲁大送帖子去。

耿老八头戴一顶狗皮帽子，身裹老羊皮袄，他踩着没膝的雪吱吱嘎嘎地向深山老林里走去。

狐狸于等众乡亲也没有闲着，靠山屯一带山多林密，乡亲们一边种地一边狩猎，家家户户差不多都有火枪，他们在马林的感召下，在火枪里装满了火药和铁砂，他们要和他们的天敌鲁大决一死战。

他们拥有了快枪手马林，就啥也不怕了。

鲁大带着一伙人来到靠山屯向马林挑战的时间是第二天中午。鲁大一伙人马足有十几个，有的骑着马，有的拽着马尾巴一路跑来。那时的靠山屯鸡犬不惊，他们心里有底数哩。乡邻们把自家的火枪从墙上探了出去，随时准备呼应马林的枪声。

马林蹲在自家的房顶上，自家的房顶是用谷草苫做成的，蹲在上面双脚感到很温暖也很踏实，马林眯着眼依旧冷冷地望着越来越近的鲁大那一彪人马。

马林点了支烟，然后咳了一声，咳了之后便冲屋里的秋菊说：秋菊你烙饼吧。

马林答应过众乡亲，打死鲁大到自家来吃烙饼。

秋菊应声答了，接下来她就引燃了灶膛里的火，烟囱冒出了一缕很温暖的青烟。那天无风，阳光也很好，那缕温暖的灶烟就笔直地往上升。

马林又看了眼自家院中的地窖口，自己的爹马占山一大早就钻进地窖中去了。那里有马占山一生积蓄下来的白银，也有马林从奉天城里带回来的散碎银两，马林知道爹这一辈子爱的就是这个，他要圆爹这个梦。

鲁大一伙人马越来越近了，鲁大端坐在马上，手里端着枪，后面跟着十几个七七八八的小胡子。这是靠山屯一带新兴起的一支小胡子队伍，在那些多如牛毛的胡子队伍中不值一提，所以没有他们的立足之地，于是鲁大就整日带领小胡子们蜷缩在老虎嘴的山洞里。鲁大本也不想招惹马林，马林不仅是快枪手，手里还有队伍，他知道马林是不好惹的。然而鲁大要在胡子中生存，他就要做出一件惊天动地的大事来，那时各绺的胡子们才能正眼看他，他鲁大在这一带才能有立足之地。于是他选择了在靠山屯地面上动土，他就是在马林的头上动土，他要让各绺的胡子们看一看，鲁大也是个人物。

鲁大骑在马上带着小胡子们一步步向靠山屯逼近，其实鲁大心里很虚，但嘴上却不软，他说：马林，我鲁大来了，你能把我咋样，别看你使双枪，老子手里的家伙也不是吃素的！

听着鲁大的叫嚣，马林在心里又笑了笑，他冲房下的屋里喊：秋菊饼烙得咋样了？

秋菊磕着牙答：好，好，快好了。

马林冲着那缕笔直的炊烟站了起来，接着枪就响了。只一枪，鲁大便一头从马上栽了下去。鲁大一中枪，小胡子们就乱了。

耿老八在自家院子里兴奋得嗷叫一声，他指挥着手下的伙计说：打呀，快打呀！

伙计们手里的家伙开火了。

狐狸于分明看见有几个小胡子穿着狐狸皮缝制的大衣，那些狐狸皮就是鲁大从他家抢走的，狐狸于手里的火枪也响了。他是射杀狐狸的高手，此时眼前的小胡子成了枪下的狐狸。只几分钟的时间，小胡子们甚至没来得及还击，鲁大一伙便烟消云散了。唯有一个小胡子，抢走了生死不明的鲁大骑着马跑了。

马林吹了吹冒着青烟的枪口站在房顶冲众人喊了声：叔呀，哥呀，吃烙饼呀——

五

靠山屯的众乡亲，谁也没有料到，鲁大竟死灰复燃得这么快。

那一年刚开春不久，鲁大又带一伙人马杀回了靠山屯。

鲁大是来报复马林的，是来报复靠山屯的。没有了马林的靠山屯不堪一击，鲁大一伙把所有靠山屯的男女老少捆了，推推搡搡地带到了村街心那棵老杨树下，几只乌鸦绕着老杨树冠哇哇地叫着。

鲁大只剩下一只眼了，另一只眼被马林射瞎了，子弹从眼窝子进去，又从后脑勺出来，这一枪竟没有要了鲁大的命。因为鲁大九死一生和马林开仗，所以鲁大在众绺胡子面前身价陡增，今天的鲁大已不是昔日的鲁大了。

鲁大并没有要了靠山屯众乡人的命，他要杀人是轻而易举的事情，鲁大知道杀这些人没什么意思，不仅无法抬高自己的地位，反而有损自己的名声，他知道自己真正的仇人和对手是马林，这口恶气他一定要出。

那一次他让小胡子拽光了马占山胸前的胡子。他又在众人中认出了曾给他送过帖子的耿老八。那一年耿老八的闺女十五岁，鲁大让嗷嗷叫的小胡子们当众轮奸了耿老八的闺女耿莲。从那以后，十五岁的耿莲就疯了。疯了的耿莲会出其不意地脱光了自己，冲她看到的男人嬉笑着说：来呀，你们都来呀……耿莲说这话时似在唱一首动听的情歌。

也就是在那一次，秋菊被鲁大一伙带到了老虎嘴的山洞里。

秋菊一路大骂不止，又哭又闹。她说：鲁大，你敢动老娘一根汗毛，看马林回来不剥了你的皮。

鲁大要的就是这种效果，他要报复靠山屯，报复马林。临走的时候，命小胡子一把火烧了耿老八和狐狸于等众乡亲的房子。鲁大做这一切时并不解气，马林那一枪让他瞎了一只眼，眼也瞎了，罪也受了，大难不死他又活了过来，可那些死去的弟兄们却再也不能复生了，他把这笔账都记在了马林身上。

鲁大把秋菊抢上山，这是他报复马林的第一步，他觉得当众奸了秋菊杀了秋菊都不解恨，他要用钝刀一下下割马林的肉。他不能让秋菊去死，要用活着的秋菊报复马林。

那些日子，鲁大在老虎嘴的山洞里一次次强暴秋菊。秋菊是想到死的，可她却没有死的机会，不管日里夜里，总有小胡子看着她。后来秋菊就发现自己怀孕了，然而鲁大并没有放走她的意思，而是把她送到了相好的王寡妇家，不仅有小胡子看着她，王寡妇更是每日不离她的左右。那些日子里，秋菊死不起，也活不起，在痛不欲生的日子里，秋菊生下了细草。她知道，这是鲁大的孩子，她怎么能心甘情愿生养鲁大的孩子哪。

起初，她想掐死细草，再掐死自己，然而小胡子和王寡妇却没有给她这样的机会。王寡妇又不失时机地做秋菊的思想工作，王寡妇喋喋不休地向秋菊宣扬一日夫妻百日恩、嫁鸡随鸡嫁狗随狗等等做女人的准绳。

如果说当初秋菊万念俱灰，千方百计寻死觅活的话，那么随着细草慢慢长大，从牙牙学语，到最后喊秋菊娘时，秋菊的思想发生了翻天覆地的变化。细草不管是谁的种，但千真万确是自己的儿子，从十月怀胎到细草喊第一声娘，秋菊流泪了，秋菊困惑了。

她不能杀了细草，更不能让自己一死了之，她要为细草活下去，她是细草的娘，细草是她的儿。她不能失去细草，细草也不能没有她，细草的一声声呼唤让秋菊的心碎了。这就是秋菊，这就是女人。

鲁大的阴谋得逞了，鲁大胜利了。鲁大想得到的就是这样的效果。

在一个风和日丽的秋天，鲁大很隆重地把秋菊和细草送回了靠山屯，送回了马占山家。

那时马占山的身体已江河日下了。那一次鲁大不死重返江湖杀回靠山屯时，马占山原以为鲁大会杀了他，没想到的是鲁大只命人拔光了他的胡子，却没有杀了他。但那场惊吓也让胆小怕事的马占山大病了一场。秋菊被鲁大抢走了，马占山的气管病越来越重了，他只剩下拼命地喘息了。

马占山曾想把这一消息告诉奉天城里的马林，但是现在却没有人再为马占山跑腿了。鲁大在这期间并没有放过靠山屯，他不时地来到靠山屯敲山震虎，扬言谁为马家卖力就杀了谁。

耿老八女儿被奸，房子被烧，已大伤了元气，他恨当初头脑发热去给鲁大下帖子，要是没有当初，哪会有今日呢？

狐狸于无法再有仇恨了，他也不敢仇恨鲁大了，一家老小要吃饭、穿衣，他在老林子里转悠，会出其不意地碰上鲁大的人马，鲁大曾用枪点着他的头警告过他，不让他再帮助马家办任何事，要不然就要用火枪炸碎他的头。狐狸于真的害怕了，他明白了一条真理，胡子就是胡子。

老实善良的靠山屯众乡亲被鲁大吓破了胆，他们知道马林在奉天城里威风八面，可奉天城离他们太遥远了，胡子鲁大又离他们太近了，他们在事实面前又能怎样呢？又敢怎样呢？

马占山直到秋菊被鲁大送回才打消了送信给马林的念头。

秋菊被胡子鲁大奸了，奸了还不算，又生下了胡子鲁大的孩子。马占山在靠山屯一带也是有头有脸的人物，家里出了这事，让马占山的老脸往哪儿搁，让马林怎么在奉天城里做人？马占山思前想后，矛盾重重，他不知如何把这一消息告诉马林。

他恨胡子鲁大，恨胡子鲁大当初咋没把秋菊杀了，要是秋菊死了，就只剩下仇恨了。那些日子，马占山度日如年，他希望儿子马林回来，又不希望马林回来。小财主马占山的日子灰暗无比。

马林做梦也没想到家里会发生这样的变故。那几年里，马林在奉天城里一心一意地和学生杨梅恋爱。后来又来了日本人，大帅张作霖被日本人炸死。那些日子，快枪手马林的日子也轻松，他忽略了和老家的联系，同时也延缓了一场悲剧的诞生。

六

腊月二十二一大早，也就是马林回到靠山屯的第一个早晨，一张帖子贴在了马林家的门上，那帖子是一张大红纸，稀疏地写着几个拳头大小的字：

马林：

腊月二十三的正午来取你的人头！

鲁大

最先发现帖子的是马占山。马占山昨天一夜也没有合眼。日子早就进入了腊月，腊月里是北方最寒冷的季节，马占山的哮喘病在这最寒冷的季节里也达到了最厉害的地步。一夜里，他不住地咳着，不停地喘着。马林回来了，是福是祸都已无法躲过了，就是鲁大不找马林的麻烦，马林也会找鲁大算账的。昨天晚上他已经从儿子马林的眼睛里看出苗头来了。这么多年了，马林已不是十六岁前的马林了，十几年后的马林让马占山感到陌生。这十几年的时间里，马林回过几次靠山屯，每次都是匆匆忙忙的，有时马林在奉天城里会托人捎回一些银两。

马林偶尔回来的时候，并没有更多的话和他说，总是他没话找话地和马林唠叨。

他说：你春天托人捎回的钱收到了。

马林说：噢。

他又说：今秋我又买了二亩地。

马林说：噢。

他还说：地是好地，抗旱抗涝，地肥得抓一把都流油。

马林说：要那么多地干啥？

他说：不置地咋行，地可是个宝哩。

……

从那时起，马占山就觉得儿子马林陌生了，陌生得他摸不着边际。他觉得有许多话要对儿子说，说那些地，说马家现在置办下的产业，还不都是为了你马林，自己这一把年纪了，说死也就死了，留下的产业不都是你马林的？他就马林这么一个儿子，甚至没有三亲六故，自己为了啥，还不是为了马家世世代代永远兴盛下去？

马占山知道，在外闯荡的马林和自己的想法不一样了。不管一样不一样，马林迟早会叶落归根的。他坚信着。

他的预言终于实现了，马林终于回到了靠山屯，一切都在向着他预想的发展。

秋菊被胡子奸出了孩子，好端端的一个家就要破败了。

马占山在危难前夕如坐针毡，他无法入睡，也不可能入睡，下房里细草梦呓之声不时地传入他的耳鼓，仿佛是一把把刀子戳在他的心窝上。他闭着眼冲着黑暗绝望地想：老天爷呀，快让我死吧，死了就一了百了了。马占山在痛苦中迎来了腊月二十二这个早晨。他像每天一样，吱吱呀呀地推开了院门，结果他就看到了鲁大差人送来的帖子。他看过了帖子眼前就一黑，一屁股坐在了雪地上。马占山最担心的事情终于发生了，他没想到事情会来得这么快。昨天马林刚到家，炕还没有睡热，鲁大的帖子就到了。马占山觉得已到了世界末日，他喊了一声：天哪——便跌坐在雪地上。

马林看到帖子时，一句话也没说。他先是绕着自家的院落走了两圈，然后点燃了支烟，随着烟雾吐出，他甚至吹了一声动听的口哨。接下来他朝马占山走去。马占山刚才的一惊一吓将一口痰涌到喉咙口，憋得他要死要活。于是他就那么要死要活地坐在雪地上瞅着马林一步步向自己走近。

马林就平淡地说：爹呀，大冷的天坐在外面干啥，回屋去吧。

马占山憋了好半天才喘过一口气来，说：儿呀，这个家毁了，毁了。

马林似乎没听到父亲的唠叨，他在玩手里的那两把快枪，那两把枪被马林玩出许多花样，令马占山眼花缭乱。也就是在这时，马占山对十几年前的决定开始后悔了。如果当初不让马林去投奔东北军，说不定就没有眼下这么多麻烦，日子虽说平淡，可却是安稳的，胡子找麻烦那是没有办法的事情，小门小户的百姓日子只求安稳太平。谁能料到十多年后，眼前的天说塌就塌了呢。想到这儿，马占山那张青灰的脸上滚下两行冰冷的清泪。

杨梅看到门上那张大红帖子脸上的表情是轻描淡写的。她歪着头，左看看右瞅瞅，似在欣赏一幅年画。她的脸是红的，似腊月里盛开的梅花。她穿了一件肥大的棉袍，五个多月的腰身已经很是显山露水了，一双又黑又亮的眼睛满是笑意，世界在她的眼里是无限的美好。最后她伸出一双纤纤玉手把那张大红纸揭了，又高举过头顶，似举起一面旗帜，她把这面旗帜冲马林招展着，同时把一脸无限美好的笑意朝马林尽情挥洒着。

马林冲杨梅打了声呼哨。

杨梅三两把把那张帖子撕了，又扬扬洒洒地把纸屑扬得到处都是，仿佛是天女散花。

马占山把这一切都看在了眼里，他到死也不明白，眼见着大祸临头了，眼前这对男女为什么要这样。

如果马林把一张纸当成一回事，他就不是快枪手马林了。要是杨梅愁眉不展，甚至又哭又叫，那杨梅也就不是杨梅了。

杨梅是奉天城里的女学生，有知识有文化且又见多识广，别说区区几个小胡子的把戏，就是平时出入东北军的兵营她也如入无人之境。她崇拜马林就像崇拜自己的父亲一样。她的父亲是东北军中一位著名的师长，可以说杨梅的童年和少年是在军阀混战中度过的，打打杀杀，出生入死，她杨梅什么没见过。她崇拜自己的父亲，父亲是一路杀出来才当上师长的，父亲不仅是师长而且是大帅张作霖的高参，父亲带着她经常出入奉天城里的大帅府。她就是在大帅府里认识的马林。大帅的侍卫都是好样的，不仅会使双枪，百发百中，而且个个英武帅气。

那一次，父亲带着她在大帅府里正和大帅聊天，有两个刺客企图谋杀大帅，被机警的马林发现，马林连枪都没用，几步蹿上楼顶，把两个刺客摔成了肉饼。也就是从那一次，她才真正爱上马林的。

杨梅和马林在奉天城里举行了一个很气派的婚礼，主婚人就是大帅。她和马林同居后，知道马林的老家有一个叫秋菊的女人，可她从来没把秋菊当回事，父亲的身边就有许多女人，可父亲喜欢的却是身边最小的女人。她相信自己在马林身边永远是被喜欢的对象。靠山屯在她的想象里和秋菊一样遥远。

她没有料到的是，顺风顺水的生活会发生始料不及的变化，先是大帅被日本人炸死在皇姑屯的两孔桥上，接下来日本兵在北大营向东北军开枪，揭开了九一八事变的第一页。随着事态的变化，奉天城里乱了起来。在东北军被调到关内时，她随着马林回到了靠山屯。杨梅觉得这一切都是暂时的，待风平浪静之后她还要和马林回奉天过以前的日子。

靠山屯马家的事情离她很遥远，区区几个小胡子，不用一支烟的工夫马林就会把他们解决了，杨梅不把这一切放在心上。

七

鲁大差人贴在村街口那棵老杨树上的帖子是被耿老八吃完早饭时发现的。

耿老八一家吃完早饭时，耿莲的疯病又犯了。犯了病的耿莲，几把就把自己的穿戴脱去了，然后赤身裸体跑进了腊月二十二早晨凛冽的风中。她一边跑一边唱歌似的喊：来呀，你们都来呀，你们咋还不来哪——

耿老八喊了一声，便也钻进了凛冽的风中。当耿老八跑到街心的时候，就看到了那张大红的帖子。耿老八在那帖子面前立了一会儿，又立了一会儿，待他明白过来，便狗咬了似的惊呼一声：天哪——杀人了——便疯了似的朝家中奔去。

一时间，街心那棵老杨树下聚了许多乡人。

老杨树上那张大红纸，说是帖子并不确切，准确地说，应该算是一张告示，那告示是这么写的：

靠山屯男女老幼：

得知马林已从奉天城里回乡，一场血战不可避免。时间定在腊月二十三正午。众屯人，有亲投亲，有友靠友，莫让马林的狗血染脏了身。我鲁大与众乡人无仇无怨，你们莫狗仗人势，不要和马林一道对付我，要是谁敢冲我放一枪投一石，我定会血洗家门，鸡犬不剩。

众乡人等远远地散去吧！

腊月二十二

鲁大

众屯人站在告示前看了一遍，又看了一遍，待明白这不是白日做梦后，他们在心里齐齐地发了一声喊：天哪——便惶惶地散去了。他们紧闭窗门，鸡不啼狗不吠，小小的靠山屯恍若到了世界的末日。

在腊月二十二这天早晨，靠山屯众人的天塌了，地陷了。只有女疯子耿莲在风中一声声喊：来呀，快来呀——

快枪手马林站在屯中的街心，显得孤单而又冷清，老杨树上那张狗屁告示，他看都没正眼看一眼，不用看他也知道那上面写的是什么内容。

马林走出家门站在街心，他不是来看告示的，他要和乡邻们打一声招呼，告诉乡人们：马林回来了。马林站在街心半晌，也没碰到一个人，他向四下里望着，他望见了家家户户闭紧的院门，凛冽的晨风刮得那棵老杨树呜咽作响。一只狗慌张地跑了过来，它停在马林的脚边嗅了嗅，陌生地盯了马林两眼，又夹起尾巴慌慌张张地跑了。

女疯子耿莲赤身裸体地跑了过来，她的身上已是一片青紫了，她趿着一双鞋，吧嗒吧嗒地在雪地上跑过来，她看见了马林，冲马林试探着喃喃地说：你是胡子？你找我？

马林用劲地咽了口唾液，他拔出了腰间的枪，看也没看冲天空放了两枪，两枚黄色的弹壳弹落在雪地上。马林咽了口唾液。这时不知谁家的狗在枪响之后叫了两三声。马林又望一眼清冷得仿佛要死去的靠山屯，然后踩着积雪吱嘎吱嘎地朝自家走去。

八

马林看见细草蹲在后院茅厕旁的雪地上屙屎，风卷起地上的浮雪迅疾地在院子里跑荡。细草哆嗦了一下，然后用稚气的声音喊：旋风旋风你是鬼，三把镰刀砍你腿……

马林恍惚记得自己小的时候，也曾冲着风这么喊过。他立在那里，看了细草一眼，又看了细草一眼，马林想，一切都该结束了。这么想完，他推开了下屋的门。

秋菊在屋内梳头，她面前摆了一个铜盆，盆里面盛着清水，一把缺齿的梳子握在秋菊的手里。以前马林无数次地看过秋菊梳头，那时的秋菊有两条又粗又长的辫子，自从马林十六岁那一年和秋菊圆房之后，秋菊的两条辫子便剪了，秋菊的头发短了，但仍又浓又黑，秋菊的头发里有一股很好闻的气味。

此时，马林站在秋菊面前，他深吸了一口气，那股幽幽的淡淡的发香再一次飘进他的肺腑，他的身体里很深的什么地方动了一下，又动了一下，一时间他觉得自己口干舌燥。刚进门的时候，秋菊看了他一眼，看了他一眼之后便把头埋下了，目光落在少了齿的梳子上。他干干地说：秋菊，我要休了你。

俺知道。秋菊摆弄着手里的梳子。

马林其实不想这么这说话的，可不知为什么话一出口就变了味道。

他又说：我要杀了鲁大。

她说：俺知道。

他还说：我不杀了鲁大，我就不是个男人。

她说：这俺也知道。

他还想说什么，张了张嘴却没有说出来，他立在那里，竟一时不知如何是好。

不知为什么，他从内心里从没把秋菊当成老婆看过。他和秋菊房是圆了，男女之间的事也做过不知多少次了，可他仍没找到她是他老婆的感觉。秋菊人不漂亮，可善良，又会疼人，这一点他心里清楚。他在奉天城里爱上杨梅以后，那时他曾在心里发誓，这一生一世要好好待两个女人，一个是秋菊，另一个是就杨梅。他和杨梅还不曾结婚，就已经把杨梅当成自己的女人了。也许这是天意。

他记得小的时候，大冬天里爬到街心的老杨树上去掏乌鸦窝，乌鸦窝是掏下来了，却把他的一双小手冻得通红，回到屋里猫咬狗啃似的疼。秋菊就把他的双手捉了，握在自己的手里，用她嘴里的热气吹着他冻僵的小手，还是疼，热热的，麻麻的。再后来，秋菊就解开自己的棉袄把他一双小手揣进了自己的胸前，果然他就不疼了，只剩下了热，那热一直通过他的双手传到了他的全身。

秋菊就说：还疼不？

他摇头。

秋菊又说：以后还淘气吗？

他不语，就笑。

秋菊似嗔似怒地扬起手在他的脑门上拍了一下。

还有一次，吃饭时马林不小心摔破了一只碗。

马占山心疼那个花边大瓷碗，马占山不仅心疼这些，他心疼家里的每一棵草、每一寸地。眼见着那个花边大瓷碗被马林摔得四分五裂，马占山暴怒了，心疼了。那时的马占山哮喘病还不怎么严重，于是人就显得很有力气。很有力气的马占山一把便把马林从炕上拽到了地上，嘴里骂着：你这个小败家子呀，打死你呀。

于是马占山的巴掌一下下冲马林的头脸打来。

马林就叫：爹呀，我不是故意的呀。

马占山不管儿子是不是故意的，他要让马林长记性，家里的每一片瓦每一棵草都是来之不易的，他扬起很有力气的巴掌，劈头盖脸地向马林打来。

秋菊站在一旁先是吓呆了，以前马占山曾无数次地这样打过秋菊，哪怕秋菊做饭时不小心浪费了一粒米，也要遭到马占山的一顿暴打。秋菊呆了片刻，便清醒过来了，她呜哇一声便扑在马林的身上，泪眼汪汪地说：爹呀，要打你就打俺吧，俺比他大呀。

那一次在马林的记忆里印象深刻。

在童年和少年，秋菊在马林的心里是一个高高大大的女人、温暖的女人。

北方的冬天奇冷，夜晚更是冷。

童年的马林和秋菊住在下屋，一个住南，一个住北。马占山为了节约柴火，和几个长工挤在上屋的一铺炕上。马占山从不让秋菊在灶坑里多加一把柴火，于是屋里就很冷。马林每到入夜躺在冰凉的炕上冻得直打哆嗦，越冷越睡不着，他上牙磕着下牙在冰冷的被窝里哆嗦着，嘴里不停地吸着气。

秋菊在另一间屋里，中间隔着一道门，有门框却没有门，马林的吸气声显然是被秋菊听到了，她就问：弟呀，你冷吗？在没圆房以前，秋菊一直唤马林为弟。

冷，冷哩。马林哆嗦着答。

秋菊便从自己的被窝里爬了起来，很快地走过来，又很快地钻进了马林的被窝。她用自己的手臂紧紧地拥了马林。

马林觉得秋菊的身体又热又软，马林在秋菊的体温中渐渐伸张开了身体，又很快进入了梦乡。

第二天一早，马林睁开眼睛的时候，秋菊已经起来了，她有很多活路要做，做饭、洗衣，还要喂猪喂鸡。但她的温暖仍在马林的被窝里残留着，那股淡淡的发香不时地在马林的身旁飘绕。从那时起，马林就很愿意闻秋菊的头发。

从那以后，只要马林一钻进被窝，他便冲秋菊那屋喊：秋菊，我冷哩。

来啦。秋菊每次都这么答。

不一会儿，秋菊就过来了，轻车熟路地钻进他的被窝，用自己的身体为马林取暖。马林便在温暖的梦乡中迎来了又一个黎明。

后来，他们就都长大了，马林不好再叫秋菊为自己暖被窝了，秋菊也不过来了，最后一直到他们圆房。那一年他十六，她十八。

青春年少的两个身体再碰到一起时，当然那是另一番滋味和情调了。然而幸福的时光却是那么短暂。

在奉天城里，马林娶杨梅时，并没有想过要休了秋菊。秋菊是他的第一个女人，杨梅是第二个。在他和杨梅结婚前，这一点他已经和杨梅讲清楚了。杨梅不在乎，他也不在乎，一个在靠山屯，一个在奉天，也许这两个女人今生今世都不会相见的。没想到的是，世界变得这么快。她们在靠山屯相见了，又是在这种情况下相见的。

马林望着眼前既熟悉又陌生的秋菊，觉得有许多话要对秋菊说，可又不知说什么。

当他得知秋菊被鲁大抢到老虎嘴山洞，直到生完孩子才被送回时，那一晚马林是狂怒的，他恨不能拔出腰间的快枪，先一枪打死秋菊，再一枪结果了那个小野种。后来他就冷静了下来，要是几年前那一枪结果了鲁大，就不会有以后这些事了，要恨只能恨自己，是自己一时手软，留下了今天的祸根。但他也恨秋菊，心里曾千遍万遍地想过：秋菊呀，鲁大奸了你，你当时咋就不死呀——你要是死了，我就只剩下对鲁大的仇了，我要杀上他千次、万次，为你报仇，为你雪恨。我还要在你的坟头，烧上一刀纸，为你哭，为你歌——可眼下却不一样了。

马林觉得，眼下他做的只能是休了秋菊了，从今以后和秋菊没有关系了，然后杀了鲁大，鲁大在腊月二十三的正午不是要送上门来吗？然后一了百了了。

马林这么想着，门吱嘎一响，细草走进屋内，他的一张小脸冻得通红。

细草对马林已不再感到陌生了，他瞪着一双黑眼睛仰着头盯着马林，稚声稚气地问：你是谁，以前我咋没有见过你？

马林下意识地拔出了腰间的枪，乌黑的枪口冲着细草，他咬着牙说：小野种，我一枪崩了你！

秋菊呀地叫了一声，咣啷把手里那把缺齿的梳子扔到了地上，她扑过来，弯下腰死死地抱住细草，一双眼睛惊惧地望着马林。

细草在秋菊的怀里挣扎两下，不谙世事地冲马林说：我娘说了，我不是野种。

秋菊站起身，紧紧抱着细草，哽了声音说：马林，你对俺咋的都行，你不要伤害孩子。

细草声音很亮地说：娘不怕，怕他干啥。

秋菊低了声音又说：咋的他也是俺的骨肉，要是没有细草，俺早就死过千回万回了，你马林也不会在今天看到俺了。秋菊说完放声大哭起来。

马林一时不知如何是好，他怔怔地站在那儿，愣愣地看着手里的枪。马林就想：秋菊我要休了你，休了你就一了百了了。

九

马林走进了村里教私塾的钱先生家，钱先生的家门是紧闭着的，马林没有叫门，他推了两次才把钱先生的门推开。

钱先生是全村唯一有学问的人，全村的大事小情，凡是需要写文书、契约的都请钱先生。小的时候，马林在钱先生家读了三年私塾。马林和秋菊圆房时，就是请钱先生写的契约。

钱先生家里显得很乱，钱先生和女人正齐心协力地把头扎在炕柜里往外翻东西，炕上一溜摆满了春夏秋冬的衣服。两个人撕撕巴巴地仍从炕柜里往出掏东西。马林不知钱先生这是要干什么。

马林咳了一声，钱先生这才发现屋中央站着的马林。钱先生愣怔了一阵，待明白过来之后，慌慌地用身体把柜门掩了，语无伦次地说：大侄呀，你啥时回来的？

马林掏出盒纸烟，先递一支给钱先生，钱先生摆手，马林也没再让，自己点燃一支吸了，他一抬屁股坐在钱先生家的炕沿上。

马林说：钱先生，秋菊的事你也知道了。

钱先生白了一张脸，先是点头，又是摇头，一副不知如何是好的样子。

马林不理会这些，仍说下去：今天有个事来求你，就是请你帮我写份休书。

钱先生直到这时才镇静下来，马林不知道钱先生为什么要这么慌乱，他是来请钱先生写休书的，钱先生慌不慌乱和自己是没关系的。

钱先生镇静下来之后就说：大侄呀，你休秋菊是不？

马林点点头。

休吧，该休哩，休了秋菊就一了百了了。钱先生又说。

马林淡笑一次。

钱先生就冲仍愣怔在那里的女人说：还不快给我找来纸笔。

女人应一声，慌慌地便找来纸笔。

钱先生在很乱的炕上摊开了纸笔，钱先生写这种东西驾轻就熟，很快便为马林写好了休书，一式两份。马林便把休书叠好揣了，从怀里掏出两块银圆扔在钱先生家的炕上。

钱先生就说：大侄呀，这是干啥。

说完，还是把钱塞到一个破包袱里，马林说过谢话便走出了门。

钱先生又追了出来，压低了声音道：大侄呀，杨树上那个帖子你可看了？

马林不明白钱先生为何要问这，便淡笑一次，踩着雪，揣着休书，吱嘎吱嘎地走去。

腊月二十二的正午仍旧很冷，冻得马林出了一身鸡皮疙瘩。

马林走回自家院落的时候，看见杨梅在正房门前的雪地上堆一个雪人。那雪人已见规模了，身子很大，头却极小，似一个怪物。杨梅堆雪人时一脸的灿烂又一脸的天真。杨梅看见走回来的马林说：这里的雪可真大。

马林说：钱先生把休书写好了。

说完，马林伸手往外掏休书，杨梅说：我不看，休不休秋菊是你的事，我不在乎。

马林便把手停住了，他抬了一次头，看见天空灰蒙蒙的，太阳似一个冰冷的光球，在遥远的空中亮着，一点也不灿烂，也不耀眼，于是整个世界都显得灰蒙蒙的，像此时马林的心情。

马占山在地窖口坐着，他在那里已经坐着有些时辰了。马家的积蓄除掉这个院落，还有那些土地，其他的都装在这个地窖里了。地窖里存放着一些白菜，还有一些土豆，更主要的还有两罐子银圆。那是马占山大半辈子的积蓄，也是马占山的命。

两罐子银圆早就被马占山埋在地窖的土里了，他不放心，又在土上堆满了烂白菜和土豆。地窖里因长年不透风，陈年的霉味直呛鼻子，可马占山喜欢闻这股霉味，他一天闻不到这股腐烂的气味，心里就不踏实，觉也睡不着。他每天都要在很深的地窖里爬上爬下几回，为了掩人耳目，他每次爬上爬下从来不空着手，手里不是攥两个土豆，就是举着一棵烂白菜。白天里，没事可干的时候，他都要长时间地钻到地窖里守望，他待在那里，才感到安全、可靠。

鲁大要来了，他最放心不下的是他的地窖，自从早晨看见自家门上的帖子后，他便在地窖那里守望有些时候了。地窖口不大，用两捆谷草堆了，谷草上还压了块石头，马占山仍放心不下，他在门前的空地上，又搬来一块石头，用自己和那块石头一起压在地窖口上。干这些时，马占山拼命地喘息，他的气管仿佛是一只破风箱。

马林望见了自己的父亲马占山，马占山不望他，仰了头眯了眼，冲着昏蒙的天空费劲地想着什么。马林咽了口唾液，又收回目光看了眼仍专心致志堆雪人的杨梅，怀孕五个多月的杨梅虽穿着肥大的棉袍，腰身还是明显地显露出来了。

他心里热了一下，想冲杨梅说点什么，张了张嘴又什么也没说，扭过头，向下房走去。

秋菊背对着门坐在炕上，细草睡着了。窗纸透进一片光，一半照在细草熟睡的脸上，一半照在炕席上。马林走进来，秋菊连头也没回，她在一心一意地望着睡着的细草。

马林立在秋菊身后，立了一会儿，又立了一会儿，然后伸出手在怀里掏出那两份休书，把一份放在炕上，另一份又揣在自己的怀里。马林做完这些时，纷乱的心情平静了一些。

马林说：这一份你拿了吧。

秋菊没有动，似乎长吁了口气。

马林想走，又没走，侧身坐在炕沿上，他望着秋菊的后背说：你进马家这个门也这么多年了。

马林看见秋菊的肩在一耸一耸地动，他知道，她哭了，却无声。

马林又说：你也不易。

秋菊的肩在抖，整个身子都在抖，像风中的树叶。

马林说：你是无路可走了，才到的马家，关外你也没啥亲戚，我休了你，你也没个去处，这我想过，以后你还住在这里，愿住多久就住多久。

秋菊的身子不抖了，她隐忍着说：不。

马林惊愕地望着秋菊的背。

秋菊说：不，俺走，最快明天晚上，最迟后天。

马林又掏出烟点燃，深一口重一口地吸。

马林说：我知道这事不能怪你，只怪我没有杀死鲁大。停了停又说，你应该明白，虽说不是你的错，可我马林不能再要被胡子睡过的女人。

马林说到这儿又看了眼睡在炕上的细草。

秋菊终于哽了声音说：俺谁也不怪，怪俺当时没有死成。要是死了，俺的魂也会是你马家的鬼。

马林夹烟的手哆嗦了一下，于是又狠命地抽了口烟。

马林说：告诉你秋菊，你哪也不要去，我马林是个男人，以后有我吃的就有你吃的。

秋菊不再哽咽了，声音清晰地道：马林，俺不是那个意思，俺要看你亲手杀了鲁大。

马林下意识地又摸了一下腰间的枪，他的嘴角掠过一丝冷笑，仿佛此时鲁大就在眼前，他的枪口已对准了鲁大的头。

秋菊还说：俺会走的，走得远远的，俺要把发生的一切都忘掉。

秋菊说完转过身来。马林看见秋菊满脸的泪痕。

秋菊说：马林，求求你，你这次一定要杀死鲁大。

在秋菊求救似的目光中，马林点了点头。

秋菊说：马林，你一个人不行，一个人说啥也不行，鲁大不是几年前的十几个人啦，他手下有几十人。

马林说：十几个几十个其实都一样。

马林说完又掏出腰里的两把快枪，很自信地在手里把玩。

秋菊说：不，你一个人不行，鲁大也不是几年前的鲁大了，他为了报仇，这些年天天在老虎嘴的山洞里练枪，他一口气能打灭十个香火头。

马林抬起头，认真地看了眼秋菊。秋菊也正在望他。他从她的眼睛里似乎又看到了少年秋菊的影子，他的眼睛一下子湿润了。秋菊躲开马林的目光，望着他的头顶说：像当年一样，你要叫上耿老八、狐狸于、刘二炮，他们和鲁大都有仇，让他们一起来帮你。

两滴泪水顺着马林的脸颊流了下来，他不知道自己这是咋了，他不能也不应该在秋菊这样的女人面前流泪。他恨不能打自己两个耳光。

秋菊说：鲁大心狠手黑，到时候你一定要当心才是。

马林点了点头。他握枪的手有些抖，此时他觉得腊月二十三的正午有些太晚了，太漫长了，让他等得心焦。

他站了起来，他想自己在秋菊这儿待的时间太长了，他应该走了。可他的双腿却无法迈出。

他终于说：你不走不行吗？

秋菊摇了摇头。

马林又说：你真的要走，我也不拦你，我会给你带够你一辈子的花销。

她说：不！

接下来，两人都沉默了，他们都在想着心事。

不知过了多久，她说：她好吗？

他怔了一下，一时没有反应过来。待反应过来后说：城里人，娇贵。

她不语了，低头又想了想说：今晚俺给你做一床狗皮褥子吧，这儿不比城里，寒气大。

他没点头，也没有摇头，望着她。

她低下头又说：她有身孕了，几个月了？

他答：快六个月了。

她说：莫让她乱动，怕伤了胎气。

说完，她吁了口长气。

他说：那我就走了，啥时候走，告诉我一声。

说完他真的转过身。

这时她叫一声：哎——

他立住了，回身望她，她以前就是这么叫他。他望着她。她把他留在炕上的那份休书拿了起来，认真地看了几眼，他知道她不认识那些字，但她还是看了，每一眼都看得极认真。

半晌，她说：过一会儿俺做一点糊糊，把它贴到老杨树上去。

他说：不，不用，钱先生会把话传出去的。

她吁了口气，沉重地把那份休书举起来，悠悠地说：还是贴出去好，让靠山屯的人都知道，从现在起，俺秋菊再也不是马家的人了。

马林逃跑似的离开了下屋，当他关上门时，秋菊的哭声潮水似的从门缝里流泻出来。马林背靠着门，在那儿茫然无措地立了一会儿。

他听见细草说：娘，娘，你咋了，咋了？

马林的心疼了一下，又疼了一下。

十

太阳偏西的时候，秋菊把休书贴到了老杨树上。这是马林不愿看到的一幕。

此时，靠山屯仿佛死了。家家户户仍门窗紧闭，街上一个行人也没有。一只发情的母狗冲着老杨树上那张休书愤愤不平地叫着，疯子耿莲不知在什么地方喊：来呀，你们都来呀。

细草已经醒了，他站在下屋的门前冲着雪地撒尿。撒完尿的细草就看到了杨梅已堆完的雪人，那个雪人仍旧头小肚子大，怪物似的立在那儿。细草走过去，绕着怪物似的雪人走了两圈，他说：咦——咦——

杨梅弯下腰看细草。

细草说：这雪人是你吗？

杨梅笑了笑，没有说话。

细草又说：你从哪儿来，我咋不认识你？

杨梅仍弯着腰说：你叫什么？

细草说：我叫细草，俺娘给起的。

杨梅不笑了，愣愣地望着细草。

马占山仍坐在地窖的石头上，阴森古怪地朝这面看。只要他的视线里出现细草的身影，他的目光便阴森得怕人。

当初鲁大放回秋菊和细草时，鲁大冲马占山说了一番话。

鲁大当时就用那只阴森古怪的独眼望着马占山。

鲁大说：老东西你听好，秋菊是马林的女人，今儿个我送回来了，你对她咋样我管不着，细草可是我的儿子，要是细草有一丝半点差错，你老东西的命可就没了。

当时马占山就是坐在地窖口的石头上听鲁大那一番话的。

他没有说话，却在拼命地喘。

鲁大又说：老东西，我和你儿子的仇是你死我活，我不想把你咋样，要是现在要你的老命，也就是我吹口气的事。

鲁大说完，吹了吹举到面前的枪口。

马占山闭上了眼睛，他在心里说：白菜烂了，土豆也烂了。

鲁大又说：秋菊是马林的女人，是杀是休那是你儿子的事，在马林没回来以前，秋菊还在你这吃，在你这住，要是在你儿子回来前，秋菊不在了，我会找你要人，你听好啦。

马占山的心里又说：都烂了。

鲁大说完这话，便带人走了。鲁大走时在他脚前扔了两块银圆，他盯着那两块银圆好久，后来把银圆飞快地拾了，钻进了地窖里。

从那以后，他不再和秋菊说一句话了，阴森地望着秋菊娘儿俩。

秋菊回来不久的一天，给他跪下来，跪得地久天长。刚开始秋菊不说话，只是用泪洗面，最后秋菊说：爹，俺对不住你，对不住马林。

马占山又在心里说：都他妈的烂了。

秋菊说：爹，你杀了俺吧。

马占山拼命地喘着。

秋菊又说：爹，你杀了俺，俺心里会好过些。

马占山在这之前是闭着眼睛的，这时睁开眼睛说：以后你不要叫我爹了，我承受不起。

从那以后，秋菊果然再没有叫过马占山一声爹。秋菊像从前一样，屋里屋外地忙碌，洗衣、做饭、喂猪、喂鸡。

每天做好饭菜她总要给马占山盛好，送到马占山房间里去，马占山扭过头不望她。马占山拒绝着秋菊，却不拒绝秋菊的饭菜，他总是把秋菊送来的饭菜吃个精光，然后呼哧呼哧地走到田地间做活路去了。

也是刚开始时，细草很怕马占山的眼神，其实秋菊一直在避免马占山和细草相遇，可三口人在一个院子住着，不可能没有碰面的时候。细草每次见到马占山就吓得大哭，渐渐细草大了，习惯了马占山的眼神，便不再哭了。

那一天中午，马占山扛着锄出门去做活路，迎面碰见了细草。细草小心地望着马占山走过去，细草在马占山身后小声地说：爷爷。这一声，叫得马占山的身子哆嗦了一下，似被一颗子弹击中了，半晌他扭过头，凶凶地望着细草，恶声恶气地：谁让你叫的?！细草吓白了脸，忙慌慌地说：你不是我爷爷。

马占山这才长出口气，扭过头喘着走了。

细草咬着指头，呆呆地望着远去的马占山的背影。直到秋菊走过来，细草才恍惚地道：他不是爷爷。

秋菊狠狠地打了细草一掌，恶声恶气地道：不许你叫，以后再叫看俺不剥了你的皮。

细草吓得大哭不止。

马占山觉得秋菊是应该死在老虎嘴的山洞里的，若是死了，秋菊的魂还是他马家的鬼，逢年过节，他会为她烧两张纸，也会念着她活着时的好。出乎他意料的是，秋菊没死，又回来了，还带回了一个胡子种。马占山的日子颠倒了。

那些日子，他盼儿子马林回来，又怕马林回来，他就这么盼着怕着熬着难受的时光。他曾在心里千遍万遍地说：儿呀，你杀了她吧，杀了这个贱女人吧。

马林休了秋菊，马占山一点也不感到意外，相反，马占山觉得这样太便宜贱女人秋菊了。他又想：既然儿子马林不杀秋菊，那就让她和那个野种多活两天，等马林杀了鲁大，再杀贱女人和那个小野种也不迟。马占山甚至想好了杀秋菊和细草的工具，就用自家那把杀猪刀。马占山年轻时能把一头猪杀死，于是他想：连猪都能杀，难道就不能杀这个贱女人吗?

马占山在腊月二十二的那天下午开始磨那把锈迹斑驳的杀猪刀，他一边磨刀一边喘。

杨梅好奇地看着马占山，不解地问：爹，你这是干啥?

明天就是小年哩，要杀猪哩。马占山这么答，喘得越发无法无天了。

在杨梅的眼里，马占山这个老头挺有意思的。

马占山认为眼前这位细皮嫩肉的女子不是当老婆的料，马林和这样的女子以后不会有什么好日子过。马占山觉得，马家从此就要败落了。马占山一边磨刀，一边生出了无边的绝望感。他想，人要是没有了奔头，活着就没意思了。

马占山眼前的想法是：先杀了贱女人秋菊和野种细草，然后再和儿子商量是不是也休了眼前这位叫杨梅的女人。到那时，马家是充满前途和希望的。马占山又想到了地窖里那两罐子白花花的银两，想到这儿，马占山又快乐起来，他更起劲地磨着杀猪刀了。

十一

太阳又西斜了一些，天地间便暗了些，西北风又大了一些，吹得村中那棵老杨树疯响。村中仍静静的，不见一个人影，两只饥饿的黑狗匆匆忙忙地从街心跑过，凛冽的风中传来疯女人耿莲的喊声：来呀，你们咋不来了。

这种反常的景象马林并没有多想，他也无法意识到，一场不可避免的悲剧正在一点点地向靠山屯走近，向马家走近。

马林站在院子里，望着清冷寂寞的靠山屯，心里竟多了种无着无落的情绪，这种情绪很快在他的周身蔓延开了。

马林并不希望秋菊把休书张贴在老杨树上，他下决心休秋菊，并不是冲着秋菊的，他是冲着鲁大，他知道鲁大的险恶用心，这比杀了秋菊杀了他还要令他难受百倍千倍。他下决心休秋菊是要让鲁大和众乡人看一看，告诉众人，秋菊只是个女人，像我马林的一件衣服，我马林说换也就换了，鲁大你爱奸就奸去，爱娶就娶去，秋菊原本和我马林并没什么关系，说休就休了。

他想潇洒地做给鲁大和众人看一看，他快刀斩乱麻地做了，回家后的第二天他就把该做的做了，剩下的时间里，他就要一心一意地等鲁大送上门来了。马林想自己在这段时间里本应该轻松一下，如果要在平时，自家的院子里早就聚满了乡人，他们来看从奉天城里回来的马林，快枪手马林是靠山屯的骄傲。可这一切在腊月二十二这一天没有发生。腊月二十二这一天靠山屯似乎死去了。

下屋门开着，马林看见秋菊在收拾自己的东西，属于秋菊的东西并不多，只是一些简单的换洗衣服，装在一个包袱里。秋菊做完这些便坐在下屋的炕上，痴痴地发呆。细草站在门口望着院子里被风刮起的浮雪喊：旋风旋风你是鬼，三把镰刀砍你腿……

看到这儿，马林的心里疼了一下，又疼了一下，往事如烟如雪。

秋菊这种忧戚的面容他是见过的，那是他每次从奉天城里回来，住几日之后要走的时候，秋菊都是这般神情。在还没认识杨梅以前，那时的奉天城里还算太平，马林每年都能回靠山屯住上几日。但也就是几日，那时马林已清醒地意识到，自己已经不属于靠山屯了，他是东北军里著名的快枪手，是大帅张作霖身边的人，他不属于自己，自己的命运和东北军的命运紧紧系在一起了。

马林回靠山屯的日子很平淡，没住上几日便匆匆地返城了。

在马林回家的这些日子里，马占山和马林似乎已经没有更多的共同语言了，他在翻天覆地去说他的那些地，说他的粮食。

马占山冲马林说这些时，马林的目光是虚幻的，他一直这么虚幻地望着爹那张苍老的面孔。

爹说：咱家的地越来越大了。

爹又说：这回你带回来的钱又够置二亩水田的了。

爹还说：耿老八家南大洼那块地他不想要了，到秋天咱就买下来。

爹继续说：以后咱就要把靠山屯的地都置下来，这是你爷活着时做梦都梦不见的好事。

说到这儿爹就咧开嘴无限美好地笑，也气喘吁吁的。

马林收回虚虚的目光说：爹，你治一治病吧，置那些地干啥，有多少地就受多大罪。

马占山不高兴了，说：咦——这地、这家以后还不都是你的。

马林不说话了，虚虚的目光中他又看见了秋菊，秋菊整日忙碌着，这个家她有忙不完的事情，在这个家里，秋菊从来不多说一句话。

马占山就喘着气说：你也该有个孩子了，要生就生男的。咱马家这么多代了，一直是单传，现在咱有地了，本该人丁兴旺些才好。

说到这儿父亲就叹气了。

马林一年也就回来这么一两次，在家住的日子屈指可数。秋菊的肚子一直瘪着。

让马林惊奇的是，秋菊的想法和爹的愿望如出一辙。每次马林回来，秋菊都在黑暗中的炕上冲他说：俺想要个娃，是男娃。

马林在黑暗中不说什么，突然抱紧了肥肥壮壮的秋菊。经年的劳累使秋菊的身体变得粗糙而又结实，不是生孩子的念头使马林抱紧了秋菊，而是年轻人的冲动。年轻的马林有使不完的力气，干渴的秋菊有着丰富的念头。短暂的日子，对秋菊来说是一年中最幸福的几日。

马林要走了，秋菊便一脸的忧戚。

马林骑在马上，两支乌黑的快枪在两边的腰上悠荡着，秋菊送马林，走在地下，细碎的马蹄声伴着秋菊无奈的脚步声在靠山屯的小路上响起。

马林说：你回吧。

秋菊不回，仍低着头随在马旁向前走。

半晌，秋菊终于抬起一双泪眼，忧戚地说：你还啥时候回呀？

秋菊的表情和语调令马林的心揪紧了。不知为什么，一回到靠山屯，一看到秋菊的样子，他的心就乱七八糟的。

马林说：也许今年，也许明年。

秋菊又不语了，紧走几步，从怀里掏出昨晚准备的给马林路上带的食物，递给马林道：包里有饼有蛋。

饼是油饼，蛋是咸蛋。这是马林平时最爱吃的，只有马林回来时，马占山才让秋菊动一动白面和蛋，这是过年马家也舍不得吃的食物。马林把吃食接过，暖暖的，温温的。马林知道，那是秋菊的体温。

马林不想再这样儿女情长下去了，于是松开马缰，在马的屁股上拍了一掌，冲秋菊道：你回吧。

马便小跑着向前奔去。

秋菊快走几步，那样子似要追上那匹马。终是不能，于是便无奈地立住脚，望着马林的身影在视线里越来越小。

远去的马林是也回了一次头的，秋菊的影子已变成了一个小黑点。再回过头来的时候，马林揪紧的心一点点地松弛下来了。心离靠山屯和秋菊越来越远了，离奉天城里那个著名的快枪手越来越近了。马林在东打西杀的日子里，靠山屯的一切在他心里日渐模糊了。

在腊月二十二太阳已经偏西的辰光中，马林看到秋菊，心又一次莫名地揪紧了。眼前这一切恍若隔世，已物是人非了。马林站在西斜的阳光中，仿佛做了一场梦。

马林又想到了腊月二十三的正午，他的嘴角又闪过一丝冷笑。

十二

腊月二十二的黄昏终于降临到靠山屯。马林又一次走出了黄昏中的家门，马林的腰间插着两支明晃晃的快枪。他向村西的耿老八家走去，几年前和鲁大一伙激战的时候，耿老八功不可没。他记得耿老八是有两支火枪的，那一次打鲁大时，耿老八家的火枪又响又准，一枪就掀翻一个小胡子，再一枪又撂倒一匹冲过来的马。几年前那一次，不到一袋烟的工夫，只跑了一个小胡子和受伤的鲁大，其他小胡子的尸首都扔在了靠山屯外的野地里，后来又被饥狼、恶狗疯扯了。

那一次和胡子鲁大干仗，干净而利落。几年过去了，马林对乡亲们的感激仍装在心里，那一次，马林不是感到在帮助乡亲铲除胡子，而是感激乡亲们齐心协力为他助威的场面。那时，别说一伙鲁大，就是盘踞在靠山屯一带的胡子都来，也别想在靠山屯面前讨到半点便宜。

马林孤单的脚步声，响在村里的街道上，他向耿老八家走去。下午秋菊对他说过的话仍响在他的耳旁。他清楚，鲁大为了复仇已经准备几年了，此时的鲁大自然不比几年前的鲁大了，鲁大上次来是想灭了快枪手的威风，这次鲁大来是想要了他的命。马林还知道：好汉难抵狼，好铁也打不了几个钉。要战胜鲁大消灭鲁大，凭自己一人，那是很难的一件事情。

耿老八的家黑灯瞎火的，屋里屋外没有一点动静。马林在拍门，拍了半晌，屋里终于亮起了一盏昏朦的油灯，接着门吱呀一声打开了，耿老八一半站在光明里，一半站在黑暗中。他很快看清了眼前站着的马林，耿老八手里拿着的一件东西掉到了地上。

马林说：耿八叔，马林来看你来了。

说完马林从耿老八的一侧挤进了屋。

耿老八屋内的一切，让马林感到震惊，白天在钱先生家见过的一幕又在耿老八家重演了。马林不明白，在腊月二十二这一天，靠山屯怎么有这么多的人家在翻箱倒柜，黑灯瞎火的仍在折腾。

马林就问：耿八叔哇，这是在干啥？

耿老八先是立在屋中央，听了马林的问话便蹲下去了，蹲成了黑乎乎一团影子，头也深深地扎在了裆下。

耿八婶原本坐在炕上整理一件打好的包袱，此时也把身子扭了，背冲着马林。马林似乎明白了，又似乎什么也不明白。他愣愣地站在那里，竟一时不知如何是好。半晌他说：我这次回来就不走了。他还说：鲁大明天来找我报几年前的仇，这回我保证不让鲁大走出靠山屯。

耿老八终于抬起了头，哑着嗓子道：大侄呀，别怪你耿八叔不仗义，这次怕是帮不了你了。

疯女人耿莲刚才已在另外一房间睡着了，听到有人说话便醒了，她又一次赤身裸体地推门走了进来，疑疑惑惑地冲马林说：你是胡子，你要找我？

耿老八就疯了似的站起来，他舞弄着双手要把女儿推出去，耿莲不依，和爹撕撕巴巴的，嘴里仍说：爹呀，你别管。

耿老八就气了，挥起手打了耿莲两个耳光，耿莲却不哭，捂着被打疼的嘴巴说：爹，你打我干啥？我要找胡子哩。

耿老八再一次蹲在地下，狼嚎似的说：天哪，我耿老八真是上辈子缺了大德了。

坐在炕上的耿八婶身子一耸一耸地哭开了。

马林站在那儿，心里一时竟不知是什么滋味。

他说：耿八叔，是我对不住你们。

说完他觉得自己没有理由再站下去了，他就走了出去。

耿八叔在他身后说：大侄呀，八叔对不住你哩。

马林还听到耿老八说：大侄呀，明天你也躲了吧。

马林就什么都明白了，明白了在钱先生家和耿老八家看到的景象。

马林又站在了大街上，腊月二十二的夜晚有残月悬在当空，清冷地照着，四周的雪野一片惨白，马林的嘴角闪过一丝冷笑。孤独的脚步声再一次响起，雪吱嘎嘎地在脚下响着，他向狐狸于家走去。狐狸于家在街中，还没有进门，他便看见狐狸于慌慌地从自家门里走出，怀里抱了一团什么东西，往后院走。一抬头看见了马林，狐狸于就惊惊慌慌地问：谁？

于叔，是我，马林。马林这么说完便走过去。

狐狸于见了老虎似的几步窜回到屋里。马林听到屋内一阵乱响，很快狐狸于又出来了。出来的狐狸于没事人似的袖了双手，用身子把关上的门又严严地挡上了。狐狸于已是一脸的笑意了，他把两手抄在胸前，脸上堆着笑说：是马家的大侄呀，你看这事整的，听说你回来了，还没抽空去看你，让你来看叔来了，这事整得多不好。

马林不想和狐狸于绕圈子，狐狸于不是耿老八，常年和狐狸打交道的人，人便比狐狸更精明了。

马林站在狐狸于家的雪地上，单刀直入地说：鲁大明天就要来了。

狐狸于就说：是吗，这事我咋没听说？

马林说：现在的鲁大不是几年前的鲁大了，他们人多了，枪多了。

狐狸于又说：他，他来干啥？

马林说：他来找我报几年前的仇。

狐狸于就收了笑，仍抄着手，很惋惜的样子说：你看这事整的，真不凑巧，明天后山孩子他姨家的老二要结婚，要不这事你叔说啥也不能看笑话。

马林听了这话，便什么也不想说了，他的嘴角又闪过一丝冷笑。

狐狸于冲马林的背影说：大侄子，要不那啥，明天你就先躲一躲，躲过这阵再说。

马林走在清冷的街道上。他知道，没有人会相信马林能够战胜鲁大了。他原本还要一家一家地走下去，现在已经没有这个必要了。马林在绝望的时候，满怀希望地回到了家乡，然而家乡给他的又是什么呢？

著名的快枪手马林在腊月二十二这个夜晚，感到前所未有的孤独。他的嘴角挂着那丝冷笑，苍茫地向家里走去。在家门口，他看见站在暗影里的秋菊，秋菊已站在暗影里好久了，马林走过她的身旁时，感受到了她身体从里到外散发出的寒气。也就是在他擦肩而过的那一刻，他看见她眼角闪烁在月光中的那颗泪珠。马林的心揪了一下。

十三

秋菊在看到马林那一瞬，感受到了前所未有的绝望。她明白了，马林什么也没有得到，这是她最为马林感到担心的。马林出门的时候，她知道马林是找那些乡人去了。马林一出门，她的心就揪紧了，哄睡了细草，她便开始在门外等，终于等回了马林，不用问，她便什么都明白了。

她不能眼睁睁看着马林败在鲁大的手里，她要帮马林，她要去说服耿老八、狐狸于和众乡人帮一帮马林，马林只有众人的帮忙才可能战胜鲁大。

马林心灰意冷地走回家门，她又满怀希望地走出家门。

秋菊先找到了耿老八，耿老八没料到秋菊会来找他，而且一进门，秋菊就给耿老八跪下了，秋菊含着泪说：耿八叔，你帮帮马林吧。

耿老八慌慌地说：这是干啥，秋菊你这是干啥。

秋菊说：你不帮他，他会被鲁大杀死的。

耿老八就说：秋菊呀，马林不是把你休了吗，你还管他干啥？

秋菊仍跪着，抬起头道：休了俺是他的事，帮不帮他是俺的事。

耿老八又一次蹲在了地上，真真诚诚地说：秋菊呀，按理说咱两家最恨鲁大，也最该报这个仇，可话又说回来了，万一杀不死鲁大，以后这日子还咋过。

秋菊就坚定地道：这次马林一定能杀了鲁大，他是快枪手。

耿老八叹了口气，叹得天高地远，叹过了又说：这你知道，鲁大这次就是冲马林来的，马林有枪，鲁大也有，鲁大还有人，可马林有吗？你让我一个庄户人去帮马林，我们怎会是那帮胡子的对手？

秋菊把眼泪咽回到肚子里，清清楚楚地问：耿八叔，你真的不能再帮马林一回了？

耿老八把头低得更深了。

秋菊缓缓地从地上站了起来，她头也没回地走出耿老八家。

秋菊在狐狸于家的后院找到了狐狸于，狐狸于正在把几件狐狸皮往雪里埋。

秋菊跪在狐狸于的身后说：于叔，秋菊求你了。这两声把狐狸于吓得不轻，他一屁股跌坐在雪地上，怔怔地望着秋菊，待看清了秋菊，他马上用屁股坐在了刚埋过狐狸皮的雪堆上，气喘吁吁地说：我，我啥也没埋。

秋菊说：于叔，求你了，帮帮马林吧。

狐狸于听了秋菊的话，似乎松了口气，他坐在雪堆上说：秋菊呀，你让叔咋帮哩。叔这一把年纪了，打不能打，杀不能杀，叔现在只有喘气的劲了。

秋菊说：你不帮马林，鲁大会杀了他的。

狐狸于突然哭了，鼻涕眼泪的，他一边哭一边说：秋菊呀，叔知道你不容易，叔的日子过得容易吗，咱小门小户的，敢得罪谁呀，别说让叔去帮马林杀人，就是让叔去杀狐狸，现在叔也是有那个心，没那个力了，叔以后的日子还不知咋过呢。

秋菊站起来了，她冷着脸硬硬地说：你真的不帮?!

狐狸于抹一把鼻涕说：叔真的是不行哩，要不咋能不帮哩。

秋菊转过身，她的希望破灭了，眼前的世界就黑了。

狐狸于又说：我还有杆火枪，马林要用你就拿去，叔只能做眼前这一件事了。

秋菊回过头，认真地说：火枪俺要。

狐狸于飞快地回屋里拿出一杆火枪，塞到秋菊手里。

秋菊抱着火枪，走回到马家院子时，她从马占山的屋子里听到了磨刀声，还有那哮喘声。秋菊回到自己的下屋躺下了，她第一次没有去搂睡梦中的细草，而是搂紧了那杆火枪。

十四

腊月二十三的早晨说到就到了，靠山屯和以往不同的是，没有了往日飘绕在小村上祥和的炊烟，没有了鸡啼狗吠。

靠山屯空了。黎明时分，靠山屯的乡人们搀老抱幼，踩着没膝的积雪走出了靠山屯，他们在腊月二十三这个清晨，逃离了靠山屯，远离了这个黑色的日子。

靠山屯只有马家的烟火在一如往日的那个时间飘起。秋菊在给马家做最后一顿早餐，秋菊做了油饼，又做了咸蛋，还有一大盆稀饭。

吃过早饭的马林一直站在自家院子里，腰里那两支快枪依旧乌黑。从早晨睁开眼睛开始，他的嘴角就开始挂着那缕冷冷的微笑了。

马占山已经把杀猪刀磨得锋利无比了，刀锋都能照见自己那张苍老的脸了。马占山不再磨刀了，他把那刀揣在了怀里。做完这一切，马占山喘着向地窖口走去，他先费力地把压在地窖口上的那两块石头搬开，又挪开了盖在地窖口上的两捆谷草。做完这一切时，马占山茫然四顾，他先是看见了站在院子中间的儿子，儿子马林正在往枪里装子弹，那一粒粒黄亮亮的子弹被马林咔嚓咔嚓地填进枪肚子里。那一声声填子弹的声音在马占山听来，是那么爽心悦耳，他在心里说：小子，等你杀死鲁大，老子也要杀人了！

马占山从儿子马林身上移开目光，他又看见了秋菊，秋菊坐在下屋的门槛上正在擦一杆火枪。马占山看到这儿，脑子里乱想了一阵，他不知道秋菊这杆火枪是从哪儿来的，也不知她擦枪干什么。总之马占山在那一刻脑子很乱。马占山把同样很乱的目光移过来，他就看见了杨梅，杨梅在看昨天白天堆的那个雪人，一夜之间，雪人已经冰样的坚硬了。杨梅用爱抚的目光在雪人身上流连，最后马占山别无选择地选中了杨梅。于是他就喊：闺女，闺女。杨梅进这个家门以后，马占山还不知道杨梅的名字，他只能这么喊杨梅了。

杨梅听见马占山的喊声，待她确信马占山是在喊自己时，甚至冲马占山笑了笑。她朝马占山走去，一直走到马占山的面前。这时马占山已经把半截身子送进了地窖口，只露出双肩和头。

马占山冲过来的杨梅说：现在我就进去，等我进去后，你用那两捆草和那两块石头把窖口盖好，等鲁大死了，你再帮我打开。

杨梅觉得马占山的举动有些不可思议，昨天晚上她看见马占山在磨刀，她还以为马占山要去杀鲁大呢。杨梅虽然不解，但仍点点头。马占山看见杨梅冲自己点了头，便很满意，就在他准备把头放入地窖的那一刻，又说：闺女，你叫啥？

杨梅怔了一下，但还是答：杨梅。

马占山说：杨梅你要是不怕胡子，你就坐在石头上。

杨梅又冲马占山笑了一次，马占山的眼睛里带着杨梅的笑，消失在黑咕隆咚的地窖里。

杨梅先是把两捆谷草盖在地窖口上，又费了挺大的劲，把一旁的两块石头压在了上面。做这些时，杨梅累得气喘吁吁，最后她真的一屁股坐在了石头上。坐下之后她发现，这个地方真好，能够看到全部的靠山屯的地貌，还能看到伸出靠山屯的那条雪路，她还记得，两天前，她就是顺着这条雪路随马林来到这里的。

不知什么时候，太阳已经到正顶了。

杨梅的视线里，通往村外的雪路上来了一支马队，她数了数，一共有十八匹马，马上端坐着十八个挎双枪的人。

站在院子里的马林也发现了马队，这时他回过头来，冲杨梅很暖地笑了一次，杨梅也回报给他一个微笑。马林一挥手拔出了腰间的双枪，沉甸甸地向街心走去。

在后院撒尿的细草也看见了马队，他还没有尿，便向回跑，他一边跑一边喊：娘，娘，马来了，马来了。

细草喊得兴奋而又响亮。

秋菊抱着火枪走了出来，她冲细草说：听话，别出门，娘一会儿就回来。

秋菊走出马家院门时，很认真地看了一眼坐在地窖口石头上的杨梅，她发现杨梅也在看她。

枪就响了，响在腊月二十三的正午。

十五

暮色时分，逃离靠山屯的人们又蜂拥着回来了，一时间靠山屯鸡啼狗吠，热闹异常。

在暮色中人们看到村街心那棵老杨树下，血水染红了积雪。二十具尸首横陈在雪地上，十八人躺在老杨树周围，老杨树旁倚着马林，另一个是秋菊，远远望去，两个人好像是走累了，坐在树下，倚着树身在休息。

马林的眼睛大睁着，平举着那两把快枪，嘴角挂着那缕冷笑，血水已经硬在了身上。

秋菊死死地抱着一杆火枪，她的头歪向马林那一侧，她也是脸上挂着笑的，却不是马林那种冷笑，而是很开心的笑。

奇怪的是，十八个胡子身上都没有枪伤，血水一律都是从眼眶里流出来的，快枪手马林先让他们都变成了瞎子，然后才让他们死的。

细草坐在母亲的一旁，他似乎坐了有些时候了，腿变得麻木了，他先是一迭声地喊：娘，娘，咱回家，回家。

后来他就不喊了，呆呆地望着眼前的一切，一股风吹来，地上的浮雪纷纷扬扬地飘着，细草喊：旋风旋风你是鬼，三把镰刀砍你腿……

人们还看见马家院子里的地窖上坐着那个叫杨梅的女人。女人坐在那里一动不动，如石如碑。

夜色终于淹没了靠山屯。

腊月二十三傍晚的风，送来疯女人耿莲的喃喃低语：来呀，你们都来呀——

图书在版编目(CIP)数据

关东镖局 / 石钟山著. -- 北京 : 中国文史出版社，2023.3

(中国专业作家作品典藏文库. 石钟山卷)

ISBN 978-7-5205-3802-2

Ⅰ. ①关… Ⅱ. ①石… Ⅲ. ①中篇小说-小说集-中国-当代②短篇小说-小说集-中国-当代 Ⅳ. ①I247.7

中国版本图书馆 CIP 数据核字(2022)第 183495 号

责任编辑：薛未未

出版发行：中国文史出版社
社　　址：北京市海淀区西八里庄路 69 号院　邮编：100142
电　　话：010-81136606　81136602　81136603（发行部）
传　　真：010-81136655
印　　装：北京新华印刷有限公司
经　　销：全国新华书店
开　　本：720×1020　1/16
印　　张：19.5　　字数：310 千字
版　　次：2023 年 3 月第 1 版
印　　次：2023 年 3 月第 1 次印刷
定　　价：66.00 元